漫娱图书
SINCE BOOKS

Attracted to Merpeople

人鱼引力

MERPEOPLE

三月桃胡 著

长江出版社 CHANGJIANGPRESS
漫娱图书

他习惯了一个人，池宁的出现令他猝不及防，并在他的生命中掀起波澜。

RenYu YinLi

"池宁，你可以任性一点，
不用那么乖。"

“行野哥哥，你的脾气一点都不坏，
你没有缺点。”

目录

Merpeople

CONTENTS

池宁享受着被保护的感觉。这种保护让他觉得，他不再是个小可怜。

第一章

|CHAPTER 01|

逃离深海

1

月上中天，池宁背起水草兜，摆动鱼尾离开巢穴，准备出发去岸上。

去岸上的通道在海底，他深呼吸一口气，一头扎了下去。

湛蓝的海水逐渐变成深蓝，又变成蓝黑。越往下光线越暗，再往下就看不见了，黑黢黢一片，像是没有底，又像是随时会蹿出个什么东西，把路过的生物连皮带肉地拦腰咬断。

进入深海区，池宁的呼吸开始加速。这里能见度很低，视线所及之处不过周边咫尺，四周安静寂寥，黑暗无限延伸，仿佛整片海只剩下他一个生物，压迫感顿时达到顶峰。

池宁闭上眼睛，让急促的呼吸平静下来。漂浮的海草在水里微微摆动，像海蛇一样缠绕住他的手腕。池宁打了个激灵，甩动尾巴逃离了海草群。

他紧绷着神经，继续往下游。不多时，远处出现了一条鲸鱼，让他原本绷着的神经又紧了几分。

海里的所有声音中，他最害怕鲸鱼的叫声。鲸叫声空灵又厚重，带着深沉震撼的远古气息，巨大的穿透力让他几乎透不过气。

池宁在心里碎碎念：别叫，别叫，别叫……

下一刻，鲸鱼放开嗓子，水波轻微地振荡，压迫感十足的声音清晰入耳。

池宁摆动鱼尾加速往下游。鲸鱼的第二波声音抵达时，他在黑暗中迎面撞上了一条满嘴獠牙、排海底样貌丑陋榜第一的鱼。

双重夹击下，池宁脑海里紧绷着的那根弦瞬间断裂，他眼前一花，坠落到珊瑚丛里。

不知过了多久，池宁晕晕忽忽地从珊瑚丛中爬起来，呆坐半天，等稍微清醒了点，他穿过茂密的珊瑚丛，游向不远处幽暗的洞穴。

洞穴位于岩石的中空地带，石头缝隙中嵌着好些珍珠，底下铺了细密的水草，水草尽头有条银尾美人鱼，随意地倚靠在石座上。

银尾美人鱼见到池宁，笑意盈盈地开口："决定好了吗？"

银尾美人鱼是海里最年长的美人鱼，常年独居在海底，掌握着去往岸上的通道。美人鱼族群里人人皆知，但都对她避之不及。

池宁游到她身边，看向石座后面的那堵珍珠石墙，珍珠石墙用无数珍珠缀连而成，在漆黑的深海里，溢出璀璨的光芒。池宁的眼神亮得耀眼，他用力点头："决定好了。"

他最近处于水深火热当中。美人鱼族群的聚居地原本在一个海上岛屿附近，他在岛上能不下海就不下海，安稳地活到了十九岁。但前段时间，那个岛屿及周边海域被鲨鱼群霸占，而附近的其他岛屿个个都有主了，美人鱼族群被迫迁往深海。

他是个异类，一进海里就心生恐惧，浅海都遭不住，深海对他来说更是噩梦，差点享年十九岁零一天。

他必须逃离大海。

"我活了这么多年，还是第一次听说有人鱼会怕海，"银尾美人鱼用手撑着脸，饶有兴致地打量池宁，"小漂亮，原来你之前晕那么多次，都是晕海啊？"

池宁抿唇，和她对视，否认道："我不晕海，我是饿的。"

"晕海也好，饿晕也好，"银尾美人鱼笑了起来，脸上掩不住岁月的痕迹，起了不少皱纹，却依旧美艳绝伦，“都没关系，我送你上岸找你表哥。”

池宁压不住内心的欣喜，鱼尾几乎甩出重影：“好。”

他是个孤儿，最亲的只有一个表哥。两条人鱼一直相依为命，不过他表哥七年前变成人形成功上岸，迫于大海的规则，只能一两个月回来看他一次。他本想坚持到下次他哥回海里，和他哥一起上岸，但在海里的日子太难熬，跟银尾美人鱼交易的事又不能让他哥知道，他只能先斩后奏。

“要带的东西都带上了吗？”银尾美人鱼问。

池宁翻找水草兜，他的珍珠、表哥给他玩的金条……一个没落。池宁扬起笑：“可以出发了。”

银尾美人鱼绕过石座，立在珍珠石墙前，朝他挥手。

“在我承诺的时间里，你的鱼尾能变成腿，但上岸前几天的情况不太稳定，晚上鱼尾会恢复原状，直到你能完全适应用腿走路。”

池宁低头看自己的鱼尾，淡蓝色的鳞片散发着微光，美人鱼族群里最漂亮的鱼尾，变成腿的话应该会是很好看的腿。

他游到珍珠石墙旁边，试探道：“如果超出时间……”

“代价翻倍，”银尾美人鱼倚靠着珍珠石墙，语气平淡，“没有讨价还价的余地。”

池宁不打算再回大海，但他压根不知道彻底变成人的方法。这么多年，美人鱼族群里只有他表哥成功过，原因未知。银尾美人鱼倒是知道，可她口风紧，谁也不透露。

像现在这样的情况，他在岸上没法待太长时间。池宁瞄了眼银尾美人鱼，小声嘟囔：“要是我最后变成人了呢？”

“那算你运气好，”银尾美人鱼捏他的脸，笑着说，“不过如果你彻底变成人了，我岂不是很吃亏？”

池宁躲开，催她：“别捏我，送我去找我哥吧。”

银尾美人鱼扬起下巴，示意他按住珍珠石墙的凹陷处。凹陷处在石墙正中央，方方正正的，颜色略显黯淡，池宁抬手按了上去。

一道光倏然闪过，池宁的意识逐渐变得模糊，他感觉整个人都被一股暖流包裹住，四周的声音越来越低，最后归于寂静。

良久之后，池宁从寂静中醒来，看见前方有一条冗长的通道，尽头闪着一团耀眼的亮光。

那里应该就是岸上，池宁连忙向前游。终于到达了发光的出口。他被光刺得眯起眼睛，摸索着纵身一跃。

再睁开眼时，池宁发现自己坐在一个浴缸里。四周充盈着新鲜舒适的空气，海里的窒息感和压迫感烟消云散。

以前他哥回岛屿看他，总会跟他讲岸上的事，例如岸上的人是怎么生活的，吃的、穿的、用的……他哥林林总总说过好多，还给他看过一些照片。

池宁趴在浴缸边缘东看西看，在心里做出判断，这儿应该是一个浴室。他滑到浴缸底部，满心欢喜地扑腾着水花，等他哥出现。

等了半天都没等到人，池宁仰躺在水里，饿得鱼尾都蔫了，他心里忍不住抱怨，他哥怎么还不回来？

他一翻身，看到了挂在墙上的浴巾和浴球，觉得好奇，便伸手扯了下来。浴球没拿稳，落到他脸上，他用鼻子闻了闻，表情瞬间僵住。他立刻探出身子，挨个闻挂在墙上的东西，越闻心里越凉，怎么一点鱼味都没有？

这里绝不是他哥家！

池宁惊慌失措地向四处张望，试图找到刚才那个发光的出口。

忽然，不远处响起吱呀声，池宁下意识转头。有人推开那扇灰黑色的门走了进来，那人很高大，边走边脱上衣擦拭脸上的伤口，和他视线撞上时停住脚步，看过来的眼神又冷又硬，活像海里的鲨鱼恶霸。

鲨鱼是美人鱼的天敌，在海里池宁还有躲避的空间，而这里无处可逃。池宁攥紧浴缸边缘，紧张得脑子空空一片。

两人视线相撞的那刻，不同于池宁的惊慌紧张，梁行野的身体比脑子快，他立即调整到进攻状态，上半身前倾，双脚前后分开站住，稳住重心。

他迅速扫了眼非法入侵的对象，这是一个十八九岁的少年，头发微卷，眼睛格外大，右耳戴着耳钉，腰间挂着绿色的小包，赤裸着上半身坐在他的浴缸里，正呆呆地看着他。

像这样的人，绝对接不住自己一拳，梁行野暗自想，渐渐松懈下来。

不过这套房子的安保措施足够强，他是怎么进来的？

梁行野面色不虞，大步走向浴缸。走近后，梁行野发现池宁腰间挂着的不是包，是一团碧绿的水草，上面还吊了只小螃蟹。

这是什么装扮？梁行野向下看，目光忽地顿住，他看到一条鱼尾在水里微微颤抖，颜色和少年右耳戴的那只珍珠耳钉一样，是矢车菊蓝。

哪个不长眼的派人来找他的麻烦，还蠢到找了个弱不禁风的菜鸟？梁行野略一猜想，有了答案。

“许晋那废物让你来的？他走投无路到这种地步了？”梁行野把脱下来的上衣扔到池宁脸上，冷着声音道，“打电话给他，让他半小时之内滚过来。”

池宁眼前一黑，梁行野身上的味道迅速涌入鼻间。他完全搞不清状况，不敢拿开衣服，只能心惊胆战地沉到水里，闭眼装死。

梁行野没见过这么不识相的，正要出声，眼神落回池宁腰上。他察觉到不对劲，俯身摸了摸他的鱼尾，里面没藏腿，连接处浑然一体。

梁行野皱起眉，用力掐了一把，池宁忍不住“嘶”了声，偷偷卷起尾巴。

真的是鱼尾？梁行野震惊到几近恍惚。

他隐约记起几年前，一个影视团队拍纪录片时宣称疑似拍到美人鱼，还拿出了证据，但那所谓的证据只是一团模糊的影子，分析不出具体影像。当时，这事在社会上引起了广泛的讨论，不过很快就被淹没在层出不穷的社会新闻中。

梁行野没有犹豫，立刻叫人过来处理。他一手摸手机，另一只手压在池宁的尾巴上。池宁被压得不舒服，忍不住翘起尾巴。

梁行野趔趄一下，手机没拿稳往下掉，随后他一捞，在手机掉进水里之前及时接住。

梁行野站直身体划动屏幕，拨号前看了眼池宁。他的上衣只遮住了池宁的半张脸，翘尾巴时池宁恰好睁开眼睛，冷不丁和梁行野对上了视线。池宁本就处在惊慌中，被梁行野那一眼看得更加惶恐，动物的直觉让他下意识觉得梁行野接下来的行为对他来说是一个威胁，于是趁梁行野转头的间隙，他跃出水面，猛地甩动尾巴，将手机一尾巴扇飞了。

手机是扇飞了，但他用力过猛，和手机一起摔了出去，鱼尾砰的一声砸在墙角，蹭落了好几片鱼鳞。

梁行野捡起手机，屏幕碎得不成样子，变成黑屏，按开机键也没反应。今天发生的烦心事太多，他心生不耐，走到池宁面前蹲下。

池宁近距离地对上梁行野的表情和眼神，敏锐地察觉到危险。他紧贴着墙，心跳如擂鼓。

怎么办？他在海里打过架，美人鱼是群居动物，没长辈看顾的人鱼容易受欺负。他哥上岸后，他被欺负了一段时间，起初他忍气吞声，后来实在受不了了，开始反击。虽然输赢参半，但自从他反抗起，欺负他的人鱼就少了。他慢慢有了经验，打不打得过没关系，只要拿出激烈反抗的气势，对手是会有顾忌的。

想到这里，池宁鼓起勇气瞪着梁行野。

梁行野没料到池宁摔了他的手机，态度还这么嚣张，他卡着池宁的下巴，问："你从哪儿来的？"

池宁缩在墙角，梁行野本来就高，脸上带着伤，加上居高临下俯视他的眼神，就算蹲着，压迫感也很足，池宁心里的那股劲儿瞬间泄了。

和族群里的人鱼打架不存在生命威胁，面对这种被碾压的处境时，他一般逃得比谁都快。但他的逃命技能在岸上施展不开，刚甩尾就被梁行野抓了回来。

鱼尾被攥在梁行野手里，动都没法动，池宁紧张之余，乱七八糟想了一堆。

抓尾巴抓得这么用力，这人不会是想吃了他吧？他刚上岸还不想死，可他没学会人类的语言……

眼看梁行野要有所动作，池宁顾不上那么多，抱住他的脖子，向他吐出个大泡泡。大泡泡碰到梁行野的鼻尖，瞬间破裂，变成一串小泡泡，围住了他的整张脸。

梁行野的手慢慢垂在地上，他耷拉着眼皮，思绪有些恍惚，迷迷糊糊地开始做梦。梦里有一条可爱的小人鱼，缩在浴室墙角，眨巴着眼睛看他，还仰起脸朝他笑。梦里的自己也跟着笑了起来，揉了揉人鱼的头发，把他抱进浴缸，装满水，然后给他喂了个饭团。日复一日，他重复着这样的行为，直到人鱼从浴缸里消失不见……

围在梁行野脸上的泡泡越来越少，最后一个泡泡消失时，梦境戛然而止。

梁行野睁开眼睛，面前就是那条小人鱼，缩在浴室的墙角，眨巴着眼睛看他，只不过刚刚一尾巴打飞了他的手机。现在他手里就握着屏幕碎裂了的手机，手背还火辣辣地疼。

梁行野怔了下，梦境过于真实，那些相处的日日夜夜像是切实发生过。此时他看着人鱼，竟然有一种难以言喻的熟悉感。

梁行野想到个词——蛊惑。

池宁见梁行野睁开了眼睛，朝他伸手，示意他把自己抱进浴缸养起来。

梁行野想都没想直接拒绝："不行。"

池宁快崩溃了，这人怎么不上当？构造梦境是美人鱼独有的特殊能力，致幻程度强，但次数有限。他刚才唯一的念头就是先保住性命，在岸上安定下来，再摸清情况找他哥。可这人为什么不会被迷惑？

他心生绝望，慢慢往旁边缩。水草兜挂在腰间，刺挠得很，池宁灵光一闪——珍珠，对了他还有珍珠。

他立刻从海草兜里掏出一把珍珠，用双手捧到梁行野面前。珍珠个个大如弹珠，圆润光滑，泛着光，毫无瑕疵，少见的顶级货色。

梁行野拈起颗珍珠，手指在上面不断摩挲。

池宁立刻把剩下的珍珠放到他的手上，接着又从兜里掏出满满一把塞给他。他的兜里除了珍珠，还有他哥给的一根黄灿灿的大金条，如果珍珠没用的话，他决定再拿金条贿赂梁行野。

没等到梁行野的反应，池宁戳了下他的手指。梁行野手里的珍珠太多，被他一戳，掉了不少，噼里啪啦地在地上乱滚。梁行野回神，将手里的珍珠放回池宁兜里，弯腰抱他。

池宁身上很滑，抱不起来，梁行野拿了件墙上的衣服给他套上，搂住他的腰往上带，单手抱着他走到卧室，扔上床，拿床单裹紧他的鱼尾。

梁行野的动作不算温柔，但态度跟刚才比简直天差地别。池宁感觉到他的情绪变化，以为梁行野打算收留自己，全程都没有反抗，甚至还翘起尾巴方便他给床单打结。

系结的时候，池宁痒得忍不住打了个滚。梁行野按住池宁不让他乱动，打完结后腾空抱起他，捂着他的后脑勺往胸前压。池宁想挣扎又挣不脱，眼前一片漆黑，只能感觉到他们好像在移动。

梁行野的车停在负二楼的电梯旁边，出了电梯，梁行野将池宁放进车后座，拉出安全带帮他系上。

窗外的景色飞速掠过，池宁不知道梁行野要带他去哪儿，脑袋抵着窗户，眼里满是惊惶。没多久，他从窗缝里闻到咸湿的海风气息，紧接着传来隐隐约约的海浪声，再过了会儿，一望无际的大海出现在他的视野中。

池宁正发着愣，梁行野打开车门，解开裹着他的床单，抱起他走向海边。今晚月色明朗，有海鸟不时掠过海面，远处涌起海浪，像是要涨潮了。朝海里走了会儿，海水浸过小腿肚到了膝盖，梁行野把池宁放到水里，解开用作捆绳的衣服搭在手肘上，便转身要走。

梁行野没走成，池宁抱住了他的腿。

池宁完全是下意识的动作，他内心有些害怕，怕梁行野把他扔在这里，他回海底求银尾美人鱼再送一次时，她会趁机加大代价。

但池宁还有些纠结，如果梁行野真的带他回去，他们要朝夕相处，梁行野又很凶。

不过他没纠结太久，因为梁行野掰开了他的手。梁行野俯下身子，和池宁面对面，说："我不知道你为什么突然出现在我家，但我不会把你留下。"

池宁听懂了，觉得梁行野凶，梁行野也不喜欢他，他现在只有一条路，就是重新回到海底。他一直在和梁行野对视，他长得极好，眼睛是整张脸最出色的部分，睁大眼睛看人的时候，像月光下的海面，波光粼粼的。

梦里见惯了这副表情，梁行野缓和语气："别看我了，你哪儿来的回哪儿去。"

他转身往岸上走，池宁游到他身边，握住了他的手。海风很大，海水逐渐上涨，已经过了膝盖。前几天气象台发出了台风预警，在海边待久了很危险，梁行野不打算和池宁纠缠下去，让他松手。

池宁没松，从兜里抓了把珍珠出来，塞到他手心，犹豫几秒，又拿出金条，也放了上去。

池宁不是好赖不分的人鱼，今晚的经历确实惊险交加，但梁行野没伤害他，还送他回海里，这些东西就当作报答了。池宁不舍地看了眼金条，怕自己反悔，游得很快，转眼就失去了踪影。

手里的珍珠和金条泛着凉意，有几颗珍珠通过指缝掉进海里，落水声被海浪声盖住。梁行野在原地站了会儿才朝前走。他很诧异，那条人鱼怎么那么天真，遭到了拒绝，还以德报怨。

梁行野转身准备回到岸上，快到海滩上时，他突然感觉衣服被拉了一下。他回过头，再一次见到了池宁。池宁满是歉意地回望他，随后掰开他的手指，一把抓住金条，转身跃进海里，迅速游走了。池宁的动作太快，等他走了梁行野才反应过来。

啧，原来他没那么天真啊。

梁行野笑了声，眼神落在池宁被月光照得熠熠生辉的脊背上，直到他和海水彻底融在一起，消失不见。

2

浪一层一层地卷过来，池宁在里面浮浮沉沉，金条一下没拿稳，落进海里。他扎进海浪中四处搜寻，找了半天，却一无所获。池宁游到不远处的礁石上，颓丧着脸望向汹涌的海面。

早知道他就不拿回来了，也不知道最后会便宜哪条鱼，还好珍珠没丢。

他摘下腰间的水草兜晃了晃，里面装着他从小攒到大的珍珠，现在少了一大半。

池宁忍不住叹气，以前有他哥护着，生活安安稳稳，没有用掉珍珠的机会。后来他总挨欺负，可很少哭，就算哭也只有一两滴眼泪，化成一两颗珍珠，存起来的珍珠少之又少，不过兜里的三分之一。剩下的珍珠都是因为要去岸上，他想着不能太寒碜，借助海里的一种水草得来的。水草带有强烈的刺激性，人鱼一闻就掉眼泪。这次上岸前，他狠心在水草群里滚了一圈，滚完火速折了些水草编成兜，装满珍珠，以备不时之需。

但他没想到这个不时之需来得这么快。来得这么快就算了，他费尽心思地上岸，在岸上待了不到一晚就被扔回了大海，连他哥的面都没见着，池宁止不住地发愁。

按理来说，他应该出现在他哥家，银尾美人鱼为什么会送错地方？这很不合理。

池宁从礁石边缘探出身子，借助月光在海面上观察右耳的珍珠耳钉。这颗珍珠是他出生时和他一起诞生的珍珠，每条人鱼都有，只不过颜色都不相同。这也是最珍贵的一颗珍珠，和人鱼密不可分，银尾美人鱼就是通过他跟表哥的珍珠之间的联系把他送到岸上的。

池宁思索半天，依旧想不出缘由，便摆动鱼尾回海底，打算再试一次。

月光亮度低，浅浅的一层海水下，光逐渐消失。池宁屏气凝神，一心往下游。可能今天在岸上待的时间过长，到了深海，看见一望无际的黑暗，池宁的反应比以往更大，晕眩感越来越重，他几乎喘不过气，像是要窒息过去。他用力掐了下自己的手，以此保持清醒。

美人鱼聚居地在去往银尾美人鱼洞穴的必经之路上，游过聚居地时，池宁放慢速度。

四处散落的巢穴上都嵌了珍珠，反射着周围能发光的鱼身上的光，一片一片连缀在一起，照亮了这一方小小的天地。

池宁正要收回目光，听见其他人鱼喊他：“宁宁，你去哪儿了？”

池宁回头，一条青尾美人鱼朝他游过来。青尾美人鱼绕着池宁转圈，话一句接一句地往外蹦：“今天我去找你，发现你家巢穴上的珍珠都被抠了下来，里面黑乎乎一片，没见你在。你没事干吗抠珍珠？珍珠不够用了？我可以给你一些，不过只能给几颗，我得多攒点送给橙橙……”

“阿青，你什么时候找的我？”池宁对青尾美人鱼笑，“可能那时候我在海面上逛，刚好和你错过了。”

池宁去了哪儿，两人都心照不宣。银尾美人鱼是美人鱼族群的禁忌，找她的事越隐蔽越好。至于上岸后美人鱼族群会不会发现他不见了，不在池宁的考虑范围内。在弱肉强食的深海，少一条人鱼不是什么稀奇事儿。

但阿青不一样，这些年池宁和阿青形影不离。下深海后每次他被吓晕，都是阿青去捞的他。可池宁前几天跟阿青说了上岸的事，他们大吵了一架，然后再也没有交流过。

阿青不动声色地打量池宁的装扮，心里有了数。他今天来本是想跟池宁和好，顺便再劝劝他，好在还来得及。

阿青挠了挠头发，问池宁吃了东西没有，要不要吃虾。池宁确实饿了，但他待会儿要上岸，相比海里的鱼虾，他更喜欢岸上的食物。岸上的食物里面，他最爱吃饭团。上回他哥见他吃得狼吞虎咽的，笑着摸他的脑袋，让他慢点吃，说以后有机会带他去岸上玩，把所有口味吃个遍。

他不想还好，一想饥饿感就气势汹汹地席卷而来。他连忙跟阿青说自己还有急事，便往另一个方向游去。

“池宁，你太大胆了，”阿青不再掩饰，皱起眉，“你就不怕死吗？”

池宁朝四周张望，没别的人鱼在，他游到阿青旁边，压低声音说：“你嚷那么大声干吗？”

“我担心你，你知道她活了多久吗？我听说……”

“我知道，三百多岁了，”池宁朝他笑，“阿青，没什么好担心的，我以后有时间再回来看你。”

“看个什么，就你那怕海的德行，我又得去捞你，”阿青说，“你要走就走吧，反正我也拦不住，你不后悔就行。”

池宁说：“你知道我的，我既然做了决定，就不会后悔。”

他一边摆动鱼尾往后退，一边向阿青挥手，笑着喊：“阿青再见！”

“再也不见。”阿青骂骂咧咧地走了。

池宁径直去了银尾美人鱼那儿，银尾美人鱼倚在石座上闭眼休息，她听见池宁的声音，赶忙直起身子，惊讶地问："你怎么回来了？我不是送你去岸上了吗？"

池宁担心让她再送一次她会趁机加大代价，先声夺人："你送错地方了，你把我送去了别人那儿，那里根本不是我哥家。岸上的人你又不是不清楚，最爱吃深海鱼片，我差点就被吃了。

"我现在很生气，"池宁装作大度道，"但我不会找你麻烦，你这次送对地方就行。"

"绝对不可能出错，是不是你出了什么问题？"银尾美人鱼抬起手，隔空碰了碰池宁的珍珠耳钉，然后转身凝视珍珠石墙。

过了会儿，她咳了声，有些不自在："是我的疏忽，确实出现了偏差。"

池宁松了口气。银尾美人鱼有一下没一下地轻拍珍珠石墙，心里直犯嘀咕，偏差不应该会这么大，她没多想，对池宁说："过来吧，这次我不会再弄错。"

池宁听到这话，悬在嗓子眼的心顿时落在了实处，落到实处之后，又开始蠢蠢欲动。他瞄了眼银尾美人鱼："上岸后我快被吓死了，鱼尾的鳞片还掉了不少，你能不能补偿……"

"做你的青天白日梦，"银尾美人鱼抱着手，"你走不走？不走算了。"

池宁忙不迭游到珍珠石墙边上。银尾美人鱼让他按上次的流程做，池宁没动，看着银尾美人鱼的眼神有些犹疑："这次确定不会弄错吗？"

"不会，一点偏差都不会有。"

池宁点头，抬手正要动作，又突然顿住，问："鲨鱼也可以变成人形吗？"

"不能，只有我们美人鱼才有可能变成人，你在海里碰到鲨鱼了？"

池宁含含糊糊地嗯了声。

鲨鱼是美人鱼族群的噩梦，银尾美人鱼曾经也遭遇过，她难得放柔语气："岸上没鲨鱼，你别怕，去吧，顺着大海的指引，去你该去的地方。"

海上和海底是两个世界，池宁再次将手按上珍珠墙时，梁行野正坐在海滩上，身体后仰，手肘撑地，懒散地望着海面。

他把池宁送走后，没急着回家，沿着沙滩走了会儿，找了块地坐着看海，平复莫名其妙空落落的情绪。

海浪不断翻涌，远处的海平面和天际线连在一起，只看得见模糊的灰黑色。深夜的海滩没有人，海风呼啸，吹得衣服猎猎作响。梁行野脸上的伤沾了水没处理，正隐隐作痛。

坐久了腿也开始疼，他今天脸上会挨这一下，是因为腿伤没痊愈。不过这也痊愈不了。他前年二十三岁生日那天包了个马场玩，骑马的时候马匹失控，他坠马受伤，腿伤得太重，恢复到七八成已经是最好的情况了。

他从小练拳击，腿受伤后没再碰过。今天他心情不太好，觉得这几年整天穿西装，骨头都穿软了，晚上难得有空，他便换了身衣服去地下拳击场看人打拳。

地下拳击场的规则简单粗暴，玩的是刺激，很容易让人兴奋。他来了劲，想看看手生了没有，和坐他旁边谈笑的老板说了声，戴上拳击手套上了场。对手是个彪形大汉，膀阔腰圆，肌肉虬结，外号金熊，拳法凶悍，胜率一直居高不下。

他以前玩的时候就和金熊交过手，按照那时的情况，对决很快就能结束，这次却耗了一些工夫。最后他赢是赢了，但也吃了不少亏，脸还因为躲闪不及撞到了围栏上。

浪卷起来了，海风愈来愈烈，吹起不少沙子，再待下去不安全。梁行野擦了下脸，起身穿过海滩，走到停车处，启动车子，从海边离开了。

离了海，风依旧在吹，路上落了不少树叶，还有些残枝，台风估计要来了。梁行野踩下油门，加速往家里开，半路想起手机坏了，又顺道去店里换了个新手机。

回到家，他先去了浴室，搭着门把手，迟疑几秒，随后用力推开。里面空荡荡的，如果忽略浴缸里残留的水和撒了一地的珍珠，梁行野能说服自己晚上只是做了一个梦。

浴缸倒是没鱼腥味，梁行野清理完几根水草，重新放了水，躺在里面泡澡。泡完澡，他擦干身体，随意披了件浴袍，转身回卧室睡觉。推开卧室门，梁行野停住脚步，有那么一瞬间，他以为自己的记忆出了差错。

因为刚才被他送回海里的那条漂亮小人鱼，现在正趴在他的床上，活蹦乱跳地卷被子。

梁行野站在门口，望着在被子上翻滚的池宁，震惊之余，又感到荒唐。池宁听到声音扭头，撞见梁行野那张陌生又熟悉的脸，笑容立刻僵在脸上。

怎么又是他？池宁满脑子都是梁行野赶他回海里和他反悔拿回金条的场景，当即掀开被子，从床上滑到床底。

梁行野的床是实木高脚床，池宁滑得很顺畅。床下面地方大，也干净，他趴在地上，看梁行野一步一步逼近，心脏跳得越来越急促。

梁行野在床边停住，单膝跪地，弯腰看向床底，对池宁说："躲什么？出来。"

池宁观察梁行野的脸色，犹豫片刻，慢慢往外挪。挪动的同时，他的脑袋飞速运转：自己为什么又回到了这里？到底是怎么回事？哥哥去哪儿了？

池宁挪得比蜗牛还慢，梁行野不耐地叩了叩床沿。池宁心想，完了，他本来就不喜欢自己，还发生了拿回金条的事，他绝对会再扔自己一次。池宁开始走神，他再扔一次的话，自己上岸之后会不会又出现在他家？

胡思乱想中，池宁看见了床底角落里的金色珍珠，心顿时咯噔一下，那是他哥的珍珠！他哥不可能会摘下这颗珍珠，金色珍珠为什么会出现在这里？

珍珠卡在床脚和墙的缝隙处，他滑过去捡珍珠，这回没磨蹭，迅速滑出床底，将珍珠举到梁行野面前。

梁行野看到珍珠，没心思质问池宁为什么又出现在他家。

这颗珍珠是池今叙一直戴着的，前几天池今叙要去国外谈生意，临走时抽时间来他家跟他聊广安集团的事，聊完直接从他家去的机场，刚下飞机就火急火燎地打电话给他，说手链上镶着的珍珠掉在了他家，催他赶紧找找。

他第一次见池今叙如此失态，连忙让阿姨把这里仔仔细细地翻了一遍，但一直没找到珍珠，原来是掉到了床底下。

不过珍珠怎么会掉在床底下？梁行野正纳闷，倏地想起池今叙确实进过卧室。当时他们在客厅聊天，有份重要文件他搁在床头柜上，准备去卧室拿时刚好来了视频电话，就叫池今叙搭了把手，珍珠可能是那时候掉落的。

梁行野伸手碰珍珠，池宁躲开，梁行野说：“给我。”

池宁想问梁行野认不认识珍珠的主人，但致幻气泡一个月产生一次，用过就没了，他现在又不会说话，只能眼巴巴地看着他。

梁行野领会不到池宁的意思，见他攥着珍珠死活不肯放手，干脆把他拎到床上。新手机早已设置好，梁行野抓着他的手拍了张照片，发给池今叙。

池今叙那边是白天，正在酒店吃早餐，手机没离手，一有消息进来就看见了。他看到珍珠的那刻，多日的担忧终于画上了句号，池今叙连忙回复：终于找到了吗？我发个地址给你，明天把东西邮寄给我，记得空运。

发送消息时，池今叙注意到了握珍珠的手，他有些诧异，不过没太在意，继续打字：行野，能快尽量快一点。

梁行野：行。

发完消息，梁行野的手指悬在手机上方，又敲下一串字：这珍珠什么来头？值得你这样兴师动众。

池今叙回复得很快：家里迷信，出生的时候有个和尚说我命里缺水缺金，活不长。家里人花钱从他那里买了颗珍珠，送去金店镀了层金，让我贴身带着。

梁行野今天对珍珠比较敏感，但也清楚池今叙不可能和人鱼有牵扯，回复道：确实迷信。

梁行野和池今叙认识近六年，关系很不错，合作过多个生意项目，不管有事没事，都能聊上几句。他对池今叙的情况很了解，梁行野今年二十九岁，家里底蕴深厚，还有个在国外读书的弟弟，属于正常的富二代家庭。

聊天的时候，池今叙有时候会提到他弟长得有多好看，性格有多可爱，连梁行野调侃一句都不让，梁行野觉得池今叙可能对弟弟有点偏爱。

梁行野打算关手机，池今叙又发了条消息过来：你旁边是谁啊？这个点家里还有别人？

梁行野：一个小孩，男的。

池今叙：小手挺白，手腕挺细的，我还以为是个女生呢。

梁行野瞥了眼池宁的手腕，确实白，他没法解释，随便敷衍了过去。

池宁坐得近，眼睛一直往手机屏幕上瞟。

梁行野不习惯有人窥屏，拿远手机发消息。池宁继续凑近，他再拿远一点，池宁凑得更近，整个人都快挂他身上了。

梁行野穿的浴袍很松，没系带子，池宁蹭过去，松垮的浴袍被不小心带了下来。

梁行野从小练拳击，但肌肉并不夸张，精瘦，身材线条流畅。穿上西装时整个人被衬得跟男模似的，有股贵气，完全看不出拳击场上凶名在外的影子。现在脱了衣服，才能从他手臂和腰腹的线条中看出蓄藏的力量。

梁行野没有裸睡的习惯，把池宁制住，用另一只手发消息。聊完后，梁行野松开手，让池宁起来，池宁看着他的手机，眼中闪着好奇。

“看什么？你看得懂字吗？”梁行野拢起浴袍，问池宁。

确实看不懂，池宁摇了摇头。看不懂没关系，现在最要紧的是找到他哥，池宁又把手里的金色珍珠举到梁行野的面前。

梁行野对上池宁的眼神，以为他想霸占这颗珍珠。和一条人鱼解释珍珠的来龙去脉没必要，像“东西是自己朋友的，他不能霸占”这种人类道德准则解释了他也不一定能懂。

梁行野知道池宁怕他，便说：“给我，这是我的珍珠。”

池宁蒙了，他的？怎么会是他的？

趁池宁愣神的工夫，梁行野扣住他的手腕，强行拿走金色珍珠，池宁急得跳起来抢，被梁行野一把摁住。

现在已经很晚了，床上弄得一团糟，待会儿还得收拾，梁行野没工夫和他闹，单手控制住他，把他往浴室里带。池宁挣扎得厉害，但还是被放进了浴缸。

见梁行野拿着珍珠要走，池宁哗啦一声破水而出，探身拽住他，急忙把水草兜塞他手里。梁行野翻了翻池宁的水草兜，珠光宝气的，闪得他想闭上眼睛。

池宁以为他嫌弃珍珠不够，拿水草兜拍脸，然后仰头蓄泪。等眼泪足够大颗了，池宁伸手接住，想着物以稀为贵，他趁热捏了两个海星状的珍珠递给梁行野。

海星状的珍珠棱角很钝，看上去憨态可掬，摸着还有温度，梁行野惊住了。

池宁见他没反应，想趁他不注意抢走金色珍珠。梁行野攥紧池宁的手腕，看他敢怒不敢言的模样，梁行野有点想笑，问：“想要这颗珍珠？”

池宁忙不迭点头。

梁行野摸出手机，打开搜索引擎，搜出一整页的金色珍珠图片糊弄他：“给你。”

池宁不认识字，但他看得懂图片，也知道图片里的东西都是现实中存在的，顿时如遭雷击。

为什么这上面全是他哥的珍珠？难道这里人手一颗？池宁的尾巴都软了，按这些珍珠的数量，他在岸上找一辈子也找不到他哥。

池宁泡在水里，眼神呆滞。

池宁不跟他抢珍珠了，梁行野得了空，脑海里的疑问随之浮出：他明明把人鱼送回了海里，为什么又会出现在他家？第一次是意外，第二次呢？也是意外？

那些烂俗电视剧里的剧情，一般都是主人公小时候救了什么小动物，长大之后小动物再找上门报恩。梁行野掰正池宁的头，让他看着自己，问：“我小时候是不是救过你？”

问出这话后梁行野自己都觉得好笑，先不说他不可能是什么故事里的主人公，在记忆中，他从来没有大发善心的时候，哪里会招惹人来报恩。

梁行野的长相带着特有的野性，眼窝深邃，一笑起来，十分性感。美人鱼被海水养得水灵，族群里没有长梁行野这样的，池宁当即就看呆了。

这个凶得像鲨鱼的人，笑起来怎么会这么好看。池宁暂时忘了找不到他哥的悲伤，眼睛一眨不眨地盯着梁行野的脸。

看着池宁傻傻的模样，梁行野不由得想，不会真的是自己小时候不懂事救了他吧？

梁行野又问了一遍，池宁摇头。

梁行野换了个猜测：“你家不在那片海？”

在，池宁点头。

见池宁点头，梁行野再次误会了，原来他家不在那片海，自己送错了地方。但大门一关，这套房完全属于密闭空间，任何生物要进来都不可能，这条人鱼是怎么一而再再而三地进来的，从下水道?

他一问，池宁指向上方，梁行野望着完好无缺的天花板，难以置信。

现在快凌晨两点了，他再没精力处理人鱼，决定先睡一觉，明天再说。

浴缸里的水只有浅浅一层，梁行野把水放到八成满。作为一个孤儿，池宁最擅长看脸色，他立刻接收到了梁行野的善意，生涩地开口:“池……宁。”

梁行野有些惊讶，偏头看他，问：“你会说话？”

池宁发了个鼻音。从他说话的艰难程度来看，大概只会说那个词，梁行野思索几秒，又问：“chí níng？你的名字？”

池这个姓不多见，恰好他的朋友里面就有一个姓池的，梁行野很快就联想到了，“níng”字也不多，大概率是宁静的宁。

池宁点头，朝梁行野笑了下，眼里透露出询问，似乎在问他叫什么名字。见梁行野没反应，池宁探着脑袋，凑到他面前，眼睛弯起来，笑得更灿烂了。

梁行野凝视池宁的脸，在梦境里，每次喂他吃饭团，他也是这样笑着。梁行野问：“想知道我叫什么？”

池宁笑着点头，鱼尾撩起一串水珠。手背溅了点水，梁行野慢条斯理地擦干，想着卧室还需要收拾，他起身离开。快踏出浴室门时，梁行野回了头。

“梁行野，”他倚在门边上，远远地望着池宁，“我的名字。”

梁行野没关浴室门，抬脚走了，池宁在心里叫了遍梁行野的名字。怕自己忘记，又认真地重复了好多次，后面尝试用嘴念出来，但说得磕磕绊绊的，不成样子。

梁行野应该是个好人，池宁背靠着浴缸，思考梁行野收留他的可能。

他哥现在不见踪影，就算再回一次海里，上岸了大概还在梁行野家。想到这里人手一颗金色珍珠的情况，池宁很绝望，假如出现在别人家或许会更糟，可能直接就被抓去吃了。

如果梁行野收留他，他可以每天给梁行野捏珍珠，他什么形状的都会捏。

如果梁行野不收留他，他该怎么办？池宁忐忑地想，自己的珍珠全都给梁行野了，可以再要回来吗？

池宁趴在浴缸边缘，满怀心思地睡了过去。

第二天一早，池宁被热醒了。海底温度低，他很耐冷，在浴缸里泡了一晚，脸上全是汗，忍不住用手给自己扇风。

鱼尾安静地浮在水里，鳞片的矢车菊蓝像晕染上去的，通透明亮。他以往每天醒来后都要欣赏半天自己的漂亮鱼尾，今天却没有心情，因为鱼尾看不出一丝要变成腿的迹象。

银尾美人鱼明明说过鱼尾白天能变成腿，怎么没有动静？

池宁透过窗户往外看，黑黢黢的，原来天还没亮。他耐心地等了一会儿，破晓时分，光透过窗洒在池宁的鱼尾上。随着光芒愈来愈盛，鳞片渐渐褪去，最后一片鳞片隐没时，鱼尾变成了双腿。

池宁睁大眼睛，神色欣喜。许久之后，他动了动脚指头，一个一个摸过去，又从脚背摸到大腿。触感是和鱼尾不一样的滑，只是湿滑变成了清爽的滑。池宁站直身体，习惯性地蹦出浴缸，等脚落到地上，才有了实感。

鱼尾用习惯了，他走路总想蹦，蹦得脚底疼，就学着梁行野那样，迈出一步，再迈出一步。稍微习惯之后，他加快速度，走得太快，左脚不小心踩到右脚，扑通摔了一跤。

摔得有点重，池宁的下巴都磕青了，他趴在地上休息了会儿，然后爬起来，去找梁行野。

经过洗手台的镜子，池宁不经意地瞥了眼，而后转头往门口走，走着走着，又停住，倒退回来，伫立在洗手台前。

镜子里照出一张脸。浅栗色的鬈发，眼睛格外漂亮，瞳孔略带灰蓝色，只不过那抹灰蓝太淡，得仔细分辨才能捕捉到。

在岛屿的浅海处生活的那段时间，池宁时常会坐在海边看自己的倒影，不过海水照得远不如镜子清晰。镜子挂在墙上，洗手台设计得比较高，刚好到池宁的腰，他踮起脚，把脸凑到镜子前。离得近，连脸上的毛孔都清晰可见，他抓了束头发想拉直，一松手，头发马上恢复原样。

他拨弄了半天头发，试图让它看起来不那么乱糟糟，又兴奋地对着镜子仰脸，碰自己的眼睛和睫毛。最后他还侧过脸，观察自己的矢车菊蓝珍珠耳钉。

梁行野昨天给他穿了上衣，一件黑色的宽松 T 恤衫，T 恤衫款式偏大，他穿起来松松垮垮的，弯腰趴着，衣服将将遮住屁股。

对于人类社会来说，实在不体面。

刚走进浴室的梁行野移开视线，望向浴室角落的那面墙。浴室空间不大，即使侧着脸，余光还是能瞥见池宁的身影，踮着脚，两条腿绷得笔直。

得给他找条裤子穿。梁行野默不作声地想着，直到池宁发现了他。

池宁略显笨拙地走到梁行野面前，在他手里放上几颗今日份的珍珠，然后仰头朝他笑。池宁心里清楚，他哥是指望不上了，如果他想在岸上生活，就得和梁行野搞好关系。金条没了，但珍珠管够，只要梁行野不赶他走就行。

池宁的水草兜被梁行野挂在浴室的墙上，梁行野掂了下手里的珍珠，随手塞进兜里，对池宁说："你以后别哭了，我不要你的珍珠。"

池宁紧张起来，他什么意思？又要把自己扔回海里吗？池宁抿起唇看他，眼里水润润的，有股可怜劲儿。

梁行野说："别用这种眼神看我。"他不知道池宁的鱼尾为什么会变成腿，不过遇见池宁已经很不可思议了，又见过他捏珍珠的场面，能变出腿似乎也不奇怪。

梁行野话音刚落，手机响了起来，他扫了眼，边接电话边往外走。

电话那端传来许晋的声音，有点抖，像是慌得喘不过气："哥，我错了，我真的知道错了！是段沂逼我的，全都是段沂的错，我昏了头才听他的……"

"我一开始只是想赚钱证明自己，却着了他的道，没想过后果会这么严重，"那边的声音变成了撕心裂肺的哭喊，"哥，你放过我，就一次，就这一次，求你了哥，我求你……"

梁行野走到沙发上坐着，交叠双腿，身体放松地后仰，笑了声："晚了。"

他脸上带着笑，眼神却很冷。最近这段时间公司被搅得一团乱，他熬了半个月才控制住场面，这不是能高高拿起、轻轻放下的事。

梁行野从没把许晋这个同母异父的弟弟放在眼里，草包一个，被他妈宠坏了，自大张扬，眼高手低，最爱仗着身份欺男霸女。

许晋在读大三，暑假无聊，想来梁行野的公司玩。他妈软硬兼施，让他同意了让许晋来鸿景实习。许晋进公司后，跟着梁行野的秘书做事，参与了鸿景最大的一个土地项目，这个项目从立项到招标，花费了不少人力物力，眼看着要有结果了，却出了岔子。

项目的一些步骤需要审批，审批到了尾声，莫名其妙地被卡住，不仅被别人摘了桃，交上去的审批资料还突然出了问题，打了梁行野一个措手不及。

梁行野马上着手去查，查到了许晋身上。他没料到许晋有机会接触到那些资料，更没料到许晋敢和他的竞争对手段沂勾搭在一起，私底下弄了个空壳公司，利用信息差来坑害他。要不是他反应快，这次真有可能吃大亏。

许晋的声音断断续续，无比沙哑，梁行野撂了句“省省嗓子”便打算挂电话。

许晋急了，哭喊着提高声音：“你就不怕我妈……”

“你妈？”梁行野脸上泛起兴味，“她能怎么样？”

梁行野神色更冷，挂断电话，把手机摔到一边。

门铃叮咚响，冲散了他的思绪，应该是秘书过来拿珍珠去寄。梁行野起身开门。门一开，外面站着个看起来四十来岁的女人，短发干净利落，鼻梁直，颧骨高，气场强大，就是面色有些憔悴。

“妈，”梁行野退开一步让她进来，明知故问，“你怎么来了？”

周纭见他脸上有伤，皱起眉：“行野，你的脸怎么了？”

“没事。”梁行野轻描淡写地说，转身倒了杯水放到沙发前的大理石桌上。

周纭坐下来，端起水抿了一口，试探着问：“你是不是去打拳了？”

“昨天无聊，去拳击场玩了玩。”梁行野坐到她对面，随意地用手撑着头。

周纭沉默了几秒。梁行野练拳击，小时候的目的在于锻炼身体，长大后主要是为了发泄情绪。自从腿受伤后，他好几年没碰过拳击了。这次大概被许晋气狠了，也许还气她不管不顾地纵容许晋。

梁行野坐的位置离她很远，周纭望着他，心里不知道是什么滋味。

她和梁佑江结婚完全出于利益考虑，没有感情。当时她有男朋友，一个普通大学的教授，性情温柔，能惯着她的性子。可她家那样的背景，最看重门当户对，她性格再要强，也拗不过家里人，最后她男朋友扛不住压力，和她分手了。

之后她遇见了梁佑江。梁家是祖坟冒青烟的典型，老家在一个偏远的村寨，梁佑江他爸心思活络，最早做旅游业起家，后来越做越大，在云城占了一席之地。等到了梁佑江这辈，各项产业都有涉及，更是混得风生水起。

她和梁佑江结了婚，两人都强势，又都心高气傲，婚姻只强撑了三年。离婚后，她兜兜转转，和前男友再续前缘，生了一儿一女。

她和梁佑江相看两相厌，但梁行野这个儿子，她是真心喜欢。可能更多地遗传了梁佑江，梁行野有点像混血儿，从小人见人夸，只不过小时候被夸的是长相，长大了被夸的是能力，从小梁总到梁总，他花了不到两年时间。

她有新家庭，没过多跟梁行野相处。但她偶尔会去他的公司，见过他处理事情的姿态，冷静专注，像一只猎豹。她也听过别人背后议论他谈判时步步紧逼的强势，而最广为流传的，是他刚接手生意，碰了壁，在没十足把握的情况下，加注豪赌，最后逆风翻盘的传奇往事。

周纭望着梁行野，他眼窝深邃，鼻梁挺直，从长相到能力都挑不出一点瑕疵，就是脾气不太好，继承了她和他爸的强势。

想到许晋，她在心里叹了口气。

“行野，你对许晋下手太重了，”周纭握紧水杯，“他毕竟大学都没毕业，还是你弟弟。”

梁行野说：“妈，孩子不是这么宠的，他从小身体不好、年纪小这种理由我听腻了，我给他留了余地，就看他有没有能力处理了。”

“他能有什么能力？如果不是段沂威胁……”

梁行野笑了声，打断她：“确实没能力，蠢到押上所有身家给人做担保，便宜没占到倒沾了一身腥，他该被教训一顿了。”

梁行野了解过情况，许晋被段沂忽悠得团团转，搞了不少钱给段沂做担保，段沂事后翻脸，利用这点逼着许晋下手害梁行野。但做了就是做了，什么苦衷不苦衷，谁还没点苦衷？不过他妈真是大方，人还没大学毕业，账户里就存了那么多钱。

“教训也不是这样教训的，他给你造成的损失我会补偿给你，你现在立刻收手，再晚就来不及了。”周纭满脸焦急，声音也跟着上扬。

梁行野收拾完公司的烂摊子，就把矛头对准段沂和许晋。其实他也没做什么，四两拨千斤，先在担保这事上插了一手，然后掐住他们开的那个空壳公司的喉咙，逮着往死里查。这种公司，一查一个准，许晋蠢，段沂却狡猾得像只狐狸，撇得一干二净，现在所有责任都落在了许晋身上。

周纭知道后，连忙找梁行野，但梁行野没接她的电话，她找人找关系也于事无补，在梁行野摆明了要收拾许晋的情况下，没人会因为许晋得罪他。周纭没办法，只能直接找上门。

周纭的声音一大，梁行野的声音跟着冷了下来：“我什么时候吃过这种亏？外面有多少人在看我笑话，不收拾他，我没脸出门。”

周纭腾地站起身：“我不是拦着你收拾他，但他毕竟是你弟弟，你能不能有点分寸？”

“什么分寸？”梁行野说，“我做事不需要别人教，您要是想指手画脚，现在马上出去。”

客厅里气氛无比压抑，周纭缓了缓情绪，刚才太急了，没控制住脾气，行野一向吃软不吃硬。

她坐下来，压低声音：“我不打算替许晋推脱责任，这件事是他的错，他也确实该得到教训，但这个惩罚太重了。他畏首畏尾，胆小怕事，如果你下狠手教训，我怕他撑不住。”

许晋从小身体差，软弱爱撒娇。梁行野从来不黏着她，却更像她，一直是同龄人难以望其项背的存在。都是自己生的，周纭自觉对他们的感情都一样。只是梁行野太耀眼，不需要她保护，也不需要她替他承担什么，而许晋太弱，她得时刻护着。

如果梁行野下定心思要收拾许晋，天王老子来了都拦不住。想到这儿，周纭叹了口气：“他会变成这样，有我的原因。行野，你能不能放过他？不会再有下次了，妈妈向你保证。”

梁行野看她一眼。

“我不是偏袒他，他和你压根没法比。你从小就优秀，拳击、马术、学业样样出色。等你接手了公司，很快就会变成连你爸那辈的长辈见了都会笑着打招呼的‘梁总’。”周纭望着梁行野的眼睛，语气里有怀念，更多的是感慨，“但我印象最深的还是你十岁那年，第一次参加拳击比赛拿了奖，兴冲冲地跑来找我的时候。那时候你多小，吵着要吃冰淇淋，而现在成长到连妈妈都要仰望的地步了。

“阿野，你是我的骄傲。”周纭说，“一直都是。”

梁行野靠在沙发上，半垂下眼皮，没应声。周纭看着他的脸色，又抱怨起这段时间有谁故意跟她套近乎，想让她帮忙介绍女孩给他，接着问梁行野有没有看得上眼的，约个时间见面。

梁行野抬眼：“不见。”

“那到时候我都推了。”

“行。”

他和周纭的关系介于亲密和生疏之间。周纭和他爸离婚时他还小，她每个月都会来看他，带他去玩，陪他参加亲子活动，甚至连练拳击都是她建议的。再婚后，她虽然对他没那么上心了，但也会抽时间来看他，和他联系。他十八岁那年，她送了不少东西，他也是后来才知道，那些东西占了她财产的三分之一，估计是三个孩子，每人都有一份。

周纭又跟梁行野聊了几句其他的，她这几天没睡好，神色憔悴，只是强撑着精神。

梁行野松了口：“行了，让他写份一万字的检讨，周一前送到我公司，以后见到我有多远滚多远。”

周纭松懈下来，细致地向梁行野了解这事的情况，又说梁行野要是想教训许晋，怎么打骂都行。她以后也不纵着许晋了，车、房产和钱都会收回来，每个月只给他两万块零花钱。

周纭虽然宠许晋，但向来说到做到，梁行野却没了兴致听下去，扫了眼手机，过来拿珍珠的秘书说到楼下了。

梁行野简单地回了一句。

周纭看梁行野一脸兴致缺缺的样子，给他转了三百万，让他去买辆车缓解心情，又问他药箱在哪儿，想给他处理脸上的伤口。

梁行野没收钱，说不用，一点小伤而已，周纭便没再坚持。

秘书到了门口，梁行野把珍珠给他。空运没那么快，池今叙又急着要，梁行野便让他派个人飞去那边。

刚关上门，梁行野瞥见他妈的身影消失在拐角，那个方向的尽头，是浴室。

池宁还在里面。

梁行野叫住周纭："妈，你等一下。"边说他边大步走过去。

"我洗个手，有事待会儿说。"周纭随意地推开门，下一刻，表情猛然僵住了。

浴室里蹲着个男孩，一看穿的就是梁行野的衣服，正在一颗一颗地捡地上的珍珠。他抬起头，周纭看见了他的脸，精致漂亮，是她从没见过的熠熠生辉的漂亮。

周纭愣了下，这还是第一次在梁行野家看到其他人。她继而回神，冷声问："你是谁？"

池宁被她吓得手一颤，珍珠顿时撒了一地。突然出现一个陌生人，眼神还带着凌厉的审视，池宁有些无措，见梁行野出现在浴室门口，踉跄着往他身后躲。

池宁探出半张脸看周纭。梁行野的衣服、短裤穿着有点大，他整理衣服的时候不小心把挂在墙上的珍珠碰掉了，谁知珍珠捡到一半，出现了个陌生人。

梁行野挡着他，池宁安心不少，便偷偷和周纭对视。

周纭指着池宁："梁行野，他是谁？"

梁行野搪塞道："刚认的弟弟。"

"弟弟？"周纭的脑子嗡嗡响，压不住脾气，"自己的亲弟弟不管，在这儿管乱七八糟的人，你脑子坏掉了？"

梁行野最烦这种质问的语气，按捺住性子道："你这次来是想解决许晋的事吧，解决完了就早点走，我还有事要忙。”

提到许晋，周纭冷静了点，把梁行野惹急了，许晋那边说不定又有波折。她深呼吸一口气，想离开，但愣是迈不开腿。

她的三个孩子，梁行野最为出色，偏偏性格恶劣，从不把她放在眼里。她不断对自己说，梁行野吃软不吃硬，话到嘴边，却还是克制不住，变成无比生硬的命令式语句。

“马上把他送走。”

“我说了是个意外。”

“那你跟我说是什么意外？”

池宁听懂了周纭的逼问，心里发慌，怕梁行野在这个对他敌意很大的女人面前泄露他的身份，踮起脚，从背后一把捂住梁行野的嘴。他两只手都用上了，捂得紧紧的，看上去两个人很亲密。

浴室里剑拔弩张的气氛凝滞了。

梁行野掰开池宁的手，偏头看他，池宁抿着唇，眼里满是乞求。

周纭的怒气更加高涨，她扬声道：“梁行野，这种人我见多了，以为攀亲带故认个哥哥就能跃上枝头变凤凰，你马上和他断掉联系！”

居高临下的命令语气让梁行野皱起眉，周纭见他皱眉，控制不住情绪，脱口而出：“你想和我对着来是吧？许晋就不会这样，我说什么他都听，按我说的做，别让我后悔生……”

她神色骤变，及时收住，张嘴想挽救，却愣是出不了声。

梁行野没法开口，掰开池宁的另一只手。池宁以为梁行野要拆穿他，下意识后退一步，不小心踩到颗珍珠，脚下一滑，仰面摔倒，后脑勺磕在墙上，发出沉闷的声音。

梁行野转身拦没拦住，眼看池宁晕晕忽忽地往地上倒，梁行野把他捞起来，然后不看周纭，语气平淡地说：“我性格也就这样，至于你后悔不后悔，已经晚了。”

梁行野揽着池宁，池宁只觉得眼前天旋地转，抓住梁行野的衣服想站起来，腿一软，朝周纭的方向栽去。

周纭手比脑子快，上前一步去拦池宁。她步伐大，动作快，乍一看像扇巴掌的动作。

梁行野扶住池宁，另一只手攥住她的手腕，笑了声：“你知道他是我的朋友，还对他动手，是想打我的脸吗？”

梁行野浑身散发着冷气，周纭的怒气消了大半，无措浮上心头：“我没……”

梁行野扶起池宁，神色不耐地说：“我要送他去医院，没时间跟您扯这些东西，让一让。”

周纭犹豫片刻，让开了。在梁行野经过她身旁时，周纭叫住他，话里充满内疚：“阿野，我刚才……”

梁行野恍若未闻，扶着池宁大步往外走。

池宁除了头晕，还头疼，揉着头直吸气，以为自己要死了，悲从心来。

他在海里被欺负，上了岸也没好日子过。他哥不知所终，他的鱼生眼看就要走到尽头，连条送行的鱼都没有，只剩下刚认识的梁行野。

池宁在恍惚中被拉着走，不知道要去哪里，他满脑子都在想身后事，最后全聚集到他哥身上。他的嘴张了又闭，闭了又张，极其费劲地出声：“哥……哥……”

他没学会说话，发音异常艰难，梁行野听不清，加快速度去车库。

池宁最后的意识，停留在梁行野给他系安全带的那刻。他恍恍惚惚地想，梁行野又要把他扔回海里了。

3

再醒来时，池宁发现自己没被海水泡着，而是躺在一个陌生的房间里，入目满眼的白，到处充斥着一股奇怪的味道。

池宁坐起身子，环视四周，没有人在。他伸手摸了摸自己的脑袋，没那么晕了，但还是疼。

这是哪里？池宁抱着被子，心下惴惴。

过了会儿，依旧没人出现，池宁掀开被子下床，走到门口，打开一条缝，朝外面张望。看不太清楚，他又把门打开了点，把头伸出去，看向走廊。

梁行野在不远处接电话，池宁推开门，向他走去，想问他这是哪儿。

梁行野挂了电话，低头看着面前的池宁，池宁穿的是他的衣服裤子，很不合身，裤子拖到地上，半遮住他的脚。池宁缩起脚趾，他没穿鞋，是赤脚走过来的，脚踩在地板上不舒服，被梁行野盯着看更不舒服。

走廊的人来来往往，眼神不时往这边瞄。梁行野说："进房间吧。"

当时池宁站在他背后，他没看见池宁踩到珍珠，以为池宁摔倒是他掰手时推的，他心情不好归不好，该负责的还是得负责。

两人转过身，走廊上迎面走来一个仪表不凡的医生，身后跟着四五个人，浩浩荡荡的。

医生走到梁行野面前停住，目光却落在池宁身上，脸上带着笑，戏谑道："呦，哪儿来的小可爱？"

他身后那四五个人也跟着看向池宁，走廊被他们堵住了，乌泱泱一片，压迫感十足。池宁头一次近距离接触这么多人，很不习惯，下意识地抓住梁行野的衣服。

梁行野发现池宁抓得很紧。大庭广众下拉拉扯扯不体面，梁行野就没管，问纪宣："你怎么过来了？"

纪宣对身后的几个人摆手，叫他们去忙，等他们走了，纪宣笑着开口："听说我们梁总扶着个人来医院看病，我过来看看新鲜。"

梁行野没开玩笑的心情："行了，别在这儿给我添堵。"

纪宣收回打量池宁的目光，挥手让他们回病房。

一行人进了病房，纪宣给池宁倒了杯水，池宁迟疑几秒，没接，转头看梁行野。

"看他干吗？"纪宣笑着说，"可以喝，菊花茶，降火的。"

池宁接过水杯，坐在椅子上喝。椅子是旋转椅，由于惯性，池宁坐上去的时候偏了下，一脸惊恐地抓着扶手不敢动，水全洒到了地上。

纪宣笑出声，问梁行野："看着怎么傻傻的，哪儿的人？"

梁行野固定住座椅，随口说：“老家寨子里的一个亲戚，前几天突然出现在我家门口，说来投奔我。”

纪宣支着下巴，感慨道：“你们寨个个都是女娲亲手捏的吧？捏完还给抛光打蜡。”

“耳钉挺潮的。”他探起身，想仔细看池宁的珍珠耳钉。

池宁立刻捂住耳朵，警惕地望着他。纪宣调侃了池宁几句，转头看梁行野，脸上的表情正经不少：“你妈联系我了。”

梁行野和纪宣是一个圈子的，从小认识，十七八岁年少轻狂的时候一起飙过车、打过架，关系一直很好。当时纪宣家里人想让他从政，被纪宣拒绝了，他瞒着家里人改了志愿，学医。他妈声泪俱下地说学医有多么辛苦、多么难，他跟着一起抱怨一起骂。苦，是真苦，简直是在挑战人体极限，但他还是义无反顾地坚持了下去。

这也导致他和家里的关系很紧张。上次他连轴转做了一天手术，做完手术后瘫在走廊上，和来看他的爸妈吵架，吵着吵着睡着了。

当时梁行野来复查腿伤，恰好撞见这个场面。梁家和纪家时常有家庭聚会，纪宣学医这事在那次的聚会上几乎遭到了所有人反对，就梁行野站在纪宣那边，还替他挡了一部分苛责。纪宣爸妈也算看着梁行野长大的，多少给了他面子，后来陆陆续续给了好多年。

梁行野从医院把纪宣爸妈送回家，路上和他们闲聊，从事业爱好谈到人生意义，再谈到家庭关系，可能纪宣爸妈心里本来就对纪宣从医差不多想通了，当时思想就有所松动。

后来纪宣联系梁行野，说自己奋战了这么久都没用，他爸妈竟然因为梁行野的一番话妥协退让，还把梁行野夸上天了。纪宣念叨了半天上天待我不公，最后哽咽着说：“梁行野，你以后就是我的亲兄弟。”

他把梁行野当兄弟，跟梁行野爸妈的关系也一直很好。梁行野抱着池宁一进医院，周纭就联系了他，让他帮忙问问情况，顺带试探池宁的来历。

老家寨子里来投奔梁行野的亲戚？纪宣不信，梁行野要有这么乐善好施，家里该成避难所了。

“行野，我帮你瞒着，你跟我透个底，这小朋友到底和你什么关系？”

什么关系？梁行野看了眼坐在椅子上玩水杯的池宁，笑了声：“可能是来报恩的弟弟吧。”

他压低了嗓子，一字一顿，听得纪宣浑身一激灵。

这句“来报恩的弟弟”把纪宣震惊得久久不能回神，这是什么童话故事吗？从小到大他都没见梁行野身边有这么个人，啥时候出现的“弟弟”？

纪宣对着池宁那张脸凝视半天，开始盘问池宁叫什么，哪里人，大学毕业了没有。

纪宣和梁行野交谈时压低了声音，池宁脑袋疼，在走神，没注意听，等纪宣拍了下他的手，他才意识到纪宣在和他说话。

纪宣的问题太多，他半懂半不懂，不知道怎么回答，便扭头看梁行野。梁行野接过话茬：“池宁，是个哑巴，不会说话。”

纪宣目瞪口呆。

池宁是轻微脑震荡，伤口做了清创处理，不用住院，醒了就可以离开。去检查时梁行野还犹豫了一会儿，担心池宁被查出来异于常人，会牵扯出一系列麻烦事，没想到一切正常，倒是省了不少麻烦。

梁行野敲椅子扶手，叫池宁起身。纪宣看着一脸蒙的池宁，职业病犯了，拦住梁行野：“等等，他不会说话是因为什么？脑部有问题？咽喉部有问题？还是心理因素？有些病因可以干预，能达到很好的效果，你要不然再带他做个检查。”

“不用，”梁行野瞎诌，“心理因素，治疗过，现在正在学说话。”

纪宣还要问，梁行野说：“行了，我们有事先走。”

池宁跟着梁行野出去，梁行野的步子迈得大，池宁穿着医院的鞋，边走边提裤子，跟得有些费劲。

走廊很长，梁行野和池宁的距离逐渐拉远。他停住脚步，看着梁行野逆光的背影越来越小，越来越小，最后消失在走廊尽头。

池宁知道梁行野心情不好。

早上浴室里的谈话内容他大致听懂了，梁行野和那个女人吵架是因为他。

他脑海里来回闪现当时剑拔弩张的争吵和梁行野冷漠的神色，最后定格在那句刺耳的“马上把他送走”上。

他不太懂那个女人为什么反应那么大，但他不想给梁行野添麻烦。

池宁转身往刚才的房间走，纪宣刚好出来，没看见他，往反方向去，嘴里嚷着：“哎，我的笔呢？哪个小兔崽子拿了我的笔？”

池宁关上门，背靠着门坐在地上，思考离开这里之后去哪儿，想了会儿想不出来，哪里他都不认识。

那就走到哪儿算哪儿，不过他得补偿梁行野。池宁酝酿好情绪，全身心沉浸在之前以为自己要死了的氛围里，可眼泪蓄在眼眶里，只有浅浅的一层。

他摸了摸头，迟疑片刻后，闭上眼睛向后一磕。他没太用力，但这个力度已经足够，池宁边哭边用衣服兜珍珠，不让它们滚落在地。珍珠的数量不多不少，颗颗搓得饱满圆润，彻底凝固后，池宁把珍珠抓在手里，打开门出去。裤腿总绊住脚，他走得很慢，走到走廊尽头时，出了一身汗。

梁行野背对着走廊在打电话，池宁想了想，站在他背后等。

走廊尽头没别人，窗外有风进来，楼层高，风又大，吹得人不舒服。池宁被风吹得头疼，有点撑不住，挪到梁行野旁边，自顾自拉起他的手，往他手里放了一捧珍珠。

梁行野低头看他，嘴里还在回应合作方的话：“是，过几天强台风登陆，进度会往后拖……”

池宁把梁行野平摊着的手指一根根曲起，握成拳，包裹住珍珠。

梁行野没管他，继续说：“我看过方案，最多延长一个星期，但……”

池宁转身离开，楼梯在走廊尽头附近，不过四五米的距离，他提起裤腿，加快脚步，拐进楼梯间。

梁行野对合作方说：“我这边有点事，待会儿和你联系。”

池宁进了楼梯间，从扶手处向下望，楼梯一层叠着一层，深不见底。由于惯性思维，他以为出口在上方，便抬腿爬楼梯。

爬到一半，听到梁行野喊“池宁”，他回过头，看着梁行野。

今天没出太阳，厚厚的云层铺满了天，窗口的日光不足，落入楼梯间，更显黯淡。池宁站在窗口边，整张脸模糊不清，只有那颗矢车菊蓝珍珠耳钉，微微发着光。

梁行野又喊了声“池宁”。池宁以为梁行野找他有事，走下楼梯。他没用惯腿，踩最后一个台阶时腿一弯，差点跪下去，梁行野扶住他，将他带起来。

虽然今天所有事都因池宁而起，但梁行野心里清楚，这次牵扯到许晋，就算池宁不在，过几天他妈也会借别的理由爆发。他没迁怒人的习惯，尤其他还让池宁在争执中受了伤。

梁行野不清楚池宁上楼想去哪儿，他计划等池宁养好伤，找个时间送他回海里。他刚才说“认的弟弟”只是过个嘴瘾，没打算来真的，将错就错利用池宁气他妈的这种幼稚行为，没必要。

梁行野看了看时间，十点半，他对池宁说：“跟着我，别乱跑。”

池宁愣了下，梁行野不嫌他是个麻烦，要带他回家？他抿起唇，望着梁行野，心脏像泡在被太阳晒得温热的海水里，有些发热。

梁行野没注意到他的神色变化，把手里的珍珠塞回他兜里，让他跟着去电梯。

上车后，梁行野准备去公司，池宁坐在副驾驶座上，见梁行野系安全带，也学着系，咔嗒一声，成功扣住。

车子一动，池宁往旁边倾，领口下滑，露出白净圆润的肩膀。梁行野瞥他一眼，池宁骨架小，穿他的衣服太大，没法带去公司，但留他在车里也不安全。

梁行野算了下时间，驶出医院后，拐弯去商场。他的衣服都是专人送过来的，对款式什么的不熟悉，便带池宁去了最近的一家男装店。

从商场出来，店员手里拎着大大小小的购物袋，跟在梁行野和池宁身后。东西有点多，梁行野打开车门，让店员把购物袋放到后座上，导购给池宁挑了不少衣服鞋子，梁行野没选衣服的兴致，就都打包了。

池宁坐在副驾驶座上，身上穿了件纯白短袖，搭配着蓝色牛仔裤，看上去清爽又干净。他手里抱着店员送的蓝色气球，正侧着身子，看靠在车边回信息的梁行野。梁行野一动，他的目光也跟着动。

他见梁行野关上后车门，进入了驾驶座，便往梁行野那边靠。

梁行野："怎么了？"

池宁倏地松开气球，快速凑上去用沾了唾液的手指触碰他受伤的侧脸。

车里空间小，梁行野来不及躲，被池宁碰了个正着。梁行野捂着脸往后仰，惊怒道："你干什么？"

梁行野没和人鱼打过交道，今天属实没有防备，温润的触感停留在脸上，让人不适。梁行野擦了下脸，看向池宁。

池宁缩在副驾驶座上一声不吭。梁行野的低气压让他隐约意识到自己的行为不妥，便往旁边挪，用气球挡住梁行野的视线。

梁行野拨开气球，盯着池宁的脸。池宁眼里有迷茫、不解，和一丝惊惶。

梁行野沉默半晌，憋出一句："别再有下次。"

池宁脸颊上的肉被挤到一起，他费力地嗯了一声，梁行野松开手，启动车子往公司开。

半路上，梁行野感觉脸上的伤出现了变化，发着烫，里面似乎有什么东西在化开，原先的隐隐作痛逐渐停止。

趁着等红绿灯的时间，他对着后视镜观察，伤口表面的红肿消了不少，只留了道很浅的印子，看上去像是不小心剐蹭了一下。

后面响起接连不断的喇叭声，交警在前方不断挥手，梁行野见绿灯亮起，拐弯找了个地方靠边停车。

这一会儿工夫，伤口已经彻底消失。知道自己误解了池宁的同时，梁行野惊诧于池宁的唾液的治疗能力。虽然只是表层皮肉伤，但短时间内愈合还是有些超出他的认知。

不过自然界中很多动物的唾液确实有治疗作用。

他看向池宁，池宁不知道梁行野在想什么，他偷瞄梁行野一眼，以为梁行野还在生气。

他原本觉得梁行野姑且算个好人，但周纭一出现，梁行野在他心里的地位噌噌上涨。再说梁行野还带他回家，给他买衣服鞋子，他不想和梁行野闹不愉快。

可他还没学会说话，沟通存在障碍，便低下头，示意梁行野摸他的头发。

梁行野沉浸在思绪中，一时没动作。池宁知道梁行野不懂美人鱼的和好方式，抓住他的手，放到自己的脑袋上。

池宁的头发细软蓬松，手指陷在里面，像陷在一朵云里。梁行野从思绪中抽回，低头看池宁。

他一般不注意别人的长相，经常扫一眼就忘。但池宁这张脸比较特殊，清纯，准确来说有种灵动的无辜感。尤其那双眼睛，跟水洗过似的，像小动物。

池宁也确实是小动物，天真到把他当成同类。

池宁动了下，发尖掠过他的指腹，带起轻微的瘙痒。梁行野收回手，原本复杂的眼神变得平静："池宁，以后不要给我抹唾沫。"

池宁抱着气球，抬眼看他。

两人对视片刻，梁行野嗓音温和地说："我是人，不是人鱼。"

池宁慢慢点头。

到公司后，梁行野着手处理台风停工的事。

前几天气象台发布了台风红色预警，预计台风明早登陆云城，登陆强度可达强台风级，并伴随暴雨或特大暴雨。台风天上班不安全，梁行野让秘书拟个通知，给大家放三天假。

秘书匆忙出去了，梁行野把手头上的事解决完，站在落地窗前喝咖啡。

办公室在大厦顶层，窗外灰蒙蒙的，看不清地面，像是身处云间。手机振动起来，梁行野摸出一看，是他妈发来的消息。

他没回复，放下咖啡杯，走去旁边的小休息室。小休息室设在办公室里，方便梁行野午休，里面床和被子齐全，还备了个小冰箱，里面藏着不少酒。

池宁盘腿坐在床上，手里捧着个平板，正目不转睛地看剧。见梁行野进来，他放下平板，朝梁行野笑。

梁行野想起进公司时一路上遭受的窥探。池宁不习惯新环境，只能紧挨着他。众人不敢围观，但明显骚动起来，连秘书来办公室都比平日里来得勤，眼神还总往休息室里瞟。

梁行野坐到池宁旁边，心里不断纠结应该怎么处理池宁。把池宁养在浴缸里不是长久之计，池宁特殊，容易牵扯出隐患，他不怕事，但对未知隐患一向是能避则避。最稳妥的办法，就是找到池宁原本生活的那片海域，送他回家。

梁行野拿出手机搜地图，指着和屏幕一样大的地图问池宁：“现实生活中的每个地方都能在这上面找到，你看，蓝色的是海洋，你是从海洋来到岸上的。”

梁行野用手点了个地方：“昨天我把你送到了这里，这附近还有几片海域，像这里、这里，和这里，你认不认识？”

池宁看梁行野的手指在上面点啊点，有点头晕。

梁行野说完，问池宁：“看得懂吗？”

池宁摇头，眼里充满了迷茫。梁行野料到了这个结果，他见池宁一副不知所措的样子，联想到池宁两次出现在他家，心里有了猜测，池宁应该是一条方向感极差，找不到家的路痴人鱼。现在只能走一步看一步。

外面有人找，梁行野关掉手机，起身离开。脚步声和交谈声被门隔断，池宁一个人留在空荡荡的休息室里，长时间看屏幕眼睛不舒服，他闭上眼，闷头钻进被子。

池宁用被子捂住头，他打了个喷嚏，露出头，盯着天花板发呆。

过了会儿，有人推开门，他以为是梁行野，从床上爬起来，见到的却是纪宣。

纪宣靠在门口，笑着说：“怎么睡上了？走，哥请你吃饭。”

池宁确实饿了，从昨晚到现在，他一点东西都没吃。但他和纪宣只见过一面，池宁穿上鞋，绕过纪宣去找梁行野。

纪宣抱着手，哭笑不得：“我怎么说也是个大帅哥吧，你竟然能无视我？”

池宁停下来，颇为认真地审视他的脸，随后看向坐在办公桌后的梁行野，两相比较之下，对纪宣摇头。

纪宣不乐意了，揽住池宁的肩：“看不出来你这么看重外表，我跟你讲，他那张脸是整容整出来的……”

梁行野打断他：“纪宣你胡说八道些什么。”

纪宣笑着摊手：“行行行，我住嘴，还去不去吃饭了？”

中午纪宣请客，选了一家颇具特色的中餐厅。推开门，入眼可见古朴的实木桌椅，古色古香的条案靠墙放置，搭配相应的盆景和艺术品，精致又大气。

穿着旗袍的店员候在一旁，纪宣让池宁点菜，池宁看不懂，梁行野说：“随便吃点就行。”

点完菜，纪宣跟梁行野抱怨：“我本来今天轮休，不用去医院，你妈急急忙忙……”

话说到一半，看见梁行野伤口已经愈合的侧脸，纪宣颇为惊讶：“你脸上的伤这么快就好了？”

梁行野瞥了眼池宁，随便应付几句，转移话题，说台风天腿疼。

纪宣果然被转移了注意力：“就你那破腿还去打拳，准备棺材吧，总有一天要请我吃席。”

梁行野调侃：“现在都流行骨灰盒，哪有人用棺材？”

池宁和梁行野并排坐着，听见他们的对话，眼神落到梁行野的腿上。池宁盯着看了很久，梁行野很难注意不到，敲桌：“池宁，吃饭。”

池宁连忙收回目光。菜一个接一个上来，香味氤氲在空气中，勾得人食指大动。池宁被花样繁多的菜式吸引住，哪盘都想尝一尝，但他不太会用筷子，夹菜夹得很费劲。

纪宣见状很不好意思，用公筷给他夹糖藕：“哎，都怪我没考虑周到，你吃惯了西餐吧？”

池宁看着碗里色泽鲜艳的糖藕，对纪宣笑。

纪宣看着池宁的小身板，心生怜惜，谴责梁行野：“你真打算把他当弟弟就好好养，看人家这么瘦。”

梁行野在吃鳕鱼，鱼肉鲜嫩，色泽白润，他懒得解释：“再看吧。”

说完他吩咐服务员做一份汤泡饭送过来，再上一个甜点。

汤泡饭上得很快，汤底选用的是熬得鲜香醇厚的鸡汤，鸡腿肉去了骨，撕得很碎，搭配切细的松茸和青菜，铺在裹着鸡汤的饭上，色香味俱全。梁行野把汤泡饭推到池宁面前，让他拿着勺子吃。

纪宣不由得感叹："我还真没见过你照顾人。"

他穿开裆裤的时候就和梁行野认识了，梁行野从小霸道，领地意识强，长大了更是这样。之前傅家千娇百宠的独生女傅杉看上了梁行野，气势汹汹地要收服他，最后铩羽而归。她气不过，骂梁行野是个死男人，硬得像块石头，毫无情趣。

纪宣和傅杉还挺熟，傅杉是个骄纵可爱的小公主，他一开始就猜到了梁行野不会惯着她的脾气，但梁行野现在这样照顾池宁，纪宣有些意外。

梁行野不以为意，笑着说："这算哪门子照顾？"

池宁压根不会用筷子，总不能饿死他。

纪宣也笑，用手撑着脸观察池宁。池宁用勺子用得顺手，面前那碗汤泡饭吃了大半。青菜他一口没吃，拨在一边，微低着头，正在认真挑鸡肉，伴着汤汁塞进嘴里，吃得脸颊一鼓一鼓的。

池宁吃得慢，梁行野和纪宣放下筷子，一边闲聊一边等池宁吃完。

纪宣拿了条湿毛巾擦手："许晋的事怎么样了？"

"处理完了，现在主要盯着段沂，上午刚给他回份礼。"

纪宣知道段沂，美籍华裔，著名富二代，老家在外省。池宁刚回国不久，一回国就千里迢迢来了云城，目标性极强，整天和梁行野对着干。

以前还算小打小闹，这次没那么容易收场，段沂在这里根基不深，梁行野铆足了劲要对付他，他怎么也得脱层皮。

不过纪宣还是觉得纳闷，问梁行野："你和那个段沂到底有什么渊源？"

"在这之前我从未见过他，两家长辈往上也没有过交集，再说他家离这儿很远，我能和他有什么渊源。"梁行野把所有可能因素排除完，脑子里突然晃过一个画面。

段沂似乎在一次晚宴上提过池今叙，当时他喝了酒，记不明晰，但按理来说，今叙应该不认识段沂。

这种模棱两可的事，梁行野没拿出来说，站起身：“我去趟洗手间。”

纪宣准备去买单，也跟着起身。见他们要走，池宁立刻放下勺子，梁行野低头看他：“你吃你的，我们待会儿回来。”

梁行野和纪宣一前一后离开座位，池宁侧过身子，望着梁行野的背影，眼神落到他的腿上。

梁行野的背影消失在拐弯处，池宁收回目光。纪宣和梁行野的谈话他认真听了，“吃席”是什么意思他不太清楚，但他隐约知道梁行野的腿伤很严重，可能要死了。

池宁看了看面前的汤泡饭和吃剩的甜点，又低头看身上的衣服，坐在那儿发了会儿呆。

梁行野从洗手间出来，纪宣刚好买完单，两人一起往座位那边走。纪宣跟梁行野闲扯养生之道，梁行野有一搭没一搭地应：“还行，我不喜欢……”

走到座位附近，梁行野掐断没说完的那半句。池宁坐在椅子上睡着了，后脑勺压着椅背，仰起脸，下巴紧绷，露出一截白净的脖颈。

纪宣放轻声音：“这弟弟的睡眠质量怎么这么好，这皮肤是睡出来的吧？”

梁行野居高临下地俯视池宁，没出声。

纪宣待会儿还有事，见梁行野似乎想等池宁睡醒，便先行离开。偌大的区域只剩池宁和梁行野，片刻后，梁行野说：“池宁，醒醒。”

没动静。

等了一会儿，池宁依旧没有要醒的迹象。刚才还好好的，梁行野蹙眉，怀疑这是摔到脑袋的后遗症，正要背他赶回医院，池宁迷迷糊糊地睁开了眼睛。

梁行野顺势起身：“走了。”

4

两人回了公司，梁行野很忙，让池宁进休息室玩平板，别打扰自己。

池宁在休息室待了一下午。快下班时，他手里捏着个红色凝珠，面露犹豫，频频看向一门之隔的办公室。

五点半，他跟着梁行野离开公司。公司离梁行野住的地方只有十分钟车程，但今天风大，梁行野开了近二十分钟。

到了停车场，梁行野打开车门让池宁下来，池宁下车后，往他手里塞了个东西。梁行野看着手心的红色小凝珠，捏了一下，温热柔软。他有些意外，问池宁："这是什么？给我的？"

池宁点头，示意他吃了。

梁行野正要说话，旁边那辆车上下来四个人，个个人高马大，一身黑衣。三人往这边走，剩下一人毕恭毕敬地打开后座车门。紧接着，车里下来一个男人，像是二十出头的年纪，眉眼锋利，张扬桀骜。

梁行野转头看过去，还是那阴魂不散的段沂，顿时心生烦躁。

段沂在车边站定，微抬起下巴："梁行野，我们谈谈。"

"谈？你拿什么跟我谈？"梁行野笑了声，"上午给你的教训还不够？"

生意场上什么人梁行野都见过，唯独没见过段沂这样的。家在十万八千里之外，放着大好日子不过，特地跑来云城针对他，干的还都是费力不讨好的事，每次伤敌八百，必自损一千。

段沂冷声开口："梁行野，许晋的事只是个开始，我劝你离……"

梁行野带着池宁往电梯口走，段沂打了个响指，几个保镖立刻围了上去。

梁行野后退几步，抵着车门，把池宁推了进去。池宁一个趔趄倒进车里，紧接着咔嗒一声，门锁上了。他手忙脚乱地从座椅上爬起来，透过车窗，看见那几个人围住了梁行野。

熟悉的欺凌场景让池宁下意识地躲到窗下，他一动，碰得购物袋簌簌作响，池宁低头一看，是梁行野上午给他买的衣服。

池宁抿起唇，趴着车窗向外望，外面只剩下车，没见有人。后脑勺还有些疼，手有点抖，池宁犹豫几秒，开始用力推车门。但他推不开，他今天第一次坐车，下车都是梁行野帮他开的车门。

车窗一角隐约晃过梁行野的身影，池宁心里一惊，在车里急得团团转，到处乱摸，终于掰到了车把手。门开了条缝，他跳下车，往梁行野所在的地方跑去。

他在海里打过架，对于力量悬殊的对手，从不正面硬打，只搞偷袭，搞不赢就跑。

保镖的注意力全在梁行野身上，没人分神给池宁。最瘦的那个保镖一个不小心，被池宁得了手，膝盖窝一软，跪在地上。保镖反应很快，立刻起身踢向池宁，但脚还没挨到他，就被梁行野猛地踹开。

梁行野以为池宁是那种一动手就会吓哭的小软蛋，只有挨打的份，没想到胆子这么大，闷头就敢往这儿冲，干仗架势乍一看还挺像样。

但保镖们也不是吃素的，池宁的小身板还不够他们塞牙缝，梁行野抓住空隙，揽着池宁将他塞回车里，警告道："不准出来。"

池宁的后脑勺撞到了坐垫，整个人晕晕忽忽的，呆呆地躺着。

段沂烟抽到一半，抬头扫了下前方，见梁行野正往车里塞人。段沂没看清那人的模样，也不在意，把注意力全放在梁行野身上。

没过多久，保镖躺了一地，段沂扔开烟，朝梁行野走过去。

梁行野上前半步，卡着段沂的喉咙将人摁在地上。梁行野在生意场上吃过亏，但没谁敢用这种手段，他收紧手："段沂，不管你是什么来历，我对你的耐心到此为止。"

段沂一个勾拳砸向梁行野。他明显也练过，下手又狠又准。梁行野往后躲，手上的力气随之松开，腿一使劲，压住段沂的小腿。

段沂用肘猛撞梁行野的腿，恰好撞在他的伤腿上，梁行野的冷汗瞬间就出来了。为了图快，他用了狠劲，段沂渐渐落了下风，挨了好几下重击，躺在地上喘气。

梁行野盯着段沂，眼神平静，声音很淡："在我真正动怒之前，你最好收起你的那些小把戏，哪儿来的滚回哪儿去。"

段沂笑了声，梁行野也笑，声音中透着寒意："你尽管试试。"

再耗下去今晚谁都得不到便宜，梁行野松开对段沂的禁锢，见他扔下保镖径直离开了，打开车门让池宁下车。

池宁头还晕晕的，踩到地上，踉跄几步差点摔倒，梁行野扶了他一把，等他站稳才说："走吧。"

走到车尾，池宁顿住脚步，地上被踩破的凝珠颜色尽褪，只剩下水迹，他颓丧着脸，跟梁行野进了电梯。

池宁情绪不高，贴着角落，连梁行野叫他也没听见。梁行野立在走廊上，按着电梯开门键，又说了一遍："池宁，出来。"

池宁连忙走出电梯，梁行野看他鼻尖红红，眼睛蒙着层水雾，样子挺可怜，耐着性子问他怎么了。池宁把手伸到梁行野面前，让他看自己的手指，白白嫩嫩的，就是指腹擦破了点皮，应该是摁地上弄伤的。

他动手的时候还挺像模像样，打完又哼哼唧唧的娇气得很。梁行野想，人鱼属哪个品种啊？一点痛都忍不了。

伤腿被段沂撞了下，疼痛愈发强烈，梁行野有点撑不住，回到家后立刻叫家庭医生过来打了止痛针。

池宁站在书房外，好奇地看着紧闭的房门。梁行野正好和医生出来，池宁连忙让开。医生离开后，梁行野脱了上衣，随手搭在椅背上，进了浴室。

池宁走到阳台上，仰头望着月亮。今晚只有一弯月牙儿，隐在云间，发着淡淡的光。

池宁靠在护栏上，遥遥地凝视月亮。

虽然上岸后遇到的梁行野很好，但他想他哥了。可要找到他哥，简直难如登天。金色珍珠没有线索，他还没学会说话，又不认识字，甚至连他哥的名字怎么写他都不知道。

距离他哥上次去海里看他只过了半个月，下一次估计得一个月后，如果他比较忙，时间还会往后推。但就算他哥回了海里，也不会靠近被鲨鱼占据的岛屿。

海里那么大，找藏在海底的美人鱼族群犹如大海捞针，要是没找到，他哥就不会知道他在岸上，说不定他们以后再也见不到面了。

其实在他哥变成人那天，池宁就做好了跟他哥分别的准备。

和他找银尾美人鱼做交易不同，他哥是靠自己成功幻化成人形的，池宁问过原因，他哥也不清楚，只说也许是因为和人类接触过。

那时他哥失踪了小半年，从他哥断断续续的讲述中，池宁才知道他被鲨鱼咬伤后遭遇了海啸，又被海啸冲到一座海岛的沙滩上，后来有个好心人路过，救了他。但他哥再三强调，能遇到好人的可能性极低，让他最好不要和人类接触。

池宁也没和人类接触的条件，在大海里遇见一个对人鱼充满善意的人类，简直比大海捞针还难。

他哥变成人后，能在海里维持鱼尾形态的时间越来越短。每次他哥回海里看他，池宁总会想，说不定下次就等不到了。

原以为他上岸后能和哥哥团聚，谁知出了状况，现在怎么办呢？池宁无比迷茫。梁行野跟他无亲无故，他不能一直占梁行野的便宜。可金条丢失在海浪中，梁行野又对他的珍珠不感兴趣。

池宁听他哥说过人类社会的运行规则，每个人都得工作赚钱养活自己。他现在的情况应该找不到工作，不过他可以卖珍珠。

他在心里把要做的事情排了个序：学会说话，卖珍珠，把他欠梁行野的钱还上，找他哥。

风把他的头发吹得乱糟糟的，衣服也鼓了起来，池宁搓了下脸，走到沙发上坐着。

过了会儿，他的双腿变成了鱼尾，受伤处的鳞片摇摇欲坠，池宁心疼地碰了碰，见梁行野从浴室出来，朝他伸手，想让他抱自己回浴缸。

梁行野边擦头发边看他。池宁的伤口没法沾水，在浴缸泡一晚不知道会变成什么样，就算不放水，浴室里湿气重，容易感染。但这套房子只设计了一个卧室，留他在卧室，两人就得睡一张床。

梁行野的床上没出现过其他人，更别说动物。

池宁举得手酸，在梁行野面前晃了晃。梁行野拨开他的手，拎着他去浴室。

浴缸很大，放水后，原本就滑的浴缸变得更滑。池宁一进去，浑身就湿透了。他见梁行野要走，拉住了他的衣服。

梁行野回头："怎么了？"

池宁在浴缸边缘蹭下几片鱼鳞，塞到他手里。想着不练习永远学不会说话，池宁费力地开口："谢……谢……"

鱼鳞轻得像羽毛，触感沁凉，表面是渐变的矢车菊蓝色，尾部呈半透明，泛着微光，漂亮得像艺术品。

池宁趴在浴缸边缘，身上湿淋淋的，头发也沾了水，垂在额头，显得有些可怜。他的脸上却笑着，"谢谢"说得含糊不清，但感激之意满溢而出。

梁行野和池宁对视片刻，拿毛巾胡乱把他擦干，随后把他弄进卧室，放他在床上。床很大，睡两个人绰绰有余，梁行野指着一侧："你睡那里，别挨着我。"

梁行野的床松软舒适，比硬邦邦的浴缸好太多，池宁舒服得在床上翻了个身。

梁行野没管池宁，去摸手机。手机搁在床头柜上，感受到人脸靠近，自动亮起来。屏幕上显示了几条消息，梁行野打开一看，是池今叙发过来的，说收到珍珠了。

梁行野刚好有事，问他方不方便语音聊天。

池今叙马上回复：和一伙朋友在外面聊天，语音太吵听不见，打字吧。

梁行野：你认不认识段沂？

等了一会儿没等到回答，梁行野在搜索引擎搜了张照片发过去，补充道：就是这个人，前阵子突然来云城的富二代，美籍华裔，十分嚣张。

池今叙还是没回复，可能在和朋友交谈。梁行野等了会儿，半分钟后，消息才弹出来。

池今叙：这小孩啊，我见过几次，不算认识。

池今叙：怎么了？

段沂今年二十五岁，怎么算也不是小孩，大概照片显得年纪小。梁行野见池今叙说不算认识，没多解释，随意回了句：前天商业晚宴碰过面，挺张狂一人，随便问问。

池今叙：这种嚣张跋扈的富二代，你别惯着他，他要是招惹你，下狠劲收拾就对了。你需要的话我手里有些资源，你看一下能不能用得上。

梁行野：不用。

梁行野正要关手机，消息一条接一条地蹦了出来。

池今叙：听纪宣说你认了一个弟弟？就是上次半夜待在你家的那个男孩吧？

看完消息后，梁行野的目光长久地停留在“纪宣”两个字上，他回复池今叙：别听纪宣瞎说。

池今叙那边是白天，他晒着太阳，兴致颇高：等我回国你把他带出来见见，我挺好奇，你这样的性子还能有弟弟。

池今叙那边的事多又棘手，等他回来最快也得两三个月，慢一点可能要小半年，那时候池宁早回海里了，梁行野懒得说太多：行。

池宁一开始和梁行野隔着段距离，见梁行野拿着手机，慢慢凑过去，探头窥屏。梁行野看他一眼，池宁登时记起梁行野抱他上床时说的“别挨着我”，默默挪回划定的位置。

池宁躺在床上，无聊地用尾巴卷被子。

梁行野皱眉，关掉手机，看着池宁：“你再卷被子，就去睡浴缸。”

昨晚没睡好，今天又忙了一天，梁行野有些困了，威胁完池宁，留了盏壁灯，钻进被子里。不多时，他换了个睡姿，背对着池宁，之后再没动过。

池宁钻出被子，手撑在枕头上，望着梁行野。壁灯的光柔和昏黄，洒在梁行野的头发和肩背上，像镀上了薄薄的一层金。

池宁伸出手，放到梁行野头顶，把光拢在手心。

梁行野睡熟了，呼吸逐渐变得平稳悠长。不知怎的，池宁突然想起了纪宣的话，“就你那破腿还去打拳，准备棺材吧，总有一天请我吃席”。

他偷偷摸摸地戳梁行野的背，没反应，便凑过去，凑到一半，梁行野倏地动了下，紧接着翻过身，仰躺在床上。池宁瞪大眼睛，发现梁行野没醒，松了口气。

过了会儿，池宁小心翼翼地掀开被子，趴在梁行野胸口听心跳声。咚咚咚，强劲有力，他不像是要死了，但池宁也不敢确定。

血液凝珠被踩破了没用上，但就算没踩破也用不上。他被推进车里之前，看见梁行野松手扔掉了凝珠。梁行野不信任他，更不会随意吃他给的东西。池宁趴着思索了几秒，探过身子，轻轻捏开梁行野的嘴唇，咬破手指放上去，血珠顺着指尖滴落，不断滑进梁行野的口腔里……

过了许久，指腹的伤口凝固了，池宁有点喘不过气，从梁行野身边退开，用被子蒙住头，恍恍惚惚地闭上眼睛。

翌日一早，梁行野准时醒了过来。

窗外电闪雷鸣，狂风暴雨。雨噼里啪啦地击打窗户，混杂着呼啸的风声，充斥在静谧的卧室里。

刚睁开眼人没彻底清醒，梁行野躺在床上，有种今夕是何夕的茫然。他盖住眼睛缓了会儿，靠着床背坐起来。

卧室很黑，外面不像早晨，倒像是傍晚。梁行野听了会儿风雨声，感觉浑身舒畅，伸了个懒腰，手好像碰到了什么东西，他扭头看见池宁，才记起昨天收留了条人鱼。

池宁的睡相不好，卷得像麻花的被子里鱼尾重新变成了腿。梁行野收回目光，下床洗漱。他穿上鞋，在提溜浴袍时猛地顿住，腿不疼了，应该是止痛针的作用。但手臂上、掌骨处的瘀青竟然也好了大半，梁行野怔愣半晌，坐回床上叫池宁。

池宁抱着枕头缩成一团，睡得很沉，梁行野快把他的下巴捏红了，还是叫不醒。

外面的天愈来愈黑，风挤进窗户缝隙，声音杂乱刺耳，不远处隐约传来玻璃破碎的声音。

梁行野靠着床背，脸色复杂。他昨天和段沂的保镖交手，除了手臂，脖子上也有伤，就在喉结附近，今早却都已经好得差不多了，这事肯定和池宁有关。

将近九点，池宁才醒。他打了个哈欠，把脸埋进被子里。梁行野掀开被子，池宁顺势仰头，眼神还不怎么清明。

梁行野："池宁，我怎么跟你说的？"

池宁从床上爬起来，整个人迷迷糊糊的，艰难地开口："怎……怎么……"

梁行野有些难以启齿："你昨晚是不是又给我涂唾沫了？"

梁行野的表情很奇怪，池宁赶紧摇头，磕磕绊绊地坦白："我……不……不是……"

他话说得太慢，梁行野截住他："池宁，不要把你的动物习性放到我身上，我是人，不是人鱼。"

池宁盘坐在床上不敢动。风雨声衬得卧室里无比寂静，池宁偷偷看梁行野一眼，见他紧抿着唇，犹豫片刻，试探着喊他："梁……"

梁行野猛地和池宁拉开距离，梁行野盯着他，池宁的眼睛睁得很大，圆溜溜的，眼神像山间月夜下淌过青石的泉水，干净澄澈得能望到底。

梁行野顿时有种一拳打到棉花上的无力感，他经历过无数次比这更棘手的情况，现在却无从下手，因为池宁纯粹出于好意，只是方法太过荒唐。

梁行野缓和情绪，心想不必过于介怀，毕竟池宁是个小动物，什么也不懂。

但该划的界限还是得划。

梁行野说："池宁，我知道你是出于好意，但我并不需要。我受伤了，会去找医生治疗。"

"这次就算了，"为了杜绝此类情况再次发生，梁行野故意吓他，"我脾气不太好，如果你以后再这样，或者再对我做出其他什么奇怪的行为，我会很生气。"

池宁不敢再解释，抓着被子，状若无意地往旁边挪。

梁行野又强调了一遍："以后别把人鱼的那一套用到我身上。"

池宁慢慢点头。

第二章

CHAPTER 02

决心收留

Ren Yu Yin Le

1

台风天没法出门，梁行野在书房待了一上午，午睡起来后又进了书房。池宁无所事事，不敢乱碰屋子里的东西，就趴在沙发上玩靠枕。

玩累了，他调整到一个舒适的坐姿，抱着靠枕自言自语地学说话。把能想到的词读完一遍后，池宁扭头望着书房门口，把梁行野也划入了练习范围。

梁行野打开门时，刚好听到池宁在小声念他的名字，慢吞吞地拖长了调子。他看了眼池宁，视线落在他后脑勺塌着的头发上。伤口不深，没缝针，也没包扎，但好得并不快。

梁行野有些纳闷，池宁的唾液治疗能力那么强，为什么不能治愈自己？

他看着看着，记起医生说伤口要勤换药，便绕过沙发坐到池宁旁边，从茶几底下翻找出从医院带回来的袋子，边打开边问池宁："会不会自己换药？"

池宁看看袋子，又看看梁行野，眼里含着丝怯意，摇头。

梁行野说："转过去背对着我。"

池宁不知道梁行野要做什么，心里有点忐忑，问："怎……怎么……"

“怕什么？我不会吃了你，”梁行野握着他的肩膀让他转身，“给你的伤口换个药。”

池宁顺势转过去，隔着靠枕抱住膝盖，感受到冰凉的液体覆在皮肤上，池宁一激灵，又感觉被戳得有些疼，忍不住“嘶”了声。

梁行野顿了顿，随后放轻动作。

“好了。”

池宁探身看垃圾桶里的棉签，转过头凝视梁行野的背影，突然觉得他只是看着凶，堆积在心里的不安逐渐消散。

两人相安无事地过了一日，梁行野按医嘱给池宁换了好几次药，池宁不再怕他，也敢在客厅里晃悠个不停，观察摆在四处的东西。

第二天台风来得更猛烈了，池宁和梁行野几乎同时醒，梁行野掀开被子，准备去洗漱，池宁也跟着爬起来，翻出梁行野给他买的衣服，费了好大劲才换好，跟着梁行野进了浴室。

梁行野刷牙的时候，池宁觉得无聊，靠在洗手台上盯着他看。

过了会儿，他见梁行野拿了个罐子往脸上挤泡泡，又拿出嗡嗡响的东西把泡泡抹掉，觉得好奇，试探着摸泡泡。

梁行野偏开头：“干什么？”

池宁：“娘……梁……”

梁行野说：“你‘n’‘l’不分，不准叫我。”

池宁老老实实地站在一边，不再乱动。等梁行野捧水冲干净脸，池宁拉了拉他的衣服，朝他张嘴，让他看自己的牙。

梁行野低头看池宁，牙齿白白净净的，长得很整齐，就是龇牙咧嘴的模样略带狰狞。

他给池宁拿了支一次性牙刷，池宁不会用，眼巴巴地看着梁行野。

“自己刷，”梁行野没照顾过人，也不想照顾人，“你虽然是一条鱼，但你应该成年了。”

梁行野不帮他，池宁只好自己摸索着刷。

池宁刷牙的时候完全乱来，梁行野站在一边看，听到吞咽声时忍不住皱眉，叫他吐口水。

池宁呸呸呸吐干净，对梁行野笑。他脸上沾了泡泡，鼻尖脸颊上都有，笑起来眉眼弯弯，充满了喜剧效果。梁行野轻笑了声："看我干什么？你自己学着刷。"

他边说边让池宁照做，池宁刷完抹了下嘴，指向洗手台上的剃须膏："那个……"

"你的不用刮。"

池宁颇为可惜地收回手，跟在梁行野后面离开了浴室。

因为台风，池宁整天和梁行野待在家里，没花太长时间，他就对梁行野家的布局有了大致了解，电视、电灯、洗手台等也学会了怎么用。

他脑袋上的伤口没彻底好，还睡在梁行野的床上，不过被明令禁止挨到梁行野。池宁不确定梁行野的病重到什么程度，原本想趁晚上喂他血，又怕他生气，所以不敢轻举妄动。

到了周一下午，迅猛的台风逐渐变弱，池宁坐在沙发上看电视，他学说话的进度一直停滞不前，一次只能蹦一个词，断断续续地不连贯。所以他决定加大输入量，试试有没有效果。

他看不懂字，看画面也看得津津有味，偶尔跟着演员学说几句话。

过了会儿，门突然被敲响。池宁警惕地看向那边，起身去书房找梁行野。

昨天有人敲门，梁行野在健身房锻炼，是他去开的门。门外是那天出现在浴室的女人，旁边还站着个男的。

那女人见到他，语气很不好，问梁行野在哪儿。

梁行野出来后，池宁怕又出现吵架的场面，去了阳台那边。池宁看见那个男的把一沓纸给梁行野，表情颓丧，不知说了些什么。

那女的也和梁行野说话，忽然转向阳台看了池宁一眼，脸色很差，像是在忍耐。然后转过去拍梁行野的肩，放下一个袋子，带着那男的走了。

袋子里是热烘烘的小饼干，梁行野一块都没吃，全给池宁吃了。虽然饼干很好吃，但池宁并不想见到她。

书房关着门，池宁砰砰砰用力敲，片刻后，梁行野打开门，问：“怎么了？”

“有人……”池宁指向大门口。

见池宁有些紧张，梁行野说：“是纪宣。”

纪宣对这儿的布局挺熟，梁行野一开门，他自动从旁边的鞋柜里拿出双拖鞋换上。

今天是他调休的最后一天，明天又要开始上班。台风天没地方可以玩，他在家天天被念叨，听得烦了，便抓起车钥匙往梁行野这儿跑。

池宁站在旁边看着，纪宣笑着跟他打招呼，池宁也笑，见纪宣转头和梁行野聊天，便走去沙发那儿继续看电视。

客厅边上设计了小型吧台，旁边是落地窗，外面风雨渐弱，零星几滴雨水落到窗上，发出轻微的声响。

梁行野给纪宣倒了杯酒，纪宣说：“段沂出国了你知不知道？”

“知道。”台风最猛的那天，段沂连夜开车出省，坐飞机赶去了国外，梁行野说，“和今叙有关。”

那天他问池今叙认不认识段沂，池今叙否认，第二天却打电话跟他道歉，说不知道段沂那么混账，竟联合许晋对他下手，还说段沂挑事是因为他自己。话里话外，都透着跟段沂的熟稔。

池今叙可以说是除纪宣外和梁行野关系最好的朋友之一，池今叙认识段沂这事完全没必要瞒着梁行野。但梁行野随口一问，池今叙沉默良久，最后还是什么都没说。

纪宣不敢置信，忍不住提高声音：“今叙这些年除了收藏古董，就是待在家养他那病恹恹的身体，他和段沂完全八竿子打不着一块儿去。”

“可能是去国外的时候认识的。”梁行野推测。

“不行，我待会儿得仔细问问今叙，他和段沂到底是什么情况。段沂不好对付，如果他想缠着今叙的话，我们得帮今叙一把。”

如果是生意纠葛，还能帮忙，若是有其他矛盾，最好别随便插手。梁行野沉稳地道：“这事我们别掺和，让今叙自己解决。”

他想起纪宣的口无遮拦，把杯子一放：“还有，我的私事你别到处乱说。”

纪宣疑惑：“啊？我乱说什么了？”

“我妈伤了我新认的弟弟，我生气了，和我妈闹翻……”

“你自己说不用瞒着的，”纪宣有点心虚，小声嘟囔，“还不是因为今叙和我们熟，聊天的时候我就没收住。在胡钦和陆尽他们几个面前，我的嘴可严实了。”

他想岔开话题，刚好瞥见吧台角落里有沓纸，硕大的“检讨书”赫然印在第一页，紧接着又在右下角看到许晋的签名，顿时忘了要岔开话题，探身把检讨书拿到手里，惊讶地问梁行野：“不是吧，你让那个吃里爬外的小子写份检讨书就完了？”

“懒得收拾他。”

“懒得收拾还是你妈拦着不让收拾？”纪宣对梁行野他妈的这种操作很熟，忍不住感叹，“小兔崽子就是被这样惯坏的。”

周纭宠许晋，纪宣可以理解。但梁行野又不是三头六臂无所不能，这次要真被害了，公司的现金流都要出问题。许晋写份检讨书就能轻轻松松地混过去，周纭的心简直偏到外太空去了。

梁行野笑了声：“我压根没把他放在眼里，这种事绝对不会有第二次。”

“要是你妈下次……”

“我要下狠手，她又能怎样？”

纪宣扫了眼他的表情，不是假话，一口喝完酒：“行了行了，不谈这些破事，影响你的心情。”

什么能让梁行野的心情好一点？纪宣望向远处的池宁。池宁抱着靠枕，脸压在上面，正目不转睛地看电视，不时张开嘴自言自语，好像在模仿里面的角色，表情很丰富，皱起眉，然后松开，又突然瞪大眼睛……

纪宣觉得搞笑，调侃道：“你要没事就多看看你这个无忧无虑的弟弟，能多活好几年。”

梁行野偏头看池宁，片刻后收回目光。其实他不喜欢动物，小时候唯一养过的宠物是一条大型狼狗，威风凛凛，气势惊人。像池宁这样天真烂漫的人鱼，他应付不来。

不过也不需要应付太久了，他已经找到了线索——挂在浴室墙上的水草兜。海里有特定的植物种类，植物的分布也存在一定规律，他让人去查了，只要一查到，就能送池宁回家。

纪宣在梁行野家待到五点多才离开，临走前说等下次有空一起出去玩。池宁露出渴望的眼神，在一个密闭空间待了三天，他心里有些厌倦。

这里地方大，但很多区域梁行野都不让他进去，他的活动范围只有客厅、阳台和卧室。

纪宣离开之后，池宁又坐回沙发上，跟着电视自言自语学说话，一直学到晚上，腿变成鱼尾，他才放下了遥控器。

晚上池宁一个人躺在床上，梁行野不知道在忙些什么，还待在书房。池宁习惯了，这三天都是这样，他能见到梁行野的时候只有在起床时、吃饭时和入睡前。

他打了个哈欠，非常老实地滚到自己的区域。他后脑勺的伤口正在愈合，梁行野说碰水可能会溃烂，在床上划了界限，让他想睡床的话就别越界。他当然想睡床，所以梁行野说什么他就听什么。

不过梁行野好像不喜欢睡觉的时候碰到他，池宁闲得无聊，比对他的位置和梁行野的位置，大概一比二。池宁在心里庆幸，还好床够大，不然他得睡在地上。过了会儿，他又想，不知道以后他和梁行野特别熟了，梁行野愿不愿意多分他一点位置。

晚上他睡得早，第二天醒来时，天还没亮。他靠着床背，发现梁行野还没醒，便无聊地打量起卧室的布局。他看久了眼皮渐渐下垂，忽地旁边传来一阵声音，伴随着嗡嗡响，把他吓了一跳。随后他反应过来，是梁行野设置的闹钟。那声音很好听，池宁听着听着，不由自主地跟着哼唱。

梁行野睡意正浓，摸索着关掉闹钟。台风天公司放假，但事情不等人，昨天出了个意外，需要尽快处理，他熬到凌晨三点才睡。关掉闹钟后，他想再眯一会儿，没两分钟，耳边又传来铃声，他皱起眉，扫了眼手机，闹钟明明关了。

察觉到不对劲，梁行野转头看池宁，声音果然是他发出来的。铃声选用的是空灵的纯音乐，他的哼唱乍一听很像原唱。

见梁行野看他，池宁哼得更大声了，梁行野睡眼惺忪地说："安静一点。"

池宁不哼了，但梁行野的睡意已然消散。今天得去公司，他没了睡回笼觉的心思，起床洗漱。

池宁也跟着去浴室，洗手台够大，站两个人依旧显得空旷。洗漱的步骤池宁已经驾轻就熟，和梁行野几乎是同步。

洗漱完，池宁见梁行野换上衣服往外走，加快脚步跟在他身后。可他要去公司，不打算带池宁，便说："你在这儿待着。"

池宁磕磕绊绊地表达想出门的意愿，他说得太慢，梁行野赶时间，没听下去，打断他："我有事要忙，你就待在这儿。"

池宁观察梁行野的表情，"嗯"了声，转身穿过客厅走到阳台上。

今天没有阳光，满天是云，阳光藏在后面，照得云层又亮又白。池宁盯着天看了一会儿，又趴在护栏上，俯视地面。楼层不算太高，纵横交错的马路，川流不息的车，密密麻麻的人群……一一映入眼帘，池宁看得聚精会神。

梁行野的手机落在了沙发上，他回来拿时就看见池宁踩着台阶边缘，把头探到了外面。

当初装修时设计师考虑美观，家里好几处阳台都设计得比较低。池宁站的地方是最低的，这个高度，他要是脚一滑，这里瞬间就会变成凶宅。

这几天相处下来，梁行野知道池宁很听他的话，便走到他面前，把危险区域指了一遍，叫他别靠近，池宁慢吞吞地点头。

再次离开时，梁行野从拐弯处回头看，池宁正在往另外一个阳台走……

十五分钟后，池宁坐在车后座吃饭团。司机是个中年男人，开车开得平稳到在车上喝汤都不会洒出一滴。梁行野靠着座背闭目养神，池宁吞咽的动静小，可车里足够安静，咀嚼声还是清晰地传到了他耳边。

二十多年来，梁行野从来不觉得自己是个好人，但当车里食物的气味越来越浓郁、真皮沙发坐垫粘上米粒时，梁行野开始反省自己，现在的他往庙里一站，是不是立刻会佛光普照?

到了公司，梁行野把池宁带进办公室。池宁这回没上次那么拘束，见梁行野在忙，便坐在小沙发上发呆。过了会儿，他放轻脚步，走到巨大的落地窗前，看向下面。

梁行野忙完手上的事，已经过了半小时。梁行野瞥见池宁傻站着，跟在家一样探头探脑地看着地面，猜到他对人类生活好奇，便问他想不想下去玩。

梁行野待会儿要见个关系不错的朋友，要谈论半公半私的事情，在会议室见面过于官方，但办公室有池宁，不太方便。如果让池宁待在休息室，撞见了朋友他又得解释，所以池宁愿意下去玩的话，简直一举两得。

池宁透过落地窗看地面，又看看梁行野，点头又摇头，犹豫地问："你……和我……"

他话说得太慢，梁行野大概听懂了，旋转座椅看他，笑了声："做什么白日梦？你自己去。"

池宁就不说话了，纠结半晌后，选择去下面。他知道电梯在哪儿，转身出办公室。

梁行野叫住他："等等，我叫个人带你下楼。"

池宁不会说话，也不认识字，自己行动大概率会走丢，梁行野把工作量最少的秘书叫进来，让他带着池宁下去。

秘书叫顾旭，坐电梯时，池宁屡次看向顾旭，顾旭三十岁出头，气质温和，很容易引起人的好感。池宁知道他是来照顾自己的，想和他聊天，但他说话太艰难，顾旭有时候听不懂，要问好几遍，池宁越说越累，最后还是放弃了交谈。

大厦旁边是商业中心，繁华热闹。池宁走在路上，看着琳琅满目的商铺和摩肩接踵的人群，满眼惊叹。

现在将近九点，正值早高峰末端，顾旭见池宁像个无头苍蝇一样乱窜，跟得很紧，怕他走丢。

池宁站在一个小广场中央的雕塑前面，反应很像土包子进城，但光看长相，和土沾不上任何关系。顾旭不动声色地审视池宁的脸，在心里感叹，没有谁会对美好的人或事物心生厌恶，顾旭也不例外，他颇为耐心地跟着池宁，为他讲解看不懂的建筑物和字。

但很快，顾旭就崩溃了，池宁到底是哪里出来的，跟脱离现代文明的野人一样，只清楚一些基本的概念。

相比当导游，他现在更愿意在现在的公司上班。他甚至在心里质疑梁行野，好看的皮囊千千万，不说身家，光看长相，梁总自己也是其中顶级，怎么就和这种小文盲交了朋友？

池宁不知道顾旭正在心里腹诽，他被这花花世界迷了眼，毫无目的地四处乱转。

不知道走到了哪儿，人群渐渐散去，道路变得逼仄，两旁都是树荫，树底下栽种了不少灌木。

拐过弯，池宁猛地停住脚步，面前有几只流浪猫，或站或卧，拦住了去路。他瞪大眼睛，和流浪猫对视，流浪猫不怕人，朝他喵了一声。

一人四猫对峙了将近五分钟，顾旭在池宁身后半步，以为他盯着看是喜欢猫，就没上前。

又过了五分钟，池宁还呆站着。日光照在人身上久了，灼热感很强，顾旭怕把池宁晒伤，走到他旁边，建议他往前走。

池宁像是没听见顾旭的话，一动不动。顾旭没办法，拍了张池宁的照片发给梁行野，说他在这儿不肯走了。

收到照片时，梁行野正和谢辛聊北边准备开发的那块地。他的眼神掠过照片，照片里池宁露出了大半张脸，抿着唇，眼睛瞪得圆溜溜的。他顺着池宁的视线看过去，地上有几只猫，眼睛也瞪得圆溜溜的，最边上那只猫看上去格外不好惹。

梁行野当即笑出了声，池宁怎么会怕猫？他又不是条小鱼，要怕也应该怕老虎豹子这种大型猫科动物。难道是因为动物自带的血脉压制？

谢辛见他笑得如此开怀，好奇不已，屈起手指敲桌：“和谁聊天呢？笑成这样？”

“看见一张搞笑的图。”梁行野边回应谢辛边回复顾旭，让他带着池宁往回走。

关手机前，梁行野注意到池宁手里抓着一些零食。台风登陆后在家待着的那几天，梁行野发现池宁不挑食，什么都爱吃。想着过几天要送池宁回海里，他应该再也接触不到岸上的东西，梁行野难得动了恻隐之心，给顾旭发消息：他想买什么的话给他买，回来报销。

顾旭回复收到，便带着池宁往反方向走。

刚才走了很远的路，池宁用腿走路还不太习惯，只觉得脚酸疼不已，所以走得很慢。在路过一家珠宝店时，他又停住了脚步——珠宝店的橱窗最显眼的地方，摆着一串金色的珍珠，和他哥的珍珠几乎一模一样。

池宁的眼神噌地一下变亮，跑进店里指着那串金色的珍珠，激动得语无伦次，结结巴巴地问店员金色珍珠的来历。

店员耐心地等他说完，然后介绍道：“这款金色珍珠属于海水养殖珠，产地较多，比如印度尼西亚、澳大利亚、菲律宾等国……”

什么“亚”？池宁听得一头雾水。

顾旭对池宁的文化程度了然于胸，秉着不能让老板的朋友在外丢人的原则，他买下了那串珍珠，带池宁去了一家咖啡店。

这个时间咖啡店没什么人，环境优雅，是个聊天的好地方。顾旭一一跟池宁解释：“像印度尼西亚、澳大利亚这些都是国家，印度尼西亚在亚洲东南部……”

池宁越听越糊涂。顾旭拉过椅子，紧挨着池宁坐下，随后翻出世界地图，给池宁上了一节基础的地理课。

课上到后面，池宁已经记不清顾旭说了些什么，他只知道这世界大得超乎他的想象，光靠珍珠的线索，绝对不可能找到他哥。

池宁仔细观察桌上的珍珠，每颗都好像是他哥的。他颓丧地撑着脸，端起面前的咖啡喝了一口，顾旭考虑到他的口味，给他点的是偏甜的瑰夏咖啡，但池宁依然只尝到了满嘴的苦涩。

池宁盯着珍珠发呆，过了会儿，池宁偷偷看了一眼顾旭，顾旭细心和善，如春风化雨般温柔，和他相处起来极舒服。池宁犹豫了片刻，问顾旭如果想要找到一个人该怎么办。

一句话，池宁说了小半分钟，顾旭侧耳认真听着，回答他：“现在科技这么发达，找一个人很简单。”

池宁坐直身体，双手交握在一起，眼神透着惊喜。

“只要知道名字、电话号码、住址这些基本信息就行。”顾旭笑着说，“最好有一张照片。”

池宁眼里的光在刹那间熄灭，电话、住址这些他哥没跟他说过，照片更是没有，他唯一知道的就是他哥的名字——阿金。

在海里，美人鱼之间一般用尾巴的颜色相互称呼，他哥的尾巴是纯金色的，所以一直叫这个名字，上岸后有没有改名字池宁不确定，因为他哥从未提及新名字，他习惯了叫他哥，也没多问过。池宁这个名字还是他哥上次临上岸时说阿蓝太土太难听，一时兴起给他取的。

池宁思索良久，这里的人都有名有姓，他估计跟他哥姓，这样的话他哥的全名可能是池阿金。

池宁望着顾旭，怀着渺茫的希望问：“如……如果……只……只有……一个……名……名字呢？”

“只有一个名字很难找到，要花很大功夫收集信息，还得一个个排除重名的人，如果名字比较常见，耗费的时间和精力不可计数。”出于职业素养，顾旭话说得简洁官方。他看池宁有些蒙，又用更直白的话叙述了一遍。

听到“如果有很多人叫这个名字”时，池宁的脑子一下没转过来，忘了海里和岸上的区别，不由自主地握紧了咖啡杯。

因为阿金确实是个大众名字，光他在的那片海域，就有数百条拥有金色鱼尾的人鱼。

“你是要找谁吗？”顾旭建议道，“可以和梁总说一声，如果有他帮忙的话，事情会简单很多。”

“不……找谁。”池宁摇头道，他欠梁行野的够多了，不知道什么时候能还清，不能一而再再而三地麻烦他，更何况找人要花费的时间和精力不可计数。

池宁没气馁，找他哥的事可以慢慢来，学会说话才是当务之急。

2

从咖啡厅出来，太阳高悬于空，池宁没有了继续逛的兴致，回了梁行野的公司。梁行野刚好处理完手头的文件，顾旭走到他身旁，跟他简短地汇报了下池宁的活动轨迹。

池宁独自坐在小沙发上，无聊地望着梁行野。

梁行野注意到池宁的注视，边喝水边看了他一眼。池宁见他喝水，也觉得有些渴了，因为体质特殊，他每天的饮水量大概是梁行野的五倍。

池宁起身去小休息室拿冰好的水，他没带走那串珍珠，白色礼品袋搁在黑色沙发上，尤为显眼。

买珍珠的事梁行野知道，他看着那个小礼品袋，心想池宁似乎很痴迷金色的珍珠，大概他喜欢金灿灿的东西吧。

他收回目光，把心思放回工作上，刚重新打开电脑就接到了他爸的电话。他双腿交叠放在桌上，懒散地靠着椅背，按下接听键，梁佑江的声音随之传来。

“我不打电话给你，你是不是忘记还有个爹了？”

梁行野手里抓着笔，将笔转出了重影：“哪能啊，正想着找你，这不是被你抢了先。”

这种话梁佑江就没信过，他冷哼一声：“我看你是翅膀硬了。”

“公司这段时间事多，抽不出空。”

梁佑江：“你不是很有能耐吗？怎么会被许晋那个败家子摆一道？”

梁佑江抓着这点批评梁行野，梁行野只得老实听着，因为这确实是他的失误，一时大意才惹出事故。但是梁佑江打这通电话的目的并不在此，他简单说了几句，便拐到另一个话题：“我听说你认了个弟弟，怎么回事？”

前几天他在一个晚宴上碰到了周纭，结婚那几年他们犹如针尖对麦芒，谁也看不惯谁，离婚后关系倒是缓和了许多，见面时也能心平气和地聊聊天。

但这次因为许晋，他们没法心平气和。晚宴后他顺路送周纭回家，路上疾言厉色地指责了周纭的教育问题，周纭一反常态没发脾气，也没护着许晋，只是神色不佳。他询问过后，才知道梁行野似乎为了气周纭，认了一个不知来历的弟弟，周纭担心他被外人骗。

关于池宁的存在，梁行野解释累了："爸，这是我的私事。"

"怎么跟你老子说话的？"去年梁佑江做决策出现重大失误，气急攻心进了医院，梁行野临时接手公司，不仅力挽狂澜，还顺利发展了跨国业务。梁佑江出院后，干脆把公司彻底放手给他，提前过上了退休的生活。毕竟鬼门关里走过了一遭，他的脾气好了不少，语气不算严厉。

梁行野笑了："我有个朋友前阵子在国外参加拍卖会，我让他拍了几瓶1947年的罗曼尼·康帝，今天应该能到你那儿，你最近身体怎么样？"

"还行，不好不坏。"梁佑江没被糊弄过去，"我听说那孩子姓池，是池今叙他家的？"池这个姓太少见，梁佑江下意识把池宁和池今叙联系在一起。

"不是池今叙他家的，"在指间旋转的笔啪嗒一声掉落在地，梁行野弯腰捡起，语气不急不缓，"我妈跟你说什么了？她急什么？我喜欢结交谁，你们也管不着。"

梁行野脾气臭，犟劲儿上来谁都拦不住，梁佑江一时没应声。其实关于池宁的事，他也没太放在心上，不管梁行野和谁交朋友，不影响事业就无伤大雅。

梁佑江略过关于池宁的话题，问梁行野前几天台风放假怎么不回家。梁行野脸上的笑意变淡许多，随口说："懒得回。"

梁佑江和周纭离婚后，感情不断，但过了近十年才再娶，导致梁行野有对十岁的双胞胎弟弟。那女人自觉母凭子贵，大事不敢做，小动作却不断。梁佑江老来得子，心里高兴，也愿意纵着她。

每次梁行野回去都有一堆糟心事，到最后总会演变成他和梁佑江的矛盾。反正他名下房产多，哪儿都可以住，没必要回去给彼此添堵。

梁行野不想再聊，随意应付了两句便挂了电话。他翻开提醒事项，冷不丁看见一条生日提醒的信息，就在半个月后。

梁行野有一下没一下地敲了敲桌子，过了会儿，打开和周纭的聊天对话框，迅速浏览她这几天发过来的消息，随便回了个“知道”，然后叫女秘书去挑一条钻石项链备着做礼物。

今天工作结束得早，又顾及池宁的腿会变成鱼尾，下午六点不到，梁行野就带着池宁回了家。

七点左右，原本该变成鱼尾的腿依旧是腿的形状，池宁兴奋不已。银尾美人鱼之前说过，他习惯用腿走路后就能一直维持不变。

池宁兴冲冲地跑去书房跟梁行野分享喜悦。

梁行野正边喝粥边浏览秘书发过来的策划方案，池宁站在他面前磕磕绊绊地说话，梁行野一心三用，他抽了张纸擦嘴，听池宁说到一半，连蒙带猜地说：“知道了，你以后不碰水就能一直有腿。”

池宁喜笑颜开：“是。”

池宁笑得眉眼弯弯，感染力极强，梁行野轻笑了声：“去看你的电视。”

今天的任务还没有完成，池宁跑回沙发，认真挑选节目。他挑挑选选，最后按喜好选了部片头曲悦耳的电影，来回拉进度条听片头曲，听到能完整哼出来，才没再返回。

中央空调昨天坏了，还没修好，池宁热出了一身汗，但还是坚持看了下去，认认真真地跟着读台词。

等他洗完澡回卧室，已经将近凌晨。梁行野留了盏壁灯，暖黄的光顺着木质地板蔓延到池宁脚下，他放轻脚步，踩着光走到梁行野面前。

梁行野似乎睡熟了，半张脸染了光，半张脸埋在阴影里，呼吸很浅。池宁盯着他看了会儿，他这几天一直想给梁行野喂血都没找到机会，总担心梁行野撑不住死了。

卧室里很安静，池宁的影子覆在梁行野身上，在即将重叠时又退开了。

在美人鱼族群里，喂血比舔舐伤口更有效，所以梁行野明天肯定会有所察觉。梁行野上次说不需要他的好意，还警告池宁不要把动物习性放到他身上，如果自己再把唾沫涂他身上，或者再对他做出其他什么奇怪的行为，他会很生气。

池宁想，喂血应该就是梁行野说的动物习性和奇怪行为。思索半晌，池宁觉得梁行野如果发现了，一定会发火。

池宁爬上床，辗转反侧半天，依旧没有睡意。他纠结地想，如果不喂那么多的话，应该不会被发现吧。

他挪到梁行野边上，轻轻捏开他的嘴唇，咬破手指将血滴进去。

喂完血，池宁有点难受，意识恍惚地坐起来靠着床背缓神，良久之后，终于感觉好多了。

他看了眼梁行野，发现他的唇上沾了点血迹，凑过去想用衣服帮他抹掉。移动时手肘不小心压到了梁行野的上臂，池宁身子一歪，砸在梁行野身上。

梁行野从睡梦中惊醒，声音有些低："你干什么？"

美人鱼的血有色无味，梁行野尝不到味道，但血迹藏无可藏，池宁强装镇定："没……没……什么。"

梁行野推开池宁："你越界了，睡到那边去。"说完他起身穿鞋，打算去上厕所。

见梁行野要出去，池宁慌慌张张地叫住他："你……你去……去哪儿？"

梁行野的声音含了丝刚醒的沙哑："卫生间。"

他站在床边，血迹随着他说话一起一伏，像即将发怒的预兆。危机感让池宁脑子一热，猛地坐起，又快又狠地勾住梁行野的脖子，用力擦拭掉他唇边的血，生怕弄不干净。

梁行野愣了一瞬，猛地后仰躲开："让你别靠近我，你是不是把我的话当成了耳边风？我上次怎么跟你说的？你怎么应的？我在你面前脾气太好了是吗？"

梁行野躲的幅度太大，池宁失去受力点倒在床上，经过被子的缓冲，不疼，但有些蒙。

"我……我不……"

"你什么你！"要换一个人这样做，早被梁行野一拳揍过去了，他指着池宁，心里憋着气，“你今天给我睡浴缸！”

他扛着池宁大步走向浴室，扔进浴缸，一秒没停留，砰地关上门。

梁行野晚上泡完澡忘了放水，池宁湿淋淋地坐在他的洗澡水里，被关门声震得抖了下。他有些害怕，但更多的是后悔。

可后悔也没用，池宁抹了一把脸，心里的难过满溢而出。由奢入俭难，浴缸硬，抵着浴缸边缘的下巴逐渐变得酸疼。

池宁用鱼尾不断轻拍水面，迟疑许久后，他出了浴缸。鱼尾离水变成腿，他擦干身体，从远处的柜子里拿出另一套睡衣换上。

池宁走到客厅，在沙发上摆好靠枕，躺了上去。沙发足够大，还软，池宁陷在里面，下巴抵着靠枕，试图进入梦乡。但客厅的空调坏了，他热得睡不着。

池宁直起身子看向卧室门，门缝里透出光，看起来梁行野也没睡。

池宁想，梁行野还在生气吗？过了会儿，他又想去解释一下，但梁行野的话不断在他脑海里回响。

“池宁，我知道你是出于好意，但我并不需要。我受伤了，会去找医生治疗……

“我脾气不太好，如果你以后再对我做出其他什么奇怪的行为，我会很生气。

“以后别把人鱼的那一套用到我身上……”

池宁纠结半晌，走到卧室门前，偷偷打开一条缝，看见梁行野坐在床边，微微低着头玩手机。从梁行野紧抿的唇看，他似乎气得不轻，池宁当即决定把真相烂在肚子里。

梁行野没发现血迹，如果解释的话，池宁要把真相全盘托出，恐怕会犹如火上浇油，这已经是最好的结局了。

梁行野没发觉池宁的窥视，在飞快地打字给女秘书发消息，让她尽快确定水草所在的海域。虽然他现在很想随便找片海域直接把池宁送走，但前车之鉴告诉他，要是找错地方，池宁还得出现在他家。

秘书这个点在外面吃夜宵，刚好看见了消息。除非必要，梁行野很少在深夜发消息，发了也不会要求他们及时回复，第二天在工作时间处理就行。

既然看见了，女秘书决定马上回复他：梁总，那种海草暂时没有记录，可能比较罕见，或者生长在深海区。目前刚摸到一些线索，我会争取在五天内确定下来。

保守时间五天，按她的效率，一般会提前完成任务，梁行野想了想，回复道：行。

他关掉手机，一抬头，和池宁对上了视线。池宁往旁边躲，一点一点闭紧门缝，假装自己没出现过，接着轻手轻脚往回走，重新爬上沙发。

客厅有落地灯，立在不远处，池宁望着映照在沙发扶手上的光影，慢慢闭上了眼睛。

梁行野的睡眠质量向来不错，但今天出了意外，翻来覆去也没睡意，便起身去卫生间。

从卫生间出来，他在沙发边停下了脚步。池宁趴在沙发上睡，腿并在一起，匀称笔直，被灰黑色睡裤衬得格外白。他侧着脸，面色潮红，额上、鼻尖沁出些细密的汗珠，洇湿了靠枕。

池宁异常怕热，梁行野早就有所察觉。现在是九月底，可天气依旧闷热，中央空调忘了让人来修，他在这儿睡一晚，流的汗能把沙发泡皱。

唇边的细小伤口早已愈合，梁行野居高临下地凝视罪魁祸首，思绪烦乱。片刻后，梁行野心想，算了，跟他较什么劲，随后一把捞起池宁，单手提着带进卧室。

翌日，日光渐盛，光斑一寸一寸朝室内迁移。

池宁迷迷糊糊地睁开眼睛，打了个哈欠，把脸埋在枕头上蹭。过了会儿，他从床上爬起来，转头看向四周，才发现自己在卧室。卧室门开着，梁行野已经走了。

池宁正愣神，隐约听到一阵敲门声。

是梁行野吗？他穿上鞋，往大门边跑，跑到一半停住了。那声音沉闷，一下一下敲着，听得人心里发慌。

池宁后退一步，紧接着听到门外传来温和的嗓音：“池宁，我是顾旭，梁总让我带你去吃午饭。”

悬在嗓子眼的心顿时落地，池宁开门，让顾旭进来。

“没事，我就在这儿等着。”顾旭见他穿着睡衣，头发有些乱，一副刚睡醒的模样，“不急，你先去洗漱。”

顾旭不愿意进门，池宁加快动作收拾完，走到他面前，问：“梁……梁行……野呢？”

“梁总在公司。”顾旭边走边问，“你想吃什么？”

今天一早，他照例去梁行野办公室，没见到池宁，以为导游工作到头了，谁知到了饭点，梁总让他来这边带池宁去吃饭。

池宁没回答，只是结结巴巴地问顾旭，梁行野中午吃什么。

猜他可能想和梁总一起吃饭，顾旭立刻发消息询问。

梁行野：在忙，你带池宁随便吃点。

他忙起来有时饭都顾不上吃，顾旭关掉手机，看着池宁：“梁总在忙，没时间陪你，让我先带你去吃。”

池宁嗯了声，表情有些蔫。

顾旭在心里思忖，这是吵架了？他很是诧异，池宁这么乖，和梁总能闹什么矛盾？不过这不是他能操心的，他朝池宁笑笑，带他去了楼下的餐厅。

午饭后，顾旭把池宁送到家门口就走了，池宁望着顾旭离开的背影，慢吞吞地进门。这套房设计走的是简约风，家具不多，家里只有一个人的时候显得尤其空旷。

池宁在沙发上坐了一下午，下巴抵着靠枕，也不知道在想什么。

傍晚顾旭又掐着时间过来接他，带他去了一家独具当地特色的餐厅。两个人，四菜一汤，吃得格外丰盛。池宁没胃口，随便吃了点，便说饱了。

吃饭的餐厅离梁行野的公司很近，昨天逛的时候他们经过了这里，池宁有印象。

池宁站在餐厅门口往公司那边看，顾旭见状，便说：“你要是不想回家，我带你在这附近逛逛好吗？”

池宁应好，又向他道谢，表情颇为认真。顾旭很想摸摸他的脑袋，但他是梁总的朋友，不能逾矩，顾旭在心里暗自惋惜。

池宁在前面走，顾旭落后他小半步，让池宁不用回头就能感觉到他的存在，逛得自在的同时，不至于不安。

夜晚的街道和白天尤为不同，池宁慢慢走着，眼神不时掠过周边的风景。耳边隐约听到歌声，他转头看过去，广场边上有个白发苍苍的老人坐在那儿，手里弹着吉他在唱歌。

池宁刚走到老人的面前，天边忽地划过一道巨大的闪电，随之而来的雷声响彻长空，像是要下雨了。池宁连忙往有遮挡的地方跑，夏日的雨来得急，广场太大，他跑到建筑底下时，身上还是淋到了雨。

雨水透过裤子打湿了腿，池宁察觉到被打湿的地方正不断往外冒鳞片，好在有裤子遮挡，暂时还看不出来。但下一瞬，腿似乎就有变鱼尾的趋势，池宁连忙冲进最近的服装店，往试衣间里躲。锁上门的那刻，裤子彻底崩开，鱼尾现了出来。

池宁心有余悸，擦掉额头上出的一层汗。试衣间里放了凳子，他怕有人从外面偷看，在凳子上卷起尾巴。

池宁跑得快，顾旭慢他半步，站在试衣间门口，连声问他怎么了。池宁结结巴巴地应，说累了，想在这里休息一下。

理由过于牵强，但顾旭没质疑，只是安静地等着。

而一门之隔的试衣间里面，池宁心慌不已，尾巴表面的水已经干了，但鱼尾还是没变成腿。

难道是晚上维持腿的状态还不太稳定？

他等了半个多小时，等顾旭再三确认他没事，等到店员过来敲门，问需不需要帮助，尾巴还是没变成腿。

为了不让他们闯进来，池宁一直在和他们沟通，话说得慢，但逻辑清晰，情绪稳定，不像有事的样子。

顾旭不清楚状况，斟酌后决定给梁行野打个电话。店里人不多，顾旭走到角落里拨通电话，眼睛倒是没离开过试衣间门口。

梁行野很快就接了："什么事？"

顾旭加快语速："梁总，半小时前池宁冲进这家服装店的试衣间，到现在都不愿意出来。"

梁行野正在和谢辛吃饭，将餐刀放在碟子里，语气平静地问："怎么了？"

"不清楚原因，他不愿意说。"顾旭时刻注意着不远处的试衣间，"当时我们在公司附近的广场上，下了点雨，我以为他想躲雨……"

梁行野皱起眉，池宁的腿碰到水会变成鱼尾。

顾旭："他情绪稳定，但没法排除发生意外的可能。梁总，我不敢贸然闯进去。"

如果闯进去，池宁的秘密会闹得人尽皆知，梁行野吩咐顾旭："你清一下场，让司机开车到门口，我马上过来。"

挂断电话后，梁行野站起身，对谢辛说："我有点事，得先走。"

两人出了餐厅分道扬镳，梁行野赶到服装店门口时，司机已经在那儿等了。他大步走进店里，顾旭连忙迎上来，带他去池宁所在的试衣间。

夏末秋初，店里上新了些秋季衣服，梁行野顺手拿了两件加大码的长款风衣，让顾旭先去处理相关的补偿事宜，然后抬手敲门："池宁开门，是我。"

冷不丁听见梁行野的声音，池宁愣了下，慌乱的心跳瞬间变得平稳。他赶紧探出身子开锁，让梁行野进来。

梁行野一进来就掩上了门，池宁仰头望着他，小声喊他的名字。梁行野没回应，俯身用风衣裹住他的尾巴，把他藏进怀里。

池宁整张脸压在梁行野的西装外套上，眼前一片昏黑，只闻得到一股很淡的气味，像被海水浸泡了多年的岩石上的味道，沉稳干净。

3

把池宁抱进车里后，梁行野也坐了进去，让司机直接开车回家。池宁偏头看梁行野，眼睛一眨不眨，小声开口："谢……谢……"

梁行野像是没听见，池宁往他那边挪，戳了下他，梁行野这才看了他一眼。池宁朝梁行野笑，他长得好，笑起来更是好看。梁行野别开了视线。

下了车，梁行野抱着池宁进电梯，有人陆续进来，池宁下意识卷起尾巴，把脸藏在梁行野胸前。

到家后，梁行野将池宁放在沙发上，转身就走，池宁拉住他的衣服："昨晚……"

梁行野低头看他："你还敢提昨晚？"梁行野似乎很忙，让池宁松手后径直去了书房。

过了不久，池宁的鱼尾终于重新变成了双腿，但他不敢去书房打扰梁行野，便搬了个小凳子到阳台上，坐在那里练习说话。

和好的前提是沟通，不然关系会一直僵着，梁行野没耐心，池宁话又说得慢，这是他们之间沟通的障碍，他改变不了梁行野，只能努力加快语速，还能学会说话，一举两得。

晚上睡觉时，池宁照例趴在沙发上睡。第二天他睁开眼睛时，发现自己躺在床上，梁行野已经走了。

整整一天时间，他都没见到梁行野，只有顾旭以增长他的见识为由，陪他到处乱逛。

从顾旭那里了解到越多的人类社会状况，池宁越清楚梁行野生气的缘由。美人鱼互相用唾液治疗是为了治愈伤口，而在人类社会中，这些行为都不常见。池宁很愧疚，难怪梁行野会生气。

梁行野似乎特别忙，池宁等他回来等到凌晨，到后面迷迷糊糊睡着了，醒来时又在床上，而梁行野早已不见踪影。

见不到梁行野，就没法沟通，于是池宁在顾旭带他去吃午饭时，表达了想去梁行野公司的意愿。

池宁模样精致，人又乖，顾旭和他相处了这些天，看他有一种看自家弟弟的心情。

池宁从一开始的懵懂到现在基本了解社会生活，甚至说短句不再结巴，都有顾旭的陪伴，可以说是顾旭手把手教的，顾旭自然会和他有感情。因此池宁一提想去公司，顾旭便想直接带他去，但作为秘书，擅自主张是大忌。

打电话比发信息成功率更高，顾旭考虑后，先给池宁盛了碗鸡汤，让他喝完，再找了个僻静处，给梁行野打电话。

这个点梁行野没在忙，电话接得很快：“什么事？”

顾旭嗓音温和：“梁总，池宁说想来公司。”

梁行野刚谈完一个大单子，事情终于告一段落，他轻松地往后靠，后脑勺压着椅背，问顾旭：“他在干吗？”

“在吃饭，他……”

梁行野这两天早出晚归，忙得团团转，连睡觉都得挤时间，池宁更是被他抛到了脑后。想了想，梁行野开口道：“他想来就带他过来。”

顾旭把这话告诉池宁，池宁正好喝完鸡汤，脸上扬起笑，抓住桌上的小零食，示意顾旭快点出发。

餐厅离公司近，顾旭没开车，可以带池宁走过去。池宁高兴地问顾旭，梁行野有没有吃午饭，要不要给他带饭。得到否定答案后，池宁看看手里的零食，决定待会儿给梁行野吃。

走到公司门口，两人遇上了梁行野的女秘书，对方穿着一身职业套装，时刻展现着温婉可人的职业微笑。

顾旭笑着跟她打招呼：“徐妍，吃完饭回来吗？怎么不去公司食堂？”

徐妍笑着摊手：“吃腻了，偶尔换换口味。”

池宁见过徐妍，对她笑了笑。池宁的存在不是秘密，徐妍也笑，眼神很亮，喊他“宁宁”。

徐妍调侃顾旭：“你最近工作好轻松，我都要忙死了，感觉颈椎病又犯了。我也想带池宁到处逛，逛街是女人的天赋，梁总为什么会把他交给你带？”

他们经常见面，关系还不错，顾旭边走边问：“你一直跟着的那个项目不是结束了吗？在忙什么？”

“前几天梁总突然让我查一种海草所在的区域，这跟我们公司的业务完全不搭边，花费了我不少时间和精力。”徐妍走进大厅，高跟鞋踩得嗒嗒响。

池宁本来安静地听着，听到海草时，扭头看徐妍。他略微有些不安，插了句话，问徐妍是什么海草。

徐妍简单描述了几句，见池宁一直问这问那，干脆直接翻出包里的海草给他看。

枯黄的海草上有折痕，池宁认出这是他编兜时压出来的，心里的不安更甚，梁行野查这个干什么？

进了电梯，徐妍将手机放进包里，顺口问道：“你们是去梁总办公室吗？我刚好要去跟他汇报进度。”

顾旭点头，池宁一声不吭地站在一边，眼神充满疑虑。到了顶层，徐妍敲响办公室的门，里面梁行野的声音压得很低：“进来。”

徐妍有正事，顾旭本想带池宁去自己的办公室等，可池宁一直跟着徐妍，还站在门口不愿意走，顾旭也只好由着他。

办公室用了高级隔音玻璃，池宁打开了一条门缝，但还是听不真切，只隐约听见“海域”“鱼类”这样的词，他不清楚梁行野的目的，但知道这大概率跟他有关。

等到徐妍出来，池宁立马起身大步往里走。走到梁行野的办公桌前，梁行野抬头看池宁一眼，然后看向他身后的顾旭：“你去忙你的。”

顾旭点头，转身离开。办公室的门咔嗒一声锁上后，池宁顾不上解释，满心都是对梁行野调查海草的担心。刚才他从徐妍那里折了一小截海草在手里，连忙举给梁行野看：“这个……”

“怎么了？这个是从你那水草兜里抽出来的。”

“为什么抽……”

梁行野说：“不用这个查，找不到你家在哪片海。”

“为什么……要找我家？”池宁急忙问。

梁行野不解：“不找到你家怎么把你送回海里？”

池宁心里咯噔一下：“你还在生气吗？”

“生什么气？没生。”梁行野说，“我本来就打算等你头上的伤好了之后送你回海里，你的伤口不是好了吗？”

梁行野从高中就开始独居，生活中突然闯进一条人鱼，完全打乱了他的节奏。失控的感觉令人不安，他必须尽快恢复到以前的生活。

池宁站着，将梁行野的神色尽收眼底，他的表情平和认真，还带着一丝浅浅的笑意，确实没在生气。

“伤口好了，但是我……不想回……”池宁神色不安。

梁行野控制着椅子往后退，直视池宁：“怎么这副表情？难不成你想一直跟着我？”

池宁攥着那截海草，很慢地点头。

被扔回海里，上岸后不知道会出现在哪儿……前阵子经历过的可能又要重来一次，不仅浪费时间，还存在危险。他想跟梁行野说，他以后会努力卖珍珠赚钱还他，但梁行野话说得比他快。

梁行野说：“池宁，你是一条鱼，应该待在海里。”

“最迟后天会有结果，”最近诸事皆顺，梁行野拿着那份刚签的合同，心情很好，“你想要什么、想吃什么都可以告诉顾旭，到时候我会送你回去。”

池宁无比茫然，他心里清楚，梁行野对他够好了。

吩咐顾旭照顾他，吃穿用度没有限制，梁行野就算发脾气也是事出有因，并且没等他解释就已经原谅了他，每晚都让他进卧室睡觉……梁行野要送他回海里，他没理由拒绝。

但池宁不想回去，他望着梁行野，收回思绪，把小零食放到桌上：“给你的。”

梁行野看了眼小零食，笑了声：“我不吃这个，让顾旭带你出去玩。”

晚上池宁吃得少，顾旭怕他会饿，给他买了个饭团。

这两天晚上池宁的腿都没变成鱼尾，那次出状况大概是晚上刚变出腿，又淋了雨的缘故。出了餐厅，池宁慢步走着，顾旭跟在他后面，两人有一搭没一搭地说着话。

走到广场附近时，池宁看见上次那个鬓发皆白的老爷爷抱着吉他，坐在台阶上弹唱。

上次他问过顾旭，顾旭解释道“这种相当于流浪汉，靠卖唱维持生计……

还有一种是乞丐……”

看着池宁懵懂不解的表情，顾旭颇有耐心地向他解释什么叫“流浪汉”和“乞丐”。当被问到他们住在哪儿时，顾旭随手指了指街道，又指了指不远处的地下通道。

今天广场上没什么人，池宁径直朝那个老爷爷走过去。老爷爷胡子拉碴，一双眼睛半闭着，正唱着一首低沉的民间歌谣。麦克风的音质不好，但他的声音沧桑，充满了粗糙的质感，倒别有一番韵味。

他面前有个小盒子，里面零零散散放了些钱，旁边摆着二维码。路上行人匆匆，少有人停下脚步。老爷爷唱完一首接着一首，并不在意是否有人停留，似乎完全沉浸在音乐中。

池宁站在那里听了一会儿，犹豫几秒，弯下腰，在那个小盒子里放下了饭团。

恰好结束一曲，老爷爷看他一眼，嫌弃地把饭团拿开，池宁再放回去，老爷爷又拿开，池宁还放，老爷爷忍不住了：“你小子有完没完？”

他把饭团扔回给池宁，很不耐烦，让池宁走开，别挡着他做生意。池宁抓着饭团，目光流连于吉他上。

顾旭在一旁看着，揣测着问池宁：“你想要吉他吗？”

池宁摇头，往另外一个方向走，一直走到当初买金色珍珠的那家珠宝店门口才停下脚步。

“你可不可以……在这等我？”

这是让他别跟着的意思，顾旭迟疑几秒，点头答应。

过了会儿，池宁从珠宝店出来。顾旭观察他的脸色，一切正常，就没多问。

稍晚，顾旭送他回了梁行野家，池宁洗完澡，打开衣柜，开始整理梁行野给他买的衣服，一件一件叠好。

晚上池宁依然在沙发上趴着，被梁行野提溜进了卧室。池宁以为自己会失眠，然而并没有，一觉醒来，已经日上三竿。

冰箱里有牛奶和面包，他洗漱完随便吃了点，封好口，放回原位。

整个上午，他都在整理自己的东西。他的衣服挺多，但包括身上的，穿过的只有两套，其他的都是洗过没上身的，昨晚叠到一半梁行野回来了，他就没继续收拾。

鞋子他只穿了一双，剩下的包装都还没拆。他把鞋盒堆放整齐，又将小凳子从阳台搬回客厅，遥控器也放在了显眼的地方。

午饭后，没等池宁说要去珠宝店，顾旭率先开口：“你想回家还是去公司？”除了照顾池宁，顾旭还有别的事，“我今天没法陪你逛，有件急事需要我处理。”

池宁没有犹豫，道：“公司。”

顾旭以为他想见梁行野，便说：“梁总现在不在公司，他应酬完还得去趟医院，可能很晚才回。”

池宁有点担忧：“医院？他怎么了？”

“他没事，例行复查而已。”顾旭说，“你要是去公司的话，要等很久。”

池宁系好安全带：“没关系，走吧。”

晚饭他们是在公司食堂吃的，顾旭吃完又回去忙了，池宁就待在顾旭的办公室等。顾旭见池宁无聊到在办公室到处转悠，看看时间，提醒池宁：“梁总应该回来了，你可以直接过去等。”

池宁望向门口，应了声“好”，便起身往外走。他穿过长长的走廊，停在梁行野的办公室门前。

公司灯火通明，鸿景集团实行的是多劳多得的制度，福利好、薪酬高让不少人心甘情愿地加班。徐妍刚好经过，看他呆站着，笑着说：“宁宁，找梁总吗？他在小会议室。”

池宁往那边看，跟她道谢。

“谢什么，”徐妍笑得开朗，“姐姐的办公室里有零食和酸奶，你可以去我那儿等。”

池宁对她笑了下，摇摇头拒绝了。徐妍踩着高跟鞋离开，池宁径直去了小会议室，小会议室的门虚掩着，开了一条缝，从那道缝中，池宁清晰地看见了梁行野。

梁行野西装革履，两腿交叠，懒散地靠着椅背，脸上带着笑，正和对面的人说话。池宁也看到了对面的人，一个微胖的中年男人，动作拘谨，似乎有些战战兢兢。

他回想起最近来公司遇到的场景，好像很多人都怕梁行野。他一开始也怕，相处之后才发现梁行野其实并不凶。

池宁深深地看了两眼梁行野，放轻脚步回到顾旭的办公室，等顾旭完成工作。顾旭结束时将近十点，忙完立刻开车送池宁去珠宝店。到达珠宝店后，池宁依然让顾旭在门口等着，自己独自进去。

很多事情池宁旁敲侧击地问过顾旭，他与人交流虽然慢，但逻辑清晰，信息也消化得很快。

不多时，池宁从珠宝店离开，衣服兜里塞得鼓鼓囊囊的。

顾旭没多问什么，看天色已晚，干脆送池宁回了梁行野家。下了车，池宁跑到驾驶座敲车窗。等顾旭降下车窗，池宁弯腰趴在车窗上，望进顾旭的眼睛里，认认真真开口道："谢谢你。"

顾旭看他这么一本正经，忍不住笑了起来："不用谢，应该的。"

"把手给我。"池宁说。

顾旭半好奇半疑惑，伸出手到他面前。池宁在上面放了半捧珍珠，又放了一小沓现金："给你的。"

顾旭望着手里的东西，有点哭笑不得，委婉地开口："怎么突然给我钱？你自己留着花。珍珠我也用不着……"

池宁坚持让他收下，顾旭最后只要了一颗珍珠。

"是给我的礼物吗？"顾旭看着手里圆滚滚的白润珍珠，笑着问。

池宁点头，也笑了笑："是，你很好。"

顾旭心里一片柔软："明天见。"

池宁朝他挥手，目送他离开，直到车子拐过弯消失不见。

电梯一路上行，池宁盯着不断变换的数字，发了会儿愣，听到叮的一声才回神。

出了电梯打开家门，池宁把兜里鼓鼓囊囊的钱和钥匙没有任何迟疑地放在茶几上。口袋里除了光滑白润的珍珠，还有一些被他捏变形的异形珍珠，店员说这种叫巴洛克珍珠，不值钱。池宁将圆润的珍珠堆到那厚厚的几叠钱旁边，又将名字好听但不值钱的巴洛克扔进垃圾桶。

做完一切准备，池宁坐在沙发上，准备等梁行野回来跟他告别。眼睛又酸又疼，像失水的枯木般干涩，他闭上眼睛，顺着眼周轻揉了会儿。

不知道等了多久，他打了个哈欠，觉得梁行野今晚大概不回来了，又怕自己等得睡着，明天一醒，梁行野就会把他扔回海里。

池宁搓搓脸颊，站起身走到玄关处，换好鞋，关了灯，在模糊不清的光影中最后看了眼这个家。然而他刚把手搭上门把手，门就从外面打开了，接着传来梁行野的声音："怎么不开灯？"

池宁退后几步，望着背光站在门口的梁行野，说："梁行野，我……我要走了。"

梁行野刚才没看清池宁的装扮，现在开了灯才发现他的腰间挂着那个被剪了个小洞的水草兜。

大晚上的他这是要去哪儿？

池宁走到过道上摁电梯，然后往前一步，拉近两人的距离，跟梁行野道谢，甚至还鞠了个躬。他穿着梁行野第一天给他买的那套衣服，纯白T恤衫，蓝色牛仔裤，眼睛一如往常，像藏着一汪水。

"你去哪儿？"梁行野问。

池宁不说话。

"我不让你跟着我，你就要走？"梁行野靠在门边，笑了声，"还挺有脾气。"

池宁抿起唇，依旧不说话。

梁行野见他眼睛泛红，跟兔子眼睛似的，说："别傻站着，赶紧进去睡觉，明天送你回家。"

池宁摇头，不舍地走进电梯，又跟梁行野说了声谢谢。

梁行野没回应，眼看电梯门关上，转身进门。家里整洁干净，像是刚打扫过卫生，一切井然有序，跟池宁未出现前毫无二致。

经过客厅，梁行野瞥见堆在茶几上的珍珠和钱。珍珠下面压着张字条，上面是用稚嫩的线条画的画，很像小朋友的随手涂鸦，一时间梁行野分辨不出池宁想表达的意思。

他手里捏着那张字条，莫名其妙地想起刚刚回来时遇见一群富二代在飙车，地段离小区不远，池宁很有可能会碰上。梁行野没忍住转身朝门口走，走了几步，又忽地停住。

收留池宁一两晚容易，可若池宁想一直跟着他呢？梁行野自认多年以来积攒的微薄的爱心这几天都花在了池宁身上，但这爱心坚持一辈子绝不可行。他独自站着沉思了片刻，还是调转了方向，去浴室洗澡。

梁行野住的小区格外大，绿植繁多，池宁走了很久才走出去。他没有目的地，随便找了个路口便往前走。遇到斑马线时，他能避则避，上岸这么多天，他对过马路还是有一种本能的恐惧。

他拐到一条小道上，走着走着，豁然开朗，面前出现条柏油马路，路上的车不多，零星几个行人在马路牙子上闲逛。

池宁踩着自己的影子，一步一步慢慢走。

马路上空荡荡的，偶尔驶过几辆车，引擎轰鸣。池宁走累了，坐在路边，用手撑脸，像以前在海里的很多个夜晚那样，仰头望着月亮，这里的月亮和海里的似乎没什么不同。

月光透过树间的枝丫，零零散散地洒在池宁脸上，那颗矢车菊蓝珍珠耳钉像蓝色的星子，一闪一闪地发着微光。

池宁盯着一片微微摇曳的半黄树叶，放空思绪，发了很久的呆。

他的脑海里出现了很多声音，他哥说："宁宁，我不能经常回来看你了，你要乖一点。如果在海里害怕的话，就去礁石上看看月亮。"

阿青说："池宁你疯了吗？怕海忍忍就行了啊，为什么非要去岸上？"

银尾美人鱼说："我不知道你会不会后悔，但开弓没有回头箭。"

……

晚上有风，池宁抚过裸露在外的皮肤，感受到冰冷海水般的寒意。他揉了揉发酸的脖颈，脸压着膝盖，看远处路灯的影子。

他想起了梁行野，想起梁行野从医院带他回家，给他点汤泡饭和甜点；想起梁行野教他刷牙，带他出试衣间；想起梁行野不生他的气，让他想要什么想吃什么就告诉顾旭。

梁行野是一个很好的人，池宁望着路灯下像雾一样弥漫的灯光，心想：梁行野现在在干什么呢？看到他留在茶几上的钱了吗？

过了会儿他又想到，纪宣总说梁行野要死了，也不知道他喂的那两次血有没有用。早知道这么快要离开，他那天就偷偷多喂一点了。

道路尽头的分岔口，树荫处卧着辆车，路灯透过车前窗洒了进去。梁行野穿着灰色睡衣，头靠座椅，遥望坐在马路牙子上的池宁。

梁行野洗了头没来得及吹干，头发湿漉漉的，贴着座椅，黏腻不舒服。

车内安静，流淌着轻音乐，梁行野扫了眼腕表，在池宁起身时启动车子。

4

月亮隐进云间，风从南边悠悠吹来，池宁起身继续往前走。

他刚在不远处的一条长椅上坐下，一辆车快速驶来停在路旁，紧接着车窗开了，露出梁行野的脸。

“上车。”

池宁大步跑到车前，掰门把手时不知想到了什么，眼里的欣喜渐渐黯淡，朝梁行野摇头。

梁行野用指腹摩挲方向盘，觉得自己也是鬼迷心窍，放着正事不做，大半夜开车出来跟着池宁，看他四处乱转。

“你整理房间的时候把我的文件弄丢了，回去帮我找出来。”梁行野说。

洗完澡，他翻遍床头柜都没找到那份文件，明天开会要用，池宁经过手，应该清楚在哪儿。

除了找文件，梁行野打算明天一拿到结果，就送池宁回海里。池宁什么都不懂，让他独自生活简直是痴人说梦，就像现在走的这条路上有人飙车他都不知道躲开。前段时间也是在这里，有个富二代撞伤了人，和伤员的家人私下和解。这要是落到池宁头上，连个交代都没有。

梁行野对池宁说："快点上车。"

池宁心里记挂着文件，上车坐到副驾驶座上，边系安全带边问："什么文件？"

"放在床头柜上……"外面响起刺耳的刹车声，车身狠狠一震，梁行野受到冲击猛地往旁边倒，池宁的脑袋磕在车窗玻璃上，吓得心脏狂跳，蒙了片刻才恢复意识。

驾驶座的门被压得变了形，梁行野疼得骂了句脏话，池宁连忙问他有没有事。

"没事。"梁行野面色不虞，拿手机发了条消息，接着扭头看向窗外。出事故的是一辆蓝灰色布加迪威航，车头直接撞在他的车门上。

他今天随便挑了辆欧陆，低调不起眼，但安全性能不错，再加上对方刚启动车子，拐个弯就撞上了，他的车刚好处于静止状态，所以没酿成更严重的事故。

"哪个不长眼的东西在这儿拦路？"布加迪威航的车主下了车，那是一个二十多岁的男人，神情高傲，隔着车窗骂骂咧咧，"滚下来，你瞎了眼没看见封路的标志吗？"

车门被压住推不动，梁行野从池宁那边爬下去，关车门前留了句："你在这儿待着。"

布拉迪威航的车主见到梁行野的那张脸，脸色骤变："梁……"

梁行野一脚将他踹到地上，男人背部着地，捂着肚子拼命抽气，先前的趾高气扬被这一脚踹得灰飞烟灭，其他车主见状纷纷下车，气势汹汹地围了过来。

许晋混在其中，在认出梁行野时后退了半步，其余人也像被雨淋湿的炮仗，瞬间哑火。

富二代大致分两类，一种靠着父辈的资源，青出于蓝胜于蓝，在家族企业甚至商界掌握着一定的话语权；另一种只能靠着父辈的庇护，花天酒地地混日子。

今晚在这里飙车的大多属于后者，没人想招惹梁行野。

梁行野站在破损的欧陆旁，扫视面前这伙张扬跋扈的富二代。

“封路？谁给你们的权力？”

没人应声，许晋本想挪到后面，降低存在感，不知被谁用力推了把，踉跄着和梁行野对上视线。

许晋在心里暗骂，脸上带着点怯意：“哥。”

梁行野：“滚回去。”

这样僵持下去不是事，有人笑着出来打圆场：“大水冲了龙王庙，原来都是自家人。梁总，您要不先开我的车回去，明儿个我赔您一辆全新的欧陆。”

有人开了话头，其他人跟着附和，都表示让梁行野开自己的车。

欧陆的隔音效果优良，池宁听不清外面的声音，望向窗外的眼神满是担忧。刚才梁行野踹人时能看出来他是占上风的那一边，但现在他和一群人对峙，怎么看怎么危险。

这场景和那天在地下停车场如出一辙，可梁行野让池宁在车上待着……池宁纠结片刻，冲下车往梁行野那边跑。

梁行野听到声音回头：“你过来干什么？”

池宁额前的头发被风吹到一边，他跑得急，有点喘：“帮……帮你打架。”

梁行野拦住池宁，俯视躺在地上的布拉迪威航车主：“谁撞的谁负责，最迟明天晚上前解决。”

路口出现辆揽胜，停在梁行野面前，梁行野让池宁上车。

众人的目光落在池宁脸上，面露好奇但不敢再上前搭话。许晋望着渐行渐远的车，回身骂道：“刚才谁那么手贱推我？”

“你不是有你妈护着吗？”一个高个男人煽风点火，“怕梁行野干什么！”

有人附和：“就是，你在他面前像孙子一样挨骂，也太丢脸了，要是我的话，绝对……”

“合着刚才被骂的就我一个？”许晋指着他的鼻子，“你有本事就当着梁行野的面骂回去啊，对着他大气不敢喘一声，在老子跟前耍什么威风！”

两人争执不休，场面顿时变得喧闹无比，有人说：“跟着梁行野的那男孩是谁啊？我们惹不起梁行野，还惹不起他吗？”

不管收拾谁，都需要人领头，众人齐齐望向许晋。许晋被段沂坑了一次，现在看谁都觉得是想坑自己。梁行野上次把他整得半死不活，他至今心有余悸，还没蠢到一激就上当的地步。

“行啊，我明天就去绑了他，”许晋冷笑道，“到时候梁行野查出来，知道这事的有一个算一个，大家都别想跑。”

众人顿时噤声。许晋抱着手，环视众人：“你们说我明天什么时候动手比较好？”

有人笑嘻嘻地和稀泥：“许晋你可真是，开个玩笑而已，这么认真干什么。”

“就是，又不是嫌日子过得太舒服，非得惹点事来调剂调剂。”

“其实今天晚上本来就是我们不占理，太扫兴了，不玩了，早点回家睡觉。”

车驶进小区停车场，池宁坐在梁行野旁边，小声问：“你是不是……受伤了？”

梁行野靠着座椅，在闭目养神：“没有。”

“还没有，没有就不会让我过来了，”纪宣刚下班，收到梁行野的消息连忙赶过来接人，“你们大半夜不睡觉，在大街上赏月呢。”

“吃饱了撑的。”梁行野说。

纪宣笑了笑，在电梯附近找了个停车位停下。下车后他四处看了看，不太确定地问梁行野：“这一排停车位都是你的吧？别停错了。”

梁行野边按电梯边应：“是。”

到了家，梁行野让池宁去卧室找文件，和纪宣走到客厅坐着。纪宣问：“腿的情况怎么样？”

“不碍事，”梁行野清楚状况，“跟以前一样打一支止痛针就行。”

他的腿受伤到现在快三年了，久病成良医，梁行野已经能凭症状判断严重程度。

梁行野的私人医生是周纭和梁佑江结婚时带过来的，年纪大了，梁行野懒得吵醒他，正好纪宣没睡，便叫他过来打止痛针。

“止痛针打多了，容易出现耐药性，下次我就不给你打了。”纪宣说，“对了，你不是去复查了吗？医生怎么说？”

“下午太忙，做完检查就走了，后来医生说仪器出了问题，让我明天再去重做一次。”

“不可能，仪器出问题是大事，更何况还是给你做检查，绝对不会出现这种失误。”

梁行野：“这一次的检查结果显示，腿骨完全恢复。”

“啊，还真出问题了？”纪宣给梁行野打完止痛针，将针筒扔进垃圾桶，“那你明天重新查一查。”

梁行野那年受伤时他也在场。生日宴散了之后，关系比较亲近的几家人一起去了户外马场。梁行野那对八岁的双胞胎弟弟吵着要骑马，小马驹都不骑，非要骑高头大马，教练在一旁守着，一开始没出什么事。

马场人多，天气又热，有匹马在跳障碍物时突然失控，直直往双胞胎那边冲，守在一边的教练慌乱中抛下他们逃开。当时梁行野离双胞胎最近，一手捞一个把他们甩到远处后，被横冲直撞的马掀倒在地，踩碎了大腿骨，之后场面极度混乱，不少人陆续坠马。

梁佑江和周纭一人只顾双胞胎，一人只顾许晋，确认他们没事才想起去找梁行野。最后梁行野虽然保住了腿，但再高的医疗手段都不可能完全治愈，能恢复到七八成已经算祖坟冒青烟。

“还好撞你的人开车不猛，不然你这破腿被撞一下，得直接躺进医院，”纪宣咕哝道。

布加迪威航直接撞在车门上，腿受了重压，按以前的情况确实得进医院，梁行野这时才恍然发觉，沉疴旧伤好似沉睡了一般。

这一切大概是从台风天开始，确切地说，是从遇到池宁开始的。

梁行野心里一惊，难道检查结果是真的？池宁的唾沫涂过他的伤口，可骨头长在肉里……

梁行野起身进卧室，池宁正蹲在地上，翻找抽屉里的一堆文件。梁行野敲床头柜，待池宁抬头，问：“你除了那次抹唾沫，有没有做过别的什么？”

梁行野警告他的那些话言犹在耳，把他扔进浴缸的场景还历历在目，池宁连忙摇头：“没有。”

他抽出一份文件，岔开话题：“是这份吗？”

梁行野看着他，过了一会儿才开口：“不是，是一个蓝色文件夹，这里我都找过了，你有没有放在别的地方？”

蓝色的？池宁记起来了，急匆匆地往客厅走，在茶几下面找到了那份文件。

“找什么呢？”纪宣问。

“文件，”池宁应道，见纪宣扔药盒进垃圾桶，顺着他的动作，看见了垃圾桶里露出的一截针筒，“这是……”

“给你哥打了支止痛针。”

梁行野说：“很晚了，纪宣你先回去。”

纪宣上了一天班，疲惫不堪，只想在床上躺着，快速收拾完东西，一溜烟儿离开了。

纪宣离开后，池宁迟疑片刻也想走，梁行野拉住他：“等等。”

池宁被迫重新坐下，一脸迷茫：“怎么了？”

“刚才我问你，你撒了谎，”梁行野掰正池宁的脸，要他看着自己，“说实话。”

梁行野认真起来，表情自带攻击性，池宁不安地否认：“没……没有撒谎啊。”

两人对峙半晌，池宁就像河里紧闭的蚌，死活撬不开嘴。梁行野松开手，突然问：“洗了澡没有？”

“洗了。”

池宁直接被梁行野拎进卧室。池宁担心梁行野会继续追问，又担心明天被他扔回海里，挣扎起来。梁行野力气大，摁池宁就像摁一条小鱼：“换上睡衣睡觉。”

在外面走了一晚上，池宁困得不行，身体一碰到床，马上偃旗息鼓。

先睡一觉再说。池宁换上丝质睡衣，侧躺在床上，半张脸陷进松软的枕头里。

困意渐渐袭来，他打了个哈欠，忽地听见梁行野说：“池宁，我腿疼。”

池宁是一条鱼，但他不蠢，梁行野明显在引诱他做些什么。于是他哦了一声，拉起被子遮住半张脸，小声应道：“不疼的。”

梁行野没再出声，池宁闭上眼睛，困意却消散了个干净。

纱质窗帘透光，关了壁灯，路灯的灯光依旧能照进来。过了大概半小时，梁行野的呼吸逐渐变得悠长平稳，像是睡着了。

池宁喊：“梁行野。”

卧室很安静，只有梁行野起伏的呼吸声作为回应。

池宁的脑子里全是梁行野质问他的神态，捏着他的下巴，紧盯着他，看上去有点凶。过了会儿，他又想起台风天梁行野对他的再三警告。

“不要把你的人鱼习性用在我的身上，我是人，不是人鱼。

“如果你以后再对我做出一些奇怪的行为，我会很生气。”

……

梁行野发现什么了吗？在用腿疼试探他？

纪宣打止痛针的时候，又骂梁行野成天折腾那条破腿，不如早点备棺材。如果梁行野收拾东西时没碰文件，就不会去找池宁，不去找池宁，梁行野就不会受伤，池宁不由自主地抓住了被角。

他侧身躺着，目不转睛地望着梁行野模糊的脸部轮廓。

哪有人睡觉会刻意控制呼吸节奏的？梁行野就是在等他往陷阱里跳。

良久之后，池宁凑过去，小声说：“我知道你……你没睡。”然后他咬破指腹，放到梁行野唇边，“别生气好吗？”

从说出腿疼的那一刻，梁行野就一直在等，等池宁以为他睡着了，自投罗网。可他低估了池宁的机灵，对方愣是不上钩。现在困意袭来，他觉得没希望了，又峰回路转。

指腹擦过唇的刹那，梁行野睁开眼睛，紧握住池宁的手指，然后起身开灯。

白炽灯的亮光倾洒而下，他低头，池宁的血沾染在他的手心，模糊了掌心的纹路。

梁行野怔住，大脑头一次出现空白，回神后，他立刻摁住池宁指腹的伤口。

梁行野凝视着池宁，心绪复杂得犹如一团乱麻，沉默了许久，才问："做过几次？"

"三次。"

又是沉默，梁行野的嘴唇动了动，随即紧闭，又张开："会不会对你的身体有伤害？"

池宁观察他的表情，摇头："不会。"

梁行野："会不会？"

池宁犹疑了下，慢慢点头："一点点，不……不严重。"

美人鱼的造血周期极其漫长，亏空对身体状态有影响，到达某个临界值会危及生命，造成不可逆的损伤。不过他给梁行野的血不多，养几天就能恢复正常。

梁行野："你为什么要这样做？"

池宁小声说："纪宣说……说你要死了，我担心。"

梁行野很久没说话，久到被子上的褶皱慢慢塌下，池宁跪坐在床上的腿变得酸麻。而池宁的手指还被攥在他的手心里，即使那抹血迹已然干涸。

"梁行野。"池宁叫他。

梁行野微微偏过头，池宁只能看到他的侧脸，映着光，他的表情模糊不清。

池宁有点难过："你生气了吗？"

梁行野终于开口，声音变得很轻："没有。"

"没有生气。"他说。

第二天早上和以往没什么不同，池宁醒的时候，另一边的位置已经空了。他从床上坐起来，揉揉眼睛，手指擦过眼皮，带起粗糙的疼痛感。

他低头一看，手指上包着创可贴，是昨晚睡前梁行野帮他贴的。他掀开被子下床，出了卧室，看见梁行野正站在餐桌旁拆餐盒。

梁行野听到脚步声，扭头看他一眼，让他快去洗漱，准备吃早餐。

池宁三下五除二整理好自己，带上水草兜，准备和梁行野吃最后一顿早餐。他刚坐下，梁行野推给他一个黑色小玻璃瓶，瓶身被包装纸盖住，看不清里面装的是什么，顶部插着吸管。

池宁好奇：“这是什么？”

“补血的，”梁行野说，“喝了。”

池宁尝了一口，酸酸甜甜的，像饮料。喝完一瓶之后，梁行野又给了他一瓶，饮料入口甘甜，喝完嘴里发涩，他丧失了兴趣。

“梁行野。”

“怎么了？”

“我不是人，喝了应该不……不补血的。”

梁行野没想到这一点，将饭团递给池宁：“那别喝了，吃早餐。”

饭团温热，冒着清甜的香气，池宁边啃边看梁行野。梁行野在和人发消息，提示音连续不断。池宁潜意识觉得手机那头是徐妍，正和梁行野商量扔他回海里的事，顿时警铃大作，放下饭团就要离开。

梁行野叫住他：“池宁，把你的那团水草摘下，我带你去个地方。”

池宁护住水草兜：“我不想去。”

梁行野仿佛没听见他的拒绝，拿起桌上的车钥匙：“跟上。”

池宁把头摇成了拨浪鼓：“我不去。”

梁行野制住他，带他下楼，把他按进车里，又给他系好安全带，关上车门。

这一套流利的操作让池宁有点蒙，眼看梁行野绕过车头上了车，他连忙问：“要去哪儿？”

“待会儿你就知道了。”梁行野说。

池宁的迷茫无措在梁行野驶出小区后逐渐消失，他对方向感有着得天独厚的天赋，这条路和第一次梁行野送他回去的路走的是相反的方向。

只要不回海里，去哪儿池宁都不介意。他松了口气，透过车窗看外面的景色。

狭小的空间里，池宁嗅着淡淡的熟悉的味道。他逐渐放松，脑袋压着座椅，眼皮渐渐耷拉下来。

许久之后，池宁恍惚间听见梁行野叫他：“池宁，醒醒。”

池宁睁开眼睛，面前是一片沙滩，沙滩连着一望无际的汪洋大海。

大海！睡意顿时被抛到九霄云外。池宁打开车门，赤脚跳到沙滩上，往路边跑。他不爱穿鞋，窝在副驾驶座睡觉前特意脱了，还蹭掉了袜子。此时他踩着沙子，忍不住踮着脚试图减少接触面积。

他跑了几步，被梁行野快速拦住。

“你跑什么？”梁行野说。

池宁挣扎了一下挣不开，着急不已：“梁行野，放开我。”

“不送你回海里。”梁行野拽着他走向海边，在被浪濡湿的边界线停住，“我带你来这儿，是因为找到了你的家，想给你个交代。”

池宁看着波光粼粼的大海，迷茫又不解：“可这里不是我家啊。”

“你不用撒谎。”梁行野说。从水草分布区域来看，除了一开始送池宁回去的那片海域，只有这里存在相关物种。

池宁更迷茫了：“我没撒谎。”

池宁的话散在咸湿的海风中，梁行野只当他嘴硬，指着远处模糊的海岸线，温声问他：“想不想回去？”

池宁摇头：“不想。”

“真的不想吗？”

“不想。”

梁行野看着他不说话，池宁垂下眼睛，见有只手掌大的小乌龟四脚朝天地躺在前边，四肢和脑袋在空中费力地动着，便走过去帮它翻了个身。小乌龟蹭了蹭池宁的手心，而后钻进了绵软的沙子里。

浪不断翻卷，水汽潮湿，池宁往后退了几步，撞到梁行野身上。池宁刚要移开，听见梁行野说：“池宁，你是不是就想在岸上生活？”

池宁转过身，海风吹得他头发蓬起，瞳孔里的那抹浅淡的蓝灰色似乎也被吹开了，化在整个眸子里。他看着梁行野，眼睛湿漉漉的犹如精灵。

“梁行野，”池宁轻声说，“我有很多珍珠，可以换……换好多钱，钱全都给你。我很多事情不懂，但……但我学得很快，我也很好养。我吃饭团就行了。”

“每天只吃饭团都行吗？”

池宁用力点头：“嗯。”

他抓着梁行野的衣服，慢慢握紧：“能不能不要送……送我回去？我不喜欢大海。”

从池宁偷偷给梁行野喂血，到撒谎说这片海域不是他的家，到说只吃饭团就行和不喜欢大海，梁行野觉得自己意识到了什么。

小动物的印刻效应：对于上岸后见到的第一个人，池宁心里所产生的依赖不可逆且不易消除。

好半晌，梁行野开口道：“池宁，人和人鱼是不同的物种，不能一直生活在一起。”

海边的风愈来愈大，海浪呼啸着冲刷沙滩，池宁的耳朵里充满了汹涌的海浪撞击声，梁行野的话断断续续的，没听清，他一头雾水：“人和人鱼怎么了？”

他的眼睛过于水润，以至于梁行野觉得他好像要哭了，等海面平静了才说：“没什么，你想在岸上待多久都行，我不送你回海里，除非到时候你自己要离开。”

池宁喜形于色，眼睛弯起来：“真的吗？”

“真的，”梁行野往车边走，打开车门让他上车，“但你不准再给我喂血，我不会死，腿也不疼。”

“最重要的一点，绝对不能让任何人知道你的血有特殊作用。”梁行野盯着池宁，神情严肃，“记住了吗？”

池宁一一答应，高兴地抹了把脸。池宁重新爬上副驾驶座，踮着脚，有点不敢踩下去。他脚底全是沙子，稍微一动，沙子便扑簌簌往下掉。

梁行野拿了包纸巾让他擦脚，池宁将脚伸出车门，弯着身子胡乱擦起来。

梁行野随意瞥了眼，池宁绷着脚背，脚底被磨得泛红。

池宁擦干净脚，把用过的纸巾折好放在兜里。关上车门后，他移到座位边，眼神透亮，语气真诚："梁行野，谢谢你。"

他的生活一直不顺，从有意识起，他就是一条孤儿美人鱼，如果不是他哥护着，大概率已经葬身海里。

长大了点，他哥又上岸了，海里的其他族群都因为他对大海心怀恐惧不待见他，觉得他辜负了大海赐给他的生命和漂亮鱼尾。美人鱼们也是如此，和他关系亲近的只有阿青几个。

在岛上的日子并不好过，深海更是恐怖，他经历过无数危险。无数令人心悸的恐惧与孤独，就连上岸的过程也一波三折。

唯一算得上顺利的，就是遇到了梁行野。梁行野给了他容身之处，帮他隐瞒人鱼身份，让人照顾他。即使对人类社会的了解有限，池宁也清楚梁行野提供给他的生活质量比常人高出太多。

他望着梁行野的眼睛充满真挚："谢谢你不把我扔回海里，也谢谢你收留我……如果上岸后你不管我，我就会……"

"会怎样？"

池宁小声说："会变成路边最……最脏的小乞丐。"

梁行野低头看他，目光从他散乱的头发滑到漂亮的眼睛，话说得含蓄："你不用感谢我，能收留你是我足够幸运。并且就算我不管你，你也不会变成小乞丐，很多人都愿意带你回家。"

"可是你管我了。"池宁心存感激，握住梁行野的手指，"你以后生……生病了，要跟我说，我……"

梁行野打断他："我刚才说的话你又忘了？"

"没忘记，"池宁复述道，"不准再给你喂血。可是生病了会……会很难受。"

"我从来不会难受，"梁行野凝视他的脸颊，神色是罕见的认真，"池宁，无论在什么情况下，你都要以自己为先，听到没有？"

"嗯。"池宁拨弄着安全带，慢吞吞地眨眼，看着好像在发呆。

梁行野依旧不放心，"还有，不管人前人后，你都不能表露出你的血有治愈作用……”

池宁：“我真的知道了。”

车窗半开着，海边风大，吹得车窗呼呼作响。他的头发乱成了一团，像被染成了浅栗色的云。

梁行野笑着揉了揉他的头发：“好了，跟我回公司。”

5

到公司后，梁行野要开个短会，池宁在他的办公室待了会儿，觉得无聊，便出去找顾旭。

梁行野开完会回来，独自在办公室待了一会儿，思索到底该如何处理池宁。看样子池宁是要长期在岸上生活，如果要让池宁真的成为人类，和人类一起生活，有些手续都需要办好。

他叫来顾旭带池宁去办这些手续，池宁听了倒是很高兴，很乖地跟着顾旭走了。

梁行野送走池宁，开始拆昨天收到的跨国快递。里面的东西被层层包裹住，他把保护层揭开，看见了一个精致的掐丝珐琅麒麟。

梁行野对古董缺少研究，但隐约记得好像在哪个拍卖会上见到过这个麒麟，作为压轴拍卖品，卖出了令人惊讶的高价。

快递是池今叙寄过来的，他直接打了个电话给池今叙，接通后，梁行野问：“今叙，麒麟我收到了，你这是干什么？”

“给你赔罪。”池今叙倚靠在古城堡的窗前，眺望远处蜿蜒曲折的河流，“段沂给你带来的麻烦是我造成的，我和你的关系好归好，可这次不是小事，我心里过意不去。”

段沂从后面靠近想偷听他们的电话，池今叙瞪他一眼示意他停在原地，然后继续对梁行野说：“一个小玩意而已，不是什么贵重的东西，可以留着装饰家里。”

再推辞就生分了，梁行野默许收下礼物，将话题带回池今叙身上：“你最近怎么样？”

池今叙无视蹲在地上抽雪茄的段沂，应道：“还行，事情不棘手，按原来的计划走。”

两人闲聊几句，池今叙挂了电话，抬脚离开窗边时，被风呛住，扶着墙咳起来。

他本身肤色很白，脸上更是病态的苍白，咳嗽让他的脸颊染上了血色，反而显得鲜活生动。段沂连忙扔掉雪茄，上前扶他，池今叙缓过来了，拍开段沂的手，在复古的扶手椅上坐下。

段沂小声抱怨：“自己的身体是什么情况不知道吗？还要站在风口打电话。”

池今叙没理他，段沂又说：“你为什么要打电话给梁行野？还送他礼物，你不是……”

池今叙语气不耐：“你能不能安静点，或者离开房间？”

段沂有些委屈：“你果然还是没有原谅我。”

池宁在拍证件照时遇到了麻烦，拍照要求摘耳钉，他听岔了，以为拍照之后再也不能戴珍珠耳钉，死活不愿意。

待顾旭和他沟通后，池宁才放心地摘下了耳钉。走完流程后，顾旭边走边说：“这耳钉很好看，是很重要的东西吗？”

“是，我每天都戴着。”池宁走出派出所，转身看着派出所肃穆的大门，突然问，“刚才花了多少钱？”

“没多少，怎么了？”

池宁神情认真：“我想知道。”

顾旭说了个数，池宁嗯了声，在脑子里记住。

回去的路上，顾旭带池宁去了一家高级定制品牌概念店，是梁行野惯穿的牌子。店面占地广，位于城市的繁华地段。店内装潢带着浓郁的法式风情，倾斜的屋顶搭配线条流畅的拱形门廊，在街边绿植的掩映下，展露出精致的格调。

店内冷硬的金属元素点缀在各处，墙面镶嵌着素淡的水磨石，展陈区结构对称，和酒吧区被玻璃移门隔开。

池宁迷茫地站在展陈区前，他隐约知道这地方不是一般人能来的。顾旭贴心解释：“你之前的衣服太粗糙，梁总让我带你买几件能上身的。”

设计师在一旁候着，她是一个高挑漂亮的女人，长发及腰，穿着剪裁利落的衣裙。池宁像个木偶一样伸直双手，任她用皮尺在他身上量来量去，记录数据。

池宁的茫然一直维持到离开店。他坐在车上，在顾旭没启动车子前又问了一遍要花多少钱。顾旭随口答道：“给你做的是日常穿的，不会太贵，一套应该是十几万。”

十几万？顾旭教过他简单的计数，池宁在心里计算了半天，还是没搞清楚大概有多少。他问顾旭，顾旭沉吟片刻，说按平时他们吃饭的价格，一套大概能吃两三个月。

池宁又问有多少套，得知有六套后，池宁整个人都惊了，这么多钱他怎么可能还得清？若要卖珍珠还债，他眼睛得哭瞎。

池宁解开安全带，对顾旭说：“我们回去，告诉她我不要了。”

顾旭不敢擅作主张，便说：“这是梁总吩咐的，你要是不想要，我得先和梁总沟通一下。”

顾旭马上联系了梁行野，跟他简单说明了情况后，又按梁行野的意思把手机给池宁。

池宁握着手机，有点着急：“梁行野。”

“怎么了？”梁行野的声音低沉好听，“不是已经量体了吗？怎么突然改变主意？”

池宁抓着座椅边缘：“我不喜欢，我有衣服。”

“不喜欢？”

“嗯，”池宁的手指开始揪坐垫的毛边，“可不可以不要？”

“可以，你不喜欢的话就算了。”梁行野说。

顾旭跟经理沟通完相关事宜，回到车里，对池宁说：“其实这点钱对梁总来说不算什么，你不用有心理负担。”

池宁重新系上安全带，一本正经地应道：“用的。”

“你不想花梁总的钱吗？”

“是。”

顾旭看着池宁严肃的眼神，忍不住笑起来：“梁总还叫我带你去买个手机，那你要不要去？”

池宁神色惊喜，里面掺杂着一丝不好意思，说：“要去。”

买完手机，顾旭又陪池宁买了些其他小东西，他发现只有涉及大数额的交易时，池宁才会拒绝，像手机和零食这些小物件，他基本来者不拒，只会在事后问个价格。

池宁花了一下午时间学手机的基本操作，他不认识字，但记忆力好，顾旭说完一遍基本能记住。

顾旭有工作要忙，池宁趴在小休息室里的床上玩了会儿手机，新鲜劲儿很快过去，他发了会儿呆，又坐了起来。

梁行野的休息室五脏俱全，池宁下床倒了杯水一口喝完，然后掰着手指头慢慢算账。算得差不多了，他拿起水草兜往脸上拍，仰头蓄泪，确保泪珠足够大颗。不多时，床上攒了一堆温热的珍珠，池宁揉了揉酸涩的眼睛，蹭着被子睡了半个小时。

晚上池宁又去了珠宝店，回到家，他把用珍珠换的钱摆到茶几上，转身去洗澡。他从浴室出来时，梁行野已经回来了，正站在沙发边，手里拿着那沓钱。

池宁走到他面前，边擦头发边喊：“梁行野。”

梁行野把钱扔回茶几上，问：“晚上你让顾旭送你去珠宝店就是为了这个？上次你留在这儿的钱也是用珍珠换的？”

“是。”池宁应道。

梁行野很诧异，在他看来，池宁天真懵懂，又只会最简单的算数，拿珍珠换钱的操作几乎是天方夜谭。

“你知道怎么交易吗？”

池宁点头：“知道，我问过顾旭。”

梁行野皱眉：“为什么要去换钱？”

“因为今天花了很多钱。”

梁行野见池宁的眼睛有些红，眨眼的频率也比平时快，正色道：“池宁，以后别这样做，你根本花不了几个钱。”

“我答应不把你送回海里，这就意味着我会承担你的一切开支，”梁行野联想到他拒绝买新衣服，又说，“以后我怎么生活，你也怎么生活，不用有顾虑。”

池宁停下擦头发的动作，水珠顺着发尖不断淌过脖子，他缩了一下脖子，解释道：“你已经对我很好了，花了很多钱，我心里……”

很难准确形容自己的感受，池宁费尽心思从脑海里翻出一个词——“难受”。

对梁行野来说，钱只是一个符号，用钱买不到的东西，才是真正的稀缺资源。他在医院重新做了检查，复检结果没有出错，腿骨确实完全恢复了。

从医院离开后，他去了好久没去的马场，玩得酣畅尽兴，这些年由受伤带来的、压抑于心的烦闷一扫而空。就凭这个，别的他可能给不了池宁，但物质上池宁想要什么，他都愿意给。

况且这还是第一次，有人仅仅因为一个不确定的可能，就多次为他付出。

梁行野揉了揉他的头发：“没必要难受，我一向说到做到。”

池宁抓着干发巾的毛边，盯着梁行野看，抿起唇，又松开。

晚上睡前，池宁睁着眼睛，看着天花板上淡淡的光线。他知道梁行野在别人面前护着他，让顾旭给他买很贵的衣服，跟他说不用顾虑花钱，都是因为自己给他喂了血。

可也只喂过几次，池宁愧疚地想，要是以后梁行野会生病就好了，这样他可以再救梁行野几次，这样显得他更有用一点。

这几天池宁一直提心吊胆，担心梁行野将他送回海里。一切尘埃落定后，本该浑身轻松，沾床就睡，他却丝毫没有睡意。在床上翻来覆去后，他开始卷着被子，思考成功留在岸上后，怎样才能顺利找到他哥。

想着想着，他的眼神停在梁行野的背影上。按顾旭的说法，找人是个漫长的过程，花费的精力不可计数，如果有梁行野搭手的话，会简单很多。

他刚上岸时和梁行野不熟，不敢找他帮忙，但现在梁行野对他这么好，会不会愿意帮忙找他哥呢？

池宁乱七八糟地想了一大堆，最后怀着希冀进入了梦乡。

第三章

CHAPTER 03

学习做人

Ren Xue Zuo Ren

1

第二天一早，池宁坐在餐桌旁，漫不经心地吃着早餐，时不时看梁行野一眼。梁行野和他对视：“怎么了？”

池宁握着牛奶杯纠结半晌，摇头道：“没什么。”

梁行野盘子里的牛肉沙拉吃了一半，他往前推了推，问池宁：“想吃我这个？”

“不是，”池宁把牛奶杯放到桌子上，鼓起勇气，用顾旭曾经教他的话术做铺垫，“你昨晚睡得好吗？”

“还行，”梁行野看池宁吃得差不多了，站起身，“走吧，去公司。”

门外早有助理在等梁行野，两人边商量事宜边往公司赶，池宁插不进话，好不容易鼓起的勇气跑了大半。到公司后，梁行野更是忙得水都没空喝一口，池宁不想打扰他，跑去了顾旭的办公室。

他问顾旭梁行野的工作情况，看到日程表后，池宁很快调整好了心情，找他哥这事不差这一天两天，等梁行野忙完这阵，他再问问。

上午顾旭带池宁去了银行办卡，绑定手机后，教池宁怎么用。

“卡里的钱足够多，以后你想买什么直接扫码付款，不用通过我。”顾旭在通讯录里给池宁留了梁行野的联系方式，又打开聊天页面，把梁行野置顶，“待会儿我们还得去一趟服装店，天气转冷了，除了夏装，你的秋装也得准备，先去试试样衣。”

“梁行野说的吗？”池宁问。

顾旭失笑：“难道我敢擅作主张？”

池宁的手机通讯录太空，顾旭想了想，和他互加好友后也留了个电话：“最上面的是梁总的联系方式，下面的是我的，你以后要是有事，也可以随时找我。”

池宁不认识字，只能认真记清字的轮廓，说：“我知道了。”

车拐过弯，池宁看见了绿植掩映下的建筑一角，才知道顾旭说的服装店是一件衣服够他吃两三个月饭的那家，他拒绝进店门。

接到顾旭的消息时，梁行野正在和纪宣语音聊天，他回复顾旭：没事，随池宁的。

然后梁行野继续语音聊天，对纪宣说：“你激动什么？检查结果我昨天不就告诉你了？”

“我昨天忙得连轴转，没时间激动，”纪宣情绪高昂，“我还是不敢相信，好家伙，医学奇迹都有迹可循，你这就一个词，离谱。”

梁行野神色轻松：“可能是运气好。”

“拉倒吧。”当年意外发生后，梁家找了最好的医院、最顶尖的医生，依旧没法让梁行野痊愈，现在腿竟然莫名其妙地好了。

纪宣的消息跟连珠炮似的：“你有做全身检查吗？有没有查清是什么原因引起的？如果查出新药物或新的治疗方法，能惠及不少病人。”

“药物和治疗方法都是医生制定的，并不特殊。纪宣，你别那么激动，医生说我的病例不具有代表性。”

“行吧，我也猜到了，只能归因于你运气好。”

梁行野笑着说：“确实。”

纪宣笑得更大声了：“行野，你这什么狗屎运啊，我好久没这么高兴过了。”

当初梁行野住院的那段时间，纪宣基本全程参与。梁行野知道治疗结果后，很快接受了事实，之后的复健也很配合，表面看着一切正常，会和医务人员谈笑风生，甚至还能得心应手地处理公司的事务。但他不止一次闻到了梁行野身上的烟味，而在那之前，他从未见过梁行野碰烟。

有天傍晚，他去病房，看梁行野斜靠着窗，安静地眺望远方，指尖夹着烟，火星明明灭灭，烟已经燃到了尾部。

夕阳昏黄寂寥，勾勒出梁行野的轮廓，纪宣不知道他在想什么，也许是马场上他爸妈朝双胞胎弟弟和许晋飞奔的身影，也许是主治医生的宣判。

纪宣说：“我下午忙完医院的事就去你公司看看，你有空吗？”

“三点到四点有个会，其余时间有空。”梁行野想起池宁的反复拒绝，思索几秒，“对了，你过来的时候顺便带个甜点，之前聚会常订的那家的。”

“啊？”纪宣百思不得其解，“那种花里胡哨的甜品，除了贵没别的，平时大家都用来撑场面，我也没见你吃过，怎么突然换口味了？”

梁行野把玩着笔盖：“给池宁尝尝鲜。”

“哦这样，要哪种？”

“白松露巧克力蛋糕，”梁行野说，“记我账上，记得让店长做。”

纪宣笑着打趣：“还用你吩咐，你给池宁尝鲜，我才不主动抢你的人情。”

纪宣掐着时间，四点左右到了梁行野的公司，他把包装精致的淡蓝色盒子放在梁行野的办公桌上，环视四周，问梁行野：“池宁呢？”

“在休息室拿杯子。”

正说着，池宁捧着个和脸差不多大的水杯出来了。他喝水很频繁，懒得来来回回装水，干脆买了个超大型的杯子。

纪宣被逗笑了，池宁有点不好意思，跟纪宣打了声招呼。

纪宣笑着聊了几句，手机忽地振动起来，他摸出一看，猜测有急事，对池宁和梁行野摆了摆手：“我出去接个电话。”

梁行野点头，手上有条不紊地拆着包装盒，池宁捧着杯子晃到梁行野桌子边，偷瞄一眼，问他："这是什么？"

梁行野轻描淡写地说："一个小蛋糕。"

包装一层又一层，盒子精致，融合了澄澈的蓝色和极淡的灰，池宁看得目不转睛。

梁行野把最中央的小蛋糕拿出来，空气中顿时弥漫着一股甜香，像海面上蒸发的水汽，无孔不入。池宁完全被吸引住，又问："这是什么小蛋糕，很贵吗？"

"普通蛋糕，吃的东西能贵到哪里去？"梁行野递给他餐具，"给你买的。"

池宁刚好饿了，对梁行野笑："谢谢。"

他搬了把椅子到办公桌旁边，没马上吃，先看了看手里精致的小勺子，然后又仔细观察蛋糕。蛋糕上撒着细碎的金箔，造型精致，纯金托盘旁，各式餐具都镶嵌了碎钻，池宁不识货，纯粹觉得好看。

看了会儿，池宁小心翼翼地尝了口，当即被意大利进口白松露融合顶级巧克力的口感俘获，他切了块蛋糕给梁行野，眼神亮得出奇："这个超好吃。"

梁行野推开："我不爱吃甜的。"

池宁吃完整个蛋糕后，兴致勃勃地问梁行野："我以后可以不吃饭，就吃这个吗？"

"当然可以，不过只吃蛋糕的话，你的珍珠可能不够，"梁行野指着小托盘，"纯金的，用过就不能退了。"

接着，他又云淡风轻地给池宁讲解起了蛋糕原料和配套餐具的昂贵。池宁呆若木鸡，结巴道："你不是说……说不贵吗？"

"对我来说这东西确实不贵，但我忘了你的情况。"梁行野皱着眉，"你要用珍珠抵账的话，大概得从早哭到晚。"

他转动椅子，支着下巴看池宁的眼睛，用无比可惜的语气说："可能会瞎掉。"

"你故意的。"池宁握住手指。

梁行野见他变了脸色，问：“生气了？”

池宁扭开头，望着桌上沾着蛋糕碎屑的纯金托盘和餐具上璀璨的碎钻。如果梁行野一开始说清价格，他就不会吃了，也不用从早哭到晚。

从梁行野的角度，能看见池宁的小半张侧脸，垂着睫毛，紧抿着唇，脸颊因为抿唇的动作略微鼓起。

他挪到池宁的正面，笑了声：“真生气了啊？”

池宁一言不发，站起就往休息室走，准备抓紧时间还债。

梁行野说：“池宁，过来。”

池宁停下脚步，转头看他一眼，慢腾腾地走回到他的面前，脸上还是有些不高兴。

“我这人向来恩怨分明，这些年我花在腿上的钱，够你挥霍一辈子了，我希望你在想离开之前，能过得稍微体面一点。”梁行野让池宁坐下，一本正经道，“池宁，我最后说一遍，你不欠我的，是我欠你。我给你安排什么，你接着就是了。”

梁行野身子前倾，望着他的眼睛，轻声问：“你这次能不能听话？”

池宁轻轻嗯了声，心里微薄的怒气就像浮在海面上的泡泡，顷刻间化为虚无。

梁行野继续说：“你有什么要求也可以提，我能满足的都会尽量满足你。”

池宁不自主地坐直身体，他确实有事需要找梁行野帮忙。

他交握双手，慢慢摩挲，犹豫半晌后，忐忑地问出了口：“梁行野，那你可以帮我一个忙吗？”

“可以，什么事？”

“我有个哥哥，我想找他，他……”

纪宣正好接完电话，从外面进来，听了一耳朵。他边往办公桌旁走边问：“池宁你还有哥哥啊？”

池宁点头。

“找人这事梁行野在行，他有个伯伯在公安部门，”纪宣一拍脑袋，猛然醒悟，“哦，我忘了，你是国外的，用不上。”

纪宣不知道他是美人鱼，找他哥也不需要用到美人鱼的信息，于是池宁坦然开口："他应该叫池阿金……"

梁行野很意外，他以为池宁是第一条出现在岸上的美人鱼，没想到竟然还有个哥哥，听到名字时又觉得疑惑："应该？"

纪宣跟着问："你连你哥叫什么都不知道？"

池宁半真半假地应："在家的时候一直叫小名，我忘了。"

纪宣又问："你们住哪里还记得吗？哪个国家？具体位置在哪儿？"

池宁没法答，看了梁行野一眼，梁行野岔开话题："你哥长什么样？有没有什么特征？"

最稳妥的办法是吐个泡泡给梁行野看，但一月之期未过，池宁只好拿着梁行野的笔，在纸上认认真真地画起来。

梁行野和纪宣站在旁边看，等池宁画完，两人轮流辨认一番，梁行野委婉地对池宁说："你还是描述一下吧。"

池宁绞尽脑汁，把能用的词语都用上了，尽力描述清楚他哥的信息，最后还提了一句："他手上戴着手链，上面有金色珍珠，和你家的那颗珍珠很像。"

梁行野越听越忍不住联想到池今叙，池今叙除了父母健在，是个怕冷的病秧子，其他信息几乎都对得上，甚至连姓都相同，他还刚好有个弟弟。

他问池宁："你确定你哥父母双亡？他怕不怕冷？"

"确定，"他哥是族群里最怕热的人鱼，上岸后回海里时池宁也从没发现过异样，他说，"我哥和我一样，一点都不怕冷。"

梁行野依旧心存疑虑，和纪宣对视一眼。纪宣也想到了池今叙，他来来回回看池宁的长相，觉得两人还真有点像。

纪宣展开想象："难道池宁好好在国外念着书，被当地黑帮弄到黑市拐卖了？"

和池今叙关系近的人都知道他有个弟弟，大家工作之余会搞私人聚会，闲聊时池今叙偶尔会提到他弟，夸他弟有多乖多可爱。

纪宣对此印象很深刻，因为池今叙的语气和眼神，不像哥哥，更像含辛茹苦的老父亲。

“这得有多巧，”纪宣看向梁行野，“你等着吧，今叙爱弟弟爱成那样，知道这件事一定会立马赶回来。”

梁行野皱起眉，立刻给池今叙发了语音通话邀请，刚响几声就被挂断了。池今叙可能在忙不方便接。他问纪宣：“你手机里有今叙的照片吗？”

“没有，都是大老爷们谁没事整天自拍啊？”纪宣说，“网上好像也没有照片，你又不是不知道，今叙爱玩古董收藏品，人也跟古董一样神秘，很少参加大型场合的活动，要拍照留念的更不会去。”

对话掐头去尾的，池宁听不懂，好不容易捕捉到一个名字，连忙问：“今叙是谁？”

“池今叙，我们的一个朋友，基本符合你描述的那些信息。”梁行野说。

池宁的眼神透出激动，抓住梁行野的手腕：“我可以见他吗？”

“他现在在国外……”

“哪用那么麻烦，让今叙自己看看不就行了。”纪宣拿手机给池宁拍了张照，分享给池今叙后开始打字：今叙，这小帅哥你认识吗？

远隔重洋的另一端，天已经黑了，城堡陷入了沉睡，只有二楼尽头处的房间，灯火未熄。池今叙坐直身体，冷眼看着站在床边的段沂：“手机还给我。”

“很晚了，睡觉，”见池今叙弓起背咳嗽，段沂边给他拍边说，“感冒怎么还不好？明天换个医生来给你看。”

池今叙咳得脸颊泛红，神色不耐：“要么把手机给我，要么滚出去。”

段沂心里的火噌一下被点着了：“都是朋友，梁行野的视频通话你上赶着接，对我就甩脸色是吧？”

“是。”

两人对峙时，藏在段沂口袋的手机响起消息提示音，池今叙说：“段沂，手机给我。”

段沂冷笑一声，把池今叙塞进被窝里。池今叙吃了助眠的感冒药，头昏昏沉沉的，反抗几下就失了力气。

段沂腾出手打开手机，发现发消息过来的是纪宣，他知道纪宣，是池今叙的一个关系不错的医生朋友。

他扫了眼消息，呵，还小帅哥，池今叙的交友范围看来是越来越广了，也不怕美人鱼的身份暴露。

他冷下脸，回复纪宣：什么小帅哥？他的朋友圈有限，以后别发这些乱七八糟的给他。

点发送前段沂犹豫地抬起手指，被池今叙知道了肯定得生气，他想了想，全删了，只回了句：这谁？不认识。

回完后他有点心虚，又删掉了消息记录。

池今叙的眼睛有点睁不开，这几天应付段沂让他精疲力尽，他只想好好睡一觉，尽早结束这边的工作，回国像以前一样平静地生活。但段沂一直都是不达目的誓不罢休的性格，被他拖住，两三个月的出差不知道要拉长到什么时候。

池今叙叹了口气，翻过身，像以前在海岛上那样，温和地跟段沂交谈："你怎么这么犟？"

"我担心你，你的身份最好越少人知道越好，他们这些杂七杂八的人交往多了对你不好。"段沂闷声说。

段沂的十八岁生日礼物是一座海岛，当天他捡到了受伤的池今叙，长期相处下两人友谊渐深，后来出了意外，池今叙失血过多被迫离开海岛。

段沂清楚美人鱼失血过多的严重后果，费尽心思找到池今叙后，把他严密地保护起来，生怕被世人知悉美人鱼的血液有治疗奇效。

池今叙对眼含委屈的段沂说："当初你救了我，把我藏起来，给我治伤，教我说话，用轮椅推着我到处闲逛，我很感激，但你不能用这种方式限制我的自由。"

"梁行野也是我的朋友，人很好，"池今叙说，"把手机给我。"

段沂恍若未闻，池今叙加重语气："段沂。"

段沂把手机甩到枕头上，气冲冲地摔门走了。

池今叙打开聊天页面，搜索梁行野的名字，点进去发了语音聊天邀请。

接通后，他问梁行野：“行野，刚才在忙不太方便，找我有事吗？”

“想问你认不认识一个人，”梁行野说，“现在没事了，你忙你的。”

池宁正在听纪宣解释对面发过来的字是什么意思，察觉手机那头的嗓音很熟悉时，梁行野已经挂了。

池宁问他：“你在和今叙说话吗？”

“是，怎么了？”

“声音好像有点耳熟。”

“耳熟啥啊？”纪宣搭着池宁的肩膀，“他说不认识你。”

纪宣现在回过味来了，又对梁行野说：“池宁和今叙应该没关系，你想想，要是今叙他弟不见了，他还能安安心心地去出差？早上天入地找人了。”

梁行野的想法和纪宣不谋而合。多年前他第一次跟池今叙合作时，私底下查过他，那时候没注意到他有弟弟，但池今叙一切正常，教育背景、人际关系全都清晰明朗。并且池今叙举止大方，言行谈吐极有教养，没一定的眼界和经历造就不出那身气度。

梁行野看向池宁：“没事，我会帮你找你哥。”

差不多到了饭点，梁行野便叫纪宣一起去楼下吃饭，纪宣瞄了眼时间，嚷着再不回医院主任得剐了他，一溜烟儿跑了。

梁行野跟他的伯伯说了声找人的事，又为了节省工作量，提前排除了池今叙。他伯伯答应得很爽快，承诺会尽快办好。

池姓人数少，忽略阿金的名字，符合对应条件的也只有寥寥几个。一天后，梁行野拿到了结果，他把池宁叫到书房，让他辨认电脑上的照片。

池宁紧紧盯着屏幕，摇头，梁行野切到下一张照片，他还是摇头。看完最后一张，他望着梁行野，不死心地问：“没有了吗？”

“能找到的都在这儿了，如果这上面没有，只剩下三种可能：你哥是黑户，他不姓池，他在别的国家。”梁行野说，“不管哪种可能，基本上没有找到他的希望。”

池宁松开鼠标，低垂着头，声音怅然：“我知道了。”

“是你亲哥？”

池宁点头，又摇头：“表哥。”

梁行野自动代入自己那些一年见不到几次面的表兄弟，说：“找不到就算了。”

不甘心也没办法，池宁颓丧地嗯了声。

池宁有个表哥在岸上让梁行野很诧异，他问：“美人鱼都能离海上岸吗？有多少藏在人群里？”

“不能，就我和我哥。”

“那你们为什么能离海？”梁行野更是诧异。

池宁避开他的眼神，不由自主地抠手指：“我想去洗澡了。”说完他脚步不停，离开了书房。

池宁泡在浴缸里，仰头发呆，身下的鱼尾不断拍打着水面，水花四溅。他抹了一把脸，翻转身体，将下巴压在浴缸边缘。

梁行野跟他解释过户口和公安系统的作用，如果梁行野帮忙都找不到，靠他自己找更是希望渺茫。池宁耷拉着脑袋，手垂在浴缸外，失神地盯着地板缝隙。

其实在海里的时候，他就做好了和他哥分别的准备。他哥变成人之后，能维持鱼尾的时间越来越短，迟早有一天没法再返回海里。

他花了很长一段时间消化这个事实，等到了岸上，以为两人能相逢，谁知阴差阳错出现在梁行野家。

地板光滑明亮，能照出人影，池宁的指尖来回摸着影子，心里空落落的。

他想，找人是双向的，如果他找不到他哥，那有没有什么办法能让他哥看见他，从而达到目的？可他对人类社会接触太少，没什么思路。

池宁沉浸在低落的情绪中，萎靡了好半天。他只能自己安慰自己，不用太气馁，人鱼之间的联系天然又紧密，他刚上岸没多久，说不定融入人类社会后能出现转机，就算只能和梁行野相依为命，也不是坏事。

睡前池宁趴在床上，一眨不眨地望着梁行野。梁行野正在看财经新闻，察觉到他的注视，扭头问：“怎么了？”

池宁凑到梁行野面前，小心翼翼地问：“如果我不想回海里，你以后都不会送我回去，对吗？”

“你不用担心，我会说到做到。”

“没有担心，”池宁满脸好奇地浏览他的手机屏幕，“你在看什么？”

“新闻。”

池宁也拿出手机玩了会，关掉小游戏程序时不知道按到了哪儿，页面上显示出密密麻麻的字。他看不懂，问梁行野，梁行野熟练地帮他返回主屏幕，顺带教了他一些比较复杂的操作。池宁听得认真，学会后心里起了个念头。

要不要学习认字呢？梁行野帮他找了他哥，他又想让梁行野帮他认字，短时间内提两个要求让池宁于心不安，他不直勾勾地盯着梁行野看了，看一眼就转开，然后又偷偷看一眼。

梁行野：“怎么了？”

池宁心里正纠结，闻声吓了一跳，连忙滑进被子里：“没什么，我想睡觉了。”

梁行野将灯调到了夜读模式，池宁心里存了事，闭着眼睛在被子里抠手指。

等梁行野关灯准备睡觉了，池宁才鼓起勇气，轻声道：“梁行野，我可以去学认字吗？”

梁行野意外又不意外，池宁要是想在岸上长期生活，认字会方便很多。他点了点头：“你想学的话当然可以。”

“那我明天就想学。”池宁明显开始高兴起来，“我要去学校对吗？顾旭说大家都在学校学习，除了认字，还可以学别的。学校是什么样的？”

“这里四五岁的孩子就开始学认字，你年纪太大，”梁行野停了一下，“对了，你现在几岁？”

“十九岁。”

才十九岁。梁行野若无其事地扫过他的脸，眉眼灵动，皮肤水嫩干净，几乎无瑕疵，整个人像春日枝头沾着露水的嫩芽。

“你从头学起，应该没有适合你的学校，我会找家教来家里教你。”

池宁点头，满眼好奇地问：“家教是什么？”

“专门来家里教你学习的老师。”

“男的还是女的？除了教我认字，还教别的吗？”

在梁行野的印象中，小孩子才有这么多问题。梁家那两个双胞胎小孩，他接触得较少，只记得偶尔回去时屋子里的吵闹。梁行野那时觉得小孩烦，此刻回答池宁问题时却颇有耐心：“明天我让顾旭给你安排，先学基础，别的以后再说。”

2

第二天晚上八点左右，顾旭把筛选过的人选送到了办公室。十来张简历，有男有女，学历、经验等具体信息整理得整整齐齐。

梁行野把简历放在桌上，简单地跟池宁介绍了相关情况，问他想选哪个。池宁一页一页看过去，挑选出两张，握在手里迟疑半晌，递到梁行野面前：“你觉得这两个哪个比较好？”

梁行野看了眼，池宁选的是一男一女，不知是不是巧合，两人的外貌是这堆简历里面最出众的。他说：“随你自己，哪个教你都绰绰有余。”

等池宁选完，梁行野提醒一句：“明天太赶，后天开始上课。你现在可以让顾旭带你出去玩。”

池宁见梁行野很忙的样子，跟着顾旭离开了办公室。这附近他都逛过，不需要顾旭带，独自一人下了楼。

这里是云城最繁华的地段，月亮像一盏暗淡的灯，点缀在灯火通明的高大建筑后，星子更是在灯火的映衬下失了颜色。站在地面上放眼望去，璀璨的彩灯往两旁排开，看不到尽头。

人们熙熙攘攘，不断穿梭在各栋建筑中，有人从路边的椅子上起来，又马上有人坐下。行道两旁的大树偶尔落下几片叶子，顷刻间被人踩得稀碎。

池宁走进人群，像一滴水融入大海里。他走到卖饭团的店门前，想试着用手机买单。

池宁要了个海苔鲜虾饭团，把手机给店员扫，简单操作之后，池宁拿着温热的饭团往外走，屏幕上叮的一声跳出消息，文字里面夹杂着一串数字。这些数字就是能花的钱，池宁数了一下，这串数字好长。

他准备抄近路回公司，经过小广场时又看到了那个抱着吉他弹唱的老爷爷。小广场位于两栋建筑的死角处，聚在那里的人不多，三三两两站在台阶下方，安静地听着悦耳的旋律。

池宁走过去，离人群稍远，在花坛的阴影处蹲下，边啃饭团边看鬓发皆白的老爷爷。

第一次撞见的时候，池宁就觉得老爷爷长得像美人鱼族群里时常对他和他哥多加照顾的年迈人鱼。

人鱼老爷爷去世有些年了，池宁至今记得他每逢傍晚，便会从海里上岸，穿过小半个岛去找他们，有时候会给他们带蘑菇和珊瑚，有时候是漂亮的贝壳，有时候甚至会带沉船里装满了珠宝的沉甸甸的匣子。

他看着不远处的老爷爷，眼里流露出怀念。

吃完饭团，站在台阶下的人都散了，池宁走近了点。老爷爷身形消瘦，胡子拉碴，面貌酷似人鱼老爷爷，眉目间却并无慈祥。池宁还记得上次给他饭团时被骂小兔崽子，顿住脚步。

陈向东放下吉他，拧开瓶白酒抿了口润嗓子，然后用袖子擦胡子上沾着的酒渍，上下审视池宁，笑着说：“小伙子要听歌吗？可以点歌，价钱不贵，听完再付。”

池宁摇头，坐到台阶上。陈向东面露不满，皱着灰白的眉毛，朝他摆手：“坐远点，别妨碍我做生意。”

台阶不长，即使池宁坐到了另一端，看着也像是和陈向东一起的。有路人过来点歌，问能不能让池宁唱一首，陈向东解释池宁只是个路人，当第三次被问时，陈向东看了眼池宁。

那人离开后，陈向东喊池宁：“小伙子你坐过来一点，哎对对对，再过来一点，就坐在我边上。”

池宁跟个人形招牌似的，挪到陈向东身旁后，聚在台阶下的人越来越多，点歌的同时，有不少人扫二维码打赏。

池宁安静地坐着，偏头看半闭着眼弹唱的陈向东。一曲又一曲，结束后，陈向东调整吉他的位置，琴头不小心撞到了池宁的胳膊，池宁缩了下手。

陈向东端详池宁，长得白净，那双眼睛跟滚珠似的，明亮水润，一副天真不谙世事的模样。他穿着倒是很体面，大晚上的在外面晃悠，还在台阶上傻坐半天，大概是离家出走的孩子。

今晚比以往热闹不少，陈向东神色轻松地问池宁："没钱吃饭了？"

池宁朝他笑了笑："爷爷，我有钱。"

陈向东没再管他。池宁看着陈向东，又看他抱在怀里的吉他，故意搭讪道："爷爷，这个是怎么发出声音的？"

陈向东随手弹了个音。

"我可以碰吗？"池宁问。陈向东勉强点头，池宁轻轻拨弄了一下吉他弦，乐音随着琴弦的颤动进入他的耳朵，像一颗石子砸进湖里，泛起阵阵涟漪。

陈向东扔给他五十块钱，池宁问："为什么给我钱？"

"算是报酬，你明天还来不来？"

"来的。"池宁说。

快十一点了，路上的行人逐渐减少，池宁也起身回去找梁行野。

刚进公司，池宁就收到了梁行野发过来的消息。他盯着屏幕看了会儿，走到大厅偏僻处，脸上有点懊恼和不好意思。他小声地发语音消息："梁行野，你发的信息是什么啊？你是不是忘记了，我现在还不认识字？"

片刻后冒出条语音消息，池宁点开，传来梁行野压着笑的声音："抱歉，一时忘了，我现在下班了，你在哪儿？"

"在公司大厅。"

"行，你在那儿等我。"

接到池宁后，梁行野带着他往外走。司机在出口处等着，见他们来了，打开车门让他们上车。

梁行野坐到后座，仰头松了下领带，问池宁："你一晚上都去哪儿了？"

“就在楼下，”池宁兴奋道，“小广场那里有个老爷爷，很像以前照顾我的爷爷，我去看他弹吉他了，他还让我摸了他的吉他。”

“你想学的话，我给你请乐理老师。”

池宁低头看刚才拨弄琴弦的手指，轻轻动几下，然后对梁行野说：“我不想要乐理老师，我想每天晚上都去小广场。”

“可以，正好你也只是白天上课。”

池宁突然想起什么，从口袋里拿出一张五十块钱的纸币：“他还给了我钱，说是报酬。可你给我的卡里已经有很多钱了，我用不上。”

他把晚上的情况絮絮叨叨地讲给梁行野听，自动省略了陈向东叫他坐远点的前半段。梁行野听完，说：“没事，你可以当成自己赚的，如果不要，可能会伤害到他的自尊。”

池宁点头：“我知道了。”

梁行野的公司坐落在繁华的商业圈，临近午夜热闹不减，喧闹的人声透过车窗传进来。池宁晚饭吃得少，添了个饭团也不顶饿。他扭头看路边的招牌，咖啡店的、商场的、公司的……冷色调居多，有高级感但又莫名带着一丝压抑。

过了会儿，车进入一条窄街，场景瞬间改变。火锅店、面馆、炸串、烧烤……店面的装修有些破败，但各种香气搅和在一起，翻滚着从车窗缝隙往里钻。

池宁用鼻子嗅了嗅，回头看梁行野。

“想吃什么？”梁行野问。

池宁脑子短路，一时忘了名称，小声说：“呲溜呲溜。”

三分钟后，车在一家看起来还不错的面馆前停下。店内装潢是中国风，墙边挂着排红灯笼，看起来很喜庆。

梁行野找了个位置坐下，给池宁点了份清淡的鸡汤面。这个点客人少，面没一会儿就上了，用大碗装着，热气腾腾的。

池宁费劲地用筷子卷起面条，咬住几根，慢吞吞地吃。他吃得慢，梁行野倒也有耐心等，半垂着眼，看他进食。

池宁察觉到他的注视，思考片刻，将碗移到中央，挑了一筷子面给他。

梁行野下意识往后仰：“你吃，我不饿。”

池宁便埋头吃起来，吃完面，还喝了几口汤。

回到家洗漱完，池宁早早睡了。梁行野去书房看了会儿文件，回到卧室时，就见被子被堆在角落，池宁人歪着，脸埋在两个枕头之间，手和脚横七竖八地摆放。

睡姿狂野。

梁行野暗暗思考，和池宁睡一张床本是权宜之计，想着没几天就能把他送走，现在情况有变，长期住一起很不妥当。

但这个房子当初只设计了一间卧室，改造起来麻烦，梁行野在心里筛选他名下的住所，斟酌后决定搬去离公司半小时车程的别墅区。

翌日，池宁吃着早餐，被告知了即将搬家的事实。他咽下嘴里的牛奶，疑惑地问梁行野：“为什么要搬走？”

梁行野慢条斯理地擦着手，说：“这里两个人住太小，换个大点的房子。”

池宁四处张望，客厅空荡荡的，只放置了电视、沙发和配套的茶几，阳台上点缀着几盆绿色的盆栽，更是空旷。

“这两天就搬，你对房间有没有什么要求？”梁行野说，“我会让人按照你的喜好装饰你的房间。”

池宁对搬家不感兴趣，摇头：“没有要求。”

家教明天才来，池宁一整天都很空闲，在商业街到处游荡，踩着下水道盖子听下面哗哗的流水声，蹲在宠物店里目不转睛地看游来游去的小鱼小虾，在饭团店门前排长队买饭团……等到晚上，他又去了小广场，坐在陈向东旁边当人形招牌。陈向东胡子拉碴，依旧穿着灰黑色的外套，袖口边残留着一点油渍，看上去是个瘦削的小老头。

他这次带了个灯，放在池宁面前。

光影对比下，池宁整个人像是在发光，在广场上格外显眼，远远就能看见。池宁缓了会儿才适应，按陈向东说的，把脸调整到最佳的角度。

陈向东在摆弄音箱和二维码，池宁说：“爷爷，为什么要开灯？”

陈向东用手抓了抓灰白的头发，转头看池宁：“没为什么，你就这样坐着别乱动。”

过了不久，台阶前聚集了不少人，池宁趁换曲的空隙，小声对陈向东说：“好多人都在看我。”

陈向东半眯着眼睛，像是沉醉在音乐的余韵中：“没关系，你坐着就行。”

池宁在台阶上坐了一晚上，人群散去后，池宁望着陈向东那张酷似故人的脸，语气不太高兴：“爷爷，你利用我。”

陈向东嘿嘿一笑，脸上的皱纹跟老树皮一样，沟壑纵横。他说：“这叫合作，不叫利用，大不了我待会儿多给你点钱，不过小伙子你也不缺钱用吧？”

“我叫池宁。”池宁说。

“离家出走没地儿去了？”

“没离家出走，有地儿去。”池宁的儿化音不标准，拖得很长，听起来有些刻意。

陈向东用手掌摸摸脑袋，满是疑虑“那你这两天往我这里跑是为什么？”

池宁用陈向东敷衍他的话敷衍回去：“没为什么。”

两人聊着天，稍微熟悉了点，陈向东说：“你以后要是有时间，每天都可以来。”

池宁观察陈向东的眼睛，思考片刻后摇头：“我考虑一下，这个灯照得我眼睛疼，台阶坐着有点硬，我一直待在这儿也很无聊。”

“我一个老头子，也没什么能给你的，最多分你点钱，”陈向东灰白的眉毛皱起来，像覆了层雪的山峰，“要不然你就跟着我学吉他，不过教了你就不给钱了。”

池宁思考了更久，说：“那好吧，我可以跟你学吉他。”

陈向东冷哼一声：“你还很勉强？”

灯已经关了，不甚明朗的环境下，他看起来更像人鱼老爷爷。池宁用手撑着脸，问：“爷爷，你去过海里吗？”

“没去过。”陈向东将吉他放到池宁手上，“手指按在弦上，我先教你姿势。”

池宁一点就通，拨弦、靠弦、按弦、单音都能很快掌握，只是不太熟练，需要多加练习。陈向东很纳闷：“你以前学过？”

“没有。”手指在弦上压久了刺疼，池宁不断揉搓手指。

池宁摸出手机看时间，梁行野快下班了。

“爷爷，我要走了。”

陈向东也准备收拾东西回家，朝池宁摆手，嘿嘿一笑，倒露出了几分慈祥：“每天都记得来啊。”

池宁过上了非常有规律的生活，白天学习，晚上学艺。梁行野有几次晚上去应酬，经过小广场时撞见了池宁和陈向东。

陈向东瘦得像个猴子，乍一看像个坏脾气的老头，而池宁笑意盈盈地跟前跟后。他担心池宁被哄骗，让顾旭查了查陈向东的来历。

陈向东，本地人，曾经有过一份体面的工作，中年因妻子出轨离婚，儿子跟了他。后来儿子生了重病，陈向东变卖家产后仍然没救回来，大受打击，颓废至今。

见除了身世惨了点，其他没什么问题，梁行野就没再插手。

池宁选的家教是一个温柔细心的女老师，依照他的情况，给他做了学习计划表，除了周末放假外，周三下午也休息半天。

周三这天，结束完上午的课，池宁从抽屉里翻出一小沓现金，数了数，塞进口袋里。

他每天晚上都去小广场，打赏的人越来越多，陈向东把点歌价格提高了，收入日渐丰厚，陈向东偶尔会分一些钱给他买零食，他都攒起来了。

这和池宁卖珍珠换来的钱不一样，和梁行野给他打在卡里的钱也不一样，是他劳动所得的。成就感让池宁整天飘飘然，恨不得跟所有人分享。刚好下午休息，池宁打算请梁行野吃顿饭。便兴冲冲地跑去公司找他，

到公司后，池宁发现梁行野去开会了，在办公室等了半天，一直没等到人。早上起得太早，他越等越困，打了个哈欠，趴在办公桌上睡觉。

梁行野开完会，边跟顾旭聊方案边往办公室走。推开门，看到桌上趴着

个脑袋，梁行野对顾旭说：“基本上就这样，你先回去。”

梁行野关上门，走到办公桌前，屈起手指敲了敲。池宁抖了一下，从睡梦中惊醒，抬起头，慢吞吞地说：“你开完会了吗？”

“是，”梁行野抽了张纸给他，“擦一下口水。”

池宁抿了下唇，果然嘴上湿乎乎的，他一把接过纸，胡乱擦干净。梁行野又递给他一张：“桌子上的也擦一下。”

池宁低头一看，坚硬的棕黑桌面上残留着几滴水迹，他眼疾手快地清理掉。发觉梁行野还看着他，池宁连忙解释：“我躺着睡的时候不会这样。”

梁行野笑了声，很给面子地附和：“可能是睡姿不对。”

“我趴得太用力了。”池宁煞有其事地回应。

“休息室里有床，怎么不去里面睡？”

“我等你去吃饭，”池宁站起来，把座位让给梁行野，跟炫耀似的，“我最近赚了好多钱，想请你吃饭。”

“你之前说爷爷给我的钱算我自己赚的，”最近降了温，池宁穿着件米白色的薄外套，拉链拉到头，藏住了下巴尖，他把手拢进口袋里，仰头望着梁行野，“你想吃什么？去我们上次去的那家餐厅可以吗？”

赚的第一笔钱，用来请人吃饭。梁行野看着池宁那双仿佛含着光的眼睛，拒绝的话说不出口，沉吟了几秒，应道：“可以。”

桌上的东西被池宁睡觉时弄乱了，梁行野简单收拾了下桌面。池宁凑到他面前：“梁行野，我还学会了几首曲子，爷爷说我很有天赋。”

“家教老师也夸你很聪明。”池宁学认字学得很快，日常用语基本都认识，也能写出一部分，就是字有点丑。

梁行野将笔扔进笔筒：“走了。”

两人出了办公室，并排走在走廊里，不时有人朝梁行野打招呼，梁行野一一向他们点头示意。

进了电梯，梁行野仰起头，缓解脖子的疲劳，池宁站在一边，想起梁行野早上跟他说别墅那边已经收拾好了，便问梁行野：“我们今天就要搬家吗？”

“不用搬，那里该有的东西都有，晚上直接过去住就行。”梁行野说，“对了，你的房间在我隔壁，我让人稍微给你布置了一下。”

“布置了什么？”

电梯到了，叮的一声响，梁行野随口说：“一些装饰品。”

餐厅离公司不远，两人走着过去，十分钟左右就到达了目的地。池宁来过很多次，已经轻车熟路，找了个靠窗的半开放式位置坐下。

菜上得很快，梁行野点了清蒸鳕鱼、芦笋虾球、素炒青菜，还有一份人参鹌鹑汤，清淡又家常。池宁吃几口饭，就看一眼桌上的鳕鱼。

以前梁行野吃的都是香煎鳕鱼，切成了小块，这次整条清蒸。刚上菜时池宁没认出来，等他夹鳕鱼旁边的那道芦笋虾球，不经意鱼眼对上鱼眼的那刻，才发现梁行野最爱吃的鳕鱼，竟然是深海里经常在他身边游来游去的小白鱼。

池宁看着梁行野用筷子剔下雪白的鱼肉，蘸汁，夹起放进嘴里，慢慢地，鱼越来越瘦，到最后只剩下了个鱼头。

梁行野见池宁盯着他看，半天都不动一下，手在池宁面前晃了晃：“看我干什么，吃饭。”

“啊，”池宁慌乱地回神，埋头在碗里扒拉虾球，“在吃。”

梁行野舀了碗人参鹌鹑汤，喝到一半，想起今天有事，把汤匙搁到一边，对池宁说：“我妈今天生日，下午我要去一趟许家。”

他顿了顿，又说：“如果在那里待到比较晚，我会叫人先送你回别墅区。”

池宁嘴里塞着虾球，脸颊一鼓一鼓的，嗯了声。

3

晚上池宁只买了个饭团吃，在小广场上磨蹭到梁行野往常下班的时间，回了公司。没见到梁行野的踪影，他应该还在许家过生日。

他等啊等，等公司里的人陆陆续续都走了，也没人来接他。

最后一个离开的人发现梁行野的办公室里有灯，以为梁行野忘关了，试探着敲门。池宁便跟他一起下去了。

他独自一人走到小广场上，四周空荡荡的，只有寥寥几个路人，连陈向东也回家了。

晚上起了风，吹得树叶唰唰作响，池宁拍掉肩膀上的落叶，蹲在路边，给梁行野发信息，梁行野没回，打电话，响了段时间后自动挂断了。

落叶刮过地面，像一群棕褐色的小人迈腿往前奔，池宁望着卡在地砖缝隙里的落叶，有点发愁。他知道怎么打车，也有大平层的钥匙，但梁行野说今天搬家，他不知道别墅的具体位置在哪儿。

池宁蹲得小腿发麻，想站起身缓一缓，有辆车开到他面前停住了。他抬起头，从开着的车窗里看见了纪宣。

“池宁你怎么蹲在这儿，我不是发消息给你了？”纪宣打开车门，“我说我会晚点到，让你去公司大厅等着。”

“我不知道，也没收到你的信息。”池宁搓了搓脸。

“我没发信息给你吗？”纪宣纳闷地打开手机，一拍方向盘，“我错了，我忙晕了，错发给别人了，你赶紧上车，我送你回家。”

池宁钻进车里，系上安全带，问纪宣：“梁行野呢？我找不到他。”

“我的错，我的错，梁行野八点就让我送你回别墅，我从生日宴离开后，本来想直接过来找你的。医院突然有急事，我一忙忙到现在，发消息给你又发错了，你在这儿等了很久吧？”

“没有很久，”池宁伸直腿缓解酸麻感，“梁行野还在过生日吗？”

“他啊，估计去地下拳击场了。”

“地下拳击场？”

“是，他以前心情不好就会去那儿。”纪宣一连打了好几个哈欠，努力压下困意，“我先送你回去，梁行野可能要很晚才回，你不用等他。”

纪宣的车速飞快，栽种在道路两旁的小白杨飞速后退。池宁抵着窗，拿着手机搜地下拳击场的相关信息，被充满暴力的图片和视频刺激得瞪大了眼睛。

纪宣听到了打斗的声音，正好在等绿灯，他扭头看过去，见手机屏幕上播放着一段视频。

两个像小山一样的肌肉男人在拳击场上激烈地缠斗，眼睛充血，拳拳到肉，身体撞击在一起，肌肉跟着上下抖动，汗水横飞。

纪宣笑着打趣：“看拳击比赛不能单看肌肉，梁行野的肌肉就不夸张，但他比这俩厉害多了。”

前面的车启动了，纪宣跟在车屁股后，开了一会儿才后知后觉地意识到池宁一直不吭声，有点不对劲。他找了个地停下：“池宁你被吓着了？”

池宁双手交握在一起，安全带被焐得温热，边缘处压在手心，有点割手。他看着纪宣，问：“梁行野在地下拳击场的时候，也那样打架吗？”

池宁对暴力有着本能的恐惧，梁行野平日里更多的是气势上的凌厉，上次和段沂的保镖动手时，因为及时把他塞进了车里，所以他没看到太多过程。

“梁行野就是去玩一玩，不会玩得太过，”纪宣说，“你别怕啊，这只是一种运动项目而已，跟马术之类的差不多。”

池宁的手指在安全带边缘慢慢摩挲：“我没害怕。”

“你怎么跟被人欺负过一样？”纪宣看池宁这副样子，还真可能被欺凌过，便说，“过去的都过去了，你现在跟着梁行野，没人敢欺负你。”

纪宣用手肘碰池宁：“他有凶过你吗？”

池宁不摩挲安全带了，摇头：“没有，他对我很好。”

“那就是了。”纪宣挂挡前进，笑着回应。

池宁窝在副驾驶座上，看路灯一盏一盏地后退，过了会儿，他对纪宣说：“刚才那个视频里，有个人的脸挂了彩，梁行野他……”

纪宣接话道：“拳击嘛，冲突够激烈才刺激，免不了受伤，很正常。”

池宁没吭声，凝视着车内微微晃荡的水晶挂件，不知在想什么。过了会儿，他坐直身体，望向纪宣：“你知道梁行野在哪儿吗？我想去找他。”

地下拳击场鱼龙混杂，梁行野要是来了劲，并非像他说的不会玩得太过，到时候吓到池宁，自己岂不是成了罪人？纪宣在心里暗骂自己多嘴，没事提什么拳击场。

“行，我想想啊，”纪宣敲着方向盘，开始装傻，“梁行野爱去的地方太多，我还真不清楚他今天会去哪家。这样，我先送你回去，反正你想看梁行野打比赛以后有的是机会，也不差这一次两次。”

池宁从纪宣略微浮夸的表情判断出他在撒谎，抿着唇不说话。

车通过红绿灯，拐弯进入中心大道。这边有不少烧烤店，人声鼎沸正热闹，路口那家味道最正宗，纪宣常去，他问池宁：“你饿不饿？哥请你吃顿烧烤。”

池宁透过车窗看外面的灯火，摇头：“不想吃。”

“真不试试？你们怎么都这么金贵，一个两个都看不上这种地儿，谢辛就算了，那人傲着呢，梁行野……”

池宁心不在焉地听着，等纪宣胡侃完，池宁说：“纪宣，我想去找梁行野。”

纪宣看了他一眼，长叹一口气：“行行行，我送你去。”

梁行野大概率在娱乐城附近的那家拳击场，纪宣调整了路线，边掉头边提醒池宁：“那地方挺乱的，你要做好心理准备。”

池宁点头应好，问纪宣：“梁行野心情不好吗？”

“是，”纪宣聚精会神地盯着前方的路况，“心情不好，或者压力太大的时候，他都爱去打拳。这几年腿受伤了，去得少了。前阵子他不知道走了什么狗屎运，腿竟然痊愈了。他也没什么好顾虑的了，该发泄就发泄呗。”

“他为什么心情不好？”

“梁行野没和你说家里的事？”

“没有。”

梁行野不主动提，他泄露出去不太妥当，但隔着屏幕的拳击视频都能吓到池宁，真到了现场还不知道会怎样。眼看离目的地越来越近，池宁还一脸懵懂，纪宣心里不太踏实，闲聊似的跟池宁说了几句。

“其实没什么，他家是电视剧里很常见的父母离婚，然后双方又都重组了家庭。他在两个家庭的位置比较尴尬，他性格自小强硬，从不示弱，很容易跟他爸妈针锋相对。他爸妈对他不算不好，也会真心实意地为梁行野感到骄傲，只是他们有更为偏爱的孩子，梁行野被牺牲过挺多次的。

“要不是梁行野能力强，接手了梁家……算了，不扯这个。反正梁行野每次回去，待不长，心情也差，”纪宣想了会儿该怎么措辞，“以后你有机会去梁家和许家就知道了，两家的全家福都没有他，他不愿意拍。”

池宁安静地听着，突然问：“牺牲是什么意思？”

“牺牲啊，就是和别的人比，他没那么重要而被放弃的意思。”

“可是梁行野很好。”

“那是在你眼里，大部分长辈都不会喜欢忤逆自己、挑战自己权威的孩子，哪怕他再优秀。”纪宣说，“人都有掌控欲，他们身居高位久了，控制欲更强，掌控不了梁行野，就挑好掌控的宠着呗。”

池宁理解不了这种复杂的感情，微微皱起眉。

“这样也挺好的，他们做不了梁行野的主，多省事。”前面是十字路口，纪宣减速穿过，远远看见了娱乐城的灯光，纪宣抬起下巴，“到了，就在前面。”

纪宣绕过灯火辉煌的娱乐城，穿过不远处的小巷子，来到人烟稀少的后街，一个利落的甩尾后，将车停在街边，随后下了车，带着池宁七拐八拐地往尽头走。

路灯坏得只剩几个，灯光微弱，把他们的影子拉得很长。池宁落后纪宣半步，往四周张望。两旁都是商店，已经关了门，几个白色塑料袋堆积在昏暗的楼梯口。楼层不高，看着又小又旧，晒在阳台上的衣服迎风抖动着。

池宁踩到个矿泉水瓶，瓶盖瞬间翻滚到远处。路的尽头漆黑一片，不知通往哪里。

纪宣提醒道：“这里有点脏，你注意看路。”

“还没到吗？”池宁问。

“到了，”纪宣在一家卖五金的店门口停下，摸出手机给拳击场老板打了个电话，挂断后轻敲卷闸门，“小陆，开一下门。”

卷闸门咔咔响，不断往上升，里面钻出个虎头虎脑的圆脸少年，大概十六七岁，一脸青涩：“你们是？”

“找梁行野的。”

圆脸少年的两手在头上摸来摸去：“哦哦，大哥说的梁总吗？我带你们过去。”

五金店杂乱无章，脚都没地放，圆脸少年侧着身，经过狭窄的走道，打开了店后门。后门正对着一栋封闭的烂尾楼，几个高大的人影伫立在楼下，不时到处走动。

圆脸少年走过去，跟那几个人说了句什么，其中一个壮汉微微点头，挥手叫其他人让开。三人先后往楼里走，烂尾楼只剩毛坯，隐约能听见地下细微的声响。

从楼梯上下去，穿过好几道门，每一道都有人守着，他们一路畅通无阻地到了最后一扇门前。

里面的声音震耳欲聋，圆脸少年摸摸脑袋，憨憨一笑：“我先回去睡觉，你们直接进去就行了。”

“行，”纪宣拍了拍他的肩膀，笑着说，“辛苦了。”

肌肉虬结的大块头保镖立在门两边，神情严肃，门内的喝彩声如潮水般此起彼伏，池宁没来过这种地方，也想象不出梁行野来这种地方的样子，搭着门把手，正要推开门，纪宣拉住他：“等等。”

这里是附近几个省最大的私人拳击场，老板早年靠做生意起家，平时就爱看拳赛缓解压力，后来觉得无聊，干脆开了这个拳击场，又培养了一大批拳击手，个个凶猛彪悍，平时替他打比赛。

“待会儿你要是想离开，及时告诉我。”纪宣犹豫几秒，又说，“梁行野打起拳来和平常不一样，你见了别怕。”

池宁透过门缝看向里面，点了点头。

推开门，池宁见到了一个巨大的坑状场所，面前是一段向下的台阶，两旁的看台呈圆形环绕，坐满了人，吵吵嚷嚷的，全是大老爷们。浓郁的体味在空中飘散，嘶哑的叫喊声此起彼伏。

拳击场位于最低处，台子被几根粗绳围着，只有那里开了大灯。场上的人影清晰可见，池宁轻易地辨认出了梁行野，和他对面那个壮得像熊一样的男人。两人各占一边，像是刚交手完，正在休息。

池宁和纪宣沿着台阶下去，走到中段，被挤在通道上的众人挡住。

“今晚真刺激，过瘾，到最后一回合了。”

“可不是，金熊称霸拳场好几年了吧，难得看他顶不住，他的对手是谁啊？还是个狠角儿。”

“挺神秘的，没听过名号，来得少，但只要一来，直接引爆全场……”

他们吼得太大声，纪宣想装作没听见都不行，干笑一声，搭上池宁的肩膀：“夸张了夸张了，梁行野没那么变态。”

池宁正要说话，有人吼道：“哎哎哎，开始了，都安静点啊。”

场上的两人动了起来，池宁见到了比视频里更为激烈的对抗。

金熊一个摆拳，梁行野小腿蹬转躲开，猛击金熊的脸。金熊躲闪不及，厚重的背部撞上围栏，绳子大幅度晃动，观众开始大声吼叫。两人像猛兽厮打，动作间充斥着原始的对打斗的渴望。

空气似乎变得焦灼，大概持续了一分半钟，金熊撑不住了，呼吸急促。梁行野脸上也带了伤，精力在耗尽的边缘，他找准机会，直拳砸向金熊的下巴。金熊像块石头砰地倒下。

现场观众情绪爆炸了，猛踹座椅，握拳大吼，几乎要掀翻屋顶。

梁行野喘着气，脸上面无表情，居高临下地俯视金熊，他裸着上半身，肌肉上遍布汗水，顺着沟壑往下滑，洇湿了深色裤腰。

观众的喊声经久不息，梁行野在场上站了片刻，朝裁判摆了摆手，边走边摘拳击手套，下了场。

池宁眼里的恐惧慢慢化作对力量的渴望与崇拜。

看着池宁一动不动地呆站着，纪宣以为他吓傻了，连忙补救：“梁行野也就今天凶了一点，没什么好怕的。”他拉着池宁穿过欢呼的人群，“我带你去找他。”

观众都站起来了，他们穿梭得很艰难，纪宣不时回头观察池宁的表情，想了想，在角落处停下，问池宁：“你是不是吓傻了？”

池宁回神："没有。"

"你真不用怕，只是爱好而已，梁行野没暴力倾向，"纪宣思索片刻，又说，"梁行野和正常人不一样，一般人发泄完很快能平复心情，他打完拳之后，会有一个情绪最低点，得第二天才好。你信不信，就算你在他的情绪最低点无理取闹，提各种要求，他也会满足你。"

池宁望着纪宣，很认真地说："我没有怕梁行野，他很厉害。"

比赛结束了，不少人往外拥，挤得池宁往后退了几步，纪宣拉了他一把，拽着他逆行前往拳击手的休息室。

休息室装修得富丽堂皇，保镖鱼贯而入，一个戴眼镜的斯文男人在众人的簇拥下走进来，坐到了梁行野身侧。

梁行野已经换上了西装，没系领带。他半垂着眼，呼吸很重，身上还在冒汗，胸前的衬衫湿了大半。男人给他倒了杯香气四溢的龙井，笑着说："梁总今儿个状态不错。"

"还行。"梁行野交叠双腿，随意地斜靠扶手。

男人把眼神落在他的西装上，揶揄道："这西装革履的，看着不像练过拳击的，倒像个普通人。"

梁行野举杯跟他碰了碰："你这副斯文模样，看着不像搅弄风云的大人物，更像个普通人。"

男人无奈耸肩："爹妈给的长相，天生的。"

两人正说着话，一个保镖大步走到男人面前，半弯下腰，神色毕恭毕敬："良哥，外面来了两个人，说要找梁总。"

"让他们进来吧。"男人转向梁行野，"是你的那个朋友，叫纪什么的。"

纪宣？这都几点了，他来这儿干什么？梁行野微微抬起头，看着门口，随后和池宁对上了视线。

池宁远远地看见了梁行野，也看见了沿着大门站成两列的保镖，个个身高将近两米，雄壮有力。他一路小跑，跑到梁行野旁边，纪宣紧跟在他身后，和拳击场老板打了个招呼，男人笑着回应了声。

梁行野皱起眉，问纪宣："你怎么带池宁来这儿了？"

“池宁想来找你，我就带他来了。”

男人漫不经心地扫视池宁，池宁从头到脚连头发丝都精致讲究，眼睛跟小鹿似的，一看就是没经历过社会险恶的富家小公子。他笑着问：“梁总，这位是？”

“家里的一个小朋友。”

男人站起身，向池宁伸出手：“幸会。”

池宁便和他握了握手，梁行野看了眼挂钟，也站起身，对男人说：“我们仨先走，下次再过来。”

“我让人送送你们。”

“不用，”梁行野系好领带，“走了。”

男人抬手，笑着说：“路上小心。”

休息室外有一段冗长的走道，只有脚步声响着，谁都没有说话。梁行野腿长，始终领先他们一步的距离，池宁想起纪宣说的情绪最低点，从梁行野的背影中，莫名看出了一股寂寥的味道。

到了一楼，才发现外面下起了瓢泼大雨。此时正电闪雷鸣，烂尾楼前积起不少水洼，雨滴坠入水面，激起不小的气泡和涟漪，冷风夹杂着水汽扑到池宁身上，他连忙往后退。

纪宣抱怨道：“这一会儿工夫怎么就变天了？”

梁行野问他：“你的车停在哪里？”

“巷子口，担心不好倒车，就走过来了，早知道会下雨，直接停门口了。”

有几个保镖拿着黑伞大步匆匆过来，在他们旁边站定，领头那个对梁行野说：“梁总，我送您一程。”

稍矮一点的保镖撑伞护着纪宣出了楼，两人只走了几步，小腿就湿透了，并且有向上蔓延的趋势。池宁又往后退了点，他看着越下越大的雨和遍布四处的水洼，心里开始着急。

保镖撑起了伞，池宁抓着被风吹散的头发，对他说：“不好意思，我想等雨停，你不用管我。”

梁行野转过身，吩咐保镖：“去换把最大的伞。”

保镖忙不迭离开了。

暴雨如瀑，几个小水洼连在一起，汇聚成大水洼，在灯光下泛着白光，几束枯黄的野草被雨压弯了腰，紧贴着地面。

地上能落脚的地方多，但腿肯定会被雨打湿，再大的伞也不顶用，池宁心里的担忧更甚，眼看保镖拿着伞过来了，他正想着怎么拒绝，梁行野突然走到他面前，脱下西装外套给他，而后屈膝蹲下。

“上来，我背你。”

等池宁反应过来，他已经趴在梁行野背上了。小腿依旧露在外面。但梁行野高，地面上的水溅不上来，伞也足够大，遮三个人都绰绰有余。

梁行野背着池宁离开烂尾楼。踏出去的那刻，察觉到空气中的大量水汽，池宁下意识地缩了一下。

梁行野看向一旁的保镖：“伞撑稳当点，别淋湿他。”

保镖连忙应是，把池宁遮严实了，配合梁行野的步子。

梁行野走得又快又稳，池宁透过伞的边缘，看着台阶前的野草被吞没，水洼一个接一个地消失，看雨水顺着伞脊，如串珠般落下，他喊了声：“梁行野。”

“嗯？”梁行野穿行在雨里，鞋子进了水，裤子也湿了一截，“闹着来这儿干什么？”

“我想来，”池宁的脚尖随着梁行野的动作在半空中微微晃动，“没有闹。”

保镖离得近，当即被这段对话攥住了心神，竖起耳朵认真听，却没听见梁行野的回应。

保镖不动声色地扫了眼梁行野，他脸上带着伤，表情冷酷，仿佛还是拳击场上的狠戾角色。保镖又微微偏头观察池宁，梁行野忽然看过来，他慌忙避开，将注意力放在撑伞上面。

梁行野背着池宁穿过狭窄的五金店，纪宣在屋檐下等，终于见到了人，无奈道：“你这弟弟这么娇气吗？就这点路还要背？”

梁行野脚步没停，步入雨幕，走进巷子，对纪宣说：“我车停得远，开你的车回去，晚上你去我那儿住。”

“行，刚好明天上班顺路。”纪宣本想和梁行野闲聊会儿，思及以往这时候他情绪都极低沉，沉默下来，并排走在他身边。

倾盆大雨下，水汽和雾气一起升腾到半空，朦胧的夜色中，几把黑伞在巷子里缓缓移动。

池宁被梁行野背着，经过被踩扁的进了不少水的矿泉水瓶，经过泡着不知从谁家阳台掉落的衣服的水坑，经过堆积着白色塑料袋的昏暗楼梯口，经过关了门的商店……雨声嘈杂，路灯忽明忽暗，有束光斜斜打下来，池宁趴在梁行野背上，突然觉得他好像真的多了一个哥哥。

他凑到梁行野耳边，压低声音问：“你的脸疼不疼？”

梁行野顿住脚步，也压低声音：“你别用口水为我疗伤。”

池宁从衣服兜里掏出在纪宣车里拿的创可贴，撕开，小心地贴上他的脸颊，贴完一个，又贴了一个，正要贴第三个时，梁行野笑出声：“你在我脸上玩儿贴画呢？”

4

回去的路上是纪宣开的车，雨势未停，纪宣硬生生开了近半小时。池宁靠在梁行野身上，耷拉着眼皮快睡着了，到了目的地，他打了个哈欠，慢吞吞地下车。

车库有直达一楼的电梯，出了电梯，梁行野带他们上了二楼。二楼有三个卧室，梁行野指着最边上的那间对纪宣说：“客房里什么都有，你冲个澡早点休息。”

梁行野又指着另外一间，告诉池宁：“那是你的卧室，旁边给你留了个小书房，便于家教老师上课，你的书都放在里面，你也早点睡。”说完他钻进了主卧。

池宁在走廊上站了片刻，走去书房，检查有没有书落下。书房并不小，近三十平方米，书桌书架简约大方，各类书本摆放整齐，一目了然。明天上课要用的书堆在桌角，池宁翻了翻，确认都在。

他离开书房时看见了墙上斜挂着把棕褐色吉他，是梁行野让顾旭带他去琴行买的，他没弹过，平日里都跟着陈向东用那把破吉他。

他把吉他摘下来，轻轻拨弄琴弦。这段时间天气渐冷，小广场的人流量骤少，陈向东闲着没事就教他弹曲，其中有一首是池宁主动要求他教的，独属于美人鱼的歌曲，想着他哥要是哪天经过，或许能和哥哥相认。

这首曲子滑音少，多是简单的和弦，容易上手，池宁练到现在，已经掌握得差不多了。他盘坐在地上，试着弹完整首曲子，然后起身去找梁行野。

梁行野刚洗完澡，正在吹头发，听见敲门声，他关掉吹风机，打开房门。池宁手里抱着吉他，仰着头，眼含关切："梁行野，你心情不好吗？"

梁行野微愣："你哪儿看出来的？回去睡觉。"

"我学会了一首曲子，你要不要听？"池宁说，"是流传在美人鱼之间的曲子，最适合心情不好的时候听，我练了好久……"

梁行野靠在门边看他，突然笑起来："行啊。"

梁行野的卧室设计的是简约风，主色调是黑、白、灰，线条流畅硬朗。房内放置了几把休息椅，池宁在其中一张椅子上坐下，调整好位置。他动指时顿了顿，问梁行野："会吵到纪宣吗？"

"不会，这里隔音足够好，你喊破嗓子他都听不见。"

池宁放下心，认真弹起来，还跟着轻声哼唱。他跷起腿卡着吉他，低垂着眉眼，微微摇晃脑袋。梁行野站着，能看到他浓密的睫毛和白净的鼻尖。

池宁的声音很好听，说话时像珍珠落盘叮当响，哼唱别有一番味道，如海洋般深邃静谧。

梁行野的思绪飘散，他想起了传说中鲛人的歌喉，又想起了塞壬海妖的蛊惑，可能歌声优美就是他们这样在海洋生活的生物得天独厚的天赋。

到底是刚接触吉他不久，池宁在弦上跳跃的手指有些生涩，总忍不住看手看琴颈，无意间透露出来的笨拙，却让梁行野觉得他更加鲜活。

弹完最后一个音，池宁搓动手指，朝梁行野笑。梁行野也笑，夸弹唱很好听，池宁心满意足地抱着吉他准备离开，看见他脸上的伤，又停了下来，问：“梁行野，你马上要睡了吗？”

“没那么快，怎么了？”

“你教我打人吧。”池宁把吉他放到地上，脱掉外套，挽起袖子，又弯腰挽裤腿，“我想学打人。”

梁行野审视他的小胳膊小腿，笑着说：“真想学啊？”

池宁用力点头。

“那去换套宽松点的衣服。”

池宁兴冲冲地跑去换了，回来时穿着件白色短袖和到膝盖的黑色松紧裤。他握紧拳头，眼神明亮，对梁行野说：“来吧。”

梁行野走到池宁面前，比了下位置，把他拉到床前，以免池宁待会儿摔倒在地上，容易受伤。

“我站的地方不对吗？”池宁问。

梁行野：“你自己看看。”

池宁转动脑袋看后面，梁行野抵着他的头，忽地一推，池宁猝不及防摔在了柔软的被子上，两条腿直愣愣地横放着。

“你没说开始就推我，”池宁抓了抓头发，语气懊恼，“我还没有准备好。”

梁行野抱着手：“打架的时候不会有人说开始。”

池宁想了想，确实是这样，从被子里爬起来，没等站稳，又被梁行野推倒了。

池宁：“你要先等我站稳啊。”

“行，”梁行野笑问，“还来吗？”

“来。”

池宁再次爬起来，刚要抬头，人就躺进了松软的被子里，快得犹如从未离开过。他仰躺着，注意到了梁行野带笑的眼睛，有点委屈：“你故意的。”

梁行野倒打一耙：“你反应太慢了。”

“我没有。”

“你太慢了。”

“没有！”

梁行野见池宁满脸气恼，拉他起来：“生气了啊？”

“我不要你教了，”池宁下了床，把鞋踩得啪啪响，“我去睡觉。”

梁行野把手臂拦在他腰间，“真不学了？”

“不要你教。”池宁挣开他的手，头也不回地往门口走。走到半路，池宁又折回去拿吉他，听到了梁行野的笑声，闷闷的，像是想忍没忍住。

池宁抿唇，没看梁行野一眼，径直去了书房，把吉他挂回墙上。

出门时池宁和梁行野撞了个满怀，梁行野斜斜地倚在门边：“刚才逗你玩呢，还想不想学了？”

池宁心里还有点生气：“你这次真的教我吗？”

“是，”梁行野带池宁回卧室，“我不还手，你试试，想打哪儿打哪儿。”

池宁犹豫道：“那你不怕疼吗？”

梁行野笑了声：“没关系。”

池宁握拳砸梁行野的肩膀，还没反应过来，就被梁行野单手摁倒在被子上。

池宁不认输，一次又一次地爬起来，到最后累得脸颊泛红，额头鼻尖出了汗，躺在被子上喘气。

梁行野坐到他旁边，说：“拳击就算了，以后有时间教你点散打。”

池宁垂着眼：“我刚才不应该对你发脾气，我们和好吧。”

池宁抬手想摸梁行野的头，梁行野偏头：“干什么？”

“和好啊，”池宁认真解释美人鱼的交往准则，“互相摸头才算和好。”

梁行野：“我记得前天没这个步骤。”

池宁小声说：“因为前天我们还不熟，我不敢摸你。”

他还真是个小孩子脾气，梁行野笑道：“好了，去睡觉。”

池宁的卧室在书房隔壁，池宁第一次来，布局都不清楚，摸索着打开灯，顿时呆立在原地。

四周的墙上贴了海洋元素的壁纸，湛蓝的海水自上到下由浅变深，各种生物分布在不同方位，个个栩栩如生，连鱼鳞上的纹路都清晰可见，生动到仿佛下一秒海水会倒灌进来，各种鱼类紧跟着破墙而入。

池宁想起梁行野说的，让人装饰了他的房间。他闭上眼睛又睁开，在门口呆站了会儿，走到衣柜前，翻出睡衣去洗澡，打算先睡一晚，明天再解决壁纸的事。

池宁洗完澡出来，马上关了灯，钻进被窝里睡觉。他拉紧了窗帘，花园里残留的灯光映照在上面，给房间提供了亮度，勾勒出墙上的画面。

池宁盯着天花板上似在浮动的几根水草，恍然觉得自己好像回到了深海，窒息感让他用被子蒙住了脑袋。

奔波了一天，他很困了，恐惧逐渐被睡意打败，耷拉着眼皮，慢慢进入了梦乡。

梦里他回到了大海，正躺在礁石上晒月光，晒着晒着，不远处忽然传来激烈的打斗声。他探出身子一看，几只成年海豹在围攻一只白色幼年海豹。小海豹躲闪不及，被撞翻在水里，嘴里骂着脏话，翻出水面往海豹群扑去。

小海豹反抗的姿势很狼狈，几乎是单方面被揍，不时发出惨叫。池宁跳下礁石，快速游到打斗地，拎起小海豹的后颈往后退。

几只成年海豹用前鳍拍打海面，气势汹汹：“多管闲事，滚！”

池宁把小海豹藏到身后，刚要说话，几只海豹倏地停住动作，扭头扎进水里，一下就没了影。

小海豹见他们走了，用力挣扎起来，从池宁手里掉下，扑通一声，水花四溅。小海豹看着池宁，弓起身子，又一尾巴甩上他的脸，大声叫着：“多管闲事，滚啊！”嚷完它仰首挺胸，优哉游哉地游走了。

池宁抹了下刺痛的脸，远远地看见小海豹追上同伴，旁边的同伴不知说了什么，小海豹朝这边看了一眼，立刻钻进水里，动作仓皇得像是逃窜。

身下的水流骤然变急，池宁察觉到不对劲，一转头冷不丁对上一双硕大的眼睛——是这片海域的恶霸，大鲨鱼。鲨鱼张开嘴，露出锋利的牙齿，看上去似乎面带微笑……

池宁猛地睁开眼睛，看见天花板上的水草，急促的心跳声渐缓，这里不是大海，是梁行野家，梁行野就在隔壁。

他翻了个身，把脸埋进枕头里。梦境极其真实，小海豹一尾巴甩上他的脸的刺痛感似乎还在。他早该习惯的，海里不仅存在生命威胁，还存在其他种族因他害怕大海而产生的偏见和排挤。

池宁突然想，如果梁行野是鲨鱼就好了。他哥上岸之后，他立马去找梁行野，梁行野那么厉害，肯定没鱼敢招惹，他可以狐假虎威，挨个吓唬那些欺负他的鱼。

池宁在脑海里构思了不少狐假虎威的场景，嘴角忍不住上扬，踹了脚被子，蒙头又睡了回去。

这次他梦到了永不停歇的坠落。苍穹高远，海里无边无际，他从岸边一直往海的深处走，海水从脚腕到小腿、大腿、腰，没过头顶，他一直走着。

两三米深的海水波光粼粼，六七米深的水下光线斑驳，他终于停住脚步，脚下是一座海中悬崖，深不见底，浓黑如墨。他忽然坠下去，极速坠落，他看着光一点点被淹没，到最后，只余黑暗。

时间漫长，他依旧在坠落……

腿不自觉抽动了几下，池宁强迫自己醒来，他目光恍惚地和墙上的鱼对视，抱着被子缓了会儿，然后穿上鞋走出房间。

走廊上的灯开了睡眠模式，一条柔和的灯光带延至尽头。书房没法睡，客房里有纪宣，池宁在梁行野的卧室前站定。

池宁犹豫半晌，走回自己的卧室，拧门把手时又垂下手臂。他犹豫了很久，还是拐去了梁行野的卧室。门缝里有细微的光漏出来，梁行野有时候会留灯，没法判断他睡没睡，池宁轻轻敲门，没回应，梁行野应该睡着了。

池宁盯着脚下的拖鞋，心想：自己偷偷进去，第二天早点离开，别被发现就没关系。

梁行野的卧室里开了盏壁灯，池宁轻手轻脚地走到床边。梁行野果然睡着了，侧着身子，压住一边的被子，另一侧的被子被他卷起来了，塞在下巴处，手臂横放，露出紧实的肌肉。

池宁偷偷扯被子，梁行野警觉地醒了，声音含了点半睡半醒的沙哑：“池宁，你干什么？”

池宁的眼神里有被抓包的慌乱：“我睡觉啊。”

“你的卧室在隔壁，”梁行野无奈地叹气，“不是说了你去隔壁睡？”

池宁往旁边滚，睡到枕头上，控诉道：“你让人贴了海里的壁纸，我有点害怕。”

“你是人鱼，怎么会怕海？”

“就是害怕。”

看着池宁煞有其事的样子，梁行野只当是小动物在陌生的环境有些害怕不安，他笑了：“你看起来这么乖，怎么是个撒谎精？”

“我不是。”池宁咕哝道。

“好了，睡觉，”梁行野拿了床薄被给他，划分好区域，“明天不准过来了，各睡各的。”

“可是那个壁纸……”

“我会让人清理掉。”梁行野揉揉池宁的脑袋，“别找借口。”

池宁的脸陷了一半在枕头里，他打了个哈欠：“我没有找……”借口两个字被哈欠吞没，他翻过身，闭上眼睛准备睡觉。

一闭眼，梦里坠入断崖的场景随之浮现，池宁翻来覆去的睡不着。

梁行野问：“怎么了？”

“我做噩梦了。”

“噩梦？”

“嗯，好多个。”

池宁眼神呆滞，鼻尖出了汗，看来噩梦十有八九是真的。梁行野看了他一会儿，给他放了首舒缓的轻音乐。

第二天一早，梁行野就让人把壁纸清理了，他以为池宁会不高兴，没想到池宁立刻接受了事实，还朝他笑。

池宁的眼睛弯起来的时候，显得特别乖，眼神如月光下的露珠般清晰剔透。梁行野看着他，总会联想到小动物，只有小动物的眼神才这么干净灵动。

梁行野莫名其妙地心生亏欠，对池宁说：“我给你个补偿，想要什么？”

池宁一脸迷茫：“啊？”

“想要什么？”

“没有想要的。”池宁一本正经地摇头。他穿着睡衣，因为刚睡醒，说话慢吞吞的，听起来像口是心非。

梁行野欲言又止：“你这样……”

卸下来的壁纸堆在地面上，设计师带着人在清理最后一面墙，有人从里面出来，梁行野后退避开，忽地记起池宁提过好几次想逛超市，便说：“我今天早点下班，带你去逛超市。”

梁行野的公司坐落于最繁华的商业中心，附近大多是办公楼，顾旭之前带池宁到处转悠，只在一个有限的范围里。梁行野家里的东西有家政及时补给，他用不着去超市。

池宁被手机屏幕中布满货架的超市吸引时，一个人去过超市，在卖米、卖豆类的区域玩了半个多小时，还捏爆了好几包薯片，被阿姨赶去买了单。

但这都是早前的事了，他现在接受了教育，道德水准有所提高，去超市的欲望也逐渐减弱。

池宁问梁行野：“我晚上要去找爷爷，他今天教我指法，可以等我学完再去吗？”

“当然可以。”梁行野很意外，笑起来，“你还挺好学。”

他看了眼时间，离上课还剩半个小时，便让池宁赶紧去吃早餐。

池宁起初挑了个温柔细心的女老师，女老师教了小半个月后辞职了，换了个男老师教，同样认真负责，但除了授课之外，他们基本不跟池宁交流。

下午五点左右，下了课，司机按惯例来接池宁。家里有阿姨做饭，不过晚饭池宁一般跟梁行野吃，吃完就去小广场找陈向东。

到了公司，池宁轻车熟路地往梁行野的办公室走，刚要敲门，梁行野就出来了，后面还跟着个男人，和梁行野差不多的年纪，比他稍矮点，高大英俊，眉眼凌厉，两人似乎很熟。

池宁走得快，收脚时由于惯性，身子前倾，径直往那男人身上撞。男人后退避开，微皱起眉，看向梁行野："你手下的人怎么这么没规矩？"

"不是手下的人，"梁行野扶住池宁，温声问，"下课了？"

"嗯，我来找你吃饭，"池宁看看旁边的男人，又看看梁行野，"你在忙吗？"

"有件事要处理，你去办公室等我会儿，我尽快回来。"梁行野推开门，朝他示意。

池宁乖乖进去了，窝在梁行野的办公椅上等，嫌无聊，抽了张空白纸，拿笔在上面涂涂画画。

走廊上，梁行野和谢辛并肩走着，正谈论一个金融项目。谢辛身穿价值不菲的藏青色西装，举止矜贵优雅，对梁行野说："手里有资金能拿下这个项目的不多，我估摸着也就五六个，如果我们合作，十拿九稳。"

和梁家半路跻身上层圈子不同，谢家是云城底蕴最为深厚的家族之一，而谢辛是其中最为出色的年轻一代，梁行野跟他从小认识，关系一直不错。

梁行野沉吟几秒，应道："没那么简单，现在大家紧盯着这块，无论如何都会插一手。"

"你过于谨慎了，兵来将挡，水来土掩，只要先拿下，防他们下手简单得多。"

"问题不在谨慎，这块蛋糕太大，我们吞不下，得拉人进来，起码拉一个。"梁行野推开会议室的门，在里面等着的众多员工齐刷刷地站起身，梁行野朝他们微微点头，转向谢辛，"先听一下风险预测。"

会议开了半个多小时，结束后，众人陆续离场，回到各自的工位上。谢辛和梁行野走在最前面，聊了几句项目的事后，把话题转到了池宁身上。

绿植点缀在走廊上，一直延伸到梁行野的办公室门口，谢辛瞥了眼办公室门，心里颇为好奇，梁行野性格强势，结交朋友极其谨慎，也没听过云城多了一个这样的公子哥啊？

谢辛轻拍被叶片掠过的袖子，像拍去并不存在的灰尘，难得八卦道："那小孩什么来头？"

梁行野皱起眉："没来头，普通小孩。"

跟谢辛认识二十多年，梁行野足够了解他，自小在堆金积玉的环境中长大，性子傲得不行，能入他眼的只寥寥几个。

当初纪宣跟他们说决定学医，谢辛阻拦，劝他别为了可笑的情怀放弃前途，否则不等几年过去，他就会被边缘化。

纪宣不听劝阻，一意孤行，两人从相交甚好的朋友逐渐变成了点头之交。他们争论时梁行野没插嘴，站在各自的立场上，谁都没有错，价值观不同而已。

为了避免谢辛把傲气凌驾在池宁身上，梁行野说："我把池宁当弟弟看。"

"弟弟？"谢辛挽着袖子，云淡风轻地戏谑，"是当成许晋那废物还是那骄纵无比的双胞胎弟弟？"

两人常开玩笑，但这次的玩笑并不适合，梁行野停下脚步，望着谢辛，正色道："我和池宁的关系比较复杂，但他不是可以开玩笑的对象。"

谢辛这些年和梁行野走得近，主要看重了他的人品和能力。他们是关系极好的朋友，有时候也是竞争对手，即使在敌对的角逐中，也掺杂着惺惺相惜的意味。

梁行野明确表了态，再揪着调侃说不过去，谢辛微微一笑，表情放松："懂了。"

池宁在办公室等得太久，歪在梁行野的办公椅上，脱了鞋，袜子也蹭掉了，正抱着腿用梁行野的电脑看搞笑情景剧。

梁行野和谢辛边聊边进了门。池宁全神贯注地沉迷在剧情里，一时没发现，人歪着，屈腿的动作带得裤子往上走，露出一截脚腕，白净圆润的脚趾踩着座椅上的黑色牛皮垫。

梁行野见怪不怪，池宁不喜欢穿鞋袜，他提过几次，池宁依旧改不掉，他把这归因于池宁的动物天性，就没再提。

梁行野走上前，将桌角那张涂得乱七八糟的打印纸扔进垃圾桶，对池宁说："穿好鞋，准备去吃饭。"

谢辛在一旁看着，只觉得不可思议。梁行野的几个弟弟他见过许多次，个个在梁行野面前战战兢兢，比陌生人还生疏几分。

他从头到脚地打量池宁，这个弟弟长得不错，坐姿歪歪扭扭的，在梁行野严肃的办公场所看搞笑剧不说，竟然还脱了鞋袜，被梁行野宠成这样，比亲弟弟还像弟弟。

听到梁行野的声音，池宁笑着抬头，恰好对上谢辛打量他的眼神，笑意消失了，有些尴尬和无措。

来梁行野办公室来得频繁的多是几个秘书，而当梁行野离开了办公室，这里就成了禁区，所以他才敢肆无忌惮地以最放松的姿态窝在座椅上。

池宁急急忙忙穿上鞋，梁行野向他介绍："这是谢辛，我的朋友。"

池宁的脸上残留着尴尬，他朝谢辛笑笑："你好。"

谢辛点了点下巴，礼貌回应："你好。"

梁行野告诉池宁："你经常哼的那几首歌，就是他小叔唱的。"

谢家祖辈从军从商，到了谢辛他爸那一辈，出了个异类谢川，自小叛逆，迷上了玩音乐，最后一步一步成长为知名音乐人。

"你小叔是谢川吗？"池宁看着谢辛，整个人精神起来，表情充满欣喜。

他睡前习惯听半小时的歌，各种风格都有涉猎，谢川是他最钟情的歌手，钟情到连梁行野都知道，不过梁行野那时候没提他认识谢川的侄子。

谢辛惜字如金："是。"

秘书在附近订了餐，眼看天色已晚，梁行野对谢辛说："你待会儿有没有事？一起去吃个饭。"

谢辛拒绝道："不了，我要回谢家老宅，下次约你。"

"行，有情况及时沟通。"梁行野说。

池宁站在梁行野旁边当隐形人，他隐约感觉到谢辛对他表面礼貌，实则还是有隔阂，有种距离感十足的淡漠和无形的嫌弃。

他望着谢辛离开的背影，心想下次不能随便在梁行野的办公室里脱鞋袜了。

5

池宁没把谢辛放心上，吃过晚饭，他在梁行野的公司待到八点左右，便去找陈向东。

出了大厦，冷风迎面而来，池宁怕热，这个温度让他倍感舒适。他慢悠悠地走向小广场，远远看见陈向东在台阶上坐着，依旧穿了件灰黑色的外套，胡子拉碴的，像个捡垃圾的小老头。

他走近了，发现陈向东在摆弄一个环形的落地支架，和人差不多高，架子上还有灯。

池宁仔细观察一番，问：“爷爷，这是什么？”

“一个小伙子教我买的直播设备，”陈向东转着圈，边嘀咕边摆弄，“哎这个怎么弄上去？手机好像也卡不住……”

陈向东读过大学，在那个年代算体面的知识分子，但年纪大了，很难跟上时代，尤其在处理电子设备这方面，屡学屡忘。

倒腾半天还没弄好，陈向东耐心告罄，把东西拖到一边，准备待会儿拿回店里退掉。

天气渐冷，来这儿的人越来越少，陈向东弹了半小时曲子，见没人，把吉他塞进池宁怀里，教他复杂一些的指法。

池宁脚边就是直播设备，他摸索着学完指法，问陈向东：“爷爷，直播设备是干什么的？”

“你没看过直播？”

“没有。”池宁白天上课，要学的知识很多，晚上又来这儿，根本没时间玩手机，手机就是用来听歌和联系梁行野。

陈向东说：“这个直播啊，简单得很。”

他回忆推销员小伙子的话，“你拍了视频，会有很多人看，越多人看，你就能得到越多的钱。电视看过吧，跟上电视一样，所有人都能看见你。不过上电视对人有要求，直播没有，是个人都可以拍……”

很多人都可以看到吗？池宁突然想，如果他出现在上面，他哥会不会也有可能看到呢？

陈向东拍了拍池宁的胳膊，他中断思绪，看着陈向东：“爷爷，怎么了？”

陈向东把手拢在袖子里，灰白的头发被风吹得微微颤动：“今天太冷了，要早点回去，以后我隔天过来，你要是想来，也隔天。”

池宁便陪陈向东去退直播设备。到店后，店员否认设备是从店里买的，池宁正在询问另一个店员关于直播设备的用途和相关功能，听到争吵后，连忙跑了过去。

店员再三解释没小票退不了，陈向东自知理亏，长叹一口气，拖着设备离开。池宁落后他一段距离，加快步子上前，安慰道：“爷爷，没关系，你先带回家，我去学怎么用，等我学会了教你。”

陈向东嘿嘿一笑：“那你记得赶紧学啊。”他朝池宁摆摆手，往另外一个方向走了。

陈向东长得瘦小，外套偏大，被风一吹，鼓鼓囊囊的，人看起来像路边的枯枝，脆弱得一踩就断。池宁看着他的身影越来越小，喊他：“爷爷！”

陈向东停住，回过头，池宁喊：“你的钱够不够用？”

陈向东定在那里，犹如一块静默的碑。他静静注视着池宁走过来，苍老的脸上落满灯光：“我这么个半截身子入了土的人，还是第一次被问缺不缺钱用。”

“要有你这样的孙子，那还不错。”陈向东拍拍池宁的肩膀，语气像水一样平淡，“可惜喽，没福分。”

池宁看不懂陈向东的表情，很复杂，又像什么都没有，他帮陈向东把旧外套的拉链拉好，说：“爷爷，我可以拿东西去换钱，你给我买零食的钱，我也没有全花完。”

“钱生不带来死不带去，我留了棺材本的，”陈向东说，“我在这里弹吉他，不只是为了钱。”

“天气太冷，赶紧回家吧。”陈向东碰了碰池宁露在外面的手，滚热滚热的，顿时把剩下的话咽了下去。

陈向东的背影消失在马路尽头，池宁捧着脸坐在台阶上，发了会儿呆。他不怕冷，但在台阶上坐久了，凉意顺着骨头往上蹿，身上的热气慢慢流失。

池宁摸出手机，已经九点半了，便发了条信息给梁行野，问他有没有忙完。等了大概十分钟，池宁收到了回复：去路口等我，我现在下来。

长期保持一个姿势，腿有些僵硬，池宁走向马路边。刚在路口站定，梁行野的车就来了。池宁上了车，系好安全带，梁行野偏头看他："想去哪个超市？"

"都可以。"

梁行野启动车子，挤入川流不息的车流，池宁望着被甩在身后的小广场，跟梁行野聊陈向东。梁行野听完，推测道："他不缺钱用的话，可能是想要热闹，很多老人都这样。"

池宁嗯了声，想起陈向东手里的直播设备，问梁行野知不知道直播。

池宁对新鲜事物有着强烈的好奇心，见到什么都爱问，梁行野猜他晚上应该接触过，没糊弄他，从内容、技术和商业模式等方面将行业情况分析给他听。

比想象中要难，池宁又细问了几个问题，待梁行野回答后，用手托着脸认真思索。

超市离公司大概三公里的距离，一会儿就到了。三层的国际连锁大型超市，霓虹灯闪烁不停，梁行野将车停在路边的停车位上，下了车带池宁顺着人流走。

梁行野在入口推了台购物车，边往里走边问池宁换了老师适不适应。

新来的家教老师上了一个多星期的课，池宁对他印象不错，便说："他教得很好，不过除了上课，很少和我说话，可能跟陈老师一样，嫌我太吵。"

"陈老师嫌你吵？"陈老师是之前的女老师，人长得温婉，性格较为内向，梁行野给的工资按市场价定的。他以为她辞职是因为她找到了更高薪资的工作或是家里有事，没想到是因为池宁。

池宁惆怅地说："我不懂的太多了，总是问她。"

池宁做事态度认真，梁行野原本觉得他年纪小，玩心会很重，实际上恰好相反，他忙工作忙到多晚，池宁学习就学到多晚，要么就在书房练吉他。

老师教授的内容主要是语文和数学，附带一些基本的政治、历史常识，其他科目会讲，但提得不多。上次他去书房看了眼，池宁进步飞快，字迹也从一开始的潦草不堪变得工整。

梁行野穿梭在货架中，对池宁说："没关系，有不懂的地方就该问。"他揉了揉池宁的脑袋，"不是想逛超市吗？去挑零食。"

池宁朝梁行野笑，撒欢似的到处跑，犹如仓鼠囤货，购物车很快装满了一半。经过粮油区域时，池宁停了下来，犹豫地站在卖米的货架前。

池宁背对着梁行野，两人隔了十米远，梁行野看他傻站半天，推着购物车从他身后慢慢靠近，正准备叫池宁，见他撕下了两个袋子，装米装黄豆，一手一个，伸进去抓着玩。

梁行野等了会儿，手机忽地振动，他摸出一看，是谢辛打来的电话，他便推着购物车，找了个安静的地方接听。

两人商讨的主要是该拉谁进项目，谢辛做了一些调查，让梁行野权衡利弊。相关的情况梁行野大致都了解，根据谢辛补充的细节定下人选后便挂了电话。

梁行野环视四周，按印象挑了条路去找池宁。超市占地面积广，一眼望不到边，货架与货架之间几乎完全相同，梁行野天生方向感弱，越往前走越觉得不对劲。

他想打电话给池宁，又记起池宁把手机扔在了车上。不得已之下，梁行野找到超市导购员问粮油区域怎么走。导购员是个小姑娘，相当热情地领着他往目的地走，可到了粮油区，他们没见到池宁的身影。

梁行野连忙询问工作人员，是否看见过一个十八九岁，浅栗色头发微鬈，大眼睛，穿着白色外套的男孩。工作人员在补缺货的商品，指向卖糯米的位置："刚才还在这儿玩米呢，已经走了。"

梁行野正对着四通八达的路发愁，不知该往哪个方向找人的时候，头顶的广播忽然响了，紧接着传出一个字正腔圆的女声："亲爱的顾客朋友们，您好，请梁行野先生听到广播后速到超市总台，您的朋友池宁正在此等候。"

梁行野听着广播声，被导购员领去了总台。池宁手里抱着两袋米，正坐在服务区的旋转椅上，无聊地转着圈，长腿一蹬一蹬的。他看到梁行野，连忙跑过去，眼含焦急："你去哪儿了？我没带手机，找不到你。"

“去接了个电话，”梁行野接过来，扔进购物车，笑着夸他，“你还知道想办法，挺机灵的。”

池宁弯起眼睛，有点得意：“我问了阿姨，阿姨教我的。”

梁行野推着购物车走向前方的收银台，嘱咐道：“记一下我的号码，以后这种情况下用得上。”

池宁点头应好，跟在梁行野身后背了一路电话号码。

买单时，梁行野发现顾旭发了几条消息过来，说新来的男老师要辞职，理由是身体不舒服。身体不舒服明显是个幌子，一个两个都这样，梁行野不由得怀疑，难道真的因为池宁话多？

池宁有时候话确实多，但都在合理范围内，梁行野怕池宁知道了会难过，想了一路该怎么跟他说。

到了家，梁行野将购物袋搁到大理石台子上，欲言又止地望着池宁，最后还是没开口，只是让顾旭重新找个家教，要求耐心一点的，并提高了薪资待遇。

今晚有拳击比赛，梁行野开了瓶酒，一手端酒杯，一手横放搭在沙发上，聚精会神地盯着屏幕。池宁迟疑片刻后，走到他身边，找了个舒适的坐姿陪他一起看。

屏幕上播放着上场比赛的精彩瞬间，观众的呐喊声响彻耳际，池宁忍不住开始搭话：“梁行野，你什么时候开始学的拳击啊？”

“七岁。”

“那时你好小，拳击学起来难吗？”

梁行野看得正起劲，随口应道：“拳击有直拳、勾拳、摆拳，看似简单，其实运用起来很复杂。”

“直拳是什么？”

“出拳没有摆动幅度，由足尖、腰到肩发力击打，适用于中远距离。”

“勾拳是什么？”

“勾拳有四种，平、上、侧、斜上……”

“这四种有什么区别吗？

“摆拳又是什么?

“为什么一拳就能把他打趴下？上次我看……”

梁行野转动手腕，捂住了池宁的嘴。

看池宁没再说话，梁行野放开了手，边喝酒边看屏幕。他挑了款威士忌，因发酵和蒸馏过程中的处理，酒液散发着金雀花丛的气味，颜色深，口感圆润。等比赛结束，梁行野已经微醉，身上散发着浓烈的酒味。

池宁坐在他的边上，一直没吭声，耷拉着脑袋，垂下眼睛，漂亮的唇抿了起来，整个人像条被雨淋湿的可怜小狗。

关了电视，梁行野发现池宁不对劲，问道：“怎么了？”

池宁仰头，缓慢眨动眼睛：“你也嫌我吵对吗？”

梁行野捕捉到他眼里藏着的委屈，脸带笑意：“没有，刚才逗你玩的。”

“骗人，”池宁把唇抿成一条线，又松开，慢吞吞地开口，“你们都觉得我吵，可是我每天见到的人太少了，都没人和我说话。”

两个家教老师都属于文静内向的性格，他从早上八点开始上课，下午五点半才结束，除了课程内容，和他们几乎没有交流。

晚餐他一般和梁行野吃，梁行野总是忙，有时候一顿饭吃完，手机未曾离过手。算来算去，和他交谈最多的还是何向东。

池宁小声说：“我没有朋友。”

“你可以把我当朋友。”梁行野望着他的眼睛，语气一本正经。

池宁微蹙起眉头，梁行野中途上厕所时，池宁偷喝了一口他的酒，威士忌浓郁爽口，后劲足，池宁还清醒着，只是反应变得有些慢。

池宁盯着梁行野，梁行野眉眼深邃，轮廓硬朗，带着股独特鲜活的野性，举手投足间像蓄势待发的捕食者。要是在海里，池宁一定对他避之不及。

但池宁跟梁行野相处了许久，早已习惯了他的存在，比如睡前的温牛奶，非吃不可的青菜……上一段类似如此的安稳生活，要追溯到他哥未上岸之前。

梁行野偶尔会故意惹他生气，买昂贵的蛋糕骗他说很便宜，教他打架时把他推到被子上，喂他吃他不想吃的鳕鱼……

梁行野好的时候又特别好，曾经说希望池宁能过得稍微体面一点，两人的生活水平得保持一致，然而后来他从细枝末节中发现他的吃穿用度甚至比梁行野的水平还高。

池宁觉得梁行野是一面坚硬的盾，时常护着自己。尤其在那个磅礴的雨夜，梁行野从地下拳击场将他背出来，经过长长的破落小巷，梁行野是第一重庇护，伞才是第二重。

“我没把你当朋友，”池宁歪头，喊他，“哥哥，行野哥哥。”

电视已经关了，声音在半开放的大厅里回响，沙发旁的树枝状落地灯悠悠地发着光。

梁行野半垂着眼看池宁：“不要这样叫我，我没有弟弟。”

池宁弯着眼睛笑了起来：“那我要叫你叔叔吗？你不是才 25 岁？”

“你今天怎么这么闹腾？是不是偷喝了我的酒？”

池宁认真回答：“只喝了一口，有点辣，还有点甜。”

“快去洗澡睡觉。”梁行野站起身，让池宁早点上楼休息。

第四章

|CHAPTER 04|

音乐天才

Ren Yu Yin Le

1

次日一早，池宁在闹铃中醒来，按惯例赖了会儿床，迷迷糊糊地一看时间，将近七点半，赶紧起床洗漱，急匆匆地下楼吃早餐。

刚推开餐厅门，迎面撞上梁行野，以往这个点梁行野正在去公司的路上，池宁仰头看他：“你今天不用上班吗？”

“晚点去，有件事忘了和你说，你先吃早餐，”梁行野往外走，“待会儿来书房找我。”

池宁点头，进了餐厅，在厨房忙活的阿姨听到动静，放下手里的活，端出一碗热气腾腾的鸡汤小馄饨送到池宁面前，池宁笑着说谢谢，埋头吃起来。

馄饨皮薄肉厚，夹着虾肉粒，鸡汤用小火熬煮了一晚，撇了表层的油，浓香醇厚，碧绿的葱花撒在微黄的汤中，随着池宁用勺子舀馄饨的动作不断翻滚。

桌上还用小碟子摆了捏好的紫菜鲜虾饭团，池宁吃完馄饨，咬了几口饭团感觉饱了，便出去找梁行野。

梁行野的书房在一楼，面积大，书柜以淡棕色为主调，显得柔和。

梁行野坐在窗边的软榻上，面前放着电脑。听到敲门声，梁行野边让池宁进来，边移动鼠标，点开页面。池宁走得急，再过几分钟家教老师就要到了，担心让他等，池宁连忙问梁行野什么事。

十月底，天气渐冷，池宁怕热，又吃了热乎乎的早餐，脸颊红扑扑的，鼻尖还有汗。梁行野说：“跑这么快干什么？不用急。”

“可是老师……”

“今天不上课，我把他辞了，”梁行野指着软榻，对池宁说，“坐我旁边。”

池宁紧挨梁行野坐下，一头雾水：“为什么把他辞了？”

“他教得太杂，除了语文和数学，你只需要了解一些基本的政治、历史知识，本来昨天想跟你商量，但你睡得很早。”梁行野说，“顾旭会尽快给你安排新老师，不过你现在掌握的知识，已经能跟正常人一样生活，你要是不想学，也可以不学。你怎么想的？”

池宁思考片刻，问：“如果继续学的话，还是在书房吗？”

“对，你没法去正规的学校接受教育，学校的流程是九年义务教育，高考后升大学……这些不适合你，我建议就到此为止，”梁行野让池宁看电脑屏幕，“你要是想交朋友，可以去这里学音乐。”

页面上显示着一栋五层超高别墅，占地面积广，装修以白色为主色调，黑、灰色适当点缀，建筑线条流畅，现代风格，构造艺术感十足。透过落地玻璃窗，隐约可见里面放着各种乐器。

别墅的主人叫岑明森，和谢辛的小叔谢川是旧相识，是一个业界曾经挺有名的音乐人。他在最火的时候急流勇退，平淡的生活过久了，同一些引退后空闲的同行一起弄了个音乐教室。音乐教室从成立那天起，就有不少人慕名而来。

梁行野说：“你跟陈向东学的那些都是皮毛，在这里，你不仅可以交朋友，还能学到完整的音乐理论，理论结合实践，能让你迅速提升。

“你没基础，得从头学起，要和年纪小的孩子们一起上课，但老师会按你的水平给你调整……”梁行野曲起手指敲桌，“你想去的话，我这两天就送你过去。”

池宁听得认真，手托着腮，定定地看梁行野。

没等到回应，梁行野偏头问池宁：“怎么不吭声？”

池宁：“因为我说没有朋友吗？”

“什么？”梁行野略显不解。

“因为我说没有朋友，所以让我去这里吗？”池宁小声问。

梁行野没有说话。软榻靠窗，窗边视野开阔，侧面种的银杏树飘下了几片金黄的叶子，被风从半开的窗户吹进来，有一片拂过池宁的头顶，打着旋儿落地。

池宁一直望着梁行野。书房里静了很久，梁行野终于开口：“我很久之前就说过，你有什么要求都可以提，我能满足的都会尽量满足你。”

池宁记得这话，是梁行野当初发现被喂了血，决定收留他之后说的，梁行野还给他买了昂贵的蛋糕，说自己向来恩怨分明，池宁低头看手指。

“我知道了。”池宁说，“我想去。”

“行。”梁行野关掉电脑，抓紧时间去联系人。

隔天下午，梁行野送池宁去岑明森的别墅。两个别墅区一南一北，去那儿需要横穿整座城市，池宁坐在副驾驶座上，对新生活期待和好奇的同时，又夹杂着忐忑不安，一下一下地卷着安全带。

梁行野注意到了，把基本事项跟池宁仔细讲了一遍，他的语气太过平淡自然，仿佛只是去逛个超市，池宁渐渐放松下来。

岑明森那边的别墅区范围较大，在郊区，驶出市区后，越往前开，树木变得越茂密，两旁的泡桐树簌簌落着叶子。车子穿行在蜿蜒曲折的道路上，像船只起伏在海浪中。

不多时看到了别墅一角，梁行野减慢速度停下。接待的人早早在门外候着，见梁行野下了车，连忙迎上去。梁行野朝他点头，带着池宁往里走。

大门开着，围栏高耸，外边种着低矮的灌木，有人进进出出。除了每天给参加艺考的音乐生进行培训外，其他学生的上课时间大部分在周末和晚上。

这个点正好人最多，学生各个年龄段的都有，却并不拥挤吵嚷。

池宁不停观察周围的环境和路人，步子无意识地变慢，路过花圃时不小心踩空台阶，一趔趄差点摔倒。梁行野眼疾手快地去抓他的手腕，拉他站稳的同时，摸到了一手的汗。

梁行野低头看池宁，池宁神色紧绷，视线游离，像是陷进了闯入陌生环境的不安情绪里。梁行野问：“害怕了？”

“不害怕，有点紧张。”

池宁拽着梁行野的袖子，依旧四处张望，梁行野顿了顿，放慢脚步配合他。他们经过前门，进入长廊，拐到大厅后又走了一会儿，最后停在一扇白橡木门前，梁行野敲门，得到回应后，推门而入。

岑明森不到五十岁，戴了副金丝眼镜，气质温和，一手拿了张乐谱，一手拿了支笔，正小声念着什么，见梁行野和池宁进来，放下了手里的东西。

岑明森是年少出名的典型，二十多岁时火得如日中天，后来不知发生了什么，不到三十岁就退圈了，偶尔写词编曲，现如今依旧在乐坛占有一席之地。

他和谢川是旧相识，与谢家来往甚密，谢家是云城有头有脸的家族，梁家和谢家又熟，因此岑明森也和梁家结识。

寒暄片刻后，话题转到了池宁身上，岑明森笑着和池宁打招呼。梁行野提前跟他说过池宁的情况，岑明森确认了遍，细致地和池宁聊学习计划。

池宁坐在凳子上，腿并在一起，背挺得笔直，双手交握，岑明森问一句，他就点头答一句。

今天时间仓促，岑明森没给池宁安排课，聊得差不多了，梁行野便要带池宁回去。

池宁紧张又兴奋，出了门，拉着梁行野的小臂，絮絮叨叨地说话。拐弯时池宁撞到了一个五六岁的小姑娘，她的眼睛犹如葡萄，扎着两个麻花辫，脸上还有婴儿肥，可爱极了。小姑娘被撞得摔了个屁股蹲儿，手撑着地，扁着嘴要哭。

池宁正准备扶起小女孩，走廊中段冒出个西装革履的男人，大步过来抱起她。

四目相对的那刻，池宁认出他是曾有过一面之缘的谢辛，愣了下。谢辛见到池宁和梁行野，也愣了下，脸上浮现出疑惑的神色，问：“你们怎么突然来这儿？”

梁行野跟谢辛简单解释了几句，谢诺在谢辛怀里左动一下右动一下，晃着脚丫子插话：“梁哥哥。”

梁行野便对谢诺笑了笑。

“我们刚才在聊天，没注意到你，”梁行野问谢诺，“有没有摔疼？”

谢诺摇头，大声说：“不疼！”

岑明森家离谢宅五百米左右，后院隔了块区域出来，养了许多动物，谢诺总爱往这边跑。谢辛性子傲，对这个妹妹却疼爱有加，也照模照样在家里给她养动物玩，但谢诺看不上自家的，说太丑，还是会隔三岔五跑来岑家玩。谢辛工作不忙的时候，就会陪她一起过来。

谢诺边啃手指，边瞪着大眼睛，好奇地和池宁对视。

“诺诺，别啃手。”谢辛说。

谢诺装作没听见，用另一只手指着池宁：“这个哥哥是谁啊？我怎么没有见过呢？”

“你没见过的多了，谁你都要认识吗？”谢辛严肃道，“谢诺，叫你别啃手指。”

谢诺立刻把手藏到身后，狡辩：“没有啃啊。”

梁行野笑出了声，对谢辛说：“你带她去玩吧，我们先回去。”

谢诺趴在谢辛的肩膀上，朝池宁做鬼脸，池宁挤眉弄眼地回应，撞见谢辛略带嫌弃的眼神，立马转过头，目不斜视地跟着梁行野往出口走。

此后，池宁白天都待在岑明森那儿，跟着一个声乐老师从基础学起，傍晚六点司机会准时去接他，晚上他要么在梁行野的办公室，要么去小广场找陈向东。

吉他属于最容易上手的乐器之一，池宁进步很快，也慢慢交了些朋友，话痨的习性却没有变。

梁行野回家后习惯在沙发上坐一会儿，每次池宁都会抱着靠枕，盘腿坐在他旁边，一点不落地跟他讲述从出门到回来经历过的事。

那都是些微不足道的事情，比如弹吉他的时候弦断了，后院有只兔子拉肚子死了，岑明森夸了谁谁谁，怎么夸的……梁行野有时会安静地听完，有时会顺着说两句。梁行野一搭话，池宁就更兴奋，连今天捡了片叶子，是什么颜色的，被虫咬了个洞，洞在哪里都得描述一番。

只有在某些特定时刻，池宁才会将所有的话缩减到寥寥几句。

这天池宁上完课，直接让司机送他回家。梁行野去应酬了，陈向东按惯例今天在小广场，池宁在梁行野的公司待着也没意思。

回家后，池宁练音阶练到十点，然后窝在书房研究直播，上回从陈向东那儿接触到直播设备后，池宁就把这事放在了心上。

他没放弃找他哥，还幻想着他哥哪天能通过他的歌声和他相认，即使只有渺茫的希望，也好过什么都不做。唯一让池宁苦恼的就是观看人数莫名其妙地骤降，让本就渺茫的希望变得更渺茫。

直播完，池宁关掉手机，把吉他挂回墙上，下楼喝牛奶。天气渐冷，楼梯铺了地毯，踩上去悄无声息。他下到一楼，看见梁行野坐在沙发上，正仰着头揉捏山根。

他给梁行野留了灯，梁行野脱了西装，灰白的亚麻衬衫在灯光下的映照下，变了颜色。

池宁捧着牛奶坐到梁行野旁边，盘起腿，默默坐着，等梁行野偏头看过来，才说：“梁行野，我今天去上课了，很早就回来了。”

梁行野应了声，他的领带松散，扣子也解了几颗，下颌到脖颈都绷着。他应酬时喝了些酒，没醉，只是在一帮老狐狸之间周旋太累，浑身疲惫。

池宁陪梁行野坐了会儿，他本打算喝完牛奶就睡，图方便穿了秋天的薄睡衣。室内暖气开得足，但空间大，凉意逐渐蔓延开来，让他忍不住打了个喷嚏。

梁行野微微掀起眼皮，视线停留在天花板上，随口赶他去睡觉：“在这儿待着干什么？上楼睡觉。”

池宁乖乖上去了。梁行野扯过靠枕抱着，闭上眼睛，复盘晚上的饭局，分析饭局里每个人的反应，以及他们话里的言外之意，有没有被他忽略却又很重要的信息。他不断揉捏山根，捏到困意袭来，才起身准备去休息。

踏上最后一级台阶，梁行野听见池宁卧室响起吱呀一声，转头看过去，池宁从门缝里冒出个脑袋，眼睛圆溜溜的，朝他笑。

两人的卧室相邻，不过四五米的距离，走廊上的灯自动调整到了睡眠模式，嵌在墙底的灯带映照得池宁的眼睛像透光的宝石。

梁行野问：“怎么了？”

“你要睡了吗？”池宁说，“我想弹首曲子给你听。”

梁行野笑了声：“没那么快。”

池宁抱着吉他进了梁行野的卧室，梁行野住的这间是主卧，干净整洁。池宁坐到床头柜旁边的休息椅上，叠腿卡住吉他，摆好姿势，随后细白的手指在弦上拨弄。

音乐倾泻而出，梁行野微抬起头抵住门，半闭着眼睛听。依旧是那首池宁曾弹过的，独属于美人鱼的曲子，像浮动的清润月光，伴随着潮湿的海水气息流淌在四周，安静温柔。

池宁第一次弹，是他从地下拳击场出来那晚，之后除了直播时，池宁私底下也给他弹了几次，都是在他心情不好的时候。他其实很少在池宁面前表露情绪，但池宁似乎总能敏锐地察觉到。

不知是曲子本身带着安抚意味，还是心理作用作祟，梁行野的疲惫慢慢消散，心境一片平和，仿佛身处微波荡漾的海面，在静夜的小舟中晒着月光。

梁行野凝视着池宁，他在海里可能没晒过太阳，皮肤很白，犹如被水浸过的玉。右耳上的那颗矢车菊蓝珍珠耳钉圆润清透，颜色很漂亮，特别衬池宁。

池宁感受到梁行野的目光，抬头对他笑，梁行野回神，和池宁对视几秒后，也跟着笑起来。梁行野第一次感受到，他似乎不知道什么时候有了家人，这种有家人陪伴的感觉还不错。

但梁行野还是一晚上都没睡踏实，次日在公司处理完手头的事后，有些心不在焉，于是他摸出手机找到池宁的直播回放。

对于池宁玩直播这事，梁行野没有多问，以为池宁单纯闹着玩，刚好有个朋友在做文娱产业，就让池宁签在了他朋友的公司。所有流程都是顾旭帮忙处理的，平台对池宁极尽宽容，一路绿灯，直播的时间、内容等都没限制，在合规的前提下随池宁怎么玩。

池宁逐渐有了热度，但网上的人多种多样，梁行野有次无聊了看直播，发现有些观众无端对池宁进行人身攻击，发的弹幕言辞激烈粗鄙。

担心恶评会影响池宁的心情，梁行野便让顾旭和平台那边说了一声，尽量帮忙处理下恶意评论。但只要有热度，谩骂不可避免，平台默默减少了池宁的推送，降低他的曝光量。

梁行野用文件挡住手机，避免手机滑落。直播背景在书房，池宁抱着吉他，拨弦的生涩感不再，行云流水地弹奏，脸背着光，但容貌清晰可见。

他长得很可爱，浅栗色的鬈发细软蓬松，眼睛大，瞳孔带着极淡的蓝灰色，笑起来里面像盛了水。梁行野想起之前在弹幕上看到喜欢池宁的观众对他的称呼，什么宝贝、可爱弟弟……

办公室的门突然被敲响了，他以为是秘书，进来的却是池宁。他正疑惑池宁怎么这个点出现，忽地想起今天是周一，池宁下午放假。

池宁手里提着杯热气腾腾的咖啡，他把咖啡递给梁行野，笑着说："给你的。"

公司楼下有家咖啡店，梁行野偏爱他家的咖啡，和池宁去了几次，池宁喝不惯，但每次来找梁行野，都会给他带一杯。

咖啡店生意火爆，有时候得排队，池宁足够有耐心，小半个时辰也等过。梁行野对他好一分，池宁就想还一分，梁行野什么都不缺，他只能从小事上还。

咖啡掀了盖，热气袅袅上升，梁行野搁到一边，听池宁说在岑家别墅学习的事。

说话间，那颗矢车菊蓝珍珠耳钉随着池宁身子的摇摆不住在梁行野眼前晃荡，梁行野抬起手，池宁立刻躲开。

梁行野有些意外："不让碰啊？"

保护珍珠是池宁的本能反应，美人鱼的治愈能力和构造幻境的能力，都来源于这颗随自己诞生的耳钉。池宁曾被无数次告诉过它的珍贵，以及必须对别的族群死守秘密。

被碰一下没关系，池宁犹豫着打算回答，梁行野叫他："头低一点，跟你说句话。"

池宁低下头，梁行野立刻抓紧机会摁住池宁的脑袋，手疾眼快地摘掉了他的耳钉。池宁看不见，胡乱挣扎要起身："梁行野！"

梁行野松开池宁，刚要还给池宁，见他上前抢，故意起身，将手举到空中。梁行野长得高，手也长，池宁够不着，有点憋不住笑，拉扯的动作慢下来，求饶道："你快还给我。"

梁行野的手像旗子一样落下，又马上升了上去，池宁拽不下来，抢得额头出了汗，喊他："梁行野，你松手！"

梁行野眼含笑意："坐椅子上，我还给你。"

信任感岌岌可危，池宁看着他的眼神满是狐疑。

"好了，快点坐下。"

池宁权衡片刻后妥协地坐下，这次梁行野倒是良心发现，很快把耳钉还给了池宁。

池宁摸了摸耳朵，小心地将耳钉戴上，再抬头望着梁行野，正要说话，梁行野的手机嗡嗡地振动起来。

梁行野和谢辛十二点有个饭局，差不多得出发了。他去休息室换了身衣服，让池宁中午在公司食堂吃，或者找顾旭陪着一起去外面吃，随后快步离开。

公司食堂的菜池宁吃不惯，顾旭见他几乎没动筷，便到楼下给他买了个鲜虾海苔饭团，外加一瓶热牛奶。

池宁打开了梁行野的电脑，边吃饭团边盘坐着看搞笑情景剧。

今天有太阳，正午时温度最高，阳光透过落地窗洒在他的背部，热度陡升，室内暖气也足，池宁吃饱后，没一会儿就昏昏欲睡。

笑声频繁充斥在耳边，池宁趴在桌面上，眼皮耷拉着，趴着有些不舒服，他换了好几个姿势，手臂蹭过右耳，池宁无意识地抓了一下，珍珠耳钉滚落，混进一叠厚厚的文件中。

饭局结束后，梁行野和谢辛出发回鸿景，一路上都在聊金融项目的事，有份重要资料梁行野签了字，得给谢辛过一遍。

两人一前一后进了办公室，池宁迷迷糊糊地睡着了，电脑上的进度条一直在走，笑声不绝于耳，梁行野上前关了电脑，敲桌叫醒池宁。

池宁隐约听到有人叫他的名字，睡眼惺忪地抬头。梁行野说："别趴着，去休息室里睡。"

池宁懒得走，哼哼唧唧地应了声，把头埋在臂弯里继续睡，他压住了一小堆文件，不起来没法拿，梁行野直接拉起他，送进休息室。

从休息室出来，梁行野将散在桌上的文件拢起、弄平，装进文件袋递给谢辛："资料都在这儿，你慢慢看，不着急，有问题及时联系我。"

2

池宁一觉睡到下午四点，醒来后有些蒙。他卷着被子翻身坐起，呆呆地望着窗户愣神。遮光的暗色窗帘拉了一半，外面天色渐晚，阳光尽敛，淅淅沥沥下起了雨，落到窗上，能听到细微的敲打声。

下雨天没法出门，池宁摸出手机，给陈向东发消息，说晚上有事不去小广场。

他起床找梁行野，顾旭正好在，告知他梁行野去了酒庄谈生意，返程时间未知。池宁担心雨会越下越大，直接回了别墅。

吃完晚饭，池宁捏着个饭团，去书房练各个调的音阶，并学习左右手的各种技巧。按弦按久了，手指刺疼，池宁手上起过茧子，他嫌丑，挨个磨掉，再弹时依旧疼，但不适感比以前低，在能忍受的范围内。

大概十点半，池宁练习完，开了直播。包括美人鱼族群里的那支曲子，他每天雷打不动地弹唱三首，偶尔会穿插互动。

弹幕上昵称为“虾仁不眨眼”的用户一直在发消息：我刚来的，昨晚熬夜把我宝的直播回放翻到了最前头。

虾仁不眨眼：但我宝为什么天天都唱同一首歌？叫啥名？找遍全网都没有找到。

虾仁不眨眼：自己编写的？有什么特殊意义吗？

池宁止住按弦的手，一五一十地回应道：“没有名字，不是自己编写的，有特殊意义，想唱给我哥哥听。”

屏幕热闹起来了，由虾仁不眨眼带头，不少人出现了开始火热讨论。

他们在说什么？池宁正满心疑惑，突然在满屏的虾仁不眨眼中，看见了一条弹幕。

热心渔民周老板：乖宝今天怎么不戴耳钉？

池宁心里咯噔了一下，迅速摸耳朵，右耳空空的，珍珠耳钉不见踪影。他刹那间变了神色，一股巨大的恐慌以摧枯拉朽之势席卷全身。

吉他掉在地上，池宁慌忙关了直播，傻傻站着，不死心地重复摸耳朵。

没有，没有，还是没有……珍珠他自小戴着，犹如身体的一部分，甚至比任何部分都重要。除去别的，单论感情，珍珠也是他无法割舍的存在。

珍珠耳钉可能会出现的地方全被翻了个底朝天，还是一无所获，也许掉在了梁行野的公司。池宁一看时间，公司应该已经关门了。

他不死心地继续翻找，顺便等梁行野回来，心情惶恐烦乱，犹如芒刺在背。

零点刚过，梁行野满身疲惫地踏进大厅，见池宁趴在地上，拿手电筒照着沙发底部，像在找什么东西。

“怎么还不睡？”

听到梁行野的声音，池宁立刻爬起来，满脸着急：“我的珍珠不见了。”

梁行野目光扫过他的右耳，眉心微皱，问：“是我把耳钉弄松了吗？”

“没有，是我自己弄丢的，”池宁顾不上自责，加快语速，“这里我找了都没有，可能是落在你的公司了，我想去公司找。”

小如弹珠三分之一大小的耳钉，找起来谈何容易。梁行野说：“现在太晚了，你先去睡觉，明天再说。”

“可是我想……”

“明天我会叫大家一起帮忙找，效率更高。”梁行野脱下外套，准备上楼泡澡，“好了，快去睡觉。”

池宁心里焦急，手下意识在抖，但被拒绝后他不敢强行要求，在梁行野的督促下，乌龟般挪进了卧室。

池宁用背抵着门，摸到空空如也的右耳，心里充斥着自责，又莫名地觉得委屈。

晚上他未曾涉足卧室，可还是翻箱倒柜，抱着希望做无用功。翻了会儿，池宁想起第二遍检查时遗漏了走廊的一小块范围，便开门出去继续找。

梁行野放好泡澡水，想边泡边小酌一杯。酒窖在地下室，他犹豫几秒，大步往外走。到了走廊，梁行野停住脚步，池宁半跪在拐弯处的角落里，弯着腰，正在检查地毯。

梁行野喊他：“池宁。”

池宁回头，看到梁行野，立刻起身回卧室，梁行野朝他走过去，在他要关门时伸手卡住。

池宁没料到梁行野会突然伸手，来不及收力，厚重的门压住梁行野的手指关节，手指瞬间变得红肿。梁行野猛地蹙眉，一把推开门。

池宁慌乱地去抓他的手腕，连忙道歉，一时情急又低头想涂唾沫。梁行野抽回手，动作僵硬地把手藏在身后，表情恢复了正常：“没事，不用。”

池宁再次尝试，依旧被拒绝，心里的难过满溢而出：“对不起，我不应该对你发脾气。”

“你什么时候发脾气了？”

“你叫我的时候，我不理你，还关门夹到了你的手。”池宁的脸上脏了一块，灰扑扑的，在各种情绪的冲击下，他说话时有鼻音，看着挺可怜。

“没事，”手指被池宁握住，梁行野凝视他的脸，放轻声音，“就压着那一下疼，现在已经不疼了。”

他问池宁：“珍珠耳钉很重要吗？”

“是，”池宁的语调带着颤抖，“非常非常重要。”

梁行野说：“我换件衣服，马上带你过去。”

池宁出入公司坐的是梁行野的专用电梯，不存在被别人捡到珍珠的可能，电梯空间小，一目了然，他们把范围锁定在了办公室和休息室。

两人分区域从头到尾找了一遍，搜寻未果后，梁行野瞥见墙角的监控器，茅塞顿开。调出监控视频，两人分析耳钉大概率在谢辛那儿，梁行野立刻给谢辛打了个电话，便往谢家赶。

待梁行野急匆匆赶到后，谢辛带他去了书房，池宁本想跟着，但出于礼貌，只好在原地等。

书房视野开阔，文件袋置于暗红酸枝木的书桌上，隐约可见底部露出的一颗矢车菊蓝珍珠耳钉。

“你急得觉都不睡，就为了个耳钉？”耳钉是池宁的标志性装饰，谢辛认出时无比惊诧，他不愿经手别人的私人物品，便把文件袋放回原处，等梁行野过来处理。

“池宁找了一晚上，这对他很重要。”梁行野从文件袋里拿出耳钉，随口解释。

他的衣服稍显凌乱，看上去似乎也参与了找耳钉。谢辛失笑，感慨中夹杂着质疑：“你待他还真比你那几个亲弟弟都亲。”

池宁的来历梁行野没提过，谢辛猜测他们大概是通过酒局认识的。他和梁行野相识数年，对其脾性颇为了解，梁行野情绪内敛，吃软不吃硬。在和池宁寥寥几面的接触中，他发现池宁露出来的些许性格，正是梁行野无法拒绝的那一种。

虽然梁行野否认，但在谢辛看来，池宁和被宠着的熊孩子别无二致。谢辛对池宁本就印象不佳，经此一事，好感更是跌至谷底。

池宁和谢诺待在客厅，可能池宁身上残留了动物的气息，谢诺总往他身边凑，抱着他的手，好奇地问东问西，池宁紧盯书房门口，心不在焉地回应。

书房门开了，池宁腾地站起身，梁行野朝他摊开手，手心的珍珠耳钉在吊灯的照射下散发出璀璨的光。

池宁心里掀起失而复得的巨大喜悦，三步并作两步，冲到梁行野面前，激动得手在抖。

梁行野转身去了洗手间，池宁靠着墙，腿有些发软，手一下一下摸耳钉，悬在嗓子眼的心终于落回原处，他深呼吸几口气，对谢辛说谢谢。

谢辛用余光扫过他的脸，微点头，走到沙发前坐下，拿起本书翻看。

客厅宽阔，配了全套酸枝木制成的家具，博物架立在向阴面，昂贵的古董随意摆放着，可窥见谢家深厚的底蕴。

博物架第五层有个色彩艳丽的瓷盘，谢诺正踮着脚使劲去碰。她散着头发，麻花辫绑久了，一松开像大波浪卷，侧边夹着的兔子发卡摇摇欲坠。她往上蹦，发卡啪嗒一下掉落在地。

池宁弯腰捡起，用手指帮她梳理蓬乱的头发，将发卡夹了回去。谢辛抬眼，正看见池宁在摸谢诺的头发，冷声制止道：“没人教过你社交礼仪？”

满室寂静中陡然出现声响，池宁迷茫地回望谢辛。梁行野从走廊尽头出来，他擦着手，皱眉看向谢辛：“你干什么？”

“他太没规矩。”谢辛说，“带出去容易被诟病，你最好找人教教。”

摸头发过于亲昵，谢辛很是介意。他精致讲究的习惯可以追溯到童年，穿戴永远一丝不苟，行为举止优雅得体，养成了他几近变态的刁钻。

他较为亲近的朋友都是自小认识的，磨合了许多年，偶尔还会被他嫌弃不体面，更何况是第一次见面就脱了鞋袜踩在办公椅上的池宁。

“注意点你的态度，小朋友要什么规矩？”梁行野向池宁走过去，“再说我带他出去，谁敢笑话他？”

池宁只觉得谢辛莫名其妙，举起手里拿着的兔子发卡，向梁行野解释：“她的发卡掉了，我帮她夹回去。”

梁行野接过发卡，隔空扔给谢辛：“好心被你当成驴肝肺。”

发卡在空中划出条抛物线，稳稳地落在沙发上，与此同时，彩色瓷盘坠下架子，哗啦碎了一地。

梁行野扫了眼踢碎瓷片的谢诺，笑着对谢辛说：“你活在套子里，养的妹妹倒天真活泼，也没见你用规矩束缚她。”

“她是例外。”谢辛将谢诺抱到安全区域，在博物架前蹲下身，细致地处理碎片。

谢诺被教导基本礼仪时坐不住，总是哭，哭到最后患了结膜炎。她算是谢辛带大的，两人年龄差了近二十岁，谢辛几乎是把妹妹当女儿养，难免心疼，便纵着她释放天性。

梁行野：“例外？”

“她年纪小，开心就好，没必要用规矩束缚她。”

梁行野笑了声：“池宁在你的管辖界限之外，更谈不上需要规矩，你适可而止。”

谢辛瞬间接收到了他的言外之意——别随意评判池宁。谢辛用手帕包住碎片，扔进垃圾桶，又微微屈身，以指测距，精准地摆正博古架上的花瓶。

“懂了。”他和池宁本就是两条永不相交的平行线，评判池宁没意义，若不是涉及谢诺，他也懒得出声。

初冬时节，深夜寒冷，星子寥落，高悬于空。空气中起了雾，廊道两旁的植被上的露水呈半凝固状态，被走路带起的风一吹，缓慢向下流淌。

两道人影穿过廊道，走近大门，池宁落后梁行野半步。

“梁行野，谢谢你。”池宁说话间冒出轻微的白气。

“谢什么。”梁行野漫不经心，步履未停。

“大半夜帮我找耳钉，”池宁抿了下唇，声音变慢，像轻音乐里收尾的余调，愈来愈轻，“在你朋友面前帮我说话。”

梁行野侧身看他，鬈发遮住了池宁的一小块额头，发尾落在漂亮的眼睛旁，睫毛被空气中潮湿的水汽润湿，鼻尖冻得泛红。

“刚才不是询问，是不用跟我道谢的意思。”梁行野又补充道，“谢辛高傲惯了，以后见面你别搭理他。再者你们少有交集，他不会给你造成困扰。”

池宁安静地听着，凝视梁行野的眼睛，慢慢点头。

深灰色的迈巴赫停在门口，梁行野打开车门让池宁上车。谢家老宅离他们住的别墅较远，一来一回很耗时间，到别墅时，已经夜深。

二楼走廊的灯带识别到有人经过，亮起柔和的光。两人本该各走一边，池宁却跟在梁行野身后，梁行野搭着门把手，回头：“怎么了？”

“你的手……”池宁看着他红肿的手指，愧疚又自责，“对不起。”

当时他怕梁行野赶他去休息，加上内心焦灼，关门关得急，梁行野伸手的动作太快，手指就被夹住了。伤势肉眼可见地变得严重，在别墅、在车里、在办公室，他提了好多次治疗，梁行野一直不让，说既然以人的身份生活，就要改掉那些动物习性。

“过两天就好了，”梁行野拍拍池宁，“早点睡。”

门开了又关，走廊上只余池宁，他看着紧闭的卧室门，过了会儿转身回房。

卧室相邻，阳台连接着阳台，他在阳台上站定，斜靠护栏，用手撑着脸，望着梁行野那边明亮的光影，不知在想什么。

阳台下方是一个小花园，绿植被照料得很好，蓊蓊郁郁，削弱了初冬的萧瑟之意。

从卧室露出来的光影坠落花园，灿烂绽放的重瓣山茶若隐若现。这是园艺师精心培育的观赏品种，隔了很远，也能看出它美得惊心动魄，月季和鹿角海棠在其衬托下黯然失色。

冷风掠过池宁的脸颊，鼻尖被冻得失去了知觉，他吸了吸鼻子，离开阳台。

池宁下了楼，沿花园小径来到重瓣山茶花树旁。茶树有数米高，山茶花点缀在树冠上，底端下坠的枝条上零星开着几朵花。

池宁踩在厚实的栅栏上，抬头仔细观察，连枝带叶地折下能够得着的最为饱满绚烂的一朵。

他边修理杂乱的枝叶边往回走，到了梁行野的卧室门口，没立刻敲门，小心拨弄着花瓣。

一门之隔的梁行野刚冲完澡，正坐在床头给手涂药膏。手指末梢神经丰富，被压后有强烈的疼痛感，随着时间的推移，痛感非但没减轻，反而愈发强烈。

伤处红肿，还有了些瘀血，他挨个屈起手指关节，忍不住皱起眉。

门被轻轻敲响，他扔掉棉签，甩了甩手，走过去开门。

门一开，看见池宁站在走廊上，手里握着朵重瓣山茶花，花瓣层层叠叠。

梁行野怔了下，池宁将重瓣山茶花递到他面前。

池宁穿着素色羊毛内搭，外套也素净，只胸前有一处涂鸦刺绣，颜色极淡，像所有色彩被剥落，焦点全聚集在他手里。

池宁把山茶花小心地插进梁行野的睡衣口袋里，朝他笑了笑，随后转身回卧室。

山茶花连枝带叶，在口袋里垂坠感很强。梁行野用手指拂过花瓣，近距离触碰初冬花园里难得的生机，忽地瞥见花蕊里藏着颗红色小凝珠，他叫住池宁："池宁，过来。"

池宁乖乖折返，仰头望着梁行野："怎么了？"

"张嘴。"

池宁迷茫地照做，紧接着，温热的凝珠滚进嘴里，他习惯性吞咽下肚，才后知后觉吃了什么。

梁行野说："你不是药物，把自己当成普通人。"

"可是你不疼吗？"

"不疼。"

池宁小声说："骗人。"

梁行野很能忍，以前腿伤复发，他每次问梁行野都说不疼；回梁家后心情不好，梁行野也说没事；去地下拳击场受了伤，即使严重到骨折，梁行野也只云淡风轻地说小伤而已。

就好像真的只是小伤，他不需要任何人在意，转瞬即好。

但怎么可能不疼呢？池宁望着梁行野的手指关节，瘀血处青黑，红肿到可怕。

他伸手去碰，梁行野躲开，解释道："我涂了药膏，没事，去睡吧。"

池宁抿起唇，站着不肯走，他想了很久，终于还是用袖子将药膏擦掉，然后把唾液抹上梁行野的手指。

“很快就不疼了。”池宁轻声说。

池宁抬头朝他笑，眼睛都弯了起来：“好了。”

红肿逐渐褪去，估摸过会儿就能彻底恢复，池宁愧疚未减，再次道歉：“对不起，我不应该对你发脾气。”

对话曾经上演过，但梁行野还是问：“怎么发脾气了？”

池宁小声说：“你叫我的时候，我不理你，还弄伤了你的手。”

想到自家那几个熊孩子发脾气的样子，梁行野还从未见过发脾气这么乖巧的。梁行野笑了声：“这不算发脾气。”

见梁行野笑了，池宁也笑，声音上扬：“那我去睡觉了。”

“去吧。”梁行野斜靠着墙，看着他走进房里。

3

池宁去岑家别墅都是司机接送，梁行野担心池宁遇上谢辛引起不愉快，近来参与接送的次数逐渐增多，司机的工作量几乎减半。

初冬的傍晚，天空高而远，水蓝透亮，残阳将坠未坠，挂在稀疏的泡桐树枝条上。斑驳错落的树干，蜿蜒向前的红砖大道，卧在别墅转盘处的深灰色迈巴赫，从大门走出来的池宁，全染上了暖金色。

池宁看到迈巴赫，越走越快，到最后一路小跑，喘着气趴在车窗，笑着喊：“梁行野。”

“上车，带你去吃法国菜。”梁行野约了个生意伙伴在酒庄见面，酒庄离岑家十分钟车程，商谈完便直接过来了。

上次他和池宁在中心大厦顶层的法式餐厅用餐，池宁爱吃那里的圣雅克扇贝。正好有段时间没去，梁行野想着有空带他去一趟。

池宁系上安全带：“可是来得及吗？七点我要上课。”

今天是周六，晚上安排了声乐课，七点到九点。

梁行野轻敲方向盘，笑着说：“来得及，算好了时间。”

车在夕阳下飞驰，池宁用头抵着车窗，有一下没一下地拨弄衣领左边的小吉他胸针，语气懊恼地说："昨天戴的音符胸针被我弄丢了。"

音符镶钻胸针设计得流畅漂亮，是某大牌的限量品，池宁爱不释手，一不留神，不知落在了哪里。

梁行野看他一眼，他今天穿着鹅黄色套头毛衣，白色外套上的小吉他胸针和毛衣很配。

"没事，这个也适合你。"梁行野说。限量品只有少量货，高定店搭配衣服送过来时提过是最后一个，找不回来没法再买。

梁行野掐时间掐得很准，吃完晚餐送池宁到岑家别墅时刚好六点五十分。

从门口到教室还有一段距离，池宁怕迟到，急匆匆地下车。梁行野按下车窗，递出个装着贝壳小蛋糕的袋子："池宁，甜点带上。"

池宁又急匆匆地跑回来，接过袋子，笑着朝梁行野挥手："我走啦！"

梁行野点头，看着他走远。周末上课的人明显增多，三五成群地往大门口拥，梁行野看见池宁走到花圃旁，和一个十五六岁的女孩搭上了话。

女孩似乎很怕冷，穿着灰色羽绒服，戴着护耳。梁行野通过长相看出了她的身份，宋家的私生女，和她爸长得像一个模子刻出来的。

池宁跟他提过几次，女孩叫宋晓意，性格腼腆温暾，是池宁在这个学院交到的关系最好的朋友。

见两人混进人群，梁行野收回视线，启动车子离开。

池宁加快脚步，和宋晓意往教室里赶，教室位于一楼最偏僻的角落，池宁站在门口，疑惑地望着被他甩在身后一大截的宋晓意："怎么不走了？"

宋晓意抿唇，脸上的梨涡浮现，她低低应了一声，闷头走向教室。

教室较小，主色调是蓝色和白色，谱架、音响、多媒体设备一应俱全，座椅共三列四排，外侧被设计成了巨大的落地窗，视觉空间无形增大。窗帘由薄纱制成，被从窗户缝隙里钻进来的风吹得轻轻摇曳。

声乐课是五人小班教学，四男一女，其他三个男生正聚在第一排中央看手机上的美女，算起来这里池宁年纪最大。岑明森还没到，池宁打开袋子，拿出贝壳蛋糕分给他们。

池宁和宋晓意并排坐在后面，池宁晚餐吃了好几个贝壳小蛋糕，正有些腻，手撑着下巴，百无聊赖地等岑明森来上课。

宋晓意低着头，过长的刘海遮住了她的眼睛。她捏着蛋糕，小口小口地咬，像仓鼠进食。

悬在墙上的挂钟指向七点零六分，教室很安静，一个寸头男突然喊了一嗓子：“岑老师怎么还没来啊？”

座位间距离太紧，这一声像凑耳边喊的，池宁被吓了一跳，宋晓意条件反射般瑟缩了一下，推得椅子发出刺耳的声音。寸头男回头，不好意思地摸摸脑袋：“抱歉，吓到你们了。”又回头小声嘟囔，“他怎么还不来，该不会拖堂吧？”

前面响起接连不断的窃窃私语，池宁等得无聊了，和宋晓意聊天。

“为什么总让我帮你请假呀？明明你每次都不缺课。”

宋晓意有个奇怪的习惯，上声乐课总让他帮忙请假，但最后还是会来。

他和梁行野谈起宋晓意时，梁行野说她大概在宋家的日子不好过，养成了讨好型人格，也许是被逼无奈才来学习。

当时池宁也这样认为，但接触久了又觉得不像，因为宋晓意时常流露出对音乐的热爱。

蛋糕吃完了，宋晓意将手揣进兜里，脸贴在冰冷的课桌上，眼神很空：“我不想学。”

她侧着脸，过长的刘海垂到一边，露出白净的额头。她长得清秀，很耐看，杏眼，鼻子小巧精致，笑起来有梨涡。但刘海掩盖住了她大半张脸，她也很少笑。

池宁是在声乐课上了十几个课时的时候，才和宋晓意说了第一句话。

那天上课的重点是歌唱的共鸣训练，需要学习用稳定的喉头位置发声演唱。课程结束后大家都走了，池宁看着课上发声训练的录像回放，结合岑明森指出的问题，发现自己有很明显的不足，便留下来练了会儿发声技巧。

离开时，他正准备关灯，发现宋晓意蹲在墙角，很安静地在哭。那时池宁对她的了解仅有简单几点：十六岁，正读高一，性格内向，一直独来独往。

池宁不知道怎么办，她哭了很久，他也站了很久，最后他走到墙角蹲下，犹豫再犹豫，小声说：“你好。”接着用他哥在海里哄他的语气安慰道，“别哭了。”

可能这两句话结合起来太怪，宋晓意抬头看了他一眼，鼻音很重地回应他：“你好。”

她站起身，用卫衣帽子盖住头，耷拉着肩膀出了教室。

下次上课时，宋晓意给他带了颗糖，两人在课间慢慢会说几句话。

池宁在这儿交了一些朋友，但男生玩的游戏他没玩过，那些男生玩闹起来总逗他，池宁就更喜欢和性格内向的宋晓意待在一起，后面顺其自然越走越近。

悬在墙上的挂钟滴答响着，到了七点十分，教室门口依然空荡荡的。

前排窃窃私语的声音偶尔拔高音调，宋晓意用脸贴着桌面，和池宁小声说着话。

教室倏地静了一瞬，池宁看向门口，岑明森拿着乐谱大步走进来，歉意十足地说：“老师有事晚了点。”

岑明森气质温和，教学内容高效实用，对谁都认真负责，特别有耐心。宋晓意把他当成偶像池宁并不例外，他也很喜欢岑明森。

不过他的偶像是谢川，谢辛的小叔，谢川不时会来这边串门。由于谢辛太讨厌，池宁撞见了只敢对谢川笑笑，生怕谢辛哪天从隔壁跑过来吼他：“没人教过你社交礼仪？”

梁行野说他和谢辛少有交集，但谢辛的妹妹三天两头往岑家后院的兔子窝跑，谢辛出现的次数也频繁。

而他在岑家待的时间长，总会碰到那么一两次，每次都冷眼对冷眼，相看两相厌。

今晚的课程内容是哼鸣练习，包括母音综合换字练习。

教室里回荡着岑明森的声音，

“嘴轻闭，上下牙打开……

“转换时声音位置要统一……

“深呼吸叹气，找到小腹回收的感觉……”

……

众人逐个做发声练习，岑明森细心指导，又选了首曲子让他们在演唱中运用。

时间很快过去，夜幕低垂，教室里的暖气熏得人昏昏欲睡。一到下课的时间，岑明森就拿着乐谱走了。

寸头男和其余两男生勾肩搭背，打闹着出了教室，池宁拧开保温杯，润了润嗓子。

他收拾东西准备离开，见宋晓意没动静，问："你不回家吗？"

"回。"宋晓意背上包，用羽绒服帽子盖住脸，跟上池宁，"我去上个厕所。"

池宁便先走了。他拢着手，穿过宽阔的红砖道路，来到司机惯常停车的位置，发现停着的是梁行野的迈巴赫。

梁行野靠着椅背在闭目养神，轻柔的车载音乐从半开的窗户中漏出来。池宁跟着哼唱，优哉游哉地上了车，系安全带时发现小吉他胸针不见踪影。

池宁松开安全带，着急道："梁行野，我的胸针落教室了，你等我一下可以吗？我回去找。"

他上课时脱了外套搭在椅背上，可能胸针没戴稳或刮到什么东西掉地上了。

"丢了就丢了，"梁行野说，"不急这一会儿，明天去教室的时候再看看。"

接连掉了两个，池宁有点心疼，说："我会很快的。"

见他坚持，梁行野便和他一起下了车。

私家住宅用作培训地点，为了避免鱼龙混杂，进出有保安检查身份。池宁整天进出，已经混了脸熟，保安刚来一周，对梁行野没印象。

"那还是得登记一下啊，叫啥名？"保安咬开笔，在登记簿上起了个头。

"梁行野。"池宁把上半身挤进保安亭，很认真地看他写字，"梁木的梁，步行的行，野心的野，别写错了叔叔。"

"电话号码报一下。"

池宁背过，报得很流畅，声音如珍珠落盘般脆亮。

梁行野穿着大衣，站在光影里，看池宁一本正经的模样，忍不住笑起来。登记结束，梁行野朝保安点了点头，随池宁往里走。

晚上气温下降，池宁系了羊毛围巾，他拉高围巾遮住小半张脸，问梁行野："你总来接我，最近不忙吗？"

"这两天比较有空，过段时间会很忙。"梁行野说，"要出一趟差。"

"出差？去哪里啊？"

"国外。"

别墅教室的灯渐次关了几盏，院子里的行人零零落落，两人聊着天，又聊起了岑明森。

池宁说："晚上我上了声乐课，岑老师特别厉害。"

梁行野通过谢家和岑明森相识，但对他了解有限，从他的相关履历来看，只知道他专业知识过硬，教池宁绰绰有余。

梁行野就笑："那你呢？你厉不厉害？"

池宁不正面回答，踢踏着，在瓷白的大理石地板上踩出韵律。

"上课的时候，每个老师都夸我。"

池宁又一一举例说明。

"岑老师说我的乐理理解能力和音感很强。

"许老师说我的运动神经、指力、反应速度都出类拔萃。

"还有我跟你说过的秃头老师陈老师，他有点搞笑，他说'耶，池宁你个小瓜娃子，竟然刚学不到半年啊。'"

他的语气活灵活现，梁行野笑出了声。

两人走到教室门口，发现已经关了灯，门却从里面锁住了，池宁敲门："有人吗？可不可以开一下门？"

梁行野扫过门窗紧闭的教室，池宁听不出来，但里面转瞬即逝的分明是殴打声。在岑明森这里上课的多是学生，年少轻狂的时期，估计是起了争执在干架。

梁行野叩门提醒道："叫保安了。"

里面的人没出来，动静倒是小了不少，梁行野懒得管，带池宁回了家。

小吉他胸针最后还是没找到，第二天池宁问一同上课的人有没有看见，都说没有。他从书包里翻出乐谱，颇为可惜地跟宋晓意闲聊：“不知道掉哪里了，我很喜欢的。”

“找一找吧，说不定能找到。”宋晓意挪开凳子，蹲下来四处检查。

“我刚才找过了。”池宁把凳子移回原处，让她坐下。

宋晓意眉心微蹙，语气不赞同：“那么贵的胸针，怎么能说丢就丢？”

池宁不清楚胸针的具体价格，只觉得那么小一个东西再贵也贵不到哪儿去：“很贵吗？”他想起梁行野帮他找耳钉的方法，“可以查监控。”

宋晓意：“监控坏了。”

池宁望向天花板角落的监控器，黑乎乎的布满灰尘，看样子坏了很久：“那就没办法了。”

离上课还剩几分钟，寸头男冲进教室，手撑桌面，一个跃步跳进座位，带得桌椅哗啦一阵响。

池宁扶住桌子，顺带帮宋晓意捡起被撞落的笔，随口道：“我昨晚回来找，教室里好像有人，但敲门又没人理我。”

宋晓意翻看乐谱的手顿了顿，她低着头，刘海遮住了眼里的情绪：“你听错了吧，可能是后院养的兔子。”

岑明森在后院划了块区域养小动物，兔子爱到处乱跑，经常能在楼道里见到，毛茸茸的。不过初冬晚上寒冷，兔子应该更倾向于缩在厚实的窝里。

池宁正想接话，见岑明森进来了，便端正姿势，准备上课。

周日的声乐课安排在上午。和别的学生不同，池宁几乎一整天都待在这里，如果梁行野不接他去外面吃，司机会准时送餐。

当别人在回家吃饭的路上时，池宁已经吃饱了。他不习惯午睡，捧着杯饭后果汁，溜达着去别墅后院散步。

后院占地面积大，一半是假山流水，其间点缀着常绿灌木丛；另一半是个小型鱼塘，养了鱼和乌龟，兔子窝离水稍远，搭建在角落的工具房里。

工具房的门开着，兔子从门缝里探出毛茸茸的耳朵。池宁咬着吸管，踱步靠近。兔子不怕生，谁抱都行。它身上沾了些窝里的牧草，池宁清理掉牧草，抱着它坐在长椅上晒太阳。

天气很好，干燥温暖，池宁的手指陷在兔子柔顺的长毛里，时不时轻轻抓挠。

这个时间点，众人回家的回家，下班的下班，后院没什么人，池宁晒了会儿太阳，一摸果汁，杯壁微微发热，入口味道也似乎变了。

垃圾桶在拐角处，他扔完果汁回来，见长椅上坐着个小姑娘，抱着胖乎乎的小兔子，小腿来回晃荡，麻花辫被阳光晒得发亮。旁边立着个圆脸的年轻女人，交握双手，眼神长久地停留在小姑娘身上。

池宁认出是谢诺和她的保姆。谢诺有事没事爱跑来岑家喂鱼、喂乌龟，有时还满别墅地撵兔子，池宁撞见过多次，因为谢辛，他对她能避则避。

长椅上，谢诺拖着嗓子说："你不要跟着我。"

"可是少爷不让……"

"哥哥听我的，你也听我的，"她去哪里保姆都跟着，这不让那不让的，谢诺皱起小眉毛，"说了你不要跟着我。"

保姆神色坚定，只因谢诺生性活泼，精力极其旺盛，喜欢撒欢儿到处跑，又聪明，鬼灵精一样，甩掉过她好几次。谢诺不出事还好，一出事少爷得扒了她的皮。

池宁的手机落座椅上了，他大步上前，拿起手机就准备走。

谢诺听见动静抬头，好奇地咦了一声，随后回想起了池宁那晚和她聊天，帮她理顺头发、弄发卡的情景。

谢诺葡萄似的眼睛水汪汪的，她娇声娇气地道："我见过你，你和梁哥哥来过我家。"

"我也见过你。"池宁敷衍地回应。

小孩子能敏锐感知别人的情绪，谢诺问："哥哥，你讨厌我吗？"

她奶声奶气的，带着婴儿肥的脸颊肉嘟嘟，皱着小眉毛莫名地好笑，她是池宁见过的最可爱的小孩子。

"不讨厌你。"池宁朝四周张望，还好不见谢辛的身影。他在心里补充完后半句——“讨厌你哥”。

得到否定的答案，谢诺从长椅上一蹦而下，热情地邀请他：“那我们一起去喂小乌龟吧。”

她蹦得急，左脚绊右脚往前栽倒，池宁伸手接，没站稳，被她带得坐在草地上。

经过池宁的缓冲，谢诺只有手掌碰到了草地，她将手递给池宁看：“脏脏了。”

池宁便帮她拍干净，扶她站起身。谢诺起身，看见路口的谢辛，噌地一下缩进池宁怀里，着急地说：“快把我藏起来，我哥哥看到我乱蹦了，他会骂我的。”

谢诺天不怕地不怕，就怕他哥发现她从高处蹦跳。上个月她看动画片，特意躲开保姆，学小动物从台阶蹦下，觉得好玩，又逐渐增加高度，最后摔成了脑震荡。

她哥第一次对她发火，之后严令禁止她乱蹦乱跳，她对此有严重的心理阴影。

池宁对谢辛高傲古板的性格更有心理阴影，当即放开谢诺，谢诺挣扎得厉害，死命抓住他。

池宁怕弄伤她不敢太用力，眼看谢辛沉下脸，快步走过来，低声催促谢诺：“你放手，不然你哥要生气了。”

谢诺急得直跺脚，掩耳盗铃般埋在他的胸前：“快点快点，快把我藏起来。”

两人你推我搡，显得格外亲密，谢辛走近时，谢诺快把脑袋藏进池宁的外套里了，保姆不知所措地想要拉开她，但怎么也拉不开。

谢辛皱眉看着池宁：“你干什么？”

池宁绷起脸，冷着声音先发制人：“她摔倒了，我扶一下她而已。”

“你……”

身后传来一声温润的问候，打断了谢辛：“小辛，怎么了？”

谢辛回头，见岑明森从灌木丛旁边的小路冒出来，招呼道：“岑叔。”

一般情况下，岑明森这样身份的人谢辛不会太尊敬，但岑明森和他的小叔是好友，谢辛看重家人，也爱屋及乌地敬他三分。

岑明森抱起正啃食灌木的小兔子，笑着对埋在池宁怀里的谢诺说：“诺诺，怎么躲起来了？”

谢诺偷偷看岑明森一眼，又捂着只眼睛看她哥。谢辛面露不满，把她从池宁怀里拉出来：“岑叔，诺诺该午睡了，我先带她回去。”

岑明森不到五十岁，戴着眼镜，不同于中年发福的谢川，他的体态保持得很好，外表儒雅随和，穿衣搭配也颇为精致，有股音乐家的气质。

他弯腰拉池宁，替谢辛解释：“谢辛为人讲究，界限感强，你抱着诺诺在草地上滚，他见了难免生气。”

谢辛的性格池宁早就领略过，他对岑明森的救场心存感激，借力站起，礼貌道谢：“谢谢岑老师。”

岑明森温和地笑，坐在长椅上，问他吃了饭没有，又问他最近的学习情况。

池宁站着，像课上回答问题似的一一回答。他和岑明森互动较少，课下撞见了也只会打个招呼，此时面对面聊天，连空气都变得拘谨。

岑明森拍拍座椅，让池宁坐下。他和梁行野不熟，梁行野送池宁过来时，说是家里的一个小朋友，让他多照顾着点。但看他们相处，像亲戚又不像，岑明森摸不清梁行野和池宁的关系。

“傻站着干什么？”岑明森笑着说，“这么怕老师啊？”

池宁便坐在了岑明森旁边。岑明森摸着兔子，聊起了梁行野，但池宁总会在关键时刻把话绕开。

岑明森有些意外，看了眼池宁，他的眼神干净真诚，不知是聪明还是真单纯。

岑明森对池宁的印象不错，他很有音乐天赋，长相格外出众，即使教室里坐满了人，他也能一眼被看见。

岑明森略过梁行野不谈，和池宁聊音乐知识，丰富的阅历加知识储量，让池宁听得全神贯注。

猛然间，楼上砸下个小石子，掉进灌木丛，兔子受惊，失措地蹬腿跑了。

池宁抬头，珍珠白的格子窗边，宋晓意的脸一闪而过。岑明森慢了一步，只看见了打开的窗户，面露不满地抱怨道：“谁在高空抛物？幸好没伤到人。”

池宁望着珍珠白格子窗，帮忙隐瞒：“可能有人在楼道里打闹，不小心弄下来的。”

他站起身，和岑明森道别后回了教室。教室空无一人，池宁想了想，走去楼梯间。宋晓意果然在那儿，穿着灰色羽绒服，戴着护耳，坐在台阶上，晒从外边洒进来的太阳。

池宁纳闷道：“宋晓意，你没回家吃饭吗？”

“吃了，下午有吉他课，就提前过来了。”宋晓意摘下护耳，抬头看他，“你和岑老师在聊什么？”

“聊他作的曲，在国外举办的演唱会，还有他在乐坛的一些经历……”池宁挑了几件事说，他起个头，宋晓意就能准确接着聊下一个内容。

“你怎么知道这些？”池宁神色惊讶。

宋晓意：“他是我表舅舅，我以前听他说过。”

被太阳晒久了，她的脸颊干燥得起了皮，唇也干，梨涡像枯涸的泉眼。

“岑老师很优秀。”池宁夸道，就是有点八卦，总问梁行野的私事。

宋晓意玩着落在衣服下摆的太阳光斑，一言不发。

池宁说：“你下次找我的话，叫我一句就行了，扔石头很危险。”

宋晓意的手指在光斑边缘转啊转，她突然开口：“我是故意的。”

“为什么？”

宋晓意不答反问，像是想确认：“梁家的梁行野是你哥哥吗？”

“对，怎么了？”梁行野送池宁来上课的第一天，就叮嘱过他让他说自己是梁行野的弟弟。那时候池宁不懂，待久了才发现这里的人都是有圈子的，除了爱聚众扎堆，还有或多或少欺负人的现象。

他是新面孔，一来就有人问，他说梁行野是他哥哥。起初很少人信，但司机整日接送，梁行野有时也会出现，他的身份便得到了定论。从此他和被欺负绝缘，最多玩闹时被逗着玩儿，但并不带恶意。

楼梯间的阳光明晃晃的，灰色羽绒服吸热，宋晓意摘了帽子，抱着膝盖看池宁：“我在一次宴会上撞见过你哥。”

她爸是做玻璃产业的，颇有生意头脑，但私生活很乱。她妈只是他众多情妇中的一个，她妈临死前，费尽心思把她塞进了宋家。宋夫人儿女双全，知道她爸养着不少私生子女，把气撒在她身上。她爸心知肚明，但本着多一事不如少一事的原则，视若无睹。

那天他们要参加个晚宴，宋夫人在晚宴前故意苛责她，她爸可能念及那天是她妈的忌日，心生不忍，把她带在了身边。

她对梁行野的印象很深刻，因为她爸那样眼高于顶的人，在梁行野面前谄媚得可笑。而颐指气使的宋夫人更是喜笑颜开，挽着刚毕业的大女儿，说话带着小心翼翼的讨好。

梁家有权有势，池宁是梁家的人，岑明森有暴力倾向，但是看人下菜碟，他应该不存在危险。

宋晓意走着神，池宁吹掉台阶上的灰尘，和她坐一起，聊了几句梁行野。

见她只是听，很少搭话，似乎心事重重的样子，池宁便换了个话题：“对了，岑老师刚才夸你了。”

宋晓意整个人瞬间紧绷起来，寒意从尾骨迅速蔓延：“他为什么提起我？”

“他知道我们是朋友。”

“他说什么？”

池宁仔细回想：“夸你有耐心，学习态度认真。除了你，他还夸了陆序、赖禹辰他们……”

宋晓意紧攥的手松开，她垂着眼眸，含糊应了声。

“岑老师其实挺关心学生的。”池宁说。

宋晓意扭头看池宁，他的眼神真诚，对岑明森充满尊敬。池宁大她三岁，但身上带着不经世事的天真，像在温室里长大的，没接触过什么人，更不会对人进行恶意的揣测。

她的眼神驻足在池宁脸上，他的眼神精致灵动，笑起来莫名地打动人心，无论看多少次，都很难移开目光。连那些坏脾气的男生们，都爱故意搭讪逗他玩。

“喂，你离我表舅远点，”宋晓意推池宁，语调上扬，“不然我还扔你。”

池宁很少见她这么活泼有生机，此时她笑着，威胁的语气满是娇憨。

池宁也笑：“我知道了。”

4

池宁把楼梯间的谈话放在了心上，不过岑明森私底下没再找过他，谈不上避不避开。他依旧整天辗转于各个教室上课，晚上就抽点时间开直播。

自从平台插手降低热度后，池宁的直播事业一直不见起色，他把这归因于自己弹得不够熟练，曲库单调，上课便学得更加认真。

晚上直播前，他找了个称手的工具磨手上起的茧子。手机嗡嗡地振动几声，他打开一看，是宋晓意发的消息，说明天上声乐课请假的事。

他按惯例回了句“好的”，将手机放到支架上，打开了直播页面。

直播结束后，池宁放下吉他，打开回放检查拨弦手势以及曲调是否走音。看着看着，他被弹幕吸引住，一溜儿夸张的赞美之词，开头都是“可爱小帅哥”。

池宁对这个称呼烂熟于胸，他给自己取的账号名是“宁宁”，粉丝对他的称呼五花八门，什么奇怪的都有。后来不知谁创了个“可爱小帅哥”，在弹幕出现了几天后，各式昵称渐渐消失，达到了统一。

池宁对着手机镜子左看右看，变换不同角度，细致地观察自己的脸，好像是有点可爱。他有点嫌弃，因为长得一点都不凶，没有震慑力。

池宁皱起眉，龇牙咧嘴地凑近屏幕……他沉浸在角色扮演中，连梁行野推门而入都没注意，玩得不亦乐乎。

入冬起，阿姨习惯在池宁睡前给他热一杯牛奶。梁行野介意家里有外人，在大平层住的那段时间没请家政，搬到别墅后，生活范围扩大，天天带他去外面吃耗时又麻烦，就让秘书安排了个阿姨。

阿姨温柔细心，早晚和池宁打照面，池宁没事的时候，会主动跟她聊天，天南地北地聊，还会帮她搭手干活。日积月累下，阿姨对他比对梁行野这个雇主还关心。阿姨会根据天气提醒池宁添衣减衣，整日念叨着让他多吃饭、多喝汤，又心疼他和梁行野站一块身高差明显，将每晚一杯牛奶提上了日程。

晚上梁行野从公司回来，恰好撞见阿姨端着牛奶上楼，便接过手，来书房找池宁。

牛奶杯滚热，浓郁的奶香氤氲，梁行野倚着墙，看池宁对着镜子张牙舞爪，忍不住笑出了声。

池宁听见声响回头，对上梁行野带笑的眼睛，心头浮起被当场抓获的尴尬和羞赧。

“你怎么不敲门啊？”

“敲了，你没听见。”梁行野将牛奶递给他，饶有兴致地问，“在演什么？”

池宁捧着杯子啜了口，被烫得吐舌头，回答梁行野：“猫。”

“会大声吼的猫？”

池宁心虚地承认：“骗你的，是老虎。”

梁行野笑起来，起初刻意控制了音量，后面逐渐失控，书房里回荡着他的笑声，池宁低着头生闷气。

梁行野笑了很久，牛奶杯的热度在手中流失，池宁说：“你不要笑了。”

笑声停了一瞬，而后又响了起来。

“从动物频道上看的？”梁行野笑着说，“学得还挺像。”

池宁恼羞成怒，随即想起正经事，犹豫几秒，又将他的手放回自己脑袋上。

梁行野：“怎么了？”

池宁纠结地问：“为什么我要交税啊？”

他直播期间流量低，平台方不付薪水，收入主要靠打赏，攒到现在，倒还可观。刚刚他想一次性提现，软件显示要扣税，池宁打开个人中心给梁行野看。

他的头像是梁行野随手给他拍的，在咖啡店他手撑着脸等甜点，偷瞄梁行野碟子旁装饰繁复的银质咖啡勺。

池宁翻出提示，咕哝道：“要扣好多钱，我有点不舍得。”

梁行野语重心长地说：“池宁，纳税是每个公民应尽的义务，你这种心态行不通。税费可以用来改善民生……”

“公民？”

太复杂池宁听不懂，梁行野简单概括：“指每个人。”

池宁：“可我不是人啊。”

梁行野顿住，望着他的眼睛：“你想当美人鱼吗？”

“不想，”池宁说，“那好吧，我是人。”

提现后，在梁行野的科普下，池宁对纳税行为有所了解。他用拿到的钱给梁行野买了个杯子，也给宋晓意买了支笔。

去岑家上课时，池宁想着把笔给宋晓意，一看课表，发现她要晚上的声乐课才来。宋晓意在读高中，课余时间才能接受培训。池宁的课程和她的不一样，更为繁多复杂，他们的课程表只重合了声乐课和吉他课。

冬季天黑得早，傍晚时分，夕阳敛尽光芒，只余下高悬于空的朦胧轮廓。池宁吃过晚餐，溜达着去后院抱兔子，远远地看见谢诺蹦跳的身影，思及她哥的冷脸，池宁拐了个弯，走向少有人去的假山角落。

走近假山，池宁放慢脚步，似乎有人在哭，从哽咽到啜泣，伴随着猛吸鼻子的声音。池宁循声停在灌木丛旁，看见宋晓意躲在背阴处蹲着，羽绒服帽子盖住了脸，肩膀轻微耸动。

以往这个点她还没来，池宁蹲到她身边，面露担忧：“你怎么了？”

宋晓意没理他，只是啜泣声变小，肩膀也不再耸动。池宁便安静地蹲着，看木质栅栏缝隙里的那棵黄白的狗尾巴草。

腿蹲得发麻了，池宁从外套兜里摸出那支笔，塞到宋晓意手里，声音放得很轻：“还记得我跟你说的直播吗？有人打赏我，所以我给你买了个小礼物。”

宋晓意握紧笔，但还是没回应。池宁像他哥在海里安慰他那样，轻拍宋晓意的背，一下一下很有韵律。

“宋晓意，别哭了，”他说，“我明天再给你买支笔。”

眼泪啪嗒一声溅在笔盖上，一滴接着一滴，灰色羽绒服被洇湿，好不容易收住的啜泣声愈来愈大。

夕阳下坠，背阴处泛起冷意。谢诺大概在追兔子，脆生生的笑声时近时远，还偶尔夹杂着气鼓鼓的“你不要跟着我”。

谢诺是在跟保姆说话。池宁讨厌谢辛，但不得不承认他对妹妹是发自内心的宠爱，让人半步不离地跟着，一有空就陪她玩闹。

他知道宋晓意也有哥哥，在这儿学架子鼓，但只会带头欺负她。池宁撞见了帮忙阻拦，她哥不敢对他动手，就趁他不在的时候欺负她。

谢诺似乎在朝这边跑，池宁想吸引宋晓意的注意，好让她不注意到笑声，便对她说：“你被欺负了对吗？”

宋晓意下意识地瑟缩了一下，抬起头，露出湿漉漉的脸：“没有。”

她很瘦，声音哑着，平静的面容下像是藏着汹涌的暗流。池宁看着她，她总是请假的反常现象，以及好几次反锁着的教室门出现在脑海。所以他有次晚上折返，看见宋晓意孤零零地蹲在教室里哭，像挨了打，问她又不肯说。

宋晓意总是最后一个走，就算跟他一起出了门，也会绕去卫生间让他先离开。

声乐课教室在走廊尽头，尽头有扇玻璃门，打开就是后院，进出方便。一楼只有那间教室用来上课，其余的要么空着，要么放乐器。这里下课后犹如荒地，又做了隔音装修，简直是完美的霸凌场地。

池宁推测：“你在教室被欺负了，所以你才不想……”

宋晓意打断他：“没有，你不要乱说。”

池宁被吓了一跳。过了会儿，路灯到点接连亮起，池宁挪动酸麻的小腿，小声说：“你不反抗的话，你哥会一直欺负你的。”

宋晓意怔住，沉默了很久，回应他：“我知道了。”顿了顿，她又低声道，“走吧，该去上课了。”

两人起身回教室，从假山后绕出来，池宁迎面撞上了谢诺，他连忙扶住她，同时警觉地搜索谢辛的身影，还好一无所获。池宁松了口气，叫她别跑那么急，容易摔倒。

谢诺葡萄似的眼睛亮闪闪的，她喊池宁哥哥，又喊宋晓意姐姐，问他们在干什么，能不能陪她一起玩。不等他们回答，保姆连忙拉住谢诺，说得回谢家了，谢川在家里等她吃饭。

谢诺这几天在岑家待的时间比较长，上次她小叔带她过来串门，见有只母兔怀孕了，随口说母兔要生小兔子。

谢诺好奇心爆棚，生怕错过生小兔子的场面，一从幼儿园回来，就直接往岑家后院奔。谢辛都烦了，和岑明森打了个招呼，连窝带孕兔带回了谢家。骤然换了新环境，兔子产生了应激反应，谢诺着急得不行，没办法又把它送回原处。

谢诺念叨着吃完饭要过来看兔子，保姆笑着应好，轻声细语地哄着，领着她离开。

池宁和宋晓意站在台阶上看着谢诺，她穿着粉白色的毛衣外套，搭配荷叶裙，小短腿一蹦一蹦，格外可爱。

片刻后，粉白色毛衣外套被灌木丛遮住。池宁收回视线，瞥见宋晓意在发呆，眼神空荡，毫无焦点，像被丝线操控的木偶。她转身踏进走廊，行走姿态也像个没有灵魂的木偶。池宁跟上，继续刚才的话题：“你没想过解决办法吗？”

宋晓意低头盯着不断前进的脚尖：“什么解决办法？”

“不被欺负的办法。”

“什么欺负？没人欺负我。”宋晓意说。

池宁不再出声，梁行野教过他，遇到事情要先找出问题，再解决问题。

他对宋晓意的家庭情况有所了解，她不反抗，也许是怕招致更严重的欺凌。宋晓意她哥池宁也有印象，私下里张扬跋扈，在岑老师面前却很听话。

表舅加老师的身份看来能压住他，如果岑老师出面，宋晓意的遭遇会有转机。但要想彻底不被欺负，最好找到被欺负的有力证据。

池宁坐在教室里，声乐课上得心不在焉，东看西看，目光定格在坏了很久的监控上。

下课后，大家陆续离开，没一会儿，只剩池宁和翻动着乐谱的宋晓意。池宁打开摄像功能，晃去窗边假装看天气，又借着桌子的掩护，偷偷用多媒体设备卡住手机，然后对宋晓意说：“我先走了。”

他出了门，站在楼梯间等。他知道岑明森有个习惯，每天都会在办公室待到很晚，出了名地认真负责。等教室门一关，他就去找岑明森，然后破门而入拿证据。

池宁不时探头往走廊看，又怕打草惊蛇，便拉长了时间线。

楼梯间有窗户，能看到前院的景色，他紧张得有点心神不定，用手撑着窗沿往外打探。

他准备去打探教室的状况，忽地望见不远处有人穿着熟悉的灰色羽绒服，缩着脖子走向大门，看身形是宋晓意。

池宁跑出楼梯间，经过教室门口时，没注意到教室已经关了门，而灯光正从底部缝隙流出来。他在花圃边追上了宋晓意，宋晓意停住脚步，脸藏在羽绒服帽子里：“你不是回家了吗？”

“你哥呢？”池宁问。

“今天没来，怎么了？”

他想把计划告诉宋晓意，想了想决定放弃。宋晓意内向，胆子比他还小，他说了只会徒增担心，便找了个借口搪塞过去。

计划泡汤，池宁回教室拿手机，梁行野提前给他发过消息，说晚上来接他，不过会耽搁一会儿，算算时间，梁行野应该快到了。

教室门虚掩着，池宁推开后愣了下。谢诺趴在第一排的桌子上睡着了，脸颊红扑扑的，手里抱着兔子，像是玩累了，保姆却不见踪影。

这间教室在走廊尽头，尽头的玻璃门打开就是后院，兔子爱乱跑，可能她甩掉保姆后跟着兔子跑到这儿玩，又因为常用教室基本设置在楼上，一楼只有这间用来上声乐课，位置偏僻，一时没被人发现。

池宁叫了谢诺几句没叫醒，便决定先去拿手机。摄像头正对着课桌还在拍，池宁按下暂停，想删除的时候却不小心碰到了进度条。

画面里赫然出现了岑明森，大步走进教室，迅速地反锁上门。宋晓意也在，瑟缩着在角落罚站，岑明森手拿戒尺，一副体罚的架势。

眼神扫过趴着的谢诺，他面露不满，对宋晓意轻声说：“你以为有人在，就不用挨罚了吗？”

池宁察觉不对劲，皱眉凝视屏幕。视频因内存不足卡住了，画面上岑明森的脸显得莫名诡异。池宁点暂停又打开，想看后续，余光倏地瞄见脚下出现一个影子，正像蛇一样蜿蜒靠近。

“你拍了什么？”

池宁的手指僵住了，短短几秒被无限拉长。白灰色小圈在屏幕上不知疲倦地转着；白炽灯冰冷的光被手机屏幕反射，格外刺眼；从窗缝钻入的风带来刺骨的寒意。

教室里没有声音，安静到沉寂，影子却一步一步逼近，吞噬脚下的瓷砖，咬住窗帘下摆，向上攀。

心脏在胸腔剧烈地跳动，寒意从池宁的心口猛地涌入四肢，阴影覆盖头顶的那刻，他迅速将手机贴至耳边，控制着让声音不颤抖：“喂，梁行野，你来接我了吗？”

他低着头转身就走，和一脸阴郁的岑明森擦肩而过。池宁稍稍放松，刚踏出一步，面前忽地伸出只手，强势地把他拦住。

池宁攥着手机，用力到指节泛白。他扬起笑，像以前无数次那样打招呼：“岑老师好。”又对卡着视频的屏幕说，“是，我在声乐教室，马上出来。”

多媒体设备离教室门口有五六米距离，贴在背上的眼神让人不安，池宁心跳如擂鼓，快要冲破胸腔，放在外套兜里的那只手颤抖着，他不敢加快步子，强装镇定地往前走。

走到教室门口第一排时，他看到了谢诺。谢诺还在睡，粉白色毛衣外套被压皱了，脸颊红扑扑的，睫毛浓密如扇子，娇憨可爱。

脚下扭曲的影子似乎动了动，池宁压住颤抖的声音，对着手机说：“你和谢辛在一起吗？他妹妹也在这儿。”

影子陡然逼近。只需一步，池宁就能跨出教室，玻璃门开着，后院空旷，有大片的地方可以躲，但他放心不下谢诺。

“好，”池宁说，“那我带她出来。”

他迅速弯腰抱起谢诺，但岑明森比他更快，卡住他的脖子往桌上按，池宁手一抖，手机摔了下去。

岑明森的视线扫过手机屏幕，表情瞬间变得狠厉。

手机摔在桌上的那刻，谢诺被惊醒，呆呆地揉眼睛。岑明森下意识地减小力度，池宁喊：“梁行野！”

岑明森回头，池宁趁机踹开他，钻出教室，死命往后院跑。

池宁拔腿狂奔，风一样穿过后院，经过花圃和灌木丛，快到别墅门口才敢回头看，岑明森没追上来。他扶着膝盖大喘气，擦掉脸上的汗，手和腿都在不住地抖。

人几乎都走光了，到处空荡荡的，天上一轮圆月散发着寒气。他抓紧时间跑向大门口，却忽然停住了。保安亭旁边站着岑明森，正皱着眉和几个保安说话，同时不断扫视四周的环境。

紧接着，保安分散着走开，其中一个朝池宁所在的方向过来，池宁转身就跑。

保安眼尖，指着池宁的背影喊了一嗓子：“哎，人在那儿呢！”

池宁心里咯噔一下，随即听见后头紧追不舍的杂乱脚步声，咬牙加快速度。和后院相比，别墅的教室多，搜起来要花费不少时间，池宁慌不择路地闯进楼梯间。

追赶的声响愈来愈近，池宁闷头躲入储物间。储物间里放着清扫用具，拖把还在滴水，溅在瓷白的地砖上，一片脏污。他手脚并用地挤到角落里的柜子底部，柜底狭窄，看着不能藏人，但他瘦，身体柔韧性强，恰好能藏进去。

他屏住呼吸，听着门外来回走动的脚步声，又听见有人推开门：“哎，真是奇怪，明明见他往这边跑了，怎么没找到？”

那人到处翻找，忽然停下动作，呼吸粗重地说：“我看到你了，出来吧。”

池宁把脸贴着地面，看拖把上的水珠滴答落下，随着水溅落的动静慢慢调整呼吸。

外面忽地响起岑明森的声音：“找到了吗？”

“没有，但别的地方都找了一遍，按理来说最可能藏在这……”

“去楼梯间看看。”

“好，我马上去。”

门吱呀一声被带上，杂乱的脚步声和交谈声逐渐消失，像要放弃查找这块地方了。

但池宁依旧蜷着身子趴着，一颗一颗地数坠落的水珠，脸颊被地面冻得失去了知觉。

安静的储物间里，他听见那道粗重的呼吸声终于有了起伏，有人嘟囔着：“还真没有。”

这次打开门，那个保安才真正离开了。

池宁等了一会儿才出储物间，他七拐八拐地绕到清扫房，警惕地确认安全后，敲响门。

门缝里露出胖阿姨的脸，是负责打扫卫生的阿姨，池宁一直在帮她收集空瓶子。她认出池宁，惊讶道：“宁宁？”

池宁急得脸上冒汗：“阿姨，能借手机给我打个电话吗？”

“可以，”胖阿姨和善地笑笑，掏出手机给他，“打完放桌上就行。”

她手肘上搭着衣服和毛巾，转身去洗澡。拿到手机，池宁迅速拨电话，响铃的那几秒，十分漫长。

梁行野会接的，他的私人号码知道的人寥寥无几，他一定会接的……

电话通了，传来梁行野低沉好听的声音：“喂？”

池宁蹲在地上，手抖得不行，喉咙发紧：“梁行野，你快……”

有人倏地从背后捂住他的嘴，随后挂断了电话。池宁使劲挣开束缚，没跑掉，被岑明森紧紧抓住了。

“我不怕你，”池宁靠着墙，手一直在抓挠墙面，威胁道，“梁行野马上就来接我了！”

岑明森盯着他，脸色极其难看，梁行野性格强硬，出了名的不好对付。

白灰嵌入指缝，撑得手指发疼，池宁继续威胁：“他马上就到了！”

岑明森的眼神阴沉，他忽然笑了起来，语气是上课时惯用的温和：“是吗？那我倒要看看，是梁行野更快，还是谢辛更快。”

他立刻打电话给谢辛，待接通，语速加快，像个慌乱的长辈：“小辛，你到前院了吗？诺诺出事了。”

岑明岑吐出的话水泥一样朝池宁压了过去。

“池宁打她。”

5

今晚月明星稀，寒气陡生，谢辛踏出谢家老宅，手里拿着谢诺的羽绒马甲和独角兽水杯。羽绒马甲是粉色的，和谢诺穿的毛衣外套同色系，独角兽水杯里装着温水。

接谢诺，成了他近几天下班后的必备行程。谢辛沿着宽敞的红砖道路前往岑家，两家距离不过数百米，几分钟就到了。

他瞥见门口转盘处停着辆迈巴赫，看车牌是梁行野的，走过去敲窗。

窗户降下来，露出梁行野的脸。他们上午刚见过，合作的金融项目进入了正轨，要处理的事情杂乱繁多，所以这段时间谢辛频频出入梁行野的公司。

两人聊了几句关于资金运转的话题，梁行野打量一身便装的谢辛：“大晚上的你怎么在这儿？”

谢辛指着羽绒马甲和水杯：“去岑叔那儿接诺诺。”

也就谢诺能让冷傲的他捧着可爱的杯子，梁行野笑着调侃：“你妈都没你尽责。”

“谁叫我就一个妹妹。”谢辛也笑。

“行，那你去吧。”梁行野提前跟池宁说了会来接他，有事耽搁了一会儿。车刚熄火，梁行野低下头发消息。

谢辛：“等人呢？”

“我接池宁。”

谢辛见怪不怪，但还是忍不住轻啧了声。梁行野有多宠这不知来历的弟弟，他全看在眼里。熊孩子被宠得脾气倒挺大，在岑家碰上了他，目不斜视看他像看空气似的。前天池宁因为抱着谢诺在草地上拉扯被他斥责时，不仅冷着脸反驳，还瞪他。

娇纵，不可一世。

大门开着，以往三五成群的保安只剩一个，谢辛随意瞥了眼，慢步走进岑家前院。

刚经过花圃，撞见了神色慌张的保姆，谢辛蹙眉，询问道：“诺诺呢？”

保姆像见鬼一样惊慌，手指搅在一起，结结巴巴地说：“少……少爷……”

谢辛沉声问：“我问你诺诺呢？”

“不……不见了。”

谢辛当即冷下脸。

与此同时，手机铃声响了起来，一接通，岑明森的话又快又急：“小辛，你到前院了吗？诺诺出事了。”

谢辛的心猛地提到了嗓子眼，随后的那句“池宁打她”如点爆的爆竹被扔进他的脑海，把他炸得四分五裂。

气血上涌，脑子嗡嗡不停，羽绒马甲和水杯被甩落在地，他三步并作两步，疯狂地往岑明森说的地点奔。

冷风如刀，刮过谢辛的脸颊，刻在骨子里的矜持和教养被抛到脑后，他踩着花圃抄近路，手撑围栏一跃而过，大力踹开尽头的教室门。

他一眼看见了趴在桌上揉眼睛的谢诺，抱着兔子，呆呆的，像是不知道发生了什么，而旁边岑明森抓着池宁，把人紧紧压制住。

岑明森听见声响抬头，焦急痛心地说：“小辛，诺诺玩累了在教室睡觉，我想去关灯，发现池宁对着她骂，还打算动手，好在被我拦下……”

轰的一声，震得他耳鸣，谢辛的胸口生疼，直接动手抄起了挂在墙上的吉他。

池宁被紧摁住，被污蔑的震惊悲愤未减，他刚被岑明森从清扫房拖到教室，就见谢辛气势汹汹地冲了进来。

一切都是在电光石火间发生的，他被捂住嘴没法辩驳，更没法反抗，眼看谢辛拿吉他要砸下来，惊恐得瞳孔放大。

下一刻，吉他被一只脚踹开，砰地甩到地上，谢辛趔趄着往后倒。

那一脚用力过猛，吉他拦腰折断，四分五裂坠落在地，梁行野把池宁护到身后，冷下脸扫视岑明森和谢辛："你们干什么？"

他接到没头没尾的电话，急忙往教室赶，路上望见狂奔的谢辛，预感不对劲，加速跟上，可还是慢了半步。

一进教室，他发现池宁被岑明森压在桌上，衣服乱糟糟的，浑身脏得像在泥地里打过滚，而谢辛怒火冲天正在拿吉他。

谢辛吼道："让开！"

剑拔弩张的气氛里，岑明森的神色担忧焦急，又重复了一遍刚才的话。

"不可能，"梁行野斩钉截铁地说，"谢辛，你冷静一点。"

"冷静？换你你能冷静吗？"谢辛黑着脸，怒气恍若黑云压境。

他猛地爆发，以不可思议的速度和气力禁锢住梁行野，然后转向岑明森："岑叔，帮我弄死他。"

不等岑明森有所反应，梁行野眼神冰冷，狼一样盯住他："你动池宁试试！"

谢辛只练过基础的防身术，爆发力转瞬消失，梁行野反扣住他的双手，强行逼他冷静下来。

谢辛气疯了，怒吼："梁行野你……"

他们的动作冲突发生在短短几秒钟之内。池宁东躲西藏了一晚上，又被半拖半拉弄进教室，整个人几乎要崩溃。谢辛被困住，岑明森不敢动手，他终于得到机会发声："我没有欺负谢诺！"

他腿发软手也发软，早已精疲力竭，脸上还疼。他颤抖着声音，把今晚的经历一五一十地叙述了遍。

他又拿出手机："是岑明森体罚宋晓意，我拍到了视频，但被他删了……"

岑明森满脸不敢置信，指着池宁，痛心疾首地说："你竟然拉老师下水，不怕遭天谴吗？"

"先不说我删没删，"岑明森气极，"我就问你，你有什么证据？"

他表演得过于真实，连池宁看着都觉得他无辜。池宁不让自己露怯，压下委屈，也指着他，大声反问："那你有证据吗？你凭什么说是我欺负诺诺？"

岑明森看向谢诺，谢诺被接二连三的刺激场面吓蒙了，一眨不眨地睁着眼睛，眼泪正在眼眶里打转。

"我不知道。"谢诺害怕地抱着兔子，眼泪还在往下掉。

一边是和小叔交好，外表随和儒雅的岑明森，一边是印象极差，曾几次三番撞见过有意亲近攀附他妹妹的池宁，谢辛内心偏向谁不言而喻。

"梁行野我警告你，"谢辛连手上的青筋都在颤抖，"你再护着他，我们连朋友都没得做，我一定弄死你们！"

他吼道："让开！"

池宁推开梁行野，声音小但有力："我说了不是我，我有证据！"

谢辛根本听不进去，大步走过来："梁行野，我最后警告你一次，让开！"

梁行野拦住像要杀人的谢辛："你起码听池宁说完！池宁不可能做这种事，谢辛，现在最重要的是先搞清楚事实！"

谢辛脚下碎裂的吉他木板被他踩得更碎，他像要拼个鱼死网破，步步紧逼。梁行野护着池宁，纹丝不动，岑明森在一旁不怀好意地煽风点火。

场面混乱得如同糨糊，被吓蒙的谢诺终于忍不住了，眼泪哇地倾泻而出："哥哥，我害怕。"

哭声在教室回荡，谢辛停住脚步。他深呼吸几口气，拼命压下暴戾的情绪，等控制住表情，他走到桌子边抱住谢诺。

"诺诺不怕，没事了。"谢辛用袖子给她擦眼泪，轻声哄，"哥哥不发脾气。"

谢诺越哭越大声："哥哥，你别和梁哥哥打架。"

谢辛扫了眼战战兢兢靠着墙的保姆，斥责了几句她的失职，其他人他现在顾不上处理："带诺诺回家。"

谢诺死活不肯走，抹着眼泪："你别骂她，是我故意甩开她的，是我的错。"

她抽抽噎噎，一直喊"哥哥"，口中说着"我害怕""别和梁哥哥打架"。

谢辛身上疯狂的攻击性在她的哭声中被强行压抑住，他轻拍谢诺的背，温和地开口："我不打架，你先跟保姆回家好不好？"

气氛有所缓和，梁行野往谢辛的软肋上戳："谢辛，弄错犯罪对象只会让情况更加复杂。"

报警免不了牵扯池宁。

"给我点时间，我会把这事查清楚。"梁行野说，"你信岑明森，我信池宁，我理解你现在的心情，但我不可能让你们按头逼池宁认罪！"

"我们谢家……"谢辛的温和只针对他妹妹，看向梁行野的眼神犀利，充满怒气。

梁行野："就算你拿谢家压我，我还是同样的话。"他挡在池宁的身前，冷静强势地面对怒不可遏的谢辛。

池宁望着梁行野的背影，被迫东躲西藏、藏在储物柜里的恐慌惊吓逐渐消散。他的眼睛渐渐泛红，上前和梁行野肩并肩，跟谢辛再次强调："我有证据。"

谢辛稍微放松了点，盯着池宁："把证据给我看。"

岑明森像背景墙一样站着，神情泰然自若。他把手机里的视频删干净了，还仔细检查了储存记录，确认了没留痕迹，池宁哪儿来的证据？

教室静了片刻，池宁在惨白的灯光中握紧拳头，像是给自己底气和力量，随后拨通了宋晓意的电话。

那边很快接了，宋晓意的声音传来："喂，池宁？"

"宋晓意，我们报警吧。"池宁说。

竟然从宋晓意入手！岑明森眼里闪过惊愕。

池宁开了免提，脸上脏兮兮的，横亘着几道刺眼的血痕。他握着手机的手在抖，语气却缓慢坚定：“我知道真相了，是岑明森欺负了你，不是你哥。”

只有沉默的呼吸声作为回应。

众人神态各异，注意力高度集中在这段对话上，只要宋晓意流露出任何不对劲，形势就会刹那间反转。

岑明森慌了一瞬，在察觉有视线掠过他时立刻调整好脸色。

池宁心里只有一个念头：不能被冤枉，也不能让岑明森继续欺负人，不管是宋晓意，还是别的学生。

他一五一十地叙述今晚的遭遇：“傍晚你在后院哭，我问你原因你不肯说……”

在岑明森眼里，这些话犹如粒粒火星，即将燃起燎原大火。他靠着讲桌，不动声色地将桌上的小块吉他碎片捏进手里。

在场的人都背对着他，凝神屏气地聆听。

电话那头终于有了动静：“池宁，我……”

岑明森以刁钻的角度，忽地弹出碎片。碎片撞到谢诺的小腿，谢诺一抖，本就惊慌未定，止住的哭泣再次打破沉寂。

她抽泣着尖叫：“哥哥，有虫子咬我。”

保姆急忙上前察看，轻声哄她，而碎片早已坠地，岑明森则趁机在混乱中出声。

事情复杂，池宁刚提及来龙去脉，便横生枝节，他连忙向宋晓意解释，但只是徒劳。

那端响起“嘟嘟嘟”的忙音，电话挂断了。问题悬而未决。

岑明森指责池宁：“宋晓意是我表侄女，你指责我体罚她，是何居心？”

他又和谢辛对视，愤然道：“我行得端坐得正，尽管叫宋晓意过来对质！”脸色刚毅果决，充满被污蔑的悲愤，恨不得以死证明清白。

谢辛内心游移不定。岑明森和他小叔交好，待人接物进退有度，在他心里的定位就是个温和好脾气的长辈，诺诺来岑家的次数不算少，从未出现过意外。而池宁虽被他撞见过抱着诺诺拉扯，但敢打那通电话，说明心里不虚。

报警不免牵扯谢诺，更何况人证物证俱缺，事情再次陷入僵局。

夜色已深，谢诺脸上泪痕蜿蜒，搂着谢辛的脖子，脸压在他的肩膀上，小声说：“哥哥，我想回家了。”

“叔叔在家里等我玩变形金刚，”谢诺嘟囔道，“我想回家，我也好困，我想玩完变形金刚去睡觉。”

谢辛冷眼看着岑明森和池宁，沉声警告：“不管是谁，这事没完！”

“你先带诺诺回去。”梁行野说，“我会尽快给你个交代。”

谢辛怒气仍存：“用不着，我自己查。”

谢辛带人离开后，岑明森也想走，梁行野拦住他：“等等。”

岑明森心里警铃大作，面上却不显，浮起假笑：“行野，怎么了？”

“我们没那么熟，叫梁总。”

梁行野锁上门，给池宁清理头发上的蜘蛛网：“他有没有近距离和你接触过？”

池宁摇头：“没有。”

他脏兮兮的，衣服前后黢黑一片，沾满了灰尘，袖口和裤脚被污水浸透，像遭受了虐待的流浪小狗。梁行野问：“身上怎么弄的？”

池宁抿着唇，堆积已久的惊慌恐惧和被冤枉的委屈破了个口子：“他叫保安追我，我躲到储物室里弄脏的。”

梁行野转头盯住岑明森：“带保安围堵，给他泼脏水，”梁行野面无表情，声音极冷，“你是觉得池宁好欺负，还是我好欺负？”

岑明森大了梁行野近二十岁，见过不少大风大浪，此刻却有点被梁行野的眼神唬住，主动示弱：“抱歉，当时情况紧急，没考虑周到。”

“什么情况？你污蔑池宁的情况吗？”

岑明森假笑道：“梁总，话可不能乱说。”

梁行野抬脚逼近他，手刚碰上，门外传来保安的敲门声，听声响不止来了一个。

岑明森紧绷的神经稍稍放松，保安都是他的人，和他沾亲带故，都是一根绳上的蚂蚱。

他恢复了那副斯文随和的样子，暗示道：“梁总，您还是早点带池宁离开，不然太晚了容易出事。”

梁行野轻轻笑了声：“威胁我啊？”

他抬手打开门锁，保安一股脑地拥进来，乱七八糟地对着岑明森喊“哥”“叔”“舅”……

梁行野挽起袖子，猛地直击岑明森的下巴。岑明森倒地，豆大的汗珠滚下来，他捂着脑袋痛呼。

梁行野俯视他：“来，我借你十个胆，敢让人还手吗？”

岑明森还真不敢。硬碰硬就算一时赢了，副作用也不可估量。他只想大事化小，小事化了，靠着墙喘气，放低姿态：“误会了，这哪儿是威胁，我只是考虑到时间太晚，觉得大家早点休息为好。”

保安们五大三粗的，摸不清情况，大眼瞪小眼地站着。

梁行野不动声色瞥了眼，兔子急了还会跳墙，池宁在这儿，闹起来他可能顾不上，这事不急这一时半会。他掐着尺度：“先道个歉吧。”

保安们面面相觑，岑明森说一句话就喘了好几下：“今晚闹了个乌龙，该认错的认错。”

保安便挨个向池宁致歉，好声好气，和之前追赶时的骂骂咧咧迥然不同。

岑明森以为这事至此告一段落，神情放松不少。

“还有你呢，”梁行野一字一顿地说，“岑明森。”

“你了解谢辛，可能不了解我，我这个人脾气不太好，这种程度已经算做事留一线了。”梁行野说，“我记得我送池宁来这里的时候特意交代过，他年纪小不懂事，需要人照顾着点，你就是这样照顾的？”

“你今晚说的每句话，做的每件事，都是在打我的脸。”梁行野带了点笑，“你不会以为拉谢辛进来，就能转移矛盾全身而退吧？”

岑明森瞬间蔫了下来。他混了这么多年，也算有头有脸，但和梁行野比起来，还是很有差距。忍一时风平浪静，他咬牙跟池宁致歉。

梁行野：“不太有诚意，重来。”

岑明森的牙都快咬碎了，他老老实实地重来。

池宁抓着梁行野的手，看着岑明森忍气吞声的样子，各种情绪搅和在一起，痛快、委屈、忧愤……他抓紧了梁行野的袖子，指责岑明森污蔑自己。

岑明森死不承认，只说是误会。

“别扯了，该吃的牢饭不会少你一顿，”梁行野带着池宁离开，撂下一句，“给我等着。”

池宁身上太脏了，他上车后有点小心翼翼，缩在副驾驶座上，攥着安全带，半闭着眼睛发呆。

梁行野以为他睡着了，没询问相关细节，关掉音乐让他休息。

一路无言，到家后，梁行野拍拍他的肩膀：“去洗个澡，我拿药箱给你处理……”

话没说完，有电话进来，梁行野嘱咐道：“待会儿去我的卧室等我。”随后他按下接听键，走向书房。

池宁乖乖地嗯了声，抬脚上楼。

淋浴开到了最大，热气像雾覆盖住玻璃推门，池宁很安静地蹲着，倾泻而下的水流浇到他头上，在白净的背脊上四散开来。他抱着膝盖，看排水孔处龙卷风一样的水流漩涡。

转瞬间，腿碰水变成鱼尾，池宁背靠着墙，被淋得视野模糊，像搁浅在了沙滩。

脸颊的伤口格外疼，锁骨磕青了，摸着也疼。

水很烫，他呆呆地淋了很久，直到皮肤泛红，才把自己擦干。他吹干头发，去了梁行野的卧室，梁行野不在，他便坐在床尾等。

梁行野处理完事情，拿着药箱进来时，就见池宁坐在床尾，只占了一小块位置，发着呆，唇绷成了线条，交握着双手。

这是很没安全感的表情和姿势。

梁行野坐到他旁边：“是不是还在害怕？”

池宁摇头，眼神里有难过、愧疚，掺杂着无措：“对不起。”

“什么？”梁行野没反应过来。

池宁更加无措，低下头，手指不由自主地用力，压得指节泛白：“对不起，我给你惹麻烦了。”

“不是你的错，你不用道歉。”梁行野覆着他的手背，分开交错的手指让他放松。

“可谢辛是你的朋友，你们合作……”

“你担心这个做什么？”梁行野又捏住池宁的下巴，给他处理侧脸上拇指大的擦伤，“疼不疼？”

池宁不说话。

“怎么了？”梁行野轻声问。

池宁：“你相信我吗？”

“我当然相信你。”

池宁歪着头观察梁行野的表情，又去看他的眼睛，积攒着的委屈和不安瞬间全部释放，语无伦次地讲述真相：“我没有欺负谢诺，我以为宋晓意被他哥哥揍了，我想找到证据，结果发现是岑明森干的。

“我拿手机的时候岑明森突然出现，还叫保安追我，我跑了好久。那个储物间好臭，地上也好脏。

“我借阿姨的手机给你打电话，刚说话就被捂住了嘴，他把我拖到教室，谢辛就来了。”

“原来是这样，”梁行野用棉签抹匀药膏，声音平静有力，“我知道了。”

池宁再次确认：“你相信我的，对吗？”

梁行野手搭着他的肩，含着强烈的安抚意味：“我当然相信你。”

直到此刻，池宁如海潮般剧烈波动的情绪才真正缓和。他不想哭，但还是带了点鼻音：“梁行野，我的脖子也好疼。”

梁行野垂眸看着他，拿了瓶活血化瘀的气雾剂给他喷。

池宁的眼睛水盈盈的，从中滚落出一颗珍珠。

“没事了，别哭。”梁行野给他擦眼泪。

看到池宁信任的眼神，梁行野不可控制地绷紧了背。池宁依赖他，梁行野早有察觉，从上岸的印刻效应开始，逐日累积，在晚上反复确认被信任后猛然爆发。

他的家庭亲情淡薄，交的朋友大多手腕强硬，关系再好也划了界限，私人感情上，他极少感到被依赖和被需要。

池宁很轻易地激起了他的保护欲，仿佛真的是他从小相依为命的弟弟。他想，该给池宁上一节安全教育课了。这样池宁以后遇到事，会第一时间想到他，而不是莽撞地行动。

池宁浑然不觉，絮絮叨叨地跟他说话："我都要吓死了，我躲在储物间的时候。有个保安假装走了，想骗我出来……"

"你很聪明，包括打电话给宋晓意。"

"嗯，"池宁咕哝道，"我有点讨厌谢辛，不过他是为了保护妹妹，所以我最讨厌岑明森……"

梁行野低声说道："这几天你在别墅待着，岑明森和谢辛的事我会处理。"

"我想到办法了。"池宁说。

6

这场意外谢辛最为上心，他推了工作待在家查，但这个事件其实很难入手。他和警局的人沟通过，需要人证物证。谢诺一问三不知，池宁的手机有所损坏，被删除的视频无法恢复数据。

岑明森还主动将别墅内半个月的监控发给了他，一切井然有序，按岑明森的解释，追赶池宁的行为动机也有理有据。

而池宁提及的宋晓意，在视频里和岑明森的寥寥几次碰面中，表现并无不妥，深挖需要时间。

他还顺带查了查池宁，身份信息明朗清晰，再查却发现是假信息，像凭空出现在梁行野身边。身份造假奇怪归奇怪，但和这事不沾边。池宁想要洗清嫌疑，除非证明岑明森有前科。

梁行野昨晚发了消息给谢辛，解决事情的思路和谢辛的相似。但稍晚，梁行野又提及了池宁提出的办法，建议谢辛节省时间精力，采用最优解。

所谓的最优解可信度太低，那时他又在气头上，没回复。眼看耗了一天进展不佳，谢辛斟酌后联系了梁行野。

深夜，岑明森被谢辛邀请到了谢家书房。

出乎岑明森的意料，谢辛只是跟他聊天。他忐忑不定，把话题往谢川身上扯，明里暗里打感情牌。

谢辛内心波澜不惊，昨晚的冲突他瞒了家里人，如果罪魁祸首锁定岑明森，最痛心愧疚的绝对会是他的小叔，在查到确切结果之前，最好按下不表。

“岑叔别紧张，”谢辛笑着说，“我约你过来，的确是因为诺诺的事。”

“先不说你提供监控视频给我，就凭你跟我小叔相识多年的交情，和池宁相比，我自然更信你。”

岑明森松了口气，顺带谈起了梁行野对他进行的羞辱和威胁。

“这你放心，他护着池宁，就得付出代价，我们谢家也不是吃素的。”

书房里，古董钟摆慢悠悠地摆动着，得到谢辛直白的肯定后，岑明森的警惕心放心了不少。

看这样子，没查到什么线索。他昨晚彻夜难眠，焦虑地思忖事情可能的发展方向，白天忙着找关系，以防梁行野对他下手。绷着的神经一放松，困意很快袭来，他笑着告辞。

谢辛抬手示意他稍等：“我让人沏了茶，‘御前十八棵’的西湖龙井，今年产的新茶，量少难得，岑叔尝尝再走。”

岑明森便等了一会儿，保姆端茶进来时，他用手撑着红酸枝木桌面，哈欠连天，昏昏欲睡，连茶杯放在桌上都未察觉。眼看他不甚清醒，谢辛慢条斯理地抿了口茶，放下紫砂杯跟保姆一同离开。

走到书房旁的小客厅里，谢辛停住，冷若冰霜地对坐在休闲椅上的梁行野和池宁说：“行了，让我看看你们的最优解。”

梁行野拍拍池宁的肩膀：“没关系，去试试。”

池宁绕过谢辛，进了书房坐到岑明森的对面。岑明森睁开眼，睡意蒙眬时反应变得迟钝，见一个大泡泡迎面而来，还以为在做梦。

虚掩着的门外，谢辛冷眼望着梁行野，压下声音说：“你们最好别让我失望。”

他和梁行野自小认识，信不过池宁是一回事，但他熟知梁行野的秉性，再怎么护着池宁也不会丧失底线。况且他们合作的项目投资金额巨大，一荣俱荣一损俱损。于公于私，他都不想和梁行野闹得太难看。

“我不敢保证有十足的把握，但就算失败，我一样能揪出岑明森的尾巴，只是耗费时间的长短有所差别。”梁行野说，“谁都想尽快解决。”

“你应该知道家人是我的逆鳞，诺诺……”

门内突然有了动静，传来岑明森带笑的嗓音：“是又怎样？”

对话当即中断，谢辛屏气凝神地盯着门缝。

岑明森此时陷入了池宁构建的幻境中。昨晚的事态发展拐入另一个方向，池宁从教室逃脱，很快被他抓住，梁行野没及时赶到，谢辛干脆利落地收拾了池宁，随后在谢诺的哭闹中带她回了谢家。

教室里吉他碎片落了一地，池宁奄奄一息地躺在角落，等着警方接手。

确认视频信息彻底删除后，他以胜利者的姿态俯视池宁，对上池宁的眼睛的那一刻，恍惚须臾，不受控制地接话。

池宁：“是你怕体罚宋晓意被发现，污蔑我欺负谢诺的。”

“是又怎样？”

“为什么要做这种事？”

“要怪只能怪宋晓意，明明自己年纪小无所依靠，撞见我虐待那微不足道的兔子竟然还敢阻止，她心疼兔子，那就自己来代替。不把谢诺牵扯进来，我怎么脱身？”

他厌恶小孩，尤其是像谢诺这样性格闹腾的，每每见到都恨不得暴揍一顿，但他不敢动手。要是事发，别说谢辛，谢川都不会放过他。

“你还欺负了谁？”

“没几个，自从我被逼出乐坛，很少轻易下手。”

他年少成名，在最火的时候急流勇退，对外称淡泊名利，寻找生活的意义，实则是有暴力倾向。有次他没忍住对粉丝动了手，那女孩的家长是律师，咬着他不放。

证据确凿无可推脱，不过那女孩是收养的，有机会谈条件。谈判了半个月，女孩的家长态度松动，最后他赔了大半身家，还被要求退出歌坛。

这场交涉他隐藏得好，所有流程都由他一手打点，隐秘到连当时的助手都一无所知，这才留了个好名声。

谢川是有名的殿堂级音乐人，身上留存着艺术家醉心于艺术、不问世事的特质，只关注来往对象的音乐造诣，从不多过问私生活。

岑明森能年少成名，天赋无可挑剔，加上他的外在形象儒雅随和，早年跟谢川合作后，两人渐渐熟识，而对于他的本性，谢川一直被蒙在鼓里。

当听到“不把谢诺牵扯进来，我怎么脱身”的瞬间，谢辛怒气冲天，顾不上探究岑明森为何有问必答，一股脑想冲进书房，被梁行野及时拦住：“你先听完。”

岑明森的最后一个字落地，谢辛忍无可忍，所谓的教养烟消云散，猛地踹开了书房的门。

池宁被吓了一跳，迅速跑到梁行野身边。梁行野轻轻揽住他的肩：“走吧，剩下的谢辛会处理。”

回程的路上，梁行野问：“为什么要特意选深夜？”

要不是昨晚池宁提起，他都快忘了池宁能构造幻境。

“别的时间也行，但对象迷糊的时候成功率最高，”池宁扒拉着安全带，小声嘀咕，“我第一次遇见你，给你吐泡泡，你都不上当。”

在幻境里的沉浸度与自身意志力有关，梁行野意志力强，当时池宁又是一个陌生人，很难完全沉浸。但其实梁行野也受到了一定的影响，不然池宁出现的第二天，梁行野就会送他去野生动物保护站。

梁行野笑道：“是我的错。”

池宁问：“岑明森会被揍吗？”

“不止，”梁行野沉声道，“他要为所有做过的错事买单。”

谢辛提前做了准备，找的保镖早早候在客厅，岑明森不死也得脱层皮。梁行野也准备插一手，这种社会渣滓该得到切实的教训。

岑明森被抓了，岑家别墅被封了，他去收拾东西的时候，碰到了宋晓意。

依旧是傍晚，天很蓝很干净，寒风凛凛，落了一地的泡桐树叶子一踩发出脆响。他们站在别墅外，都背着吉他，相互对视，谁也没有先开口。

陆陆续续有人穿过他们之间的路段进出，等周围的环境沉寂下来，宋晓意走到了他面前。宋晓意的刘海长得有些遮眼，眼睛黝黑清透却无神。她的脸蛋干燥，起了死皮，像一个被荆棘钩破花瓣的花苞。

“你还好吗？”池宁问。

“挺好的。”

池宁踩着红砖，看着上面夕阳的光影。过了会儿，他说：“你让我离岑明森远点，是在保护我，那你怎么不早点……早点反抗呢？”

宋晓意很安静地望着他。

“怎么了？”

宋晓意忽然从口袋里掏出一枚小吉他胸针，不答反问：“这么贵的东西，丢了也不心疼，你家里人肯定很疼你吧？”

小吉他胸针是她在走廊捡到的，太漂亮了，她没打算占为己有，只想短暂地拥有几天，再物归原主。池宁握着失而复得的胸针，愣怔了一下。

“你喜欢这枚胸针吗？”胸针上的碎钻在阳光下熠熠生辉，他回过神，“但这是梁行野买的，不属于我，我不能送给你。等我以后攒到钱了，给你买个一模一样的。”

“不喜欢，我刚捡到不久，事情太多，一时忘了还。”宋晓意沉默许久。警察找了她，谢辛也去了。

她等阳光移动到台阶时，才说：“前天晚上的那通电话……对不起……”

那段经历并不愉快，池宁曾经觉得是自己的错，莽撞、想法单纯，给梁行野惹了麻烦。但梁行野说罪恶源头是岑明森，他才是真正需要忏悔的人。

“宋晓意，这不是你的错，”池宁说，“我们谁都不用道歉。”

有人从旁边经过，窃窃私语地揣测别墅被封的原因。宋晓意戴上羽绒服帽子，声音轻轻飘来：“我走了。”

池宁叫住她：“我们还可以做朋友吗？”

很早之前，池宁问过相似的话。那时他和宋晓意稍微熟悉了点，下课后攀谈，聊起音乐。他说谢川是他的偶像，有朝一日，他也要像谢川那样开万众瞩目的演唱会。

这无关名利，他第一次接触音乐，是通过陈向东，随后又了解了直播。促使他学下去的动力，除了自身爱好和能使他顺利融入社会，最主要的当属能帮助他找到他哥。街头演唱观众太少，直播流量不够，只有站在布满聚光灯的舞台上，才能让更多的人看见他。

宋晓意认真倾听着，用无比笃定的口吻告诉他：“我相信你，一定会有那么一天的。”

于是池宁问：“我们可以做朋友吗？”

宋晓意笑起来，梨涡浮现，避开了问题：“我要去听你的演唱会。”

天气很好，夕阳落下，她背对着池宁离开，背影十分瘦弱。

梁行野在转盘处等，池宁提着吉他上了车。他跟梁行野谈及刚才的对话，又拿出小吉他胸针。梁行野听罢，启动车子，滑行到宋晓意旁边，停车鸣笛，打开车窗。

池宁探出身：“宋晓意快上车，我们送你回家。”

“不用了。”

“没关系，”梁行野接话，“我和你爸有生意往来，正好有事要谈，上车吧小姑娘。”

宋晓意坐到后座，她以为路上他们会说些什么，然而并没有，好像只是单纯地送她回家。

宋家和梁家住在一个别墅区，一头一尾离得远。沿着柏油路直至尽头，有一座欧式风格的别墅。独具特色的屋顶下，立着精致的罗马柱，富丽堂皇。

梁行野确实有事跟宋晓意她爸宋贺源谈，云城经济发达，人口众多，能在这里扎根的都有些手段，生意免不了牵扯。

宋贺源提前得知了消息，为表诚意特地在门口等，梁行野一下车，就笑着迎上前去寒暄，忽见宋晓意从车里下来，笑容转变为讶异：“梁总，这……”

“我去岑明森那里接家里的一个小朋友，他和晓意关系好，就顺带捎了一程，”梁行野笑着调侃，“宋总家的司机得扣工资啊，玩忽职守忘了接人。”

“是是是，”宋贺源亲昵地拍宋晓意的肩，嗔怪道，“你这孩子，没人来接也不跟家里说一声。”

他热情地招呼池宁，让宋晓意带着他去玩，又问梁行野：“岑明森一夜之间遭遇巨变，具体消息捂得严实，梁总听说原因了没？”

“不太了解，可能犯了什么事……”

池宁和宋晓意走在前面，拐弯时冷不丁撞上个娇艳的女人。她保养得极好，四十多岁看上去只有三十岁出头，穿着皮草外套，裸露在外的脖颈戴着熠熠生辉的珠宝。

昂贵的胸针掉了两次，池宁没再戴在身上，浑身上下看起来平平无奇。她扫了眼池宁，倚靠在拱形门廊处的罗马柱上，指着宋晓意，嗤笑道：“还真把这儿当自己家了，果然像你那短命的妈，小家子气，什么穷酸的朋友都往家里带……”

宋贺源离他们有段距离，未见其人先闻其声，头一回觉得女人娇柔的嗓音刺耳，眼看梁行野的笑容消失，他率先发作，三步并作两步疾走至门廊，厉声责备女人。

罗马柱粗壮，在拐弯处形成了视觉盲区，宋太太出言嘲弄时并未注意柱子后的身影，更未料到宋晓意带回来的男同学是梁行野家的小孩，被责骂得花容失色。

梁行野：“宋太太真是好教养。”

宋贺源冷脸催促她：“还不快去备茶水。”

宋太太忙不迭离开，踩着高跟鞋踉跄着差点摔倒。

“表面一套背后一套，”宋贺源打圆场，“平日里都没发现她这么能装……”

宋晓意低着头，凝视着磨砂大理石地面，一言不发。

“宋太太这性格，宋总以后得注意着点，碰到我还好，要是哪天口无遮拦得罪了不该得罪的人，只会给你惹麻烦。”

“是，”宋贺源附和道，“确实该给她立点规矩了。”

会客厅里，梁行野聊了几句生意场上的琐事，宋太太端着茶水进来，他道完谢，接过搁在一边。宋贺源观察了下梁行野的脸色，有意提醒道：“小客厅还有客人。”

宋太太便按他的意思，给池宁和宋晓意端茶。

天色渐晚，梁行野起身告辞，宋贺源带着宋晓意送他们。

冬季天黑得快，暮色沉沉，庭院里亮了灯，一行人的影子零落地散在地上。行至车边，梁行野招手让宋晓意上前。

宋贺源立在门口，不明所以，使唤安静得像落叶的女儿：“去吧。”

宋晓意慢腾腾地挪到梁行野旁边。

“送你个小礼物，”梁行野弯腰，给她的羽绒服领子扣上吉他胸针，“你很勇敢，也感谢你替我保护池宁。”

不是每个人都有勇气自揭伤疤，身陷泥淖仍存善意。

梁行野又给她留了号码：“如果你有需要，可以联系我。”

碎钻反射出璀璨的光芒，屏幕上陌生的数字仿佛带着温度。经此一遭，以她爸的精明打算，她在家里的处境可以预见会好过很多，而梁行野释放的所有温暖，来源于池宁。

宋晓意偏头看向池宁，他的眼睛很漂亮，晶石般纯粹干净，麻木惯了的她倏地有些鼻酸。收回视线，梁行野的脸近在咫尺，她突然开口：“他们说，一切都会好起来的。”

“不一定，要看你自己，”梁行野说，“小朋友，自救永远胜于他救。”

做笔录前后，她接收到了知情人的无数同情怜悯，温和不带恶意，却像刀子一样割得她难受，连池宁也小心翼翼地怕她受伤，她头一回听到这样的话语。

梁行野眼神冷静，未曾带着小心翼翼的怜悯，似乎她所经历的事和因车祸受伤或重病在床等磨难并无不同，熬过去就熬过去了。

“小姑娘多笑笑才好看，把刘海夹起来，太长遮眼睛，显得没精神，”梁行野拍了拍她的头，笑着朝宋贺源点头，“宋总，有时间让她来家里找池宁玩。”

宋贺源眉眼带笑，连连答应。

了结了池宁的担忧，梁行野低头看他，思索片刻后推着池宁向前走：“走吧，回家。”

池宁乖乖地跟宋晓意告别：“那我们先走了，下次见哦。”

第五章

|CHAPTER 05|

信任与偏爱

Ren Yu Yin Li

1

梁行野本打算开车回家，但当看到池宁如释重负的那刻，他改变了主意，吩咐司机不用过来，然后和池宁漫步走在柏油路上。

路灯将他们的影子拉得很长，一高一低，相互依靠。

“以后遇到事情要先告诉我，不可以再莽撞行动，”梁行野望着池宁，“一旦我错过电话……”

此刻想起他还心有余悸。谢诺是谢家实打实的宝贝疙瘩，谢辛当女儿带大，磕着碰了都心疼。他要是慢了半步，池宁的后果不堪设想。

“我以为岑明森是好人。”池宁解释道。

“就算他是好人，教室里发生的也是你预想的暴力场面，你没顺利找到他怎么办？直接冲进去？你有把握能控场？”处于上位者久了，梁行野习惯使用祈使句和反问句，表达出的关心听起来带着点压迫。

察觉池宁的情绪又低沉了下去，梁行野顿了顿，放缓语气：“我是说，但凡存在任何危险的事情，你都不要去做，你可以告诉我，我来处理。”

“嗯，我知道了。”池宁乖乖点头。

夜里有风，拂过灌木丛，摩擦出细微的声响，他重新踩着影子往前走。

“你真的一点都不生我的气吗？”

“为什么会生气？”

“给你惹了麻烦，你工作特别忙，还要管我。”梁行野半个月后要出差，地点在国外，来回得一个星期，手里堆了不少事务得提前做完。最近池宁见他总在书房熬到深夜。

“你没有惹麻烦，哪一步都没做错，”梁行野说，“况且事情是你自己解决的，你很聪明，也很乖。”

池宁盯着灰黑色的鞋尖：“我不聪明，也不乖。”

梁行野停下来，解释道：“我刚才不是凶你，是怕你受到伤害，也在怪我自己，没调查清楚就送你去那里。以后我会多加注意，这种事不会再有下次。”他手掌张开又握紧，“还有，别再说惹麻烦，你不是麻烦，你现在是我弟弟，是我的家人。”

池宁观察梁行野的表情，不知道在想什么。池宁垂眸看着地上的影子，说道：“那梁行野，我想吃扇贝，去法国吃，明天就想去。”

“我待会儿让秘书安排。”

“你陪我去。”

“行。”

“你工作怎么办？你不是很忙吗？”

梁行野：“我抓紧时间处理，来得及。”

池宁歪着头，观察梁行野的眼睛：“那你现在就跟秘书说。”

梁行野无奈笑笑，摸出手机联系秘书。按通话键的前一刻，池宁抓住他的手腕：“我逗你玩的。”

“我才不想去法国，”池宁看着他轮廓分明的侧脸，“让阿姨做就行了。”

“真的不想？”

“真的。”

“我还要上课，”池宁说完才反应过来，抱着梁行野小声叹气，“没老师给我上课了。”

梁行野笑起来："你想上课的话我让……"话说到一半他又停住，改口道，"你先休息几天再说。"

他知道池宁喜欢谢川，平日里练得最多的就是他的歌。他之前想过带池宁跟谢川见面，但考虑到谢川的性格，他骨子里继承了谢家人一脉相承的傲气，只对亲近的人随和，所以思虑后作罢。

谢川是名副其实的优秀音乐人，二十几年前刚出道，一首《他说》包揽了所有音乐奖项，之后出的专辑水平不降反增。

他的作品传播广泛，播放量、下载量堪称空前绝后，演唱会场场爆满，连对音乐不感兴趣的人也能随着街边店铺放出的歌哼上两句。乐坛新人浪潮般涌入，他已近八年未发新歌，影响力仍然不容小觑。

池宁无辜卷入岑明森事件，后续梁行野怕出纰漏去了警局一趟，谢川刚好在，跟他聊过池宁，还说找个时间一起吃顿饭，池宁也许有机会跟着谢川学点东西。

梁行野的确忙，在别墅吃过晚饭，便赶回了公司。池宁跟着去了，窝在小沙发上，无所事事地看他办公，又和宋晓意聊了会儿天。

两人是语音聊天，怕吵到梁行野，池宁去了休息室。他趴在床上："喂喂喂，宋晓意你在干什么？"

宋晓意沉默不语。

池宁："喂喂喂……喂喂喂……"

宋晓意低声说："在写作业。"

"我打扰到你了吗？"池宁说，"那我晚点再找你。"

"没有打扰。"台灯开着，宋晓意在纸上随意涂画。

池宁问："你在写什么作业？"

"数学卷子。"

池宁又问："你吃晚饭了吗？吃的什么？你明天是不是要上课……"

池宁把宋晓意的生活事无巨细地全打听了一遍，她有时候应有时候不应，最后忍不住了："你今天话好多。"

"因为我想和你聊天，"池宁停顿片刻，"我说下次见哦，你都没有理我。”

池宁看着天花板，轻声说：“我不知道你是不想见我，还是什么意思，你这几天心情很不好，我担心你。”

宋晓意放下笔，腿缩在椅子上坐着，忽然问：“你后悔吗？”

“什么？”

“后悔收集证据，不然不会被保安追，也不会被污蔑。你脸上的伤就是那时候弄的吧？你有没有想过，如果阿姨不借给你手机，你被抓到了怎么办？岑……”宋晓意说，“很危险的。”

“我已经非常努力地把解决办法想周全了。”池宁难过地想，但我只是一条小人鱼。

他声音充满迷惘，宋晓意有点内疚地道：“是我没好好提醒你。”

池宁说：“我好惨，被追得发疯一样乱跑，趴在地上脸都冻僵了……我非常非常害怕，回家后还很丢脸地哭了。”

“不过我小时候更惨，很多人欺负我，”池宁低声说，“你不知道，他们会把我塞进一个很深的洞里，然后把洞口堵住，里面放了很多恐怖的动物。”

宋晓意皱起眉：“谁敢欺负你？你哥呢？”

池宁模糊信息：“我哥那时候去了一个很远的地方，几个月才回一次家，没人管我。”

年纪尚小时，池宁就知道他和他哥是两个独立的个体，他哥不属于他，也不会永远陪着他。

“我没告状，因为我哥迟早要离开，我会被欺负得更惨，还怕我哥担心我，他有自己的生活。”池宁说，“我反抗，打又打不过，还总是被扔进洞里，被咬得血淋淋的，好几次差点死了，搞得我现在特别怕黑。”

池宁说：“其实我好可怜的。”

宋晓意心里泛酸，池宁明明比她小，她还是以大姐姐的姿态安慰道：“那都是小时候的事了，你看现在，你过得很好，以后会更好的。”

“我就是不知道，为什么他们只欺负我。”

“你太小了，不知道保护自己，”开了话茬，宋晓意继续说，“很多事情没有理由，欺负你的就是些坏人，你不要怀疑自己。”

“我那时候很胆小，被咬得痛死了，也不知道该怎么办……”

宋晓意一直在安慰池宁，说都过去了，不是你的错，不要因为烂人质疑自己，那些霸凌你的人都不在了，你会有很好的生活。

说的次数多了，她想，确实是这样的，不该因为坏人质疑自己。

她后知后觉地意识到，池宁这么说是故意的吧，故意用经历引她共情，怕她做傻事。

“你是不是编故事骗我？”

“我从来不骗人，”池宁说，“宋晓意，你是我唯一的朋友，我只把这件事情告诉了你。如果你不想和我做朋友，当我妹妹也行。”

宋晓意抱着腿，望着手机屏幕，堵了好几天的郁气慢慢消失殆尽。她很轻地笑了笑：“你这么胆小，谁要当你妹妹啊。”

“我不胆小，我反抗了，我一个人和很多人打架，只要我反抗了，我就不胆小。”池宁说，“好吧，我以后再勇敢一点。”

宋晓意笑着回应：“我开玩笑的，你已经特别勇敢了。”

池宁东扯西扯聊了好久。

“你不用担心我，”宋晓意轻声说，“你哥给我预约了心理辅导，对方是很有名的心理专家，我每天都会去。”

“他给你预约了吗？”池宁不清楚这事，梁行野是实干派，向来是说得少做得多。

“是，他很好。”

宋晓意眼含羡慕地说：“池宁，你很幸运。”

池宁抬眼看门口，门开了条缝，梁行野西装革履地坐在办公桌后，认真倾听秘书的汇报。池宁晃着脚丫说：“我超级幸运。”

挂断语音通话后，池宁趴在枕头上，通过门缝看梁行野。秘书来了又走，梁行野忙个不停，手边的咖啡袅袅升着热气，直到冷却，他都没空尝一口。

秘书又进来了，给梁行野送了件东西，梁行野起身往这边走，池宁把被子一扯，假装在发呆。

“起来喝牛奶，”被子塌陷了一块，梁行野低头看池宁，“睡太早晚上容易睡不着。”

池宁揉揉眼睛，接过温热的牛奶咕噜咕噜地喝完。

“阿姨做的扇贝好吃吗？”梁行野问。

池宁点头。

梁行野笑着说：“明天带你去法国吃，我让人安排好了行程，那里有很多好玩的地方，还有很多海鲜……”

池宁有些惊讶：“不是说好不去了吗？”

“我怕揣测错你的真实想法，做好安排后，再让你决定去不去更为稳妥。”

池宁提出来时没料到梁行野会答应，开始找借口：“不去，我讨厌坐飞机，听说有好多人。”

梁行野云淡风轻地说：“没事，我们坐私人飞机，人不多。如果你想的话，也可以叫上宋晓意。”

私人飞机！池宁一脸惊讶。

可梁行野的工作怎么办？他本来最近就天天熬夜，去玩一趟回来得通宵把工作补回来。池宁连忙道：“行程可不可以取消？我们下次再去吧，等你出差回来好吗？我好累，不想到处跑。”

梁行野应允后，池宁松了一口气。

池宁望着梁行野离开的背影，心想，梁行野真好啊，自己说什么都答应。

池宁在床上翻来覆去，玩手机玩得头晕，便下楼到小广场找陈向东。

天气越来越冷，寒风猎猎，在广场上逗留的行人越来越少。陈向东胡子拉碴，穿着深绿色厚外套，两手揣兜，宛如雕塑地站着，吉他搁在台阶上，无人问津。

陈向东笑笑，变戏法一样拿出两个热气腾腾的烤红薯给了池宁，又将两个厚坐垫铺到台阶，一人坐一个，开始聊天。

红薯烫手，池宁两手不断倒腾：“爷爷，这几天怎么都没有人啊？我学会了好多技巧，本来想试试的……”

“太冷了没人愿意逛，你上次改编的那首歌不错，很有特色……”

他们聊天的这会儿，梁行野和谢辛正往小广场走。小广场南北通透，冷风刺骨，吹乱了梁行野的头发，他扫视周围的环境，空旷无人，只有池宁和陈向东，并排坐着吃烤红薯。

红薯甜蜜的香味掺在风中，交谈声隐约传过来。看到被养得像欧洲王室小王子的池宁，和一个胡子拉碴犹如流浪汉的老人在一起，谢辛满是疑虑：“他怎么会和这样的人混在一起？”

“他不介意。”梁行野往前走。

谢辛原以为池宁和梁行野是在酒局上认识的，看梁行野家境好，故意使计攀附认亲，先入为主对他的印象不太好。

但梁行野冷声否认，称池宁来历清白，是少数民族，让他对池宁放尊重点。那天岑明森在池宁面前有问必答，谢辛也问过梁行野这是怎么回事，梁行野说是巫术。

他表示质疑，梁行野淡淡道：“我自己都是少数民族，我会不知道？”

谢辛不得不信，大概池宁住的寨子偏远，与世隔绝，查不到身份信息，原以为的没规矩便有迹可循。而他误会池宁娇纵得不可一世，仔细回想起来，这种说法实则站不住脚。池宁身上有股山水蕴养的灵气和不谙世事的天真，和梁行野的关系神秘，但无关利益。

谢辛依旧惊奇不已，委婉询问池宁的巫术。梁行野含糊地应付了几句，说有些村寨的确保留着一些神秘习俗，不外传。

谢辛放弃探究，迟疑须臾，有点尴尬地开口：“诺诺的事是我误会了，抱歉。”

“你暴怒很正常，换我也一样，但这话别对我说。”梁行野叫他来小广场别有目的，“谢辛，你得跟池宁道歉。”

谢辛沉默了，慢慢悠悠地转动腕表，任由冷风带走指尖的温度。

他的家人流露过相同的观点。岑明森的事情不宜闹开，他对外压住了消息，但瞒不住他的家里人。

他爸妈出差未归，便开了视频通话。岑明森坦白，池宁拍到视频被抓，危急情况下还试图抱着谢诺离开，一家人讨论结束，一致认为要向池宁表示谢意。

谢、岑两家是邻居，关系亲近，岑明森伪装得很好，谢诺爱玩闹又黏人，又爱往岑明森家跑，简直是在悬崖边行走，如若没闹这一出，说不定哪天就出事了。他的小叔最为愧疚，痛恨自己识人不清，感慨数次，还提出理当就误解池宁一事道歉。

谢辛锦衣玉食地长大，傲气十足，但品行端正。真相大白后，他对池宁心生感激，对他的印象也由谷底升至顶峰。他望着池宁埋在帽子里的脸，想起娇憨可爱的谢诺，向他走了过去。

掰开的烤红薯香气四溢，颜色漂亮，池宁啃到一半，发现脚下有道人影逼近。

“爷爷，有人……”他仰头一看，是谢辛，眼神顿时变得警惕，可在看到旁边的梁行野时他又放松下来。

“过来一下，谢辛有事和你说。”

池宁便过去了，紧挨着梁行野，绷着脸和谢辛对视：“什么事？”

谢辛对他印象不好，他对谢辛的印象也差，每次碰见，谢辛看他的眼神都淡漠嫌弃，就像海鸟，仗着有双翅膀，高高在上。

刚吃了烤红薯，池宁说话时呼出的气是甜的，谢辛站得近，闻到了那股甜腻味道。

让他示弱难于上青天，他敛眸，默然片刻。

池宁：“什么事啊？”

人长得乖，红薯甜蜜的气味还在，表情倒挺凶，张牙舞爪的。

谢辛：“诺诺的事是我误会了，我……”他顿了顿，“我有套海景别墅不错，找个时间过户给你。”

池宁莫名其妙：“我不要你的东西！”

谢辛轻蹙起眉头，思索后开口：“听说你喜欢我的小叔，我介绍你们认识。”

谢辛刻意控制过语调，说出的话温和顺耳。池宁有点记仇，无视他的话，抓住梁行野的西装袖子，把掰下的一块香气四溢的烤红薯递到他嘴边：“很好吃的，你尝尝。”

梁行野吃了，笑起来：“确实挺好吃。”

谢辛看着池宁把烤红薯吃完，连一个眼神都没给他。

被冷落让谢辛倍感不适，可池宁的态度如此理所应当。他凝视池宁的脸颊，终于低下了高傲的头颅：“池宁，抱歉。”

池宁看了他一眼。

“哦，”池宁说，“我知道了，以后你离我远点。”池宁的嫌弃之情溢于言表。

谢辛沉默，而后问：“你有什么缺的？”

梁行野也有给池宁出气的意思：“他不缺什么，就缺尊重。”

谢辛彻底放下姿态，表现出了十足的诚意，池宁依旧不怎么搭理他。

能让谢辛吃瘪的情况少之又少，梁行野心里暗爽，秉承适可而止的准则，压着笑意打圆场：“好了池宁，跟我回办公室。”

路上梁行野跟池宁聊着天，谢辛插了几句嘴。池宁有些意外，以往和他有关的事谢辛从不参与，即使身处同一空间，也当他不存在。他曾经怀疑过是不是因为他太矮，谢辛看不见他。但这次谢辛不仅道歉，还参与了话题，进办公室时竟然还给他扶门。

谢辛中邪了？他窝在小沙发上，盯着谢辛看了很久。

谢辛正和梁行野聊工作，察觉到他的注视，转头看过来，池宁立刻别开脸。

过了会儿，谢辛拿着份合同离开，要出门时忽然停步：“对了，行野你明天有没有时间？”

“什么事？”

“我小叔说请你和池宁到家里吃顿饭。”谢辛提醒道，“他应该给你发消息了，你看看。”

他又问池宁：“池宁，你明天也有时间吧？”

池宁盘坐在沙发上，抱着靠枕，眼睛圆溜溜的，像呆住的土拨鼠。

谢川！谢川要请他吃饭！

梁行野笑出声，替他回答："有的，我们会准时到。"

2

谢川是谁？是乐坛绕不过的一座界碑，是拿奖拿到手软，作品风格多变，歌曲被广泛传唱，属于屈指可数的拥有乐坛统治力的音乐人之一。

虽然谢川因年龄见长，沉迷于享受生活而逐渐淡出听众视线，近八年未出新歌，但一打开音乐软件，歌曲播放量仍然在排行榜名列前茅，连出道时发行的专辑，如今听来历久弥新。

美人鱼对音乐有敏锐的感知，池宁不可避免地被吸引，听完他的所有专辑，更是一发不可收拾。池宁睡前习惯来来回回地听，仔细捕捉节奏，直到将节奏烂熟于心。

他学音乐的目的性强，最初是为了接近陈向东，感念与陈向东外貌相似的在与人鱼族照顾过他的老爷爷，慰藉刚上岸时漂泊无依的内心。

他了解直播后，怀着渺茫的希望，期待有朝一日被他哥看见，为了获取更多观众而学弹唱。

直播的热度很低，他偶然看见了谢川演唱会的官方录播视频，为气势磅礴的万人大合唱所震撼。歌曲情感浓烈似火，肆意勃发，那种万人因音乐而产生的共鸣让人灵魂战栗，也燃起了他基因里对音乐的热爱。

除了想站在聚光灯下成为坐标，被哥哥看到，他还存着希冀，想创造出和谢川代表作那样打动人心的乐曲。

他在岑家碰见过许多次谢川，只敢对他笑笑，都不敢靠太近，生怕他像谢辛，嫌弃自己不懂规矩。

现在谢川竟然要请自己吃饭？

就好像一直仰望的人突然走下神坛，池宁做梦都不敢梦得这么美。他抱着靠枕，晕晕忽忽地朝梁行野笑。

"傻笑什么？"梁行野揉他的脑袋，"走了，下班。"

司机车开得四平八稳，池宁躁动得坐不住，反复拨弄安全带，把指腹磨得通红，他问梁行野，“我们明天什么时候去谢家啊？”

“吃晚餐，我到点来接你。”梁行野交叠双腿，扯开领带透气，懒散地靠着座椅，语带笑意，“就这么高兴？”

“还有点紧张，”池宁把一连串问题砸下来，“我应该怎么做？叫谢川什么？他脾气……”

他抓住梁行野的袖子，又浓又密的睫毛不断扇动，眼里流露出忐忑。

“不用紧张，叫叔叔就行。”梁行野低头看他，“谢川性格随和，很好相处。”

池宁抿着唇思考，脸颊略微鼓起，侧面看弧度更明显，梁行野莫名想起公司楼下猫咖里仰头望天的布偶猫的侧脸，眼神也像。

他笑着说：“别担心了。”

“我就是怕他讨厌我，你看谢辛讨厌我，他们都姓谢，说不定……”

“谢辛不讨厌你，他跟你道歉了。”谢辛道歉，奠定了他往后对待池宁的态度。

尤其那句带了点试探又怕被拒绝的“听说你喜欢我的小叔，我介绍你们认识”，梁行野从没见过他小心翼翼的样子，只觉得好笑。

池宁勉强放下心。

回到别墅，梁行野泡完澡，去书房继续加班。池宁拉开衣柜门，扫视挂得满满当当的衣服。

他明天穿哪套呢？他的衣服都是高定店搭配好了送过来的，精致讲究，大多是暖色系，贴合他的长相气质。他挑了套换上，走到落地镜前从各个角度研究。

帽子压头发，显矮；围巾太蓬松，显脸小；背面……穿得太厚他看不见背面。

挑挑选选，池宁最后选定了一件杏白色毛衣，搭配毛呢外套和浅驼色薄羊绒围巾，清爽干净。他在镜子前转了一圈，心满意足地下楼问梁行野的意见。

梁行野的书房位于一楼尽头，门虚掩着，敲门没回应，池宁探脑袋进去，见梁行野躺在枫叶红的木质单人床上，背对着墙，像是睡着了。

书房里备了床，梁行野有时候会忙到很晚，就直接歇下。这几天工作加上岑明森的事，他忙上加忙，熬到凌晨两三点是常态。

书房灯开的护眼模式，静谧柔和，将梁行野凌厉带攻击性的脸部线条弱化了不少，他穿西装有股野性的贵气，像男模，换了柔软的睡袍，被昏黄的灯一照，野性蛰伏，气质倒是温和了许多。

书房开了暖气，他盖着薄薄一层被子，呼吸平稳悠长，池宁蹲在床边看他。

暖气的温度一般，被子不御寒，池宁思索半晌，去了梁行野的卧室，将厚被子披身上，抱着枕头，裹得像个蚕宝宝，一步一挪地下楼梯，好几次差点摔倒。

池宁给梁行野垫枕头时，手一抖，咚的一声，梁行野的脑袋撞上了床板，池宁赶紧扒开他的头发检查，没受伤，池宁放下心，用被子把他包得严严实实的。

熬多了夜，梁行野有黑眼圈，池宁到厨房拿了黄瓜和水果刀，把黄瓜切片，以多年捏珍珠的娴熟手艺，按梁行野的眼形修整黄瓜片，严丝合缝地贴上。

两床被子太重，梁行野半夜热醒了，一摸脸，发现了干涸的黄瓜片，无奈失笑。

第二天吃早餐时聊起这事，池宁啃着饭团，声称这是阿姨教他的，可以美容养颜。

他在梁行野的公司待了一天，临近傍晚，望着落地窗外暗下去的天色，莫名地坐立不安。

梁行野没让司机送，算好时间提前出发，池宁窝在副驾驶座上，一会儿交握双手，一会儿抠安全带，如坐针毡。

离谢家老宅大概还有一公里时，梁行野在路边停下车，叫了他一声。

池宁：“什么事？”

“你紧张什么？”

“我不知道啊。”他低下头，抠着安全带。

“没必要紧张，”梁行野叹气，轻声安抚他，“在某个领域做得出色的大有人在，谢川并不特殊。谢辛比他更优秀，你不照样敢说他吗？”

池宁的关注点瞬间被带歪，谢辛比谢川还优秀？真的假的？

“当然是真的，”梁行野简单概括谢辛的成就，“昨天他跟你道歉，你说‘哦，我知道了，以后你离我远点’，这态度挺好的。你就当要去见个普通长辈，不用有顾虑。”

“再说谢川肯定会喜欢你，”他笑了笑，“相信我。”

池宁忐忑的心奇异地镇定下来。

谢家老宅池宁去过两次，一次是去找珍珠耳钉，一次是去揭穿岑明森。这次来他的心境格外不同，还有闲心观察四周的环境。

门口立着两只威风凛凛的石狮子，屋檐门窗皆复古，走进庭院，里面划分了好几片区域，最显眼的当属景观亭，环绕水池，侧面摆着苍劲的松柏盆栽，蓊蓊郁郁，在冬日生机盎然。走廊的灯呈灯笼状，一盏接着一盏，洒下耀眼的光芒。

管家笑容满面，领先他们半步，带他们前往一层会客厅。

会客厅内，酸枝木制成的沙发上坐着个和谢辛五分相似、发福的中年男人，一身便装，闲适而不失风度。他正在泡茶，听到声响，笑着招呼：“你们这么早就到了。”

“忙完就过来了，”梁行野也笑，“叔，泡的六安瓜片？”

“不识货，这是西湖龙井。”

谢川笑着朝池宁招手：“你就是池宁吧？过来坐。”

从踏进会客厅起，池宁的心跳就开始加快，忍不住抓紧了身边梁行野的袖子。此时被谢川一喊，脑子一热，上前给他鞠了个躬：“叔叔好！”

谢川乐不可支：“这孩子真有礼貌。”

梁行野带池宁坐下，池宁把腿并一起，正襟危坐，脸有些红，盯着沙发腿一动不动。

梁行野隔在他和谢川中间，随意靠着，一边有一下没一下地拍他的背，缓解他的局促不安，一边向谢川打趣道：“小朋友把叔当偶像，在家天天听你的歌，我都能哼出来了，今天他看见你太兴奋……”

随便站在哪条街的十字路口，一抓一大片把自己当偶像的，谢川见怪不怪，倾身看池宁，和他搭话，池宁程序般一五一十地应。

谢川发福后，面庞圆润，显得眉眼温和：“谢辛太冲动了，我在这里替他跟你道个歉。”

“不用道歉。”池宁把头摇得像拨浪鼓。

谢川笑着给他倒了杯茶，茶汤清澈，茶香袅袅，池宁矜持地小口小口抿。

话题落到岑明森身上，谢川感叹相识数年竟不知他底细，让诺诺立于危墙之下。

“我也没料到他的人品，不然不会让池宁去他那里学音乐。”梁行野醉翁之意不在酒，“但他的音乐水平确实高，池宁跟着他，从入门到学会改编歌曲，用了不到三个月。”

岑明森的音乐才华谢川门儿清，再怎么会传授，三个月就获得如此成就，这速度快得离谱。

他顿时对池宁产生了兴趣：“改了哪首？什么程度的改编？”

池宁乖乖回答：“就是叔叔的《他说》，改了和声跟律动……”

谢川拿杯盖敲茶杯，让他辨音高。

池宁：“D。”

手机打开的测音高软件上赫然显示“D”。谢川怔住，拾起谢诺玩的尺子，按住一头，拨弄另一端。

池宁：“C。”

谢川摁灭手机屏幕：“你学的时候，有老师说过你拥有绝对音感吗？”

池宁点头：“是说过，但这很难吗？”所有美人鱼都能做到，他哥甚至比他更为敏锐。

从事音乐创作这些年，谢川结交的音乐人不计其数，独独偏爱有天赋者，他越过梁行野拍池宁的胳膊：“晚餐还早，给我听听你的改编。”随后他站起身，往楼上的琴房走。

和偶像近距离接触，还要在他面前表演，池宁扭头看梁行野，攥紧的手和游移的眼神泄露出紧张。

“去吧，我路上怎么告诉你的？”梁行野轻拍了拍他的手背，“就当成普通长辈相处，有什么说什么，别怕。”

谢家设计的是旋转楼梯，结构优美，池宁踩着悬空的实木踏板，跟在谢川身后。

谢川看出了他的拘谨，和他闲聊：“几岁了？”

“十九岁了。”

“怎么最近才开始学？”

“因为以前不懂这些……”

谢川问过池宁的来历，谢辛说是梁行野的远房亲戚，在偏远的少数民族山寨里长大，今年才接到城市。望着他对音乐热爱的眼神，谢川不免心生怜惜。

“那天你吓坏了吧？”他推开音乐室的门，让池宁进去，“我都听谢辛说了，那么危急的情况，你还想着带走诺诺……”

池宁老实承认：“是有点害怕。”

谢川拍他的背以示安慰，抬起下巴：“去拿吉他。”

音乐室是黑白色调的，目测有三四十平方米，宽敞开阔，什么乐器都有。池宁认出挂墙上的那把吉他是谢川惯用的，棕褐色，布满细微的纹路，有种奇特的美感。

直到抱着吉他弹出声音，池宁仍觉得像在做梦。

谢川！这可是谢川！拥有乐坛统治力的天赋型全面音乐人，竟然从万众瞩目的舞台走到了他面前。而自己手里抱着的这把吉他，从他出道用到现在，昂贵且极具个人特色。

谢川笑着提醒：“别发呆，试试看。”

池宁回神，深呼吸几次，进入状态。

曲子弹到一半，谢川打断：“停一下，这里为什么要降调？”

池宁以为自己做错了，不安地问：“不对吗？”

太对了。《他说》是温柔型情歌，池宁改了和声跟律动，旋律线贴合和声，节奏恰到好处。克制的抒情宛若留白，尤其是降调后余味悠长。

他的音色极其特殊，空灵，如无际海面上的微风，轻拂过波光粼粼的海面。

谢川一直不说话，池宁用手压着指板，好不容易平静的心又起波澜。

"没事，继续吧，后面再说。"

池宁心思浮动，手也不稳，擦弦声很急，越来越急时，余光忽地瞥见梁行野站在门口，正遥遥望着他，像得到了镇静药，他下一秒拐回了正确轨道。

梁行野在楼下坐得无聊，便上来看看。他抱着手，斜靠墙面认真倾听。

谢辛在楼梯口喊他："厨房备好餐了，你叫他们下来。"

里面的乐声未止，梁行野掩住门，走向谢辛："不急这一会儿。"

在餐厅落座不久，身后传来谢川和池宁的交谈声，梁行野扭头一看，两人脸上都带着笑，比上楼前明显亲热许多。

待池宁坐到他旁边，梁行野低声问："还紧不紧张？"

"不紧张，"池宁凑近，也压低声音，"谢叔叔的脾气特别好，一点都不像谢辛。"

人不多，选的是餐厅小桌，谢辛正给坐在儿童餐椅上的谢诺系围兜，这话听得一清二楚。

他扫了眼池宁，池宁和他对上视线，没有丝毫讲人坏话被抓包的尴尬，若无其事地移开视线。

菜一盘接一盘地上，色香味俱全，久煨而成的佛跳墙香气四溢。文思豆腐细如发丝，漂浮于清汤中，色彩搭配恰如其分。东坡肉肥瘦相间，色泽红艳……

谢川用公筷给池宁夹了块佛跳墙里的干贝："家宴准备得仓促了点，随便吃吃。"

池宁受宠若惊地道谢，笑得眉眼弯弯。

饭桌上的气氛很好，话题主要在池宁身上，谢川对他颇为喜爱，问他的爸妈，又问他在哪儿上大学，学的什么专业。

梁行野接话："他没上大学，学校教育不适合他。"

"那他现在？"

"没什么事做，"梁行野笑着说，"他就对音乐感兴趣，我准备给他找个老师，不过全能型的比较难找，我正愁呢。”

“找老师啊？”

沉迷艺术的人大多纯粹单纯，谢川慢条斯理地咽下东坡肉，咬钩：“我的工作室还缺人，池宁想不想来试试？”

他的新专辑一推再推，十周年演唱会却没法推，正忙着筹办，还剩十来天，琐事虽多，却是一个很好的学习机会。

工作室里的乐手们各有所长，池宁想学什么都方便，并且他也随时可以教池宁。

轰的一声，仿若被幸福的陨石砸中，池宁只觉得头重脚轻，人飘飘然：“我可以吗？”

谢川笑着说：“你明天就可以来，不过要帮着做一些杂活，我给你开工资。”

池宁忙不迭点头，眼睛弯起来。

谢辛哪能看不出来梁行野的意图，但小叔的反应出乎他意料。小叔看似随和，接纳一个人实则需要很长一段时间，更何况有关工作的事。

他搅弄着谢诺碗里滚烫的肉羹，不动声色地用余光瞥池宁，笑得一脸傻样，倒也挺可爱。

晚宴到了尾声，谢辛送人出门，给了池宁一个古典、工艺繁复的盒子。

池宁推拒：“不用了，谢谢。”

谢辛有多疼妹妹，就有多感激池宁，加上歉意，有所表示才能心安。他原本选了个金丝楠木摆件，离开房间时看见了一顶钻石珍珠王冠。

池宁像混血儿，眼睛带点蓝灰色，又戴着珍珠耳钉，王冠很适合他，谢辛便改选了王冠。

“先看看是什么再说要不要。”谢辛让帮佣打开。

棕红盒子里，放着顶水滴状钻石珍珠王冠，是流落民间的欧洲王室珠宝。他们站立的地方，恰好在路灯下，小王冠被光一照，璀璨耀目。

池宁看了一眼，随口说：“不要。”

池宁明显在区别对待，对小叔崇拜，对梁行野依赖，对他不理不睬。低了一次头，就有第二次，谢辛说道：“这是我爸妈送你的谢礼，与我无关。”

梁行野抱着手看戏，拖长调子说：“挺好看的，拿着吧，毕竟是人家父母准备的。”

谢辛投来个冷冷的眼神，梁行野接过盒子：“行了，你先回去，我们走了。”

车行驶在蜿蜒的郊区马路上，两旁的泡桐树叶子落光了，枝干光秃秃的。梁行野单手握方向盘，注视着路面，调侃池宁：“还讨厌谢辛吗？”

“他以前和我吵架，后来还误会我，虽然道歉了，但我还是有一点生气。”

梁行野讶异：“你还会吵架？”

“就他妹妹去岑明森后院看兔子的那次，她从长椅上跳下来，我扶她被谢辛看见了，他就瞪我，大声说‘你干什么’，我也瞪他，我说‘我扶一下她而已’……”

梁行野笑起来：“你这么凶啊？”

“可不是。”

从郊区驶至市中心，临近别墅区，池宁还在细数谢辛的过分之处。车里的暖气热烘烘的，他脱了鞋袜，缩在副驾驶座上，又生了会儿气，但很快就因为谢辛主动示弱而开始反省自己的态度是不是太恶劣。

池宁用手托着脸：“他道歉的时候我吼他了，给我礼物我也没理，我好记仇。”

梁行野安静地听了一路，等回到家，池宁收尾：“我不应该发脾气的。”

梁行野停住脚步。

“不要这样想，”梁行野说，“那你呢？就该被他吼？他道了歉马上就得原谅他？”

池宁不说话了。

“池宁，看着我。”梁行野看着池宁单纯的眼睛，叹了口气，“你当然可以发脾气，在任何情况下，你都要先以自己为中心，再去考虑别人。”

池宁：“我发脾气，被揍了怎么办？”

“没人敢动手。”梁行野早就把他划进了自己的家人范围，更何况现在，“我会护着你。”

“那我要是对你发脾气呢？”

梁行野背靠栏杆，笑出了声：“发吧，让我看看你有多凶。”

池宁演上了，用力踹墙：“给我滚蛋！”脾气发得有模有样的，就是费脚。

“我还会咬人。”池宁装模作样，龇牙咧嘴地学着老虎。

“那就咬，”梁行野笑着说，“池宁，你可以任性一点，不用那么乖。”

池宁呆呆地看着梁行野，半晌没说话，眼睛亮晶晶的，像雾气里的微光。

3

晚上池宁失眠了。

一开始想到梁行野说的那些话，再想到他哥，后来又想到要去谢川工作室，他即将面对陌生环境，不免忐忑，在床上辗转反侧许久，更多的是激动和期待。

池宁睡得不安稳，天刚蒙蒙亮，就起床洗漱了。他轻手轻脚地进了梁行野的房间，等他睡醒。

卧室里的窗帘半遮半掩，落地窗上蒙了一层雾，随着阳光逐渐升温化成水汽。梁行野睁开眼，看见了一个模糊的人影。

池宁趴在他床边：“你醒了吗？送我去上班吧。”

“在这儿待多久了？”将醒未醒间，笑声有些哑，梁行野从被子里伸出手臂，撑着起身。

“十分钟，你睡得好香。”

梁行野下床，穿上棉拖鞋去浴室，知道工作上谢川会多加看顾，但依旧叮嘱道：“上班没你想得那么轻松，很累，还容易挨骂，不是所有人都会有足够的耐心，做好心理准备了吗？”

“挨骂？”池宁跟着进去，“谢叔叔会骂我吗？”

梁行野在刷牙洗脸，含糊道：“不止你谢叔叔会骂你，如果你做错了事，其他人也可能骂你。”

“你公司的人做错了事，你都不骂人。”

“处理方法不同，效果一样。工作室里，他们都是长辈，你年纪小，想学东西得拿出态度，眼里要有活，”梁行野洗完脸，用湿巾擦手，和池宁下楼吃早餐，“但别包揽太多，做力所能及的事，如果受了委屈，及时告诉我。”

谢川工作室和梁行野的公司顺路，只隔了几条街，池宁头一回去，梁行野不放心，把他亲手交给谢川才走。

池宁跟着谢川穿梭在放满各类机器的工作室里，看什么都觉得稀奇。谢川领他向众人介绍了一遍，又让他一一接触调音台、声卡、乐器……

池宁上班的第一天过得很充实，临走时被工作人员塞了不少小零食，兜里鼓鼓囊囊的。

在走廊池宁碰到了谢诺，她背着独角兽小书包，眼睛犹如葡萄，水润发亮，甜甜地喊他：“池宁哥哥。”

池宁不讨厌她，但碍于谢辛在场，嗯了一声便要走。谢诺拉住他的手，问他去哪儿，又问他能不能跟自己玩。

“不能，我要回家了，你和你哥哥玩。”池宁拒绝。

谢诺眼巴巴地望着他。

“池宁，你……”谢辛想了想措辞，“你要没事的话，就陪诺诺玩一会儿吧。”

之前谢辛对他的质问和此刻略带请求的语气态度简直天壤之别，此时谢辛像高高在上的海鸟被浪打湿了羽毛，变得狼狈。池宁狐疑地看了谢辛好几眼，最后陪谢诺去了接待区玩变形金刚。

谢辛坐在门边的长椅上看顾他们，面前出现一杯热气腾腾的咖啡，他顺手接过，偏头一看是小叔，笑着说：“叔，忙完了？”

“休息会儿，”谢川背靠玻璃窗，望着接待处其乐融融的两人，眼带笑意，“他们倒能玩儿一起去，看来诺诺和池宁投缘。”

“你也和他投缘，不然不会让他来工作室。我听梁行野说，池宁学音乐还不到半年，以往挤破头来这里的都是从小学到大、刻苦耐劳的音乐人，你偏偏选了他。”

“在艺术领域，努力和天赋相比，完全不值一提。”谢川敲了敲他的手臂，“小辛啊，改改你那眼高于顶的臭毛病。”

谢辛最敬重小叔，听他这样说，忍不住将视线落在池宁身上。

天赋？池宁和六岁小姑娘玩得不亦乐乎，看着完全像个小孩，不过他叔和诺诺相处时也差不多，难道适合搞艺术的人身上都有种相同的特质？

咖啡喝到了底，谢辛走去扔垃圾，池宁牵着谢诺过来，说梁行野在楼下等，头也不回地走了。

正值下班高峰期，赶着回家的人行色匆匆，路上车水马龙。池宁一眼看见了停在路边半开着车窗的迈巴赫，加快了脚步。

待他坐到后座，梁行野示意司机开车，手随意地搭着车窗，有一下没一下地敲：“第一天上班感觉怎么样？”

“很有趣，我才知道原来一首歌要经过那么复杂的程序才能做出来，”街边的灯透过车窗落到池宁脸上，他的眼里仿佛流转着微光，“所有人都对我很好，我问什么都教我，还给了我零食……”

他掰着手指给梁行野数认识了哪些人，从早到晚都做了什么，梁行野偶尔笑着搭话。

池宁的下班时间不定，有时下午三四点，有时拖到晚上七八点。梁行野早晚都会接送，一般提前十分钟左右在楼下等他。

今天温度降到了零下，像要下雪。下午三点半左右，梁行野到了工作室附近。他坐在车里闭目养神，手机屏幕亮起来，屏幕上赫然显示“爸”，他等了半晌才接。

“爸，怎么了？”

“怎么了？”梁佑江中气十足地问，“你自己算算你多少天没回过家了，不打算回了是吧？”

“哪儿能啊，最近忙。”上一次回去是两个月前，确实说不过去，梁行野屈指敲腿，“晚上我回去吃个饭。”

梁佑江冷哼一声：“爱回不回。”

将池宁送回别墅后，梁行野回了趟梁家。

进门时，梁佑江正在责骂他的两个双胞胎弟弟：“跟你们说多少遍了，天台危险天台危险，非要跑去……”

双胞胎弟弟还在上小学，只比沙发高了一个头，玩性大，耷拉着脑袋挨训。一个三十岁出头、婉约清秀的女人用手扶着沙发，梁佑江说一句，她就附和一句。

梁行野喊了声爸，梁佑江转头，拉下脸：“你还知道回来？”

“行野回来了？”刘蕾站起身，笑意盈盈，拿出女主人的姿态使唤两个儿子，“快叫哥。”

两个小萝卜头看着梁行野，眼里满是陌生，你推我我推你，谁也不出声。

梁佑江用大掌拍他们的脑袋：“小兔崽子，去玩吧。”

他们嘻嘻笑着散开，梁佑江吩咐刘蕾检查厨房备菜的进度，和梁行野一人坐沙发一端。

“我听说你把那个池宁送去了岑明森那里学音乐，岑明森出事和他有关吧，”梁佑江听到风声后，一问才知道池宁突然搭上了谢家，将事实猜得八九不离十，“事情闹这么大，你也不嫌丢脸？”

“嫌，怎么不嫌？”梁行野和他对视，“连自己的朋友都护不住，那才是真丢脸。”

梁佑江只当他故意气自己。二十几年来父子相处总是不愉快。梁佑江习惯了专制独裁，梁行野继承了他的强势，话没说几句，免不了针锋相对。不像双胞胎儿子，崇拜他把他当成英雄，梁佑江就算对他们发脾气，过后他们还会乖乖地黏着他撒娇。梁行野从不撒娇，梁佑江甚至没见过他示弱，撑不住也硬撑。

梁行野过于独立清醒，让梁佑江感觉自己不被尊重，也不被需要。

他和周纭离婚后。周纭很快和前任走到了一起，他也有了新感情。梁行野那时还小，接受了家庭破裂，接受了周纭生的弟弟，也接受了后妈。但慢慢地，他就不爱说话了，凡事尽量亲力亲为。他和周纭意识到可能给他造成了伤害，增加了陪伴时间。扪心自问，他们对梁行野足够上心，可毫无用处，八成他本性如此，一晃这么大了，还是这个臭脾气。

梁佑江望着梁行野，心想，不怪自己偏爱弟弟，说一句大儿子呛一句，谁受得了？像周纭偏爱许晋，不也因为这个？

两人相对无言。刘蕾端了个果盘过来，笑着放到梁行野面前："行野，你不在家你爸天天念叨你呢，你回家回得少，就别气他了。"

梁行野对她的煽风点火无动于衷，倒是梁佑江，脸色有些不好看，不过夫妻多年早已熟知她本性，也没放心上，和梁行野谈起了工作上的事。梁行野有眼界有见地，聊什么都顺畅，气氛难得融洽。

过了会儿，梁行野说："爸，你之前看上的那个玉扳指……"

"玉扳指？"梁行野一提梁佑江才想起来。上次参加宴会，他观赏了东道主的私人收藏品，对一个绿如滴翠的玉扳指挺感兴趣，跟梁行野念叨过几句。

"你说何家的？其实也就那样，看第一眼还行，仔细看颜色不够纯正。"

他说着话，双胞胎兴冲冲地从院子里跑进来，大声喊："爸爸，妈妈，下大雪啦！"

一人拉一边，吵着要去玩雪。梁佑江边走边拍他们的脑袋，笑骂："小兔崽子，整天就知道玩。"

"小孩子不就爱玩，"刘蕾佯装嗔怪，"哪有天天骂自己儿子小兔崽子的……"

客厅外侧的墙做成了全玻璃，外面的风景一览无余。但梁行野背对着，只能听到断断续续的笑声。

他偏头看了眼，雪势颇大，鹅毛般飘落，院子里的植物冒起了白尖。双胞胎撒欢儿似的到处跑，梁佑江紧跟在后，像怕他们跑太快摔跤，刘蕾倚着廊柱，笑着眼睛弯弯。

其乐融融的一家人。

梁行野收回视线，垂眸望着茶几，不知想起什么，往底层隐蔽的小柜子里一摸，东西还在——是一个褪色的魔方，他小时候玩的。

他很久没碰过，肌肉记忆仍存，手指翻飞间，被打乱的魔方被复原。外面吵闹，客厅却很安静。拧动魔方的声响止住后，他把魔方重新打乱，放松地窝在垫了皮草的沙发上，放慢动作，一点一点复原魔方。

他低头凝视魔方许久，放回小柜子，又从兜里摸出个玉扳指放在桌上。

雪下得愈发大了，屋檐上、树上、地上开始积雪，薄薄的一层，像动物初生的绒毛。梁行野立在湿滑的鹅卵石小道上："爸，公司有急事，我先走了。"

"又有急事？"梁佑江抱着玩出汗的小萝卜头，面露不满，"连吃顿饭的空都抽不出来？"

梁行野转身，背对着他摆手："赶时间。"

云城偏北，年年一到深冬便大雪纷飞，今年入冬以来还没下过雪，仿佛雪积蓄多时的存量顷刻释放，等回到家，车身上的积雪已有厚厚一层。

司机开车回车库，梁行野走进小花园。池宁趴在二楼窗边伸手接雪，看见他大声喊："梁行野，下雪了！"

随后池宁跑下楼，朝梁行野飞奔而来，一个趔趄差点摔了。梁行野眼疾手快地拦住他，低头看他："跑这么快干什么？"

"下雪了，"围巾被风吹散，松垮地搭在脖子上，池宁扯起围巾遮下巴，兴冲冲地刚要继续说话，眼里洋溢着的欣喜却忽然减弱，"你怎么有点不高兴？"

梁行野笑了声："哪儿看出我不高兴？去玩雪吧，堆个雪人。"

小花园里有块草地，白皑皑的一片，一踩一个坑。池宁蹲着，用力盖掌印，团起雪球搓来搓去，又躺下来，兴奋地吐出舌头接雪。

梁行野制止住他："别吃，脏。"

池宁眨着眼睛，眼睫毛上的雪颤巍巍地抖动："你和我一起玩好吗？"

起初梁行野只想阻止池宁傻傻地吃雪，后来还是陪他堆了雪人，又和他打起了雪仗。

雪簌簌地下，池宁捂着头逃窜：“不准扔我，我生气了。”他还趁机捡起个雪球砸梁行野，“我真的生气了！”

雪球砸到胸前，碎雪四散开，梁行野在山茶树底下笑：“行，过来吧，我不扔你。”

“你骗我。”池宁警惕地道。

“不骗你，”梁行野扔掉雪团，举起双手表明自己的诚意，“该吃晚饭了。”

池宁便走过去，刚站定，梁行野猛地一扯枝干，积雪倾覆下来，浇了两人一身。

池宁愣在原地，梁行野笑出声。雪化开湿漉漉的，池宁惊慌不已：“尾巴，我的尾巴要露出来了！”

寒风呼啸地吹，凛冽地刮过人脸，梁行野的笑声未止。

池宁问：“你冷不冷？”

“不冷。”

“你总是骗人，”池宁不信，“梁行野，不要不开心了，好吗？”

那一瞬间，恍若电影情节里的特写镜头，所有动作都放慢了，雪往下坠，梁行野抬脚的动作完成一半，池宁的声音从他的耳朵里钻进血液，带动全身都暖和了起来。他忽然意识到，自从池宁问出那句“你怎么有点不高兴”后，就一直在哄他。

堆雪人，打雪仗，扯山茶树，气鼓鼓地说生气了……池宁不是真的生气，是故意想逗他开心。

因为以前有很多次，比如他教池宁拳击时三番五次地把池宁推倒，给池宁吃不爱吃的鳕鱼，举高珍珠耳钉让池宁够不着……池宁会奓毛，而他见到池宁奓毛的样子会忍不住笑。

池宁什么都知道。

酸涩感瞬间抓紧了心脏，梁行野想，竟然会有人这么在乎他的情绪。

梁行野属于家庭的游离者，长期被忽视，压抑着对各种情感的渴望。他对外强势冷硬，有时甚至显得咄咄逼人。但剖开厚重的保护层，就会露出他敏感脆弱的内心。

他习惯了一个人，池宁的出现令他猝不及防，并在他的生命中掀起波澜。

他拉着池宁走在大雪里，心里不再空落落的，好像有新的家人出现，把那块缺口重新填满了。

心跳变缓，又变急促，梁行野酝酿了很久的话涌到喉间，兜兜转转，却只是说：“宁宁，晚上想吃扇贝吗？”

“扇贝？阿姨天天做，我都吃腻了，”池宁摇摇晃晃地踩雪，不时停下抖掉鞋尖的积雪，“你想吃什么啊，行野哥哥？”

他的调子拖得长，语调像雪一样柔软。梁行野顿住，望着台阶旁被雪染白的石墩，破天荒地有些不知所措。

“你怎么不理我？”池宁说，“你先叫我宁宁的。”

梁行野踏上台阶，声音很轻：“我没有不理你，在想吃什么。”

晚上他们随便吃了点野生的马达加斯加黑虎虾，虾肉爽滑鲜美，吃了一个又一个。

池宁顾不上说话，边嚼虾边和谢川的助理聊天，噼里啪啦地打字。

梁行野扫了眼屏幕，问：“在和宋晓意聊？”

池宁和宋晓意一直有联系，上周末还约着看了音乐剧。池宁不懂英文，提前好久做了功课，一个单词一个单词地磨，确认能理解才出发，在剧场看得眼泪汪汪，又不敢掉眼泪。

等梁行野接到他，车门一关，珍珠四处滚落，他略带鼻音地说下次和宋晓意看别的。

“不是她，是谢叔叔的助理，”池宁炫耀似的，“谢叔叔让我当他演唱会的吉他伴奏。”

“这么厉害？”

池宁有点不好意思：“只伴奏一首。”

谢川很尽责，把他带在身边，毫无保留地教他。吉他本就属于最易上手的乐器之一，池宁又有基础，天赋摆在那里，技艺日渐精湛。

让他伴奏是意外之喜。谢川的周年演唱会距离举办时间不到一周，演唱会没有主动宣传，靠歌迷口口相传，声势就如飓风般浩大，票一开售就被抢光。

工作室里大家忙得团团转，除了池宁。跟着谢川的乐手们年纪偏大，谁都把他当小孩，见天逗他玩，等真要干活了，又怕累着他，啥都不让碰。

那天去体育馆排练，池宁坐在第一排，聚精会神地观看。

谢川曲风多元，将经典歌曲分风格演出，摇滚元素、浪漫抒情曲、国风……配合舞台背景和预先拍摄好的画面，真情演绎多年来的音乐历程。

演出近三个小时，池宁盯着炫目的舞台，盯到眼睛干涩，心里震撼又蠢蠢欲动。

结束后，他去后台找谢川。年纪大了体能有些跟不上，谢川喘着气，浑身是汗，嗓音也有些哑，正瘫在椅子上喝水。

休息室里人进进出出，吵吵嚷嚷的，池宁蹲在谢川面前，还没说话，一个三十多岁的鼓手笑着拍他的脑袋："蹲着像只小青蛙。"

周围响起一片笑声，有人打趣："还是只漂亮的混血小青蛙。"

谢川也笑："行了啊，昨天笑他吃青菜像考拉，今天又像小青蛙，他就不能是个人？"

池宁心虚地想，他确实不是。他酝酿许久，跟谢川说自己也想帮忙，哪怕搬搬乐器。

场务扔了条奶酪棒给他，洋溢着老父亲般的慈祥："我安排好了，用不着你搬，你去玩就行了。"

鼓手："谁想给你搬乐器？宁宁是想上场参与……"

被挑破小心思，池宁耷拉着脑袋偷偷瞄了眼谢川。众人又笑，鼓手笑得最欢，帮忙道："谢老师，给小青蛙一个机会吧。"

吉他手开玩笑："我这是要被迫下岗了？"

池宁年纪小，大家起初以为他闹着来玩，直到他弹了首曲子，一直没歌词的纯音乐，很轻易地勾起了在场人的情感共鸣。

最好的音乐，不一定拥有高超的技巧、顶级的唱腔，但一定能打动人心。

按谢川的话来说，池宁灵气十足，天生就是吃这碗饭的，缺陷只在理解歌词上面，吃了没文化的亏。

谢川笑眯眯地领着池宁去了舞台。

体育馆能容纳数万人，升降舞台闪烁着紫光，光彩夺目。整个场馆只有舞台打了光，台下座位空荡荡的，黢黑一片，犹如夜色下的大海，无边无际。

池宁站在舞台中央，像站在礁石上，渺小又孤独。

但谢川不会孤独，再过不久，这里将变得人声鼎沸，和他以前的所有演唱会一样，气氛热烈到几乎要爆炸。

池宁看着闲散的谢川，问："谢叔叔，你会紧张吗？"

"习惯了，"谢川透过空荡的座椅回忆当年，"第一场演唱会我很紧张，手心出汗腿也抖，害怕失误，最后还是忘词了。"

他笑着问："宁宁，想体验一下吗？"

"想。"池宁幻想着万众瞩目的场面，目光充满憧憬，"我想被很多人喜欢，还想唱给我哥哥听。"

这是他梦寐以求的机会。

谢川笑得温和，池宁有多黏梁行野他都看在眼里。平日里三句话不离梁行野，梁行野一出现，他的视线就锁住了。不过梁行野对池宁也好得过分，他们感情深厚在所难免。

最后谢川不仅让池宁参与了伴奏，还答应中场休息的时候让他弹唱。

既然要上台，排演不可或缺。梁行野每每来工作室接人，池宁都在练习。

今天也是如此，梁行野没打扰，隔着玻璃窗看，谢川弯着腰扫弦，看架势是在教技巧。谢辛也在，靠墙站得像一棵松，微微垂眸凝视池宁。

他摸出手机给谢辛发了条消息，等谢辛出来，问："最近不忙吗？这段时间总见你在这儿。"

"还行，诺诺吵着要来，就带她来了。"谢辛指着蹲在休息区角落里玩盆栽的谢诺，"在那儿玩儿。"

谢诺在家待不住，三天两头往这边跑。上次出事后谢辛跟得紧，但守着孩子太无聊，没忍住去看他小叔教池宁。

他有很高的音乐造诣，只看一次，就意识到他小叔所说的天赋名副其实。而后习惯吩咐保镖带谢诺到休息区玩，自己进工作区旁听。

池宁长得极好，也可能认真做事的人格外有魅力，很多次他看着池宁，都不得不承认，梁行野还算有点眼光。

梁行野和他正聊着，谢川出来倒水，笑着跟梁行野打招呼：“行野今天这么早？”

“工作少就提前来了。”梁行野接过杯子，打开饮水机给他装水，“叔，过几天不是要开演唱会吗？你忙的话就别顾着池宁了。”

“不顾不行，上回彩排他还跟我说呢，想在舞台上唱歌给你听，我让他中场休息的时候玩一玩，才几分钟，不碍事……”

梁行野怔愣片刻。

谢川拍他的肩膀：“你到时候记得来啊，别辜负了他的一番心意。”

冬日天黑得早，街上车水马龙，鸣笛声此起彼伏，灯火影影绰绰。池宁消耗了太多精力，打了个哈欠，靠着座椅睡觉。脑袋慢慢往下滑，梁行野给他托上去，一松手，又滑了下来。

梁行野脱下外套给他披着，转过头眺望远处的灯光。

那光昏黄，泛着暖意。

池宁到家了还在睡，司机熄了火，梁行野压低声音：“你先下去。”

司机重新启动车子，打开暖气后，轻手轻脚地开门下车。车里静得只剩呼吸声，梁行野低头望着池宁，犹豫着是否要叫醒池宁。许久以后，梁行野决定背他下车。

被放到松软的床上时，池宁处于半梦半醒中，眼皮掀起一条缝，慢吞吞地凝视梁行野，情绪有点低落：“我做噩梦了。”

他又梦到了海，深邃黢黑，他从海中断崖无止境地坠落。

卧室只开了盏乳黄色的壁灯。暖气正在酝酿，周遭有点冷，池宁睡不着了，干脆坐起调整到最舒适的姿势，跟梁行野聊天。

“中午我们吃饭的时候，你和你妈吵什么啊？”池宁的半张脸陷进枕头，他闷闷地说，“是因为你帮我敷脚踝对吗？”

工作室附近开了家新餐厅，中午梁行野带他去尝鲜。临近演唱会杂事多，他边走边回鼓手消息，脚不小心磕到拐弯处的墙，疼得眼泪都出来了。

他的皮肤白净，显得瘀青愈加严重，梁行野让人拿了热毛巾过来，半蹲着给他热敷。

餐区是半封闭式的，池宁的位置能看到餐厅的大半环境，恰好和走道上的周纭对上了视线。

周纭精心打扮过，短发利落，戴着套绿得能滴出水的翡翠首饰，众星拱月似的，左右围了一群女人，个个光鲜亮丽，言笑晏晏地交谈着。

很快，她们的目光汇聚在梁行野身上，脸上的笑灰飞烟灭，犹如僵住的雕塑。

池宁看看她们，又看看梁行野，跟他说他妈来了，就在外面。

梁行野偏头看了眼，继续按住毛巾给他敷脚腕，直到周纭怒不可遏地进来，把梁行野叫去了隔壁包厢。

池宁在原地接受那些女人的打量，有好事者跟他搭话，他没理，去包厢门口等梁行野。

实木门隔音好，听不清具体内容，只能隐约听到些片段。梁行野极度冷硬强势，周纭的音调陡然变高，两人像在争论什么。

“大庭广众下蹲着给人捂脚，你是不是疯了？”周纭很是急躁，翡翠耳坠在耳边乱晃，“你什么身份？有多少人在看着你？”

上个月周纭从国外旅游回来，带了礼物给梁行野。见面时气氛难得融洽，谈及池宁，就有些剑拔弩张。梁行野护得太厉害了，周纭说一句都不行。周纭很难接受他对朋友比对家人更上心，把池宁当弟弟宠可以，但家里的亲弟弟他从不正眼看。她气不过两人大吵一架，最后不欢而散。

她没料到和朋友出来吃个饭，都能遇到这种场面。梁行野私下怎么样还好，摆到明面上，多丢人啊。

“就刚才那些人，何家太太的嘴最碎，添油加醋乱说一通，明儿个闹得满城风雨，谁都知道你梁行野在餐厅跪着给人捂脚。”

“我什么身份？再多人看着我又怎样？”梁行野觉得讽刺，许晋出了名的混账，她不也有脸见人？

他懒得提，只说：“妈，我的私生活没人能置喙，包括你。”

“我不能置喙，谁能？池宁吗？”

“是。”

周纭气得脑子一蒙。

梁行野又说：“捂脚算什么？”

“你就这么听他的话？”

“是。”

“他让你去死你也去吗？”

梁行野针锋相对：“去啊？怎么不去？”

明知梁行野是在故意气她，周纭还是忍受不了他在别人面前卑躬屈膝，怒气直冲天灵盖，扬起手扇了过去。

池宁在外面等，只听啪的一声，清脆响亮，心里咯噔一下，破门而入。

就见梁行野偏着头，左脸有巴掌印，周纭颤抖着声音：“你再说一遍！”

梁行野笑了声：“去啊，怎么不去。”

周纭又扬起手，池宁连忙冲过去挡在梁行野的身前，瞪她：“你干吗？！”

梁行野冷静下来，看着身前的池宁，轻拍池宁的手背：“宁宁，你先出去。”

“不要，”池宁挡着梁行野，“她会打你。”

“她不会打我，好了宁宁，没事的，你先出去好吗？”

池宁犹犹豫豫地走了，一步三回头。他心里不安，贴着门偷听，声音断断续续的，他听到了自己的名字，也听到梁行野渐渐占了上风。

“我为什么要顺着你？少拿亲情绑架我……到此为止，不要再插手我的生活……”

周纭：“我和你爸……”

最清晰的，是梁行野那句“我再说一遍，我不希望池宁接收到来自于你们的任何负面情绪”。

池宁听出来了，梁行野在威胁他妈。

周纭顶着乌云密布的脸离开，梁行野的脸色也不好看。池宁想细问，但梁行野的公司有事他得赶回去，一耽误就到了晚上。

池宁问：“行野哥哥，负面情绪包括什么？”

池宁的睡衣毛茸茸的，米白色的衣服，正面绘着条喷水的卡通小鲸鱼，他的脸颊睡出了印子，看着特别乖。

“你听见了？”梁行野微微低头，轮廓被光勾勒得如同雕塑，“包括所有不好的东西。”

池宁脑海里闪过几个片段，后知后觉地意识到了什么：“以前你妈想凶我，都被你挡住了吗？”

“她对你的所有不满都来源于我，你没必要承担。”梁行野言简意赅地说。

“你妈妈的脾气很坏。”

梁行野：“我的脾气也很坏。”

和父母相处，他没摸索到好的方式。其实知道他们想听什么，想他变成什么样，但梁行野抗拒那样做，于是说一句顶一句，演变为永无止境的恶性循环，最后汇聚成暗流下的波涛汹涌。

“不坏，”池宁想了想，认真地开口，“你看你从来都不会对我生气，说明是你爸妈的问题，如果他们像我这样，你也不会对他们生气。”

梁行野被池宁的安慰逗笑了，说：“有道理。”

池宁轻声说：“你的脾气一点都不坏，你没有缺点。”

池宁真的这样认为，单从交友范围看，梁行野的朋友性格各异，谢辛高傲，纪宣开朗，拳击场老板笑里藏刀……但所有人都发自内心地跟他交好。如果梁行野的爸妈对他稍微耐心点，多释放善意，他们间的关系绝不会恶劣。

梁行野其实很心软。

池宁凝视梁行野的眼睛，突然很难过。池宁想，小时候的梁行野，是不是经常被讨厌，被责骂，所以他才会把情绪藏在心里，从不袒露。

“我说真的，行野哥哥，你的脾气一点都不坏。”池宁又强调了一遍，“你没有缺点。”

4

鸿景楼下有家品牌珠宝店，梁行野下班后经过橱窗，瞥见了一对蓝宝石耳钉，像凝固的海水，贴在白润的大理石桌面上。驻足许久，梁行野买下了耳钉。

回别墅时池宁在吃晚饭，阿姨煮了碗牛肉面，又按他的喜好做了几个他百吃不厌的鲜虾海苔饭团。

面条细如发丝，浸在用牛羊骨熬制的浓汤里，搭配酥烂的卤牛肉、翠绿欲滴的小青菜和鲜香的火腿片，浓郁的香气扑面而来。面条太滑，筷子夹着总往汤里掉，池宁便将面条拨起来，唇压在碗边，小口小口嘣。

见梁行野回来，他咬断面条：“你有没有吃饭？”

“没。”梁行野嘱咐阿姨下碗面，坐在池宁身边。

醇香浓白的面汤里，火腿没了，牛肉剩一些，青菜堆着像座小山，似乎没动过。

梁行野问：“怎么又不吃青菜？”

池宁不情不愿地说：“我在工作室吃午饭，有人笑我吃青菜像考拉。”

他事后搜了考拉的照片，考拉那么黑，他哪里像了？

随口应着池宁的话，梁行野的手不由自主地滑进口袋，盒子有棱有角，他用力按压被硌得生疼。面对生意场上再狡猾，拳击台上再难缠的对手，梁行野都游刃有余，此刻却莫名地胆怯。

他凝视着池宁的矢车菊蓝珍珠耳钉，倏地记起耳钉丢失那晚池宁的惊慌失措，他问池宁，珍珠耳钉很重要吗？

池宁的脸颊因为长时间的翻找脏兮兮的，他眼里含泪，颤着声音讲：“非常非常重要。”

他或许不愿意摘下珍珠耳钉，梁行野想，但要不要尝试一下？

热气腾腾的牛肉面打断了两人的对话，阿姨笑得和蔼，说给梁行野加了双倍牛肉，不够再添。牛肉堆得快要冒出来，梁行野常健身，阿姨每日备的都是优质高蛋白。

梁行野拨弄着面条，听到池宁问：“行野哥哥，后天谢叔叔的演唱会你来不来啊？”

“来的。”

本来原定的出差时间和演唱会的时间刚好撞上，梁行野确认各项工作不会耽误后，往后推了一天，他不想错过池宁的表演。

“我会当吉他伴奏，谢叔叔还说中场休息的时候带我一起弹唱，我教他了一首曲子，你猜是哪首曲子？”池宁支着下巴，眼睛亮得耀眼。

梁行野笑起来，故作不解：“哪首？”

“就是我经常弹给你听的那首啊，”池宁感慨道，“谢叔叔真好，十周年演唱会这么重要的场合，我说想上场就让我上场。”

谢川的新专辑一推再推，平日里也低调，无数歌迷对这场演唱会翘首以盼，临近开场，情绪更是狂热。

“他很喜欢你。”谢川离婚多年，孩子跟前妻定居国外，一年到头见不到几面，或许是移情作用，对看得顺眼的年轻小辈格外温和。

池宁点头，百无聊赖地看梁行野吃面，问他：“对了行野哥哥，那个小王冠在哪里？”

“在你卧室的床头柜里，怎么了？”

“我要和谢叔叔一起弹唱，所以演出服比较精致。”池宁一五一十地说，“上次我试衣服的时候，谢辛在那儿，说太素了，让我戴他送的那顶珍珠小王冠。”

梁行野放下筷子，谢辛怎么天天在那儿？池宁什么时候愿意听他的了？

“宁宁，你不是讨厌谢辛吗？”梁行野问。

“现在不那么讨厌了，你说得对，他很优秀，谢叔叔教的那些他都懂……上次他给我发的一个教学视频很有用。”

池宁还有谢辛的联系方式？除了工作往来，谢辛私下里的联系人不超过二十个，高傲冷漠惯了，若非有事极少主动发消息，竟然给池宁发教学视频。

梁行野靠着墙，看池宁从床头柜里翻出珍珠小王冠，在镜子前兴致勃勃地试戴。

池宁孔雀开屏般问：“好看吗？”

长长的睫毛颤着，露出瞳孔里浅淡的灰蓝色，池宁戴上王冠，像混血小王子。

“好看，宁宁，不过这顶王冠挺贵的。”梁行野夸张地说了个数字。

池宁惊呆了，小心翼翼地摘下：“那我还是还给谢辛吧。”

梁行野点头：“还给他比较好，我待会儿带你去挑更好看的。”

收藏品分门别类地放置着，梁行野带池宁径直走到左边那面墙前，置物架上放的全是珠宝，在灯光的映照下光华流转。

云城有名有姓的人物都爱玩收藏，攀比成风，梁行野也随大流，时常参加拍卖会。

“谢辛给你的那款不算精致，你看看有没有喜欢的。”

池宁目不转睛地望着玻璃罩里面的蓝宝石小王冠。小巧精致，蓝如深海，自然主义的设计风格，铂金主架，镶嵌弧面切割的湛蓝宝石，点缀着小颗钻石。

“好漂亮，”池宁惊叹道，“是不是特别贵？”

“这些本来就是给你的。”

都给我？！

池宁从上看到下，从左看到右，把收藏室的所有东西都扫视了一遍，晕晕忽忽地说：“全部都给我吗？”

“是。”

“可是行野哥哥为什么要给我啊？”

“不喜欢吗？”

“喜欢的。”

“那就行了。”梁行野让池宁蹲下，打开玻璃罩拿蓝宝石王冠给他戴上。池宁挺直背，紧张得皱起了眉。

梁行野弯腰和他平视，笑着说：“好了，小王子。”

蓝宝石王冠给了池宁，耳钉却没有。直到演唱会那天，梁行野的西装口袋还放着那对耳钉。

能容纳数万人的体育馆挤挤攘攘，橙色荧光棒如点点萤火，汇聚成闪耀的光海。呐喊声、跟唱声、吼叫声此起彼伏，保安四处逡巡，不断维持秩序。

梁行野早早坐在了台下，除了池宁吉他伴奏时聚精会神地盯着看，其余时间都在玩手机，仿佛和热烈的现场割裂开。

中场休息时，谢川拿着话筒出现，和池宁一起演唱了那首他听过无数次的歌曲。

曲调幽深如海，情绪炸裂的观众们骤然安静，又像浪潮般涌起声音，窃窃私语地讨论着池宁。

“这个小天使是谁啊？好大的排面，川哥亲自为他站台！”

“你聋了？没听川哥说是家里的一个小朋友，带来玩的。”

“不是啊，他的八辈族谱我都扒下来了，没这个年纪的晚辈。”

“管他有没有，这个小天使太好看了！”

“啊！他看我了！他在对我笑！”

……

池宁立在光柱中，手握吉他，穿了身白色西服，戴着蓝宝石小王冠，鬼灵精怪，仿佛天生属于舞台。

他化了妆，额前的碎发凌乱不失美感，眼睫低垂，眼尾贴着一颗钻，像是将要坠落的眼泪。

在一旁的谢辛感慨：“我小叔真宠池宁，全球实时直播的十周年演唱会，竟然由着他玩。”

梁行野还在出神，谢辛碰了碰他的手臂：“发什么呆？”

梁行野偏头：“你今天怎么又有空？”

“我小叔的哪场演唱会我不在？”谢辛说，“倒是你，该出差不去出差。”

梁行野没回应，只是在谢辛盯着池宁看的时候，倏地开口：“他唱给我听的。”

梁行野疼池宁这个弟弟，占有欲也突破天际，谢辛说：“知道。”

他正襟危坐，不时点评池宁，句句夸赞，带着明显的欣赏意味。

梁行野面无表情地说：“那是，我的弟弟当然优秀。”

演唱会临近结束，工作人员猫腰过来找梁行野，说梁佑江在后台等他。梁行野摸出手机一看，好几个未接来电和好多未读信息，问他推迟出差的事。

不少人陆续退场，梁行野逆着人流去了后台。

休息间里，梁佑江面色不善地接着电话，见梁行野进来，应付几句后挂断。

梁佑江开门见山："工作放一边，来看演唱会，你在搞什么？"

他本对池宁的存在不以为意，无非一个没什么来历的小孩子。但前天周纭联系他，说起和梁行野在餐厅的冲突，什么卑躬屈膝、被围观……他忍了又忍，得知梁行野推迟出差后，绷不住了，影响工作是底线。

梁行野耐着性子解释："只推迟一天，不会影响任何进度，我有分寸。"

"你有什么分寸？"梁佑江连同餐厅的事一同质问。

梁行野不欲多说："爸，你要没事就先离开。"

早在他接手濒危的梁家时，就完成了家庭话语权的交接。姿态强硬起来，梁佑江只能退一步，挑池宁的毛病。

梁行野蹙眉，脸色冷了下来："别用爱慕虚荣形容他，他也不是文盲。"

争执间，门外传来一阵喧闹，大概是退场后的采访。

咔嚓咔嚓，不断按快门的声音，夹杂着记者争先恐后的追问，一句接一句。

梁行野听到了谢川温和的笑声："不混圈，小朋友闹着玩，唱给他哥哥听的。"

梁行野看着他爸，想说如果世上还有人在乎他，那个人只会是池宁。

但转瞬间，池宁的话钻入他的耳膜："是的，我和我的哥哥走散了，我一直在找他……学音乐的初衷？我希望他能看到我，所以今天我站在这里……"

犹如一盆冰水，在数九寒天将梁行野浇了个彻底。

后来梁佑江走了，采访的记者也走了，池宁推开休息室的门，雀跃地蹦跶到他的面前。梁行野整个人是蒙的，往后退了半步。

池宁刚体验了一把巨星待遇，心潮澎湃，对梁行野崩塌的情绪短暂地失去了感知。他摘下蓝宝石小王冠，心虚地举到梁行野的面前：“它被我摔坏了，裂了条缝怎么办？”

梁行野的表情僵着，声音很淡：“没关系，摔了就摔了。”他近乎逃避道，“我去打个电话。”

休息室里有隔间，用来更衣。梁行野坐在凳子上，身体微倾，交握双手，闭起眼睛平复心情。

原来是错觉啊，原来他说的哥哥是他的亲哥哥。

自作多情最令人难堪。他抵着额头，脑子乱成一团，心里仿佛破了个洞，寒风呼啦啦地往里涌，说不出是什么滋味。

他慢慢回溯和池宁的相处细节，想到初始，才恍然记起，池宁只是条小人鱼。

相处太久，他都快忘了，池宁不是他真的家人。

池宁在门外等，见梁行野出来，激动地迎上去：“刚才我在台上好紧张，好多人看着我……”说着说着，池宁停下来，“你为什么不高兴？”

“我不是故意的，”他凝视梁行野的眼睛，“小王冠特别贵吗？”

“说了没关系，那些东西都是给你的，无所谓贵不贵。”

池宁看了梁行野很久。

有人砰砰砰地敲门，招呼着池宁去庆功宴，谢川也喊了一声：“宁宁，快来。”

“知道了，我马上来。”池宁扭头回应，又去看梁行野。

池宁抿着唇，表情有些茫然，透露出不安：“行野哥哥，你怎么了？”

“没事。”

梁行野知道他在胡思乱想些什么，尽量调整好状态，强撑着用温和的口吻说：“我怎么可能因为这个不高兴，你上次打破了更贵的花瓶，我有没有生气？”

池宁摇头。梁行野往外走，余光瞥见池宁恹恹的，半晌，补充一句：“在我面前不用担心做错事。”

“除了这个，还有别的，”池宁的手抓着他的衣袖，“你每次不高兴，我都特别难过。”

梁行野顿了顿：“是吗？”

“当然了，”池宁的手松松地捏住他的衣袖，随着步子偶尔晃动几下，“我又不像你，那么爱骗人。”

周围人来人往，梁行野压了一肚子话，愣是没法问，庆功宴上总是走神，听见起哄时，才发现池宁喝了一大杯红酒。

抬手拦没拦住，眼看池宁的脸和耳朵变红，梁行野拎着他跟谢川告辞，说带他回去醒酒。

谢川颇为抱歉，转头笑骂让池宁喝酒的鼓手：“你老大不小了，逗小孩儿玩什么？”

鼓手笑道：“我夸宁宁呢，你看他的话题热度，紧跟在谢老师后头，有当明星的潜质。”

有人插嘴：“小王冠一戴，还挺像模像样。”

池宁没醉到人事不省的程度，被梁行野带回家后，喝了碗醒酒茶，又吃了碗阳春面垫肚子。

他慢吞吞地洗完澡，脸颊透红，爬到床上睡觉。

梁行野低头看他，“宁宁。”

被子里钻出个脑袋，池宁把眼皮掀开一条缝：“什么事？”

梁行野从头开始问：“你和你的表哥关系很好吗？你上岸就是为了找他？”

“是，他把我养大，我上岸想找他，因为我怕海。”

原来他当初真的怕海，不是因为小动物的印刻效应故意讨好他、亲近他。

“你留在我身边……”梁行野有点说不下去。

池宁似乎知道他想问什么：“因为我找不到我哥。”

“为什么不让我帮你找？”

“你已经帮我找过一次了，我不想再麻烦你。”

卧室里的灯白晃晃的，无比刺眼。梁行野只觉得心脏被握紧，挤到了嗓子眼，过了许久才开口：“宁宁，等你找到你的哥哥，那我还是你的哥哥吗？”

池宁的睫毛微微颤动，他咕哝道：“你们又不一样，他是哥哥，你是……反正你和哥哥一样重要。”

空落落的心瞬间被填满，梁行野叹了口气，心想：算了，反正他哥是死是活都不知道，池宁永远会陪着他。

5

翌日，池宁醒得早，吃过早餐，梁行野送池宁去谢川工作室。路上谈起出差的事，池宁早就清楚，但心情还是有些低落：“去一个星期，那么久。”

梁行野在看日程安排，闻言笑了笑：“我争取尽快回来。”

池宁啃着饭团，梁行野笑着嘱咐池宁在家要早睡早起，上班无聊了就去找宋晓意玩。

池宁一一答应。和梁行野相识后，池宁从未跟他分开过，想到一周见不到面，干什么都打不起精神，在工作室晃来晃去，一会儿望望窗外的天气，一会儿趴在设备上发呆。

谢川以为这是昨晚喝酒闹的，把鼓手骂了一通，让池宁早点回家休息，池宁看看时间，再过半小时梁行野该出发去机场了。

他纠结半晌，跑去梁行野的公司找人。

鸿景大厦楼下，从停车场驶出辆迈巴赫，梁行野眼尖，瞥见路边的池宁，让司机拐弯。

池宁上车后，松了口气，还好赶上了，他看着梁行野，眼含关切：“我想送你。”

梁行野高出池宁许多，即使坐着，池宁也习惯仰起脸说话。

“你的私人飞机呢？”

“不能随便飞。”

两人絮絮叨叨地聊着天，池宁很快就把梁行野送到了机场大厅。人群熙熙攘攘，梁行野护着池宁往前走了一段，老生常谈地说了些注意事项。

“宁宁，我走了。”

回程的路上，池宁体验了一回离别愁绪，蔫蔫地提不起劲，司机直接送他回了别墅。

夜里下了大雪，从落地窗往外看，白茫茫一片。池宁裹着毯子在床上翻来翻去，心想，也不知道梁行野那里下雪了没。

阿姨进来送温牛奶，池宁爬起来，咕噜咕噜喝完，把杯子递给她。

阿姨笑着打趣："天天喝牛奶，都不见长高。"

池宁伸直腿比画，否认道："还是长高了的。"

阿姨笑眯眯地摸他的头，离开时不小心碰倒了直播架子，念叨着眼花没注意，将东西捡起摆放整齐。

直播设备原本放在书房，后来他懒得走，就放卧室了。不过自从他去了谢川工作室，基本没再碰过直播，设备一直放着蒙尘。

池宁说："阿姨，把它拿回书房吧，有点碍事。"

门关上后，池宁望着空荡的墙角，想起了他哥和梁行野。和以前不同的是，这次梁行野占了大半戏份。

如果有朝一日找到了他哥，梁行野怎么办呢？愿意跟他们一起生活吗？他哥又愿不愿意？估计两个人都不愿意。

梁行野比较独立，不爱有外人在，整栋别墅除了阿姨就只有司机，他们的存在感都很低。他哥的脾气倒是温柔，但界限感极强，对人类有着天生的警戒心。

他想他哥，但也舍不得梁行野。越想越愁，他支着下巴，惆怅地叹气。

一觉过后，池宁把愁绪忘了七七八八，抓紧时间洗漱，赶去工作室。

工作室忙一阵闲一阵，演唱会过后，懒散得像黄昏时的菜市场，三五成群聚在一起侃大山。

池宁八卦，悠闲地捧着杯咖啡，这里听一会儿，那里插几句，哪儿都不落下。

小话痨唠叨个不停，大家的耳朵都快起茧了，鼓手领着他去跟谢川学编曲。

谢川佯装无奈："又被嫌弃了吧？"

池宁摊手："他们说话太慢了，比不过我就要赶我走，过分。"

谢川笑得鱼尾纹堆在了一起，调侃鼓手："胜之不武啊你们。"

池宁指指点点："胜之不武。"

玩归玩，一进入学习状态，池宁格外认真。谢川什么都教，他就什么都学。

谢川无数次感慨，池宁的编曲一点就通，写词却一塌糊涂，还是吃了没文化的亏。

不过他已经是极具天赋的存在了，有缺陷才真实。

池宁学到下午，一摸手机才发现梁行野给他发起了视频通话邀请，走到阳台上边晒太阳边回复他。

视频通话梁行野接得很快，他正忙里偷闲，在广场喂鸽子。

他移动摄像头，古老的建筑一晃而过，画面定格在一群扑棱着翅膀的鸽子身上，鸽子咕咕叫着，在他的手心啄食。

被海鸟支配的恐惧瞬间笼罩住池宁，他将手机拿远："我不要看鸽子，你的脸呢？"

梁行野低声笑，调整好角度。

池宁不仅看到了他的脸，还看到了他怀里的猫。浑身雪白，只耳尖有一点黑色，毛茸茸的，仰头在蹭梁行野，眼神迷离。

梁行野抱着的是只纯种布偶猫，原本懒洋洋地蜷缩在广场的长椅上，梁行野一来，就往他腿上蹭，歪着脑袋，瞳孔如琉璃透亮，像池宁。

镜头拉近，对准了猫眼，梁行野夸道："宁宁你看，挺可爱的。"

猫可爱吗？池宁最讨厌猫，抿起唇，不开心道："它好丑，你不要摸它。"

梁行野"从善如流"地松手，问池宁今天做了什么。

池宁看着猫咪跳下长椅，才回答："我今天八点就起床了，早餐吃了荠菜小馄饨，然后去工作室上班。演唱会刚结束，大家都很闲，都在聊天。

"但我没有，我在跟谢叔叔学编曲，挺简单的，但写词好难。就是给我唱的那首歌填词，谢叔叔说可以发行单曲……”

正事讲完，池宁想了想，向梁行野告状：“我被嘲笑了，上舞台前我学了一个动作。”

池宁指着眼睛，眨眨眼：“这个叫 wink（眨眼），我总是眨眼，他们一开始夸我可爱，后来说‘人太自恋了就会死’……”

他眨眼时被抓拍到了高清大图，沾了谢川的热度，媒体各种花式夸，网友高喊他是人间丘比特，不是眨眼，而是放击中人心的箭。

网友们个个文采斐然，池宁被夸得飘飘然，在工作室逮着人就眨眼。一群中年大老爷们顺着他，做作地捂心脏。鼓手比较贫嘴，见他孔雀开屏般没完没了，拍他的脑袋，让他差不多得了。

池宁满脸失落：“现在连打扫卫生的阿姨都笑我。”

梁行野说：“小丘比特，以后别对他们射箭。”

池宁点头，听见谢川喊他，便挂了视频。

接连几天，池宁都在绞尽脑汁地写词，手指甲快咬秃了。

在谢川演唱会强悍的号召力下，池宁直接蹿红，剪辑出来的短短三分钟视频，播放量高达千万，哼唱的那首歌更火，甚至被国外一个著名音乐人转发点赞，谢川建议他做成单曲发布。池宁在工作室混了这些天，对歌曲的诞生过程早已了如指掌。

但他拒绝了发布单曲。

“这首歌不是我创造出来的，”池宁想起梁行野给他编造的身世，“是我们村寨流传已久的歌曲，我不能占为己有。”

池宁接着补充：“可以进行改编吗？标注原版本。”

谢川抿了口花茶，笑着应他：“这是一个创作者的基本素养。”

池宁削弱了旋律线的张力，用和声推动其走向，细分节拍后重组重音，加强律动感。他将初稿给谢川看，谢川笑眯眯地说了句“还行”，让他填词。

池宁写不出来。

他吃饭的时候想，睡觉的时候想，和梁行野视频通话的时候也想，费了九牛二虎之力挤牙膏，勉强挤出来了。

谢川皱眉道：“你写的什么垃圾？”

当晚，池宁跟梁行野哭诉：“我好可怜，我就是个小文盲，看得懂但写不出来。”

梁行野靠着床背，隔着屏幕看着池宁。他应该洗完了澡，穿着睡衣，下巴垫着枕头，脚丫在身后乱晃。

“没事，”梁行野安慰道，“那是谢叔眼光太刁，你已经很棒了。”

梁行野清楚池宁火到了哪种程度，也清楚他写歌的目的，或许他哥哪天打开手机，就看见了他。梁行野要拦下这些其实很简单，背后联合谢川对媒体施压，事后统一口供，池宁就永远不会知道。

可池宁从学拨弦开始，一步一个脚印向上攀爬，花费了无数精力只为了找他哥，梁行野做不到去摧毁他长久的努力，也舍不得。

孤苦伶仃的池宁会更依赖他，会只把他当作家人，但找到亲人的池宁会更快乐。

他看着池宁愁眉苦脸地琢磨那几句词，轻声喊他：“宁宁。”

“怎么了？”池宁凑近屏幕。

梁行野说：“把你哥的所有信息告诉我，尽量细致点，我再帮你找找。”

“信息都跟你说过了，找不到，”池宁用手捧着脸，“等你出差回来再说好吗？你先忙你自己的事。”

夜色已深，池宁有些困，钻进被窝里笑着跟他说晚安。

梁行野没有笑，低声回应：“晚安。”

熬了好几天，池宁还是没把词写出来。谢川把他的垃圾歌词加工了下，说凑合着用。池宁浑身轻松，光明正大地翘班，跑去接出差回来的梁行野。

天气冰冷刺骨，车里倒是暖烘烘的，池宁戴着副墨镜，正扒着车窗等，梁行野的身影一出现，他探出头挥手，喊：“我在这里！”

旅途劳累，随行人员早已离开，梁行野加快脚步，弯腰上车。

司机开车平稳，离开停车场汇入车流。此时正值黄昏，天空灰蒙蒙的，偶尔飘落几丝雨滴。

车里热，池宁脱了羽绒服，只穿了件鹅黄色的毛衣，像颗柠檬。太久没见，他掩不住兴奋，边说边舞动着四肢和梁行野聊天。

梁行野指着他鼻梁上的眼镜，问：“怎么突然戴这个？”

池宁嘿嘿笑：“冬叔说我红了，出门要有偶像包袱。”

冬叔是工作室里的鼓手，见天调侃他蹭谢川的热度，省了笔出道费。池宁的那段视频被国外一个著名音乐人转发后，谢川在底下回复了，替池宁表达被欣赏的荣幸。

两大鬼才音乐人梦幻联动，使得国内外的网友对池宁和这首歌的关注一升再升。

池今叙看见视频之前，正闲适地窝在沙发上看书。

窗外下起了雪，复古壁炉燃着火焰，屋里温柔的轻音乐流淌着，水晶吊灯散发着幽幽的光。

他长了些肉，病恹恹的面容变得红润鲜活，像遭遇虫害后的玫瑰恢复了生机。

他在看书，段沂在沙发另一端凝视他，想靠近又不敢靠近。

池今叙垂下眸子翻页，余光却停留在段沂苍白的手上，段沂出院很久了，还是一点血色都没有。

池今叙是在被段沂关了半个月后发现不对的，因失血过多而破败的身体竟然在慢慢好转。

失血造成的伤害不可逆，但有种珊瑚能有效改善。那种珊瑚位于危险海域，环境极端，周围还游荡着大型掠食者，池今叙从未靠近过。

他以为段沂派了人下海采摘，怕闹出人命，和段沂吵了一架。直到段沂在海里失踪，被找到后紧急送进了医院，段家父母联系他让他去看一眼，他才知道误解了段沂。

段沂浑身都是毛病，专横霸道，长了嘴从不好好说话，不被误解都难，但池今叙挺愧疚的。

段沂早年救过他，最后闹成那样，深究起来两人都有责任。而段沂失踪的前一天，还被扇了巴掌。他看着病床上遍体鳞伤的男人，心想，段家意气风发的小公子遇到他，也是遭罪。

书看久了眼有点痛，池今叙将书扣在桌上，仰头闭目养神，手机忽地振动起来，他扫了眼，是当地音乐学院的华裔教授发过来的，他们的关系不错。

教授：今叙，上回你哼的那首歌，我在网上听见了。谢川演唱会上有个男孩唱的，Abner 还转发了。我上课拿来举例，被学生提醒才发现。

池今叙身上保留着美人鱼的习性，有事没事就去看音乐剧，认识了一些同好。上次聚会他喝了点酒，一时兴起哼了首歌，被其他人追问来源，只说是老家那边濒临消失的曲子，他们想用就用，不存在版权问题。

教授被学生提醒后找了 Abner 的视频看，曲调一模一样，觉得奇怪，便想着问一问。

池今叙屈起腿，调整成舒适的姿势，不以为意地回复他：你听错了吧，不可能一样。

教授：不会错，你等等啊，我发给你看。

下一秒，屏幕上弹出视频，池宁的脸赫然出现在上面，池今叙瞳孔放大，腾地站起身。

是宁宁？

正常情况下，池今叙两个月回海里一次，上次回去时发觉岛屿被占，美人鱼族群迁徙的痕迹明显，他在海里游了半天都没找着人鱼族群新的聚居地，只好放弃。

但宁宁也变成人了吗？

银尾美人鱼的原话是："人不是孤立存在的个体，人鱼想要变成人，除了获得人类的接纳，还必须和人类社会建立紧密的联系。"

他当初遭遇海啸被段沂捡到，大半年都保持着人鱼状态养伤，只能在岛上装残疾。岛上设施齐全，堪称一座小城市，他闲来无事，哪行哪业都接触过，最后开了个拍卖行当消遣。

但好景不长，段沂性格霸道，掌控欲强，两人渐生友谊的同时，相处间总生摩擦。

他和段沂爆发矛盾的那天，恰逢渔民出海遇到暗礁，船体受损翻沉。池今叙本就虚弱，又耗费大量血液救人，身体撑不住后坠入大海，阴差阳错地落到了银尾美人鱼的巢穴。

过了些日子，他察觉自己能控制鱼尾的变化。银尾美人鱼意外至极，称这是变成人的征兆。他再三追问下，她说："你失踪后，段沂对你的牵挂强烈到无法忽视，但获得人类强烈的牵挂只是一方面的原因，如果把人类社会比作运转良好的机器，那所有人都是螺丝钉，那段拍卖行的经历，让你也成了其中之一。"

银尾美人鱼掌握着去往岸上的通道。瞒着这个秘密，起初是为了阻止对上岸有所憧憬的无知人鱼盲目尝试，后来她生了贪念，想换点东西，那些死活要上岸的人鱼变不成人，她才能利益最大化。

她并非良善之辈，告知池今叙信息，为他疗伤，都索取了酬劳，并命令他保守秘密。

池宁怕海，池今叙想过带他上岸，但他还是条小鱼崽，离了海活不了太长时间。就算勉强上岸，他什么都不懂，也难以跟人类社会产生牵绊。

池今叙上岸后其实吃了不少苦，在社会底层摸爬滚打，手腕上仍残留着被烟烫的疤，幸亏在岛上学了不少东西，靠着珍珠一点点发家。

看到屏幕上戴着蓝宝石小王冠的池宁，池今叙惊诧得无以复加，手都在抖。

他怎么上岸的？为什么会出现在谢川的演唱会上？

池今叙知道谢川，他是华语乐坛的顶级音乐人，延续着谢家一贯的高傲作风，温润外表下傲然如竹。

他想联系谢川，却不知该联系谁。他和谢家人不熟，跟谢辛只打过几次交道，那人矜贵有礼，但距离感十足，不轻易交友。

慌乱中他想起了梁行野，对了，梁行野和谢川熟，池今叙当即给梁行野打电话。

此时梁行野的手机调了静音，被装在口袋里。一进屋，恍然如春，他脱了外套，听池宁眉飞色舞地讲述近几日的趣事。

梁行野还记挂着帮池宁找表哥的事，详细询问起来。

电话打不通，池今叙快急疯了，打到纪宣那儿，纪宣也联系不上。好在他还存了梁行野的司机的号码，急忙打电话给司机。

听到匆忙闯进大厅的司机转告时，梁行野纳闷，池今叙什么事这么急？

翻出手机一看，满屏的未接来电。他们近期很少联系，最近一次还是听说池今叙要移民。

梁行野回了个电话，跟池今叙寒暄："怎么了今叙？移民前不回来聚一聚？"

"不移了，不移了，"椅子扶手被抓得锃亮，池今叙语速飞快，"行野你帮我个忙。"

梁行野懒散地靠着沙发："不着急，你慢慢说。"

"你和谢家的人熟，帮我打听一下谢川演唱会中场休息上台的那个男孩，穿白色西服、戴着顶蓝宝石小王冠，眼睛很大。我待会儿给你发个视频……"

"你打听他干吗？"梁行野坐直身体，池宁有点困，扫了眼手机，抵着他的肩膀打了个哈欠。

池今叙："他是我弟！"

梁行野愣怔道："什么？"

池今叙怎么可能是人鱼？他身上毫无池宁的天真懵懂，又是个父母健在的病秧子，除了金色珍珠和年纪，跟池宁描述的哥哥不搭边，并且他们早已询问过他。

"他真是我弟，"池今叙不知该怎么解释，"你别管了，先帮我打听打听，我立刻飞回来。"

他踩着地毯到处找鞋，暗骂自己得改掉不爱穿鞋的毛病："行野，你现在就去，最起码帮我要到联系方式。"

池今叙从未如此失态过，梁行野心里波涛汹涌，半天说不出话来，不敢置信又不得不信。但震惊过后，他竟然松了口气。

对面阒然无声，池今叙急道：“行野，快去。”

“不用打听，我都知道，”梁行野的手指不自主地蜷着，“他叫池宁，是条人鱼。”

“是，是……”池今叙连声应着，又猛然止住，“你怎么知道他是人鱼？”

梁行野沉默片刻，开口道：“他在我这里。”

“宁宁，我可能找到你哥了，”梁行野将手机递到昏昏欲睡的池宁耳边，“跟他说句话。”

睡意烟消云散，池宁瞪大眼睛：“我哥！”

池今叙紧张到哑声，试探：“宁宁？”

熟悉的嗓音自话筒传出，池宁激动地跳下沙发。

“啊！哥！”池宁穿着袜子在屋子里狂奔，“啊！真的是我哥哥！”

“宁宁，”池今叙赤脚在地毯上狂奔，“哥哥的宝贝鱼崽崽。”

池今叙绕客厅狂奔三圈，才稍稍冷静下来。理智回笼，他问池宁：“宁宁，你怎么到岸上的？”

池宁没应声。池今叙连名带姓地喊：“池宁，你是不是去找银尾……”

“没有，”池宁打断他，边喘气边走回沙发，“我受伤了，梁行野救了我，把我带上岸的。我学认字，学音乐，去谢叔叔的工作室上班，然后突然有一天，我的鱼尾就变成了腿。”

他模糊地复制池今叙的经历，并加入个人经验试图混淆视听。

“你就撒谎吧。”池今叙冷声道，“我怎么跟你说的？你胆子太大了，也不想想后果。”

他想起银尾美人鱼索要的报酬，问池宁什么时候上岸的，池宁老老实实地回答。池今叙一算时间，差不多，连忙问池宁能不能控制鱼尾变化。

想到前天泡澡的时候，鱼尾莫名其妙地变成了腿，但转瞬又变了回去，池宁瞎诌：“可以的，哥哥。”

悬在嗓子眼的心落了下来，池今叙打算回国再仔细盘问。但现在他要弄清楚，池宁上岸后为什么不找他。

梁行野插了句嘴，将当时的情况简单复述了遍。

池今叙想都不用想，是段沂干的好事！他怒火未消，随即记起人鱼变成人的另一个条件：被人类接纳。

池宁的眼睛红红的，有点哽咽："哥，我好想你。"

池今叙深呼吸几次，眼睛也红了。池宁还那么小，刚成年，对人类社会懵懂，现在还被人知道了人鱼的身份，哪怕那个人是他的好友梁行野。

唯一轻松的应该就是梁行野了，悬在头顶的刀终于落下，相比陌生人，池宁的哥哥是池今叙已是最好的结果了，他性格温和，是梁行野的好友。

在屋子里狂奔太久，池宁的鼻尖沁出了汗，脸颊绯红，两只手正捧着手机，和他哥视频聊天。

"哥，我没吃苦，"池宁丝毫不掩藏自己的喜悦，还认认真真地解释，"行野哥哥对我特别特别好。"

对面的镜头突然晃个不停，传来一声大吼："段沂，我要揍死你！"紧接着响起玻璃落地、推搡和摔门声。

梁行野恍若未闻，手抵着额头，发自内心地笑了。

池今叙朝段沂发泄一通，捡起了手机。屏幕里池宁放松地瘫倒在沙发上，池今叙蹙眉："宁宁，要有点规矩，别驼背好好坐着。"

"晚上收拾东西，"池今叙嘱咐道，"我最迟明天下午到，带你回自己家。"

池宁扭头看梁行野。

"你看他干什么？"池今叙说，"把手机给梁行野，我和他聊聊。"

池宁在场，通过手机谈话不方便，梁行野说："等你回来再聊。"

第六章

|CHAPTER 06|

两个哥哥

Ren Yu Yu Li

1

桌上的开水变成温水，池宁一口喝了大半，感觉像做梦，明天就能见到他哥了。

他哥还跟梁行野是朋友，不会遇到二选一的两难境地，他沉浸在喜悦中，跳下沙发绕着客厅又跑了几圈，梁行野静静地看着他。

跑累了，池宁坐下休息，梁行野被他逗笑："就这么高兴？"

池宁擦掉鼻尖的汗："我太高兴了！"

梁行野说："但你哥回来，你就要从这里搬走。你哥住的地方离这里挺远的，我工作很忙，也许以后我们很难见面。"

"我早就想好了，"池宁笑起来，略带得意，"我半个月跟我哥住，半个月跟你住。"

"想这么周到？但是……"

话说到一半，有电话进来，梁行野扫了眼，是陪同出差的助理打过来的，应该是有急事。谈话气氛被毁，梁行野没了心情，等池今叙回来把所有问题一起解决也行。

他揉揉池宁的脑袋："去洗个澡，晚上早点睡。"

池宁躺在浴缸里翘尾巴时，看见墙上挂着梁行野的衣服，离别的愁绪倏地袭上心头。

他哥疼他，谢川工作室里的所有人也宠他，但他们都有各自的生活，并且不是只宠他。

就像他哥，有些人鱼生下来若过于瘦弱会被父母丢弃，他哥遇到了就尽心尽力地照顾。攒珍珠似的，一攒一大窝，他吃醋也没用。

失踪大半年回来后，他哥明显有了心事，他问了又不吭声。刚才在视频聊天时，他看到门口站了个男的，手里端着水，被他哥用抱枕砸了也不生气，还蹲下来捡地上的碎片。

他哥的生活有一部分对他来说是陌生的，工作室里的那些人就更是了，但梁行野几乎所有外露的情绪都与他有关，甚至永远都以保护者的姿态站在他身边，不管面对谁。

池宁享受着被保护的感觉，这让他觉得，他不再是个小可怜。

有时候他觉得，梁行野比亲哥还像亲哥。

矢车菊蓝的鱼尾浸在水里，间或甩起水珠，池宁支着下巴想，两个哥哥他都想要。

刚才加了他哥的微信，池宁趴在鱼缸边缘给他发消息：哥，你在干吗？

池今叙迅速回复：在打包行李。

池宁：梁行野可以跟我们一起住吗？

池今叙：不行。

池宁：那我们跟梁行野一起住吧，这里好多房间，住得下！

池今叙连着发来两条语音："想都别想！给我去收拾东西，我明天来接你。

"不收拾也行，到时候给你换新的。"

池宁再发消息，那边隔几分钟才回，大概在忙。

池宁惆怅地叹了口气，但转瞬又兴奋起来，他哥要回来了！

鱼尾在水里翻滚，弄得浴缸周围一圈的水渍。池宁激动不已，恨不得一睁眼就跟哥哥见面。他还打了个电话跟谢川说明天有急事，能不能请假不去上班，很快得到了应允。

水面被鱼尾溅起水珠，忽地鱼尾鳞片尽褪，两条笔直的腿显现出来，瞬间又变成鱼尾。

池宁一愣，心很慌，两次三番出现这种情况，他的鱼尾不会出现毛病了吧？

他仔细地检查了一遍，鳞片完整无缺，漂亮得很。他跳出浴缸擦干身体，水汽消失后，沿着大腿从上摸到下，滑溜溜的，饱满紧实。

一切正常，池宁没放心上，回卧室睡觉。

池今叙到得比池宁想象中快，隔天，他跟梁行野吃着早餐，门口忽然进来两个人。

池宁在嚼小馄饨，脸颊鼓得像松鼠，倏地听见温柔的嗓音。

“宁宁。”

池宁扭头，今日天气晴朗，池今叙立在玄关处，披了一身阳光，驼色大衣和羊毛格子围巾的边角处微微发亮。背着光，他面容有些模糊，但一如既往地亲切。

汤匙落桌，池宁起身冲过去，猛地扎进他的怀里：“哥！”

撞得池今叙后退半步，段沂在后面扶了一下，看了眼池宁。

池今叙抱着池宁，眼里满是笑意：“宁宁长高了点。”

“我天天都有喝牛奶，”池宁仰起头，瞥见段沂，好奇道，“他是谁？”

池今叙：“一个朋友。”

梁行野走到门口：“今叙，好久不见。”

池今叙上前，碰了碰他的肩膀：“这段时间劳烦你照顾池宁。”

梁行野笑着说：“应该的。”

池今叙笑不出来，事有轻重缓急，他扫视池宁的腿：“宁宁，带我去你的卧室看看。”

池宁摸不着头脑，带池今叙上了楼，门一关，就见他哥径直往浴室走。

浴室空间大，延续了梁行野一贯的冷硬风格，地面铺着灰黑色大理石，做了防滑处理。

池今叙将视线转到池宁脸上：“宁宁，进浴缸，让我看看你的鱼尾。”

池宁一头雾水：“怎么了哥？”

“确认一下你是否能控制鱼尾变化，”池今叙走到浴缸边调整水温，放了半缸水，“别傻愣着。”

能控制鱼尾变化是瞎诌的，池宁瞪大眼睛，心慌地找借口：“我害羞！”

“害羞？”池今叙摘下墙上的浴巾，递给他，“害羞的话遮一遮。”

池宁担心被发现，极度不情愿，扭捏地扯着浴巾。

池今叙蹙眉，严肃道：“池宁，你是不是控制不了？”

“能控制，”池宁先用浴巾围住下半身，再脱掉裤子，慢吞吞地踏进浴缸，腿入水后化成鱼尾。

池今叙：“把它变成腿。”

怎么变？池宁急得在心里默念了好几遍。

随着他哥的眼神越来越严厉，池宁打算破罐子破摔，直接坦白：“哥，我……”

忽然，鱼尾从底部一寸寸蜕变，化成两条又细又直的腿。

咦？竟然真的可以。池宁掩住惊讶，对他哥摊手：“哥，我都说了可以，你不信我。”

池今叙：“变回鱼尾。”

池宁依葫芦画瓢，果然又变了回去。他暗自庆幸，阿弥陀佛，阿弥陀佛。

池今叙见他慌慌张张的，让他再试几次，都成功了。

他彻底放下心，拿了条干浴巾给池宁擦水。池宁拦住了：“哥，我自己来吧。”

池今叙笑着说：“宁宁长大了。”

当初只有他膝盖高的鱼崽崽，也到了害羞的年纪。不过确实该避嫌，池今叙便去了外面等。

池宁的卧室向阳，窗帘拉开，日光倾泻而入。池今叙坐在床边晒太阳，看着各处的布置。墙上挂着吉他，贴了几张酷炫的海报，上面有谢川的签名，仔细一看，还有对池宁的祝福。这些也不算祝福，但每句话都带着亲密的调侃。

“今日和将来的乐坛‘紫微星’在阳台喝咖啡，心情甚好，故签名留念。

“傍晚在工作室的洗手间又偶遇了‘紫微星’，心情极好，再次签名留念。

“池宁你有完没完啊？别在垃圾桶里捡海报！”

最后那句写得略显潦草，池今叙笑得眼睛弯了起来，移开目光。

被子是橘黄色调的，带着暖意。床头柜摆放着个月亮形状的闹钟，滴答滴答走着。打开的乐谱被涂得乱糟糟的，旁边是包吃完的薯片，边缘残留了不少碎屑。

池今叙都能想象出来，池宁趴在床上，晃动着脚，一边用笔画乐谱，一边摸薯片吃的场景。

池今叙叹气，脏不脏啊。

到处都有些杂乱，展现出极度生活化的氛围，这都是因为梁行野给池宁提供了充足的安全感。

衣服下摆湿了一块，池宁换了套衣服，从浴室出来时，看见他哥在收拾房间。被子叠得整整齐齐，原本随手扔在床头柜上的一沓乐谱，被回形针固定住，而旁边的薯片不见了踪影。

池宁有点不好意思，连忙跑过去。池今叙听见声响扭头，将手里的毛毯折好放在床边：“宁宁，以后别在床上吃东西了。”

“知道了。”

“哥，你有什么想要的吗？我给你买，”池宁兴冲冲地扬起眉毛，“我上班有工资，攒了好多钱。”

“这么厉害？”

“是的，”池宁抱住池今叙的手，“我在谢叔叔的工作室上班，就是谢川，那个特别厉害的歌手，我的偶像。我跟着他学会了很多，作曲、编曲、音频编辑……”

他絮絮不休地讲，一直盯着他哥的脸看，心里莫名掀起久别重逢的委屈，转而说：“哥，我太想你了！”

“小浑蛋，我还没跟你算账呢，”池今叙拍他的背，提高声音，“谁给你的胆子去找银尾美人鱼？还骗我说没有。”

人鱼的寿命长达一百四五十岁。池今叙坠海后被银尾美人鱼所救，被索取了三十年寿命作为报酬。而通过银尾美人鱼得以上岸的人鱼，要付出的代价同样是寿命。

上岸半年内，十年寿命换一个月，超出时间，代价翻倍，只有变成人才能摆脱控制。

池宁九月上岸，如今一月，仍在半年范围内，幸而他误打误撞遇见了梁行野，又和谢川搭上了关系，在工作室里发光发热。不然再过大半年，人就没了。

池宁小心翼翼抬眼看池今叙。池今叙见他这副模样，就知道银尾美人鱼未告知他成为人的代价，池宁现在还被蒙在鼓里，以为自己仍然是条人鱼。

池今叙心想，吓吓他也好，受点煎熬，以后就不敢莽撞了。

池今叙依旧后怕不已，逮着池宁骂了一顿，骂完，还是忍不住询问他这段时间的经历。

池宁很意外，他哥居然轻易地放过了他，赶紧顺坡下驴。他隐瞒了梁行野最初打算送他回海里和他喂血的事，把剩下的一五一十地说了。

听完后池今叙愣住了，这是他认识的梁行野吗?

池宁抓着他的手，撒娇道："哥，我想要梁行野跟我们一起住，我舍不得他。"

池今叙回神："舍不得很正常，这属于印刻现象，你上岸后第一个见到的人就是他，难免依赖。如果换作其他人，你也会如此，就像刚出生的小鸭子……"

"哥，我不是小鸭子。"池宁有点生气，"梁行野只有一个，也没有如果。"

池今叙能说什么?

"我举例而已。"池今叙无奈地退让，"我到时候问问。"

"现在就去，"池宁深思熟虑，"我跟他提过了，他可能担心你不愿意，没答应我。"

他嘱咐道："你记得要真诚一点啊，哥。"

离开卧室后，池今叙沿走廊走了半段，瞥见梁行野出现在楼梯口，正往这边走。

待梁行野走近，池今叙顺手推开旁边健身房的门：“行野，我们谈谈。”

梁行野点头。

健身房没设置座椅，两人面对面，随意地坐在相邻跑步机的跑带上。

“看你气色挺好的，”梁行野用手撑着防滑带，“最近身体怎么样？”

“还行，养好了。”

寂静在健身房中蔓延，池今叙开口道：“那个，宁宁一直住你这儿不太合适，我待会儿带他回家。”

梁行野单刀直入：“我知道你疼池宁，但我也把他当弟弟。”

“他太纯粹了，知道我要送他回海里，仍然偷偷给我喂血治腿。”梁行野细数池宁为他做的种种，“当我不开心时，他会弹吉他唱歌给我听。我回了梁家心情不好，他故意打雪仗逗我笑。我妈对我发脾气，他毫不犹豫地挡在我身前……”

梁行野说：“今叙，我们相识这些年，你知道我的家庭环境，我好不容易遇到这样一个弟弟，我想有人陪着。”

池今叙沉默半晌，绕回话题：“先让宁宁跟我住段时间，我们太久没见了，以后的事以后再说。”

“行。”梁行野应道。

池今叙站起身，抚平大衣的褶皱，待梁行野起身后，上前拥抱了下，语气真挚：“不管怎样，行野，谢谢你照顾宁宁。”

“我都听宁宁讲了，什么蓝宝石小王冠……梁总好大的手笔。”池今叙笑着揶揄。

梁行野也笑：“很适合他。”

“谈钱太生疏，我会把攒的藏品拿一些给你，你当装饰品也好，送人也好。”池今叙说。

“那倒不用。”

池今叙坚持道：“你愿意给是你的事，但他不能心安理得地拿，这是原则问题。”

梁行野靠着跑步机，失笑：“知道，你这哥哥也给得起。”

临走前，池今叙说：“刚才宁宁让我问你，跟不跟我们一起住。”池今叙微扬起下巴，“我明说了，我不太愿意。”

梁行野思索几秒：“你带他回去吧，我就不掺和了，不过我先和他道个别。”

梁行野独自进入池宁的房间。池宁在打游戏，下巴垫在枕头上，手指快得舞出残影，正对着手机激情发言：“宋晓意，你再送人头我就要骂你了哦。”没等对面回答，池宁急得蜷缩起脚指头，“救命，我要死掉了，救我！”

眼睁睁看着输了，池宁叹气，身后忽然探出一只手，拿掉了他的手机。池宁回头，对上梁行野近在咫尺的俊脸。

他手脚并用地爬起来，笑着问：“你答应我哥了吗？”

梁行野预料到池今叙会连夜过来，公司的事往后推了半天，但他习惯性穿着西装，动作一大便紧绷着。他脱了外套，往床尾一坐：“宁宁，我不和你们一起住。”

“为什么？”池宁有点急，“我哥凶你了吗？”

“没有。”梁行野淡淡道。

池宁仰头观察他的神色，忍不住胡思乱想。从演唱会他在后台撞见梁佑江，梁佑江扔下那句“你影响了梁行野的工作”，想到他摔坏王冠时梁行野的反应，再到周纭疾声厉色地说他让梁行野丢脸，连起初梁行野几次三番想送他回海里，最后发现腿伤恢复才改了主意，都被池宁从记忆中翻了出来。

梁行野明面上对他爸妈的态度差，其实总记挂着他们。他爸爱喝的红酒他隔段时间就让人送回去，他妈摆不平的烂摊子他也帮忙解决。吵了架，对方一示弱他就会心软。

池宁想，梁行野每次因为他和他们闹矛盾的时候，会不会觉得他是个麻烦？但梁行野被喂过血，不好不管他。

现在他哥回来了，梁行野就不要他了。

池宁垂下眼，屋里有暖气，他套了件圆领加绒卫衣，衣服的标签没清干净，挠得后颈痒，很烦人。

“嗯，我知道了。”他站起来，鞋都没穿去找充电器，故作轻松地说，“那我跟我哥走了，你要好好照顾自己。”

梁行野皱眉：“你生什么气？”

“我没有生气啊，”池宁推开他，将充电器缠手上，又去拿乐谱，“马上就走。”

梁行野探身，单手拦住他。池宁抿起唇，望着梁行野不说话。

正巧池今叙冲了进来：“宁宁，下床跟我回家吧。”

池宁背对着梁行野：“好的哥哥。”

池今叙原打算移民，家里的阿姨和司机都远程遣散了，这次回来得急，只能自己开车。

车停在大门口，梁行野送几人出去。池宁走在最边上，垂着头，交握双手，全程没看他。段沂任劳任怨地充当司机，打开车门让池今叙他们上车。池宁坐上后座，闭眼假装睡觉。

车子启动后，池宁唰地一下睁开眼睛，扭头，梁行野的身影转瞬消失，逐渐变成一个小点，最后淹没在阳光中。

半分钟后，池宁还在发呆，池今叙掰正他的脑袋：“别看了，又不是以后见不到面。”

池宁嗯了声。

池今叙：“宁宁，梁行野刚才跟你说什么了？”

“说不和我们住，”池宁下意识地抠手指，慢吞吞地开口。见他明显不愿透露太多，池今叙便闭了嘴。

2

冬末，难得天朗气清，道路两旁的枝丫间，偶然惊起几只麻雀。不多时，车子拐进一个湖边别墅区。

池宁想，这里离梁行野家有点远。

他只拿了手机和一套换洗衣服，下了车，池今叙给他拎着袋子，径直带他去了三楼主卧。

主卧视野开阔，贝壳状座椅很惹眼，墙上悬挂着一排星星小夜灯，错落有致。飘窗上堆满了毛茸茸的小动物玩偶，充满了儿童风格。

池今叙买的所有房子都给池宁留了卧室，哪怕他当时并没上岸。

池今叙将手袋放一边，亲昵地道："待会儿带你去买东西，想要什么就跟哥哥说。"

池宁回神，终于捡起了重逢的欣喜，靠着他哥的肩膀："哥，用我的工资给你买个礼物吧，我自己挣的钱。"

"宁宁出息了，"池今叙笑起来，"行，你送什么我都喜欢。"

他们在商场逛了一天，池宁仔细挑选，最后选了块腕表，花光了他所有的积蓄。

稍晚，当池宁和他哥在影音室看电影时，池宁咔嚓咔嚓咬着薯片，习惯性地摸手机，没看到消息提醒。

池宁不死心地点开和梁行野的聊天记录，对话依旧停留在昨天。最后一句是：宁宁，我下飞机了，十分钟左右到。

知道池宁喜欢聊天，梁行野会跟他分享行程，大到出差安排，小到用餐体验，零零碎碎的，有空就发。

他早上八点半离开，现在是晚上九点十五分。

梁行野为什么不找自己？池宁有点生气，又有点难过。

影音室的亮度低，屏幕上播放的是部治愈电影，偶尔播放舒缓的轻音乐插曲。

池宁却觉得吵，蔫蔫地窝进座椅里。

他的情绪外露明显，池今叙揉他的脑袋，随口道："想啥呢？"

池宁不吭声。池今叙心里了然，他早就打算找个机会，好好跟池宁谈梁行野的事，便关了电影。

"宁宁，你觉得梁行野怎么样？"

“他特别好，没有缺点，永远都在保护我。”池宁马上回答。

池今叙：“所有人都有缺点，比如他很强势。强势过头，也许会变成控制。”

池今叙深知梁行野的控场能力有多强，好几次他和对家谈判时赢的可能性极低，依旧能逆风翻盘。

池宁听懂了言外之意，否认道：“哥，他从来没引导过我做任何决定。他强势是因为要保护自己，他爸妈对他都很过分。”

池今叙沉默半晌。

池宁：“他很脆弱的。”

“我理解你心疼他，毕竟你们朝夕相处这么久，他也确实足够优秀，”池今叙说，“可是宁宁，你和他都不是一个物种的，能一直陪着他当他的家人吗？”

池宁没应声。

“你太小了，”池今叙把他揽进怀里，语气充满感慨，“我每次回海里见你，给你带的礼物除了饭团，就是一些亮闪闪的玩具，都是小朋友才爱玩的。”

池宁讨厌这个称呼，所有人都叫他小朋友。

他说：“哥，我已经上班了，你忘啦？”

“没忘，”池今叙挥了挥手腕，“我戴的手表是用你的工资买的，怎么会忘？我就觉得，你虽然聪明，但很多事情都不懂。”

池宁：“哥，我都懂。”

一场谈话下来，池今叙毫无收获，也谈得池宁心情低落。

洗过澡，池宁在床上辗转反侧，他心心念念想着要找他哥，真找到了，竟然有点不习惯。

屋顶中央开了扇天窗，苍穹上缀着浅淡的月。池宁的视线越过玻璃天窗，遥望辽阔无垠的苍穹。他想着梁行野，心里空落落的。

而后，他忽然想到死亡。他没有以后了，上岸要付出代价，他用寿命换来的短暂一生，已经挥霍了大半。再过半年，他就要死了。

池宁没来由地恐慌起来，上岸前，他受够了令人窒息的深海和不间断的欺凌，那时觉得哪怕只逃离一个月，也值得。

可如今，他贪心地想要很多。

他连忙下床去找池今叙。隔壁卧室关了灯，池宁轻轻敲门，小声喊："哥，你睡了吗？"

"没，正准备睡。"里面传来回应。

片刻后，池今叙打开门，哈欠连天地问："怎么了宁宁？"

"有事想问你。"池宁穿得单薄，进了房间，一骨碌钻进被窝，和他哥唠嗑，"哥，梁行野说你的资料上有父母，是怎么回事？"

池今叙也上了床，给他盖紧被子："做的假信息。"

"这样啊，"池宁问，"那你是怎么变成人的？"

不提这事池今叙都差点忘了，他看了眼池宁，淡淡道："不清楚，我只知道你胆大包天找银尾美人鱼做交易，很快要死了。"

池宁的嘴唇抿成了一条线。

池今叙心有余悸，骂他："现在知道怕有什么用？你当初做决定的时候，怎么就没怕过？"

池宁观察他的表情，池今叙没好气道："看什么看？"

"哥，你骗我，如果我要死了，你不可能留我在这儿。"池宁说，"你绝对会强迫我回海里，以美人鱼的身份生活。"

池今叙哑口无言，顿了几秒，拽着他的胳膊往外扯："行啊，我立刻送你回去。"

池宁紧抓床笠，浑身都用上了劲，手背浮现青筋："我不回去，你别抓我！"

拉扯了半天，池宁挣脱禁锢，跑到床尾站着。他光着脚，身上的睡衣也薄，仿佛风一吹就倒。

池今叙："过来。"

池宁警惕地摇头，池今叙皱起眉，扔给他一条毯子。

池宁将自己裹严实，回忆起他哥的一系列行为和反应，猜测道："我那天和你视频聊天，你骂我竟敢跟银尾美人鱼做交易，但马上又问我能不能控制鱼尾变化。见到我的第一件事，就是让我进浴缸，确认我能控制，然后再也没提过这事。”

池宁推出结论：“能成功控制鱼尾变化，说明我已经变成了人，我还可以活很久，对吗哥？”

机灵劲儿池宁倒是会用对地方，池今叙本想治治他的莽撞，没了法子，气得冷笑一声：“对，你是人了，你超棒，下回记得再去找银尾美人鱼。”

池宁哪见过他哥这样，笃定的心思变得摇摆不定，试探着开口：“哥，你说‘对’就行了。”

池今叙：“对。”

池宁眼神狐疑，感觉还是有点不对劲。

离开他哥的房间后，池宁下楼倒水喝，经过沙发时，和段沂对上了视线。房间够多，段沂偏不睡，躺沙发上装可怜。

池宁脚步未停，将杯子灌满水后，边喝边往楼上走，刚踏上一段台阶，又折回沙发旁。他捧着杯子对段沂说：“你很厉害啊，删我哥的信息，他永远不会原谅你，我也不会。”

段沂为这件事都快要烦死了，抓了抓头发，苦恼道：“谁知道你是他的弟弟啊，我的错，我认。”段沂问，“你找我有事？”

“我们做个交易，你帮我套我哥的话，我就说我不介意你的行为，让他原谅你。”池宁言简意赅地把美人鱼的情况讲述明白。

瞌睡了有人送枕头，段沂果断答应：“一言为定。”

隔天清晨，睡意蒙眬间，池宁摸出手机看了眼。

段沂：你猜对了。

池宁忍不住扬起笑，心里的巨石终于落了地，但他仍然没等到梁行野的消息。

上班上得索然无味，池宁一心二用，在操控室学设备操作，被漂亮的录音师姐姐打趣：“昨晚没睡好呢？”

池宁恹恹地点头。

“今天还好，过几天录*Blue*时可得打起精神，”录音师姐姐嗑着瓜子，“谢老师说，后期的 MV 让你上镜。”

Blue 是池宁改编的那首歌，填完词后，谢川给取了名。

“行。”池宁去找谢川，询问相关事宜。

熬了两三天，池宁心里在跟梁行野较劲，手机快盘出包浆了，消息打了删，删了打，就是不发出去。

他很难形容自己的感受，难过、不舍、委屈、气闷……万般滋味流转在心间。

傍晚他在走廊碰到了谢辛，打了个招呼后被叫住。谢辛顺手递给他杯咖啡：“今天怎么没见到梁行野？”

梁行野每天接送池宁上下班，最近不见人影，谢辛问了一次，梁行野反应平淡，说池宁搬出去住了。

谢辛不清楚池今叙的事，见池宁总垂头丧气的，便以为他们闹矛盾了。自池宁跟他小叔学音乐后，他们的关系回暖，平时也能聊上天。

“其实这样挺好的，你们毕竟不是亲兄弟，关系总会淡的，”谢辛随口说，“梁行野会有自己真正的家人……”

冗长的一段话，大概意思是池宁和音乐世家的才女结合，梁行野跟哪个集团小公主联姻，结婚生子才是最好的选择。

池宁只捕捉到了“梁行野”“集团小公主”“结婚生子”几个关键词。

他听不下去了，打断谢辛：“他不需要别的家人。”

谢辛不以为然：“是不是真的在乎有什么关系？婚姻本就是两家的利益结合。互相借力，获得最大的利益，生下继承人后延续下去，有钱人家大多如此。”

池宁“哦”了声，然后问：“你见到梁行野了吗？他在干吗？陪小公主吗？”

“他忙着工作，哪有时间。对了，晚餐我们几个有约，你想去的话可以一起。”说完他又反应过来，“抱歉，我忘了你们的情况。”

池宁：“我不想去。”

梁行野与谢辛他们约的地方是中心大厦顶层的西餐厅，那儿几乎算池宁的半个家，梁行野经常带他去那儿吃圣雅克扇贝。

到了下班时间，池宁以要加班为理由，拒绝他哥来接他，跑去了西餐厅。

梁行野他们已经落了座，三男一女。

他鬼鬼祟祟地躲在角落，看着梁行野用餐。梁行野似乎察觉到了视线，忽地偏头，池宁赶紧藏起来，待安全后一溜烟跑了。

大街上人来人往，池宁买了个饭团，漫无目的地边啃边走。

如果梁行野要结婚生子怎么办？他即将有自己的妻子和孩子，他说让自己当他的家人就不作数了吗？池宁心里泛酸。

隔天，池宁把心思放在工作上。进了录音棚，录音师帮他调整好麦克风的距离。

主录结束，录音师快速做出了大概的效果。池宁重听一遍，对不满意的部分进行修改，反复多次，直到呈现出最好的效果。录制时间较长，保存干声后，还需要后期处理。

因为过度用嗓，喉咙有些充血，池宁不自觉地咽口水，一出录音棚便捧着水杯润嗓。

脱鞋套时，策划说确定了拍摄 MV 的地点，在隔壁市，顺利的话大家一天就可以来回。

池宁应好，抬起头，看见了门口的梁行野。池宁愣了片刻才收回视线，垂着眼睛，和他擦身而过。

沿走廊走到尽头，池宁发现梁行野在后面跟着他。此时到了下班时间，按以往的情况，他哥会过来接，但今天他哥临时有事，下午和段沂出门了。池宁没考驾照，应聘的司机明天才入职。他打算打个车回去。

下了楼，池宁调出打车软件，梁行野盖住他的手机："宁宁。"

池宁："什么事？"

"我送你回家。"

"那太麻烦你了，"池宁淡淡地说，"我自己打车吧。"

路口驶过一辆深灰色迈巴赫，稳稳地停在池宁面前。梁行野半拉半拽，将他弄进后座。梁行野说了个地址，司机调转方向，汇入车流。

车里一片寂静，池宁紧靠车门，像要跟梁行野划清界限。他今天戴了顶驼色针织帽，勾勒出优越的头型，侧着脸，睫毛浓密，眨眼时犹如蝶翼。

梁行野凝视他许久，池宁闭上眼睛，假装在睡觉。

等到了湖边别墅区，池宁下车，看着梁行野，礼貌地道谢：“谢谢你送我回家。”

他转身进院子，被梁行野叫住。

“我不想理你，因为你已经四天半没理我了。”池宁有点委屈，随口胡诌，“我昨天都生病了。”

“生病了？”

“是，很严重，我现在嗓子还好疼。”池宁咳了几声。

“可是宁宁，”梁行野微微蹙眉，似是不解，眼里却满是笑意，“我不记得你生过病。”

“你没找过我，怎么会知道？”

“我就是知道，还知道你去了餐厅，”梁行野问，“你既然也挂念我，为什么不主动来找我？”

手心出了汗，栏板上黏糊糊的，池宁换了个位置：“我在生气。”

“生什么气？我不跟你联系？”梁行野解释，“我拒绝同住是因为希望在你心里，我和池今叙有同等的分量。而不是像个寄宿者，强行插入你们的生活。”

他望着池宁的眼睛：“不是真心的需要，我宁愿不要。我从小没有家人陪伴，没有被当作家人需要过，但这并不是你同情我、必须陪我的理由。只有你真心需要我，愿意与我像真正的家人一样相互信任、相互依靠，这样我才会觉得我们的联系永远不会断。”梁行野说，“宁宁，我把你当弟弟，你有把我当亲哥哥吗？”

梁行野的眼神过于认真，池宁抿起唇，不自觉屏住呼吸：“嗯。”

有猫跳进灌木丛，发出窸窣的声响。池宁越过梁行野的肩膀看见了路口的池今叙，他抱着手，面无表情。

池宁往下扯针织帽，罩住眼睛。粗毛线的缝隙较大，有几缕头发露了出来。

梁行野笑出声，摘掉他的帽子：“你干什么？”

池宁背靠围栏，手心紧贴着栏板，像只受惊的壁虎：“我哥在你后面。”

这番话让池宁觉得有点对不起他哥，他猛地推开梁行野，跑进院子，上了楼。

3

“宁宁，睡了没？”门外忽地响起敲门声。

池宁赶紧钻出被窝：“还没有，哥，你进来吧。”

屋里一片昏暗。池今叙打开灯，见池宁靠在床头，脸颊红扑扑的，顺手调低了暖气温度。

“怕热的话，以后睡前记得调一下暖气。”池今叙手里拿着顶针织帽，边说边朝床边走。

池宁往旁边挪，给他腾位置，不小心碰到了枕头下的手机，下意识地蜷起手指：“好的哥，是有点热。”

池今叙将针织帽挂在衣帽架上，然后掀开被子上了床。

他拿枕头垫着背，偏头看池宁：“宁宁，梁行野给你上户口的时候，上在梁家还是哪儿？”

“他帮我单独立户了，户口本在他家。”池宁应道。

“行，”池今叙揉他的头发，“我会给你迁回池家，你这几天有时间吗？”

池宁：“明后天都有，大后天我要去南江市拍MV。”

Blue 的MV拍摄的取景地定在隔壁的南江市，工作室效率高，前期筹备完成得格外细致，池宁看了通告，计划后天一早出发。

池今叙思忖几秒，说：“那就明天吧。”

“好，”池宁纳闷道，“为什么要迁？”

池今叙没提原因，只说：“你的户口本放在梁行野那儿不合适。”

池宁快速扫了眼他的神色，试探地开口：“哥，我感觉你有点不喜欢梁行野。”

池今叙放缓语气：“我不是不喜欢他，只是……”

池今叙像小时候在礁石上看月亮那样，让池宁躺在他腿上，手指慢慢穿过他的鬈发。

“还记得吗？以前我每次回海里，你多高兴，眼神发亮，时刻黏着我，哥哥叫个不停。”

池宁当然记得，他哥变成人后，起初回海里回得频繁。但变成人，鱼尾会随着岁月流逝彻底退化成腿，他哥能维持鱼尾状态的时间逐渐变短，后来一般两个月才回去看他一次。相处时间越短暂，池宁越舍不得，恨不得片刻不离地跟着他哥。

“你上岸是为了找我，但真正找到了我，你开心超过半天了吗？”池今叙低头看池宁，“没有，你在想梁行野。宁宁，你只和他认识了几个月，他就那么好啊？”

语调温柔，却含着满满的失落。

池宁望着他哥的眼睛，忍不住内疚起来。他们相依为命那么多年，在梁行野出现之前，几乎是彼此的全部，但这几天他完全忽略了他哥。

他握住池今叙的手，小声说：“哥，对不起。”

池今叙：“我给你买了很多玩偶，全是你在海里 爱玩的；给你的房间装饰了贝壳，是你小时候收集的同款；给你留了天窗，因为你最爱看月亮。”

“哥哥不想你长大，我可以养你一辈子。”他轻轻移动手掌，抚摸池宁的头顶，叹气道，“我希望你永远是哥哥的宝贝鱼崽崽。”

如果池宁非要长大，要去成为一个真正的人，起码慢一点，让他做好心理准备，而不是一重逢，就发现他天真烂漫的弟弟，已经成长到不需要他的地步。甚至连哥哥的角色，都由梁行野代替了。

明明他们才几个月没见面。

池今叙的手掌干燥温暖，抚头这个动作，是池宁幼年时期的安全感来源。

池宁感觉心里酸胀，起身抱住池今叙的肩膀，喊他：“哥。”

“我回卧室了，”池今叙拍他的脑袋，“晚安鱼崽崽。”

翌日一早，池今叙着手给池宁迁户口。

单立户口需要房产证，梁行野肯定给了池宁一套房。池今叙问池宁，他一问三不知，池今叙便让人去查了下，想着到时候找个等价的东西还给梁行野。

同城市迁移户口，审批后就能办理，只用花一天半。拿到新的户口本，池今叙第一时间想给池宁名下划些资产，让他做个快乐的小富二代。

晚上池宁洗完澡，被叫到了书桌前，他吸着果汁，移开了台灯："光有点刺眼。"

池今叙把光调到睡眠模式，指着电脑，将自己的情况跟池宁透底。池今叙靠珍珠起家，进入拍卖行业。虽然近几年经济大环境不好，但池家的产业盈利稳定。总而言之，他们挺有钱的，池宁可以适当挥霍。

池宁凑到电脑屏幕前，认真看公司的财务报表分析，看不太懂，直起腰："哥，我只喜欢五颜六色的宝石和亮闪闪的金子。"

"俗气，"池今叙说，"我攒了些古董，很漂亮，你肯定喜欢，我给你看看。"

古董照片做了备份，池今叙翻找时，屏幕上忽地弹出对话框，来了一连串的消息。他让人查梁行野给池宁的那套房，查出来了，但不是一套，也远远不只有房产。

看清对面发过来的内容后，池今叙震惊到失语，梁行野疯了吗？这怎么可能还得起？

池今叙半晌没动作，池宁靠着墙，慢吞吞地吸果汁，疑惑道："哥，你怎么了？谁找你？"

"没事，"池今叙深呼吸几口气，"照片一时半会儿翻不到，我下次再给你看。"

池宁上前半步，想偷瞄，池今叙盖住电脑："没什么，你去睡吧。"

池宁嗯了一声，转身离开。

他喝完果汁，去刷了个牙，躺在床上，点开梁行野的微信头像。

他盯着看了会儿，又去翻聊天记录。

他们和好了，但这两天没见面，梁行野忙工作，他忙着熟悉拍摄流程，两人抽空才聊几句。

自前晚交谈后，池宁努力把注意力匀一半出来给他哥，但总控制不住想起这几个月的生活。他落进了梁行野的浴缸，被带着一步一步地长大，变成真正的人。他有了自己的人类朋友，有了自己的生活，被大家接纳，被需要，被喜欢。

这一切都是源于梁行野。

太晚入眠，第二天早上池宁差点睡过头。七点半的闹钟，响了五分钟，被窝里才伸出只手，充满起床气地用力摁掉。

头发睡得乱糟糟的，池宁洗漱完冲了个澡，将头发吹蓬松，随便套了件外套，急匆匆地下楼吃早餐。

今天要拍摄 MV，耽搁不得。他正风卷残云般吃着汤面，倏地瞥见梁行野来了。

喝完最后一口汤，他拎着背包准备出门。其他人提前在工作室集合了，去南江市恰好经过池家，大家便顺路来接他。

梁行野正和他哥坐在沙发上聊天，池宁经过时停住脚步，含糊地道："哥，我出发了。"

"路上小心。"池今叙嘱咐道。

"嗯。"

梁行野抬头："宁宁，你几点能回来？"

池宁盯着鞋尖，指腹不断摩挲背包带，小声说："不知道，要看拍摄进度，应该晚上就回来了。"

梁行野应好，抬手拍了拍他的脑袋，动作很轻。

池今叙咳了一声，池宁看看池今叙，又看看梁行野。

"我赶时间，先走了。"说完池宁头也不回地跑出了大厅。

大厅里静了须臾，梁行野和池今叙面对面坐着，腰背挺直，十指交叉置于膝上，两人是一样的姿势。

大清早，梁行野突然收到池今叙的邀约，说定个地点，有事谈谈。他上午空闲，便直接过来了。

阿姨端来泡好的茶，一人面前搁了一杯，是上好的白毫银针，香气袅袅。

池今叙闲聊似的开口了：“你在宁宁面前，和平时很不一样。”

他认识的梁行野一直很内敛，情绪习惯藏在心里，对池宁却恰好相反，情绪外露。

梁行野开门见山：“今叙，有话直说。”

“你给池宁的那些东西不合适，早点收回去。”池今叙端起茶杯，杯盖划过杯沿，声音清脆，“你们没有血缘关系，你把所有财产转到他名下……”

池今叙的语气冷静，带着疏离。梁行野领悟成了另一种意思，池宁这几天的反常他看在眼里，池宁有点躲着他，视线飘忽不定总发呆，两人好不容易说几句话，也是偷偷摸摸的。

他能理解，毕竟对池宁而言，池今叙如兄如父，而他只是刚认识几个月的新朋友，但他免不了失落。

聊了半天，谁也不退让，梁行野换了个话题：“今叙，晚上有时间吗？来我家吃个饭，生日宴。”

池今叙回忆日期，这才恍然记起，今天是梁行野的生日。他记性好，身边朋友的生日大都知道，以往会提前备礼物，这阵子他忙着池宁的事忘了。他和梁行野相识多年，朋友还是得做的。

“行，我早点过来。”

梁行野不重视生日，自从马场事故后，基本都是自家人聚个餐，顺带叫上几个关系亲近的朋友。

若非昨天接到他爸的电话，让他准时回家，他都不一定记得。

傍晚，梁行野抵达梁家，在车里端坐了会儿，估摸着池宁临近收工，在手机上输入：宁宁，今天我生……

没写完他就删了，斟酌字词，最后他还是给池宁发了条消息：“宁宁，到家告诉我，我来接你，去江边看烟花。”

池宁回程的路上才看到消息。拍摄地点定在山上，万事俱备，起初异常顺利，但拍了一半，突遇暴雨。

雨停后，场地被毁了个彻底，重新搭建容易，但安全人员考察了周围的环境后，担忧存在山体滑坡的危险，谢川便令众人收拾设备提前离开。

冬季少雨，天气预报显示晴朗，策划再未雨绸缪也未料到极端气候的出现。另一套方案倒是可行，不过得重新挑个日子。

他们没计划在南江市留宿，南江市说是隔壁市，离本市市区只有半个小时的路程。下了高速公路，车速减慢，窗外风景不断掠过，池宁窝在房车的座椅上打瞌睡。

周围吵吵嚷嚷，他睡不着，打开微信，最顶上是梁行野发来的消息：宁宁，到家告诉我，我来接你，去江边看烟花。

池宁犹豫，慢腾腾地回复：我马上到家了，明天看好吗？

明天他哥有事要出门，他可以偷偷跑去跟梁行野看烟花。

五分钟后，梁行野回复：好。

池宁立刻发消息给他哥，确认他的出行信息，一直没等到回复，心急地联系段沂。

段沂：你哥去梁家了，今天是梁行野生日，开宴后一般没人玩手机。

池宁一个激灵，睡意烟消云散。

梁行野生日？他连忙给梁行野打电话，响几声后，电话接通了。

池宁紧张地抠着坐垫，小声喊："梁行野……"

"嗯？"餐桌上正聊得热烈，梁行野起身，朝神色各异的众人点头，"我接个电话。"

他离桌，找了个僻静地方，越过围墙，眺望花坛里的山茶花："怎么了宁宁？"

梁行野不高兴，池宁的心跳停了一拍："今天是你生日对吗？你什么时候吃完饭？我来找你，去看烟花。"

"是，暂时不确定，"梁行野用指节轻叩窗台，"宁宁，你拍摄累了的话，在家好好睡一觉，明天我们再去看。"

池宁连忙说：“我不累我……”

对面忽地传来交谈声，池宁听见梁行野唤了声“爷爷”，随后他留下一句“宁宁，我这里有点事，待会儿联系”就挂了。

房车驶过减速带，震得池宁回神。今天梁行野生日，他什么都不知道，没准备任何礼物，收到看烟花的消息，还想推迟。

池宁离开座位，跟谢川打了个招呼，在路口下车，往梁家赶。

到梁家时将近八点，池宁站在拐角处，望着灯火通明的建筑，急促的心跳减慢了些许。围墙外的花坛里种满了山茶花，在凛冽的冬季错落有致地绽放。

风很大，池宁蹲在花坛边，用围巾遮住半张脸，撑着下巴，长久凝望门口的灯。

眼睛泛酸，脚麻了，他站起身缓了缓，发消息问：梁行野，你吃完饭了吗？

他没收到回复。

池宁将手机放进兜里，又蹲了回去。他发了半天呆，伸出根手指，拨弄着一朵山茶花。

池宁戴着帽子，花瓣玩腻了，他便转身抱着膝盖，数投在红砖上的光斑有几块。

光斑随着树影的摇晃慢慢移动，池宁的视线也跟着移动。视野里，倏地出现一双皮鞋，他仰起头，对上了梁行野的眼睛。

梁行野洗手经过走廊时，往窗外一扫，见到一个人影，像池宁，出来一看，果不其然。

他大步上前，看到池宁冻红的脸颊，忍不住蹙眉：“宁宁，你蹲在这儿干什么？什么时候来的？”

“我在等你，”池宁望着梁行野，“等你吃完饭，我们去看烟花。”

梁行野没应声。

“别生气好吗？”池宁拽着梁行野的衣袖，不安地道，“今天你生日，不要不高兴，对不起。”

“以后别跟我说对不起，我不高兴，只会因为别人，”梁行野低头问，

“吃饭了没？”

“还没有。”

梁行野：“和我进去。”

“不行，”池宁说，“我就在这里等你。”

“怕你哥？”

池宁摇头，轻声说：“你爸妈看到我，又会对你发脾气，今天我不想这样。”

梁行野望着他，同样轻声地说：“好了，跟我去吃饭。”

他带着池宁进门。池宁落后梁行野半步，被领着经过幽静的庭院，经过复古的长廊，到了餐厅的玄关处。

梁行野吩咐候在一旁的管家：“在我旁边加个座位。”

偌大的餐厅里只摆了张圆桌，人不算多。

梁行野爸妈，两个白发苍苍的老人应该是梁行野的爷爷奶奶，谢辛、纪宣、池今叙，还有上次在西餐厅见过的那个女人。

餐厅里的交谈戛然而止。

帮佣手脚麻利，迅速加了座位。梁行野拉开椅子，让池宁坐下，边给他盛松茸乌鸡汤，边问众人：“聊到哪儿了？继续。”

寂静无声。有人的视线落在他盛汤的手上，有人打量池宁，心思各异。

主位上坐着位老爷爷，七十来岁，精神矍铄，长相和梁行野有五分相似，笑着问：“行野啊，这位是？”

担心场面失控，池今叙赶在梁行野开口前连忙说：“梁爷爷，这是我弟弟，来找我的。”他放下筷子，微皱起眉，“宁宁，我都说了我没那么快，让你在车上等会儿，你仓促跑来多不礼貌。”

“别这样说，来者都是客，”坐在池今叙旁边的老奶奶，白发盘成发髻，她笑吟吟地望着池宁，“长得可真好看，尤其是眼睛，漂亮得紧。”

退休后，她和老伴回寨子里颐养天年，恰逢梁行野生日，又惦念两个小的宝贝孙子，便来云城住段时间。

池宁是池今叙的弟弟？除了知情者和两个老人，其余人万分惊诧。

讶异过后，梁佑江心思浮动，转向池今叙："倒是看不出来，你待人接物一向进退有度，弟弟却……"梁佑江扫了眼那碗松茸乌鸡汤，故意沉吟几秒，笑着另起话头，"吃饭吧，菜都凉了。"

自演唱会后，他跟梁行野没联系过。生日是周纭提醒的，说叫梁行野回家一趟，得给他介绍联姻对象。

她打听许久，接触到了沈家的独生女沈嫣然。沈家在房地产行业深耕多年，如日中天时跺跺脚，云城都得震一震。如今行业动荡，沈家的资金周转不过来，面临破产的境地。

瘦死的骆驼比马大，沈嫣然的教养好，和梁行野也认识，周纭便及时联系了梁佑江。

梁佑江也为梁行野的婚事发愁，听完她的分析，思虑良久，派人回老家接父母。

但没想到一家人正吃着饭，梁行野忽然带池宁这种外人进来，不管自家亲弟弟，反而自然而然地给池宁盛汤，完全不把他们放在眼里。即使现在知道了池宁是池今叙的弟弟，梁佑江与周纭的心里也不是很好过。

梁佑江的言外之意格外明显，梁行野淡淡道："爸，有话直说，别含沙射影。您要觉得我带人来吃饭不合适，我们算算账单。我每个月给的钱，好像给多了。"

梁佑江拉下脸。奶奶打圆场："行了，你们两父子非要吵起来才高兴？"

梁佑江骂梁行野："我看你今天是想气死你爷爷奶奶。"

爷爷慢悠悠地嚼着冬笋，压根不想掺和。他刚抵达梁家，就被儿子告知梁行野最近不像话，让他管管。他早摸清了大孙子的脾气，太有主见，行事干脆果断，没人能管得住。

奶奶一拍桌子："梁甲河，说句话。"

爷爷抖了下，不小心撂翻了汤碗。邻座的沈嫣然连忙扶他起身，用纸巾帮他擦打湿的衣襟，又叫帮佣收拾桌面，换碗筷。

奶奶不好意思道："哎，嫣然，吓着你了吧。"

"奶奶说什么呢，你跟爷爷感情好，真让人羡慕。"沈嫣然笑得明媚。

奶奶不了解梁行野的情况，在儿子的劝说下，心里已经把沈嫣然当孙媳妇了，也笑："等你跟行野订婚了，奶奶带你回寨子玩。"

"是我说得不够清楚吗？"梁行野到之前，并不知道沈嫣然也会来。他们是多年的校友，其实不算熟，在谢辛的陪伴下，偶尔会一起吃顿饭。对于沈嫣然向外介绍两人是发小，他从未过多解释。

"沈嫣然，你对我的性格应该有所了解，清醒着往火坑里跳？"

"我不介意。"沈家如今缺钱，沈嫣然只想搞事业，无所谓感情。再说梁行野长得极好，从小玩拳击，肌肉帅哥带出去多长脸。

梁行野冷声道："我介意。"

"今天我来，是看在爷爷奶奶的分上。"梁行野起身，望着梁佑江和周纭，"我说过很多遍，不要再插手我的生活。不是所有人都想像你们这样，仓促地结婚生子，感情不和再离，很可笑……"

奶奶面露不悦："行野，有客人在，注意点你的语气。"

梁行野："抱歉，脾气天生的。"

这句话像引燃炮仗的火星，场面噼里啪啦被炸了个彻底。

奶奶看着他淡漠的表情，骂道："你还犟上了，哪有这样跟你爸说话的，他还不是为了你好，你这脾气也不知道像谁，又臭又硬。"

梁行野被骂的那一刻，池宁停留在沈嫣然身上的注意力瞬间被转移。

进餐厅后，梁行野的奶奶率先对他释放善意，笑吟吟地夸他长得好看，他以为她很温柔，起码会比梁行野爸妈好一点。但没有，由她开头，梁佑江和周纭紧跟着宣泄不满。

像身处狗血的家庭电影里，又吵又混乱。池宁呆呆地坐着，要集中精神才能从语速极快的指责中捕捉到完整话语。

"我说一句，你就非得顶一句是吗？"

"我是你老子，养你这么大，我欠你什么？没有梁家，你以为你能有多大能耐？"

"我真后悔生了你，许晋再不济，起码心地善良……"

双胞胎拿着玩具枪互相追赶，闯进来时发现大人们在吵架，慌忙离开。

茶几上的蛋糕被枪托打中，哗啦倒地。久不吭声的爷爷慌忙道：“谁把蛋糕放那儿的？也不怕砸到小孩。”

一切宛若一场闹剧。

池宁盯着虚空出神，此刻他觉得梁行野很孤独。

他没资格心疼，因为他对梁行野也不好。

梁行野问他：宁宁，今天吃了什么？

他很冷淡地回复：早上吃的粥，中午和晚上吃的饭。

梁行野告诉他：宁宁，院子里新栽的苹果树死了，我让人清理了。

他回复：死了吗？那让人种别的吧。

生日这天，梁行野说，我来接你，去江边看烟花。

他拒绝了，说要明天看。

在嘈杂的环境中，池宁的脑子里一遍又一遍地过着聊天记录。发出去了就是发出去了，他更改不了。

哪怕口是心非，梁行野接收到的，全是他的冷淡。但他跑来找梁行野，梁行野不生他的气，还带他进来吃饭。

梁行野总是这样，绝对包容，任何时候都给足他安全感。池宁攥紧了筷子，得用力忍着，才能不掉眼泪。

片刻后，他被他哥抓着胳膊，带离了餐厅。

出了梁家大门，池今叙忍不住叹气：“宁宁，你跑过来做什么？掉珍珠给他们看？”他拉着池宁走向车边，“抹把脸，别被发现。”

“哥，我不走，”池宁推开他的手，“我要陪梁行野去看烟花。”

梁行野正从大门出来：“宁宁，跟你哥回去吧。”

“你不开心了。”

“没有。”梁行野笑了声。

他哥回来后，池宁觉得梁行野好像变了。

“你不想看烟花了吗？”

“不看了。”梁行野拍拍他，“你回去后叫阿姨给你煮碗面吃。”

大门左右两侧都有空地停车，梁行野的车停在另一边，池宁看着他走进夜幕里。

月色如雾，风吹得灌木轻微地抖动，有落叶从远处飘来，落至池宁脚边。

他哥回来之后，梁行野跟他说了很多，什么依赖和什么家人，他都不太懂，他现在只有本能地想跟上梁行野陪陪他。

“哥，你可能不知道梁行野对我有多好，他是第一个接纳我的人类，”池宁望着池今叙，坦诚道，“他在我最需要的时候一直陪着我，带我吃好吃的，找老师教我认字，别人欺负我时站在我的面前，还带我认识谢川学习音乐，他让我成为一个真正的人类。”

“他对我多好，我就要对他多好。我不会可以去学，我很聪明，学得很快。”池宁的眼睛又变得湿润，“我只想梁行野开心一点，他总是不开心。”

“你永远是我最亲的哥哥，”池宁抱住池今叙，轻声说，“可每个人都会长大，你也找到了新的朋友，有了自己的生活。哥，我要跟梁行野回家，你生气的话，就骂我吧，但我要跟梁行野回家。”

池宁眼睛红红的，像个小可怜，语气却带着决绝。池今叙知道他在乎梁行野，但没想到竟然在乎到这种程度。

看来他是真的长大了，有了自己的生活圈子。池今叙的心里空落落的，给他擦湿漉漉的眼尾，感慨道：“哥哥不骂你，知道你长大了，你去找他吧。”

在梁行野启动车子前，池宁及时赶到。

他扒着梁行野的车窗，说道：“我要跟你回家。”

梁行野偏头，轻轻拨弄他的头发：“不怕你哥生气？”

“不怕。”池宁跑得呼吸有点急。

梁行野就笑，开了锁，让他坐到副驾驶座上。

车驶入主路后，梁行野加速，路边的行道树唰唰往后退。池宁脱了鞋，窝在软皮座椅上：“你别开那么快，要注意安全。”

前面恰逢红灯，梁行野稳稳地刹车：“好。”

他们没去看烟花，直接回了家。在朦胧的月色中，他们走过鹅卵石道路，穿过长廊，进入大厅。

4

睡前，池宁钻进熟悉的被子里，只觉无比心安。离开这里不到半个月，池宁却觉得过了许久。

不知何时，外面下起了雨，愈下愈大，敲击玻璃发出沉闷的声响，伴随树木枝丫的摇曳声，穿过窗户缝隙，进入卧室。

池宁听着雨声，忽地回想起九月的台风天。

梁行野在床边陪着他聊天。池宁问："你还记得吗？我们第一次见面，你很凶地掐我的下巴，问我是从哪儿来的。然后你顶着台风，把我扔进大海，说'哪儿来的回哪儿去，我不会把你留下！'"

梁行野笑着纠正："我没吼你。"

"没想到吧，我又回来了。但你超级凶，说'我在你面前脾气太好了是吗？''你今天给我睡浴缸！'"

池宁模仿得一字不差，语调也像，就是拔高的喊声快盖过外面的风雨声。

"我真的没有大声吼你。"梁行野诚恳认错，"是我不识好歹。"

"你非得送我回海里，我以为要去当小乞丐或者流浪汉了，穿得破破烂烂的，在街上捡垃圾吃。"

梁行野就笑："小乞丐好可怜，在街上捡垃圾吃。"

"但你开车跟上了我，"池宁看着梁行野，"你一直对我很好，每一天都比前一天更好，永远都在保护我。"

"我以后也会这样。好了，睡觉吧。"

池宁睡不着，爬起来上了个厕所，回来时发现柜子的角落有张老旧的全家福。背景在梁家的观赏亭，四周垂着薄纱，在微风中摇摆。周纭和梁佑江都很年轻，梁行野站他们中间，看起来只有三四岁，穿着衬衫和工装裤，表情不耐烦，像个很调皮的小孩。

池宁拿出照片，比对梁行野的脸，惊叹道："你好酷。"

梁行野扫了眼，忘了照片是什么时候拍的，也忘了是什么时候放在柜子里的。

他说：“宁宁，扔了吧。”

梁行野对父母不抱期望，有时候也不理解，他们没有感情为什么要结婚，为什么要生子。

池宁说他没有缺点，其实他有很多，最明显的就是“嫉妒”。他嫉妒过许晋，也嫉妒过他的双胞胎弟弟。他被寄予希望，十年如一日地努力，只为了保持优秀，最后却变成了给父母脸上添光的工具，但许晋他们不是。不管他们怎么样，都是被宠爱的孩子。

他爸妈曾经因为争论他出色的能力像谁，吵起架来互相攻击：“他是你一个人的儿子吗？”

因为争论他恶劣的性格像谁，吵起架来也互相攻击：“他是我一个人的儿子吗？”

他以前会想凭什么，现在觉得算了，大家过好各自的生活就好。

有些事情，本就没有公平可言。

池宁看着照片上小小的梁行野发呆，梁行野顺手把它扔进了垃圾桶，像对待一个无关紧要的物品。池宁扭头观察梁行野的表情，平静无波。他没说话，重新窝在被子里睡了过去。

池宁心里惦记着那张全家福。隔日上班，池宁在工作室偶遇谢辛，跟他打了个招呼后，拦住了他：“你知道梁行野小时候是什么样的吗？”

谢辛跑这一趟，是准备接小叔回家吃晚饭，看看时间，还早。他以为池宁被梁行野的生日宴刺激到了，解释道：“昨天情况特殊，以前有外人在，不会闹得这么难看。”

谢辛跟梁行野自小认识，每年梁行野生日必到场。往年梁家表面其乐融融，最多争论几句。这回大概率因为互相积怨已久，梁行野又明目张胆地带池宁进来，公然挑战那两位的权威，矛盾便一触即发。

谈起这个，谢辛有一肚子疑问：“你跟梁行野和好了？另外你不是寨子里的少数民族？怎么变成了池今……”他和池今叙不熟，记不清名字，“怎么突然有个哥哥？”

“说来话长，”池宁望着他，“你能先告诉我，梁行野小时候是什么样吗？”

这说来话更长，谢辛懒得浪费时间，本想敷衍了事，见池宁直愣愣地盯着他，十分想知道的样子，就说：“我家有些照片，你想要的话待会儿可以跟我们回去。”

等谢川忙完，池宁跟着他们回家，在谢家蹭了顿晚饭。谢辛爸妈忙着做生意，三天两头出差，在家的时间少。在谢辛小的时候，他们会让保姆拍些短视频和日常生活照片，以作纪念。他跟梁行野走得近，梁行野入镜了不少次。东西保存得很好，分门别类地堆放在储物室。

书房里，谢辛指着让人整理出来的照片说：“你可以去找纪宣，纪家人是拍照、拍视频的狂热爱好者，一点小事都要拍视频，梁行野和他家亲近，肯定拍了不少照片。”

池宁便去找纪宣，还有梁行野的几个秘书。从他们的言论、提供的照片和视频，一点一点拼凑出梁行野的过往。

小时候的，青少年的，成年后的，这些梁行野的琐碎往事，拼不成梁行野完整的过去，但已经足够让他了解，梁行野这些年过得有多辛苦。

中午下班后，池宁去了鸿景。梁行野在休息室午睡。他轻手轻脚地进门，却还是吵醒了梁行野。

梁行野睁眼，声音带着沙哑：“宁宁，过来怎么不告诉我？”梁行野身高腿长，几乎占满了整张单人床，休息室都显得逼仄，“你重新拍摄定在几号？我到时候陪你去。”

“还不确定，”池宁说，“我下午回去问问谢叔叔。”

休息室的窗帘有遮光涂层，全部放下时，犹如夜色将至。

“你不困吗？”池宁说，“快睡吧。”

梁行野习惯午睡二十分钟左右，以保持充沛的精力。到了点，倦意难掩，他的眼皮慢慢耷拉下去。

梁行野入睡后，时常做梦。今天依旧如此，梦境断断续续。

应该是六七岁那会儿，周末的傍晚，晚霞染红了天空，谢辛和纪宣一人站在沙发的一头，气势汹汹地斗嘴。他坐在地毯上玩魔方，不同颜色的色块飞速转换。他的手边有杯牛奶，甜腻的香气萦绕在鼻尖。

池宁变得很小，精致得像洋娃娃，忽然钻进他怀里，调整好坐姿，边喝牛奶，边目不转睛看他动作：“行野哥哥，我也想玩，你教我吧。”

梁行野便手把手地教他。池宁很聪明，一教就会。

一晃眼，场景又变成了公园。风和日丽的初春，草坪上铺满了野餐布。布上摆着各种各样的鲜花和吃食，蜜蜂嗡嗡叫着，蝴蝶振翅，流连在枝叶中。

有人在放风筝，风筝形状各异，笑闹声忽远忽近。周纭推着婴儿车在散步，里面坐着两三岁的许晋，虎头虎脑的。

他撩开遮阳布，想戳许晋的脑袋，手被打了，周纭斥责他：“行野，不能随便动弟弟。”

池宁啪地一下打了周纭的手背，又踹了脚婴儿车的车轱辘，生气地牵着他去放风筝。

接着是第一次上台比赛。偌大的体育馆里灯光耀眼，闷热，有股塑料味。

人群挤挤攘攘，嘈杂的交谈声到处都是。他戴着拳击手套，站在红色台角上，望着对手。

池宁在看台第一排跑来跑去，握紧拳头：“梁行野，加油！”

比赛过程中，池宁喊得撕心裂肺：“揍他！揍！他！你太棒啦！！”

结束后，他冲了个澡，带池宁去吃冰激凌。

场景再次变换到夏日黄昏，知了没完没了地叫，残阳穿过树梢，碎成无数块光斑。

树下的长椅被晒得微微发烫，两人紧挨在背阴的角落，他偏着头，看池宁晃荡着腿吃奶油冰激凌。

“宁宁，下次别嘲笑输者。”

“我没有嘲笑，”奶油化得很快，池宁忙去舔，“我只是对他说，‘你被揍得好惨哦’。”

上学期间，他雷打不动地学到凌晨一点。有句很俗的话，自律才有自由，这句话被他贯彻到底。很平常的一个晚上，他正襟危坐地写作业，耳机里听着英语听力练习，笔尖划过草稿纸，沙沙作响。

书桌旁还坐着池宁，他面前摊开着练习册，人却趴着，脑袋埋在手肘弯，偷懒睡觉。

睡醒了，他打个哈欠，从口袋里掏出吃的，像只小老鼠，窸窣窸窣地啃巧克力。

春夏秋冬，垃圾桶犹如万花筒，不断闪现各色零食袋。

直到他爸做决策失误，重病住院的那一年。

他刚接手岌岌可危的梁家，四处碰壁，熬了半个月，心态濒临崩溃。他在天台抽烟，站了一夜。

深秋，风吹得人的头发扬起，鞋边落了不少烟蒂，指尖的火星明明灭灭，冒着热气。

苍穹中挂着一弯月，池宁陪他站了一夜，什么话都没讲，只安静地陪着他。

最后是混乱的马场。受惊的棕色马匹胡乱冲撞，护栏被撞裂，教练扔下双胞胎逃窜，他滚落下马。

尖叫声、哭闹声、嘶吼声震耳欲聋，马场气味刺鼻，这一切搅得他心烦气躁。他来不及躲，眼看暴躁的骏马扬起双蹄，瞳孔放大，下一秒，他被硬生生拖开。

池宁拉着他逃离马场，急速奔跑，像逃离噩梦。

风呼啸而过，吹得他们的衣服鼓起。天空在旋转，周围的环境虚化得只剩抹残影，风是冷的，心却是热的。

池宁在前，倏地回头，大声朝他喊："别怕别怕，它不会再踩到你！"

他在后面跟着跑，只看到池宁焦急的神情和脸上亮晶晶的汗珠。

……

梁行野骤然睁开眼睛，心跳如擂鼓。

随即，他就见池宁趴在床沿，手撑着下巴，眼睛一眨不眨地盯着他。

"你醒啦？"池宁问。

梁行野怔怔的，坐起身："宁宁，你是不是……"

池宁抢答：“你的生日礼物我还没给。”

有什么东西哽住了喉咙，梁行野的鼻腔里一股酸意蔓延开来：“我做了一个特别美好的梦。”

这个梦真实到令人觉得不知所措，仿佛池宁真真切切地陪他长大，在他每一个被忽视的瞬间都陪着他。

“那不算礼物，”池宁摘下自己的珍珠耳钉，送给了梁行野，“这才是。”

满室昏暗中，他轻声说：“生日快乐，梁行野，你要永远健健康康的。”

5

梁行野的呼吸停滞，屋内昏暗，眼前是一片朦胧的光影，

他听见池宁说：“梁行野，要永远健健康康的。”

池宁的真诚和温柔，完全击中了他的心脏。仅一瞬间，就让他眼眶发红。

人从梦境中抽离，情绪仍然停留其中，那些日日夜夜仿佛真实存在过。他闭上眼，能清晰地回忆起池宁给他的所有温暖。

他也会被选择，也会被保护。

他伸手摸耳朵，摸到圆润光滑的珍珠。那天珍珠丢了，池宁找了一整夜，脸蛋脏兮兮的，声音颤抖着跟他讲：“非常非常重要。”

池今叙曾告诉他：“宁宁绝不会摘下珍珠，戴你买的耳钉，这就是人鱼和人类本质上的区别，你们永远都不能达成完全的共情。”于是他回到家，将蓝宝石耳钉扔进抽屉，假装没买过。

但现在，池宁把自己的珍珠耳钉给了他。

他像是终于得到了一束光，他所缺失的被补足了。

梁行野用手背盖住眼睛。

池宁急了，道：“你为什么不看我？”

梁行野没有回答。池宁等了很久，才察觉他动了动，便抬起头。

梁行野嗓音嘶哑地说：“宁宁，你怎么知道那些事的？”

“我问了谢辛、纪宣他们，他们有你小时候的照片和录像。”

池宁起初特别新奇，看得很仔细，后来心情低落，因为成堆的照片和录像中，单单属于梁行野的寥寥无几。他就像配角，点缀着谢辛他们的生活。

池宁晚上偷偷整理时，越看越难过，他在海里总被欺负，梁行野不被欺负，但一直被家人忽视，他们都好可怜。

池宁感到一阵心酸，望着墙，没头没尾地说：“我们有点可怜。”

前两字的声音压得太低，梁行野只听到了后面，以为池宁心疼他。

“不可怜，因为我遇到了你，”他说，“宁宁，遇见你，有你作为家人，已经是我能拥有的最好的人生了。”

自生日宴后，算算时间，池宁快一星期没回池家了。

上午他哥发消息，头一回骂他小兔崽子，说是不是忘了还有个哥哥。为了赎罪，池宁傍晚离开工作室，去珠宝店逛了半天，看中一个猫眼碧玉手串。手串能随灯光变换颜色，在冷光下剔透，在暖光下温润，他哥肯定喜欢。

刚进院子，池宁发现他哥背对着门，在修剪梅花树的枝丫，身上穿着家居服，悠闲懒散。

他撒腿跑过去，把手串往他哥的腕上套，先声夺人：“哥，哥，哥……我太想你啦！”

手上沉甸甸的，泛着凉意，池今叙慢条斯理地合上修枝剪：“你还知道回来？吃饭没？”

“还没有，”池宁抱着他的胳膊，“哥，晚上我们吃什么啊？”

“阿姨做什……”池今叙抬眼，看见池宁空空如也的右耳，心里咯噔一下，“宁宁你的珍珠耳钉呢？”

“送给梁行野了。”池宁回答。

“胡闹，”池今叙紧皱起眉，严肃道，“马上让梁行野还给你。”

人鱼有颗本命珍珠，是人鱼治愈能力和构建幻境能力的来源。对别的种族来说，珍珠只有强身健体的效果，给梁行野完全大材小用。

池今叙很少给人冷脸。池宁解释：“哥，我随时都可以去找梁行野，能近距离接触珍珠，一样的。”

“这能一样？池宁你真是要气死我。”池今叙去摸手机，“我给梁行野打电话。”

池宁连忙拦住他：“别打。”

“你胡闹也得有个限度。”池今叙甩开他的手。

“没有胡闹，”池宁望着他哥，神色罕见地认真，“他会去拳击场打拳，总是受伤，但他从来不让我给他喂血，我希望他戴着珍珠，能好得快一点。”

池今叙默然片刻，问：“你给了就接着？梁行野知道珍珠对人鱼的具体作用吗？”

“不知道，他知道就不会要了。”池宁说，“哥，你别告诉他。”

池今叙深呼吸几次，心想，算了，他给了你多少财产，你也不知道。

池宁跟梁行野回家那晚，他辗转反侧，人鱼的身份，人鱼的特殊能力，池宁认梁行野做哥哥……他乱七八糟地担心了一堆，睁眼到天明。

趁池宁上班期间，池今叙偷偷去看过他。明亮的休息区里，他拿着纸笔，和谢川有来有往地讨论作曲，遇到不认同的地方会摇头否认，模样认真，仿佛长大了。

池今叙看着池宁，此刻终于意识到他已经变成人类，成功融入了人类社会，有了新的朋友，也有了新的家人，不需要自己过多操心。

池宁有权自己做决定。

池今叙心里的气像被戳破的气球，散了个干净。

他说：“好，哥哥答应你。”

池宁在池家住了一晚，翌日又回到了梁家。

梁行野开着电脑在办公，他晚上下班越来越早，事情能在家里处理就在家里处理。

梁行野移动鼠标，还不忘分神关心池宁：“拍摄地点换到哪儿了？”

池宁在谢川工作室说是上班，但大部分时间都在学习，兼职打杂，帮忙倒倒咖啡跑跑腿。

演唱会上他令人惊艳的表演像是昙花一现，之后热度骤降。谢川看得透彻，说改编非立足之本，原创才有更高的含金量。

池宁创作了些作品，但还需仔细打磨。*Blue* 的发行可以让他积累经验，因事故推迟的 MV 策划重新做了方案。

“去云城的湿地森林拍。”池宁兴冲冲地说，“我试了服装，扮演小鹿，那个鹿角好漂亮。”

“鹿角？”

“是，我忘记拍照片了。”

池宁去湿地公园拍摄那天，梁行野和池今叙这两位哥哥都陪着去了。

近日天气回暖，天空湛蓝。朝阳下，几辆车在公园主路上前行。树木高耸入云，起了风，有鸟雀扑棱着翅膀，从芦苇丛中飞向远处。

到达目的地，众人有条不紊地依次下车。道具组迅速准备好场地，摄影团队在调整设备，化妆师小姐姐忙着给池宁化妆。

旁边有条河，流水潺潺，池今叙靠着栏杆，有一搭没一搭地跟梁行野聊天。

梁行野嘴里回答着他，视线却落在池宁身上。池宁化好了妆，头上戴着栩栩如生的褐色鹿角，眼神灵动，脸颊两侧点了对称的小鹿斑点，衣服和妆容相得益彰。他赤着脚，像初生的精灵。

梁行野走了片刻神，对池今叙说：“这里风景不错，我打算在这儿住一晚。”

这是国内外有名的湿地森林，一年四季各有特色。池今叙说：“行，我也很久没度假了。”

他见梁行野一直盯着池宁，笑着说：“可爱吧？”

池宁在森林间奔跑，身影在树木掩映间若隐若现，那对鹿角倒是显眼，乍一望去，真以为是头鹿。

梁行野说：“可爱。”

“他小时候更可爱。”池今叙自豪地道，“宁宁一直是海里最漂亮的人鱼。”

他每次回海里都会给池宁拍照，或者拍小视频，池今叙翻出手机相册。

十来岁的小鱼崽身体只有池今叙的一半长，翘着尾巴，在礁石上躺着晒太阳。任何变小的人或事物都格外可爱，更何况池宁。梁行野边翻手机相册边说：“今叙，待会儿把这些照片发给我。”

有些是视频，池宁在海滩边游泳，生气地和白色小海豹吵架……梁行野听不懂人鱼间的语言，只觉得好笑。

越往后翻越像在看吃播，饭团出镜最频繁，最搞笑的是池宁吃辣条，辣得不停吸气，还嘬手指。

梁行野笑出了声：“你给他吃垃圾食品？”

“偶尔几次，不碍事。”

拍摄地点基本在礁石和沙滩上，视频数量多，梁行野又看得仔细，等他看完，池宁的 MV 已经拍好了，正在撕脚底贴的足垫。

梁行野跟谢川打了声招呼，便将池宁带去了公园中的酒店里。

“今天我们不回家吗？”池宁裹着大衣，快步走进电梯。

梁行野笑着说：“嗯。”

“哥，你呢？”

池今叙：“这里的风景确实不错，下午我们可以出去逛逛。”

拍摄没过几天就到了小年夜。年味逐渐浓起来，别墅外，光秃秃的树梢上挂满了小灯笼，远看像红彤彤的柿子。前院的墙上挂着彩灯，如星光般闪烁在夜色中。

宋晓意向四周张望，跟着梁行野进了大厅。池宁正窝在沙发上看电视。

梁行野提醒他：“宁宁，宋晓意来了，今晚一起吃火锅。”

池宁回头，看见宋晓意，眼中流露出惊喜：“你不是在准备期末考试吗？”

宋晓意扎了个丸子头，穿着草绿色的羽绒服，朝他微笑：“刚考完，学校放假了。”

他们一直有联系，有时间会约着打游戏，或者去看音乐剧。她下午回家时，遇到了等在门口的司机，说小年夜梁总想请她吃顿饭，和池宁聚聚。

自他们送她回家后，梁行野也邀请过她几次。她得知今晚还有别的客人，犹豫片刻，还是来了。

宋晓意走到沙发旁，和池宁聊起了天。

阿姨在厨房准备火锅食材，不多时食物摆满了餐桌。梁行野看了眼时间，问谢辛和池今叙到了没。

谢辛抱着谢诺正下车，他爸妈不在家，小叔出国看孩子了，小年夜冷冷清清的，他便带谢诺来梁家吃火锅。

谢辛走进前院，恰好撞上了池今叙和段沂。他和池今叙见过挺多次，但不熟，谢辛伸手："正式认识一下，谢辛。"

池今叙礼貌地握住谢辛的手，笑着说："池今叙。"

谢辛看向段沂："这位是？"

"段沂。"

人一齐，准备开饭。食材五颜六色，按品种摆放，菌菇、蔬菜、海鲜……锅底咕噜咕噜地翻滚着冒泡，麻辣鲜香的气味，勾得人食指大动。

众人围坐桌前，注意力落在宋晓意身上，池宁介绍道："她叫宋晓意，是我的好朋友。"

宋晓意有些拘谨："你们好。"

池今叙笑着夸她："好漂亮的小姑娘。"

谢辛接触过宋晓意，难得插了句嘴："刘海夹起来确实精神多了。"

池宁很意外，按谢辛高高在上的姿态，不嘲讽几句就不错了，竟然还会夸人？

谢辛："看什么？"

"没什么。"池宁小声嘟囔。

他们在聊天，梁行野在烫牛肉。

提前腌制过的嫩后腿肉被蛋清、辣椒等包裹，从表面看仿佛是厚厚的辣椒片。梁行野用筷子夹起牛肉，在滚烫的红锅中上下烫几遍，烫熟了，就放进池宁碗里。

大家有说有笑，唯独宋晓意一直不吭声，埋着头吃茼蒿。

梁行野便问宋晓意学习状况。她一五一十地回应，又说打算高中毕业后出国。

她现在读高一，时间还长。梁行野说：“语言成绩和高中三年的成绩都要抓紧，另外还得注意留学预算，如果需要推荐信的话，可以提前告知我。”

“谢谢你。”宋晓意无比感激。

梁行野送她回家，送她胸针，帮她预约心理医生和他能帮就帮的态度，宋晓意从中深切地体会到了梁行野的善意，以及他身上成熟稳重的魅力。

有几个年纪小的在，梁行野买了不少烟花，吃完火锅，一群人去了前院。

谢诺是好奇宝宝，抢先玩上了，谢辛在给宋晓意点火。池宁排在宋晓意后边，看了梁行野一眼，慢腾腾地挪到他面前，举起烟花棒：“我也要火。”

梁行野笑了起来，院子里起了风，他挡住烟花棒上端，点燃后，又把打火机给了池宁。

他们玩得热火朝天。

“咦，怎么一下就没了呢？”

“妹妹我给你再点一个。”

“还有我，两根，两根一起点！”

谢诺的声音奶声奶气，宋晓意的声音很小，池宁的声音时高时低。

阿姨端了几盘水果出来，放至长廊的玻璃桌上，梁行野他们或坐或站地聊天，不时看向院中。

这是梁行野过得最温馨的一个节日。

云城有个习俗，逢年过节都发红包。烟花棒消耗殆尽后，梁行野和池今叙分别给他们三个发红包，轮到谢辛，只给了谢诺和宋晓意红包。

玩得太尽兴，池宁的鼻尖沁出了汗，他看看谢诺手里的红包，又看看宋晓意的，问谢辛：“没有我的吗？”

谢川出国前，他去送机，谢川笑眯眯地拍他的脑袋，说大小年夜都给他包了红包，提前存谢辛那儿了。

“没有。”谢辛微抬下巴。

竟然私藏他的红包，池宁：“我知道了，你记我的仇，因为我说你比……”

“比什么比？”谢辛打断他，塞过去一个红包，“小叔给你的。”

谢辛抱起谢诺，朝众人点头：“我先带诺诺回家，以后有机会再聚。”

宋晓意跟着说：“那我也走了。”

几步路的工夫，谢辛顺道送她，隐约传来谢辛的声音：“女孩子别总低头……”

门开了又关，声音越来越远，院子里只剩四人。梁行野看向池今叙：“客房收拾好了，你俩要不就在这儿住？”

段沂靠着廊柱，咔嚓一声，点燃了根烟：“我们自己没有家吗？”

梁行野针锋相对：“你又插什么嘴？”

他们的关系并没因为池宁和池今叙改善。段沂的脾气好了很多，但只针对池今叙，池宁也算一个。

他跟梁行野性格不合，只能勉强维持表面和平。

两人冷脸对冷脸时，看上去攻击性十足。池宁有点紧张：“哥你快带段沂回去吧，梁行野揍人很厉害的。”

这两人年纪也不小了，大过节的还吵，池今叙对他们也很无语，带着段沂离开。

池宁朝他挥手：“哥，再见，你们路上小心。”

池今叙回头，笑着说：“你快进去吧，外面冷。”

聚在一起热热闹闹吃了顿饭，散宴后，明知很快能再见面，池宁依旧忍不住失落。

池宁情绪低沉，跟着梁行野往楼上走。

“难过什么？”

池宁的目光滑过楼梯扶手，他不知道怎么形容，就说：“好多人突然变成了我们两个。”

梁行野顺着他的话：“这才是人类的常态，你要习惯。”

6

生活如流水一般淌过，池宁和普通人别无二致，忙碌地上班，下班后，和梁行野一起看电影、电视剧或者拳击比赛。

他们有时间就去度假，在泰山山顶看云雾、等日出，在芬兰北部看极光，在圣地亚哥喂麋鹿和小浣熊……

由冬入春，又由春入夏。

梁行野彻底和梁家做了切割，池宁从工作室打杂的小朋友变成了个稍微有点知名度的小歌手。

夜晚的书房里，梁行野正纠正池宁的握笔姿势。

“宁宁，别攥那么紧，食指的高度要低于拇指。”

池宁写了会儿，扭头看梁行野，神色纠结：“为什么要练签名？我觉得没人会找我要。”

他刚洗完澡，头发吹得半干，和眼皮一起耷拉着。

“会的，很多人喜欢你。”

池宁上个月出了张专辑，上架后反响不错，明天在云城的一个小型艺术中心开免费专场音乐会。

“快十二点了，我们先去睡觉，明天还要早起。”梁行野拍拍他的背，“别担心，会一切顺利的。”

直到快开场，池宁的心都还提在半空中。鼓手调侃他：“放松点，就当玩一玩。”

乐队用的是谢川工作室的原班人马，专业而敬业，应付这种小场面游刃有余。跟担任主唱的池宁排练时，就磨合得相当好。

梁行野看出池宁的忐忑不安，将他带到走廊尽头的楼梯间缓解他的紧张情绪。

池宁仰头望着他：“我太紧张了，如果搞砸了怎么办？”

“别怕搞砸，”梁行野和他对视，眼中带着安慰和鼓励，“你知道我的过去，我也搞砸过很多事情，有所经历，才能有所成长。不管结果如何，宁宁，去体验一把。”

池宁嗯了声。

梁行野问：“我在家跟你说过什么？”

“你说这只是开始，我还有很长的路要走。你可以帮我兜底，但我靠自己，才能走得更高更远。”池宁复述道。

梁行野拍拍他：“去吧，我一直在台下，你紧张就看我。”

艺术中心能容纳四五百人，宣传很低调，只来了三百多人。梁行野坐在首排中央，旁边是池今叙和纪宣。

顶灯打开，梁行野看着池宁，看他略带紧张地打招呼，看他下意识地朝这边张望，深呼吸，慢慢进入状态。

梁行野很认真地从第一首歌听到专辑主打歌*晴空*。前奏加入了环境音，风吹麦浪，夏日蝉鸣……调子轻松明快，走的是治愈风格。

在谢川演唱会的舞台上，他被池宁惊艳过一次，当时池宁戴着蓝宝石小王冠，哼唱改编的*Blue*，但那并非池宁的原创，更是有谢川的帮助。

现在池宁穿着简单的白色T恤衫和蓝色牛仔裤，抱着木质吉他，装扮不打眼，却更令人着迷，这是属于他自己的光。

音乐的氛围感很强，独特而有张力，能让人迅速沉浸。池宁的舞台表现力有待加强，歌曲节奏却属一流。

坐梁行野隔壁的纪宣，正向池今叙夸池宁。为了隐瞒美人鱼的身份，池今叙他们对外统一说辞，说池宁出过车祸，丧失了部分记忆，走丢后阴差阳错地被梁行野收留，整个过程曲折得堪比八点档偶像剧。

纪宣一开始说“我不信，你们别糊弄我”，后来觉得“好像除了这个，没别的能解释了”，勉强说服了自己。

面对池宁，纪宣最为感慨。

初次见池宁，是在医院，他听说性格不好的梁行野带着一个不知来历的小朋友来看伤，好奇地去凑热闹。他对池宁的第一印象是呆呆的小帅哥，连话都不会说，穿着梁行野的衣服，走路走不快，可怜巴巴地提着裤子，看着有点傻。

一年时间不到，池宁竟然变成了个活泼耀眼的小帅哥，还是个“话痨”。

专场音乐会从头到尾只有一个半小时，临近结束，梁行野提前去了后台等。

没多久，池宁冲进来，心花怒放地朝梁行野跑了过来。

“我没有搞砸！”池宁眼里满是喜悦，“我还签名了，签了十五个！”

梁行野笑着称赞：“这么厉害啊。”

“是，我以为没人要我的签名。”

两人聊了几句，出门回家。艺术中心位置偏僻，一条马路横亘而过，往左是市中心方向，往右是郊区。

两人离开停车场，迎面撞上璀璨的晚霞。

“回家吗？”池宁兴冲冲地说，“今天开的跑车，我们去兜风吧。”

梁行野便调转了方向。马路蜿蜒向前，路边有淡紫色野花挺立，生机盎然地开着。路两旁平坦，生长着不知名的红色灌木。远处蓊郁的树林层层叠叠，海潮般一望无际。

引擎声轰鸣，车子在路上飞驰，池宁的头发被风吹得扬起，他挥着双手：“啊！好多人喜欢我！有三百多个！三百多个！”

晚霞灿烂，梁行野笑了一路。

池宁喊累了，拧开瓶盖灌了半瓶水，才安静下来道：“我们回去吧。”

此时两人不知开到了哪儿，周围一片鼠尾草花海，亮眼的蓝紫色在微风中微微荡漾。

四处无人，梁行野靠边停车，两人在车上默默看着面前的美景。

初夏时节，虫鸣声阵阵。滞留于路边的银白色跑车静悄悄地蛰伏着。

晚霞像被点燃了，一团团燃烧起来，在天际肆意翻涌。

场景定格在滚烫、热烈的夏季，宛若一幅油画。

【正文完】

MERPEOPLE

番 外

|EXTRA CHAPTER|

行野哥哥

Ren Yu Yin Li

又是一个台风天，窗外倾盆大雨。

手机屏幕亮着，显示出和池今叙的聊天页面。梁行野眉头微皱，陷入不可置信中。

前段时间梁行野在停车场被段沂纠缠，他追溯缘由百思不得其解，询问池今叙时池宁入了镜，谁知一向稳重的池今叙方寸大乱，颤着声音喊宁宁。

池今叙说池宁是他弟弟，他过段时间才能回国，这之前还得请他帮忙照顾下池宁。

看池今叙那着急劲儿，巴不得立刻飞回来，但八成是让人给绊住了。

池宁竟然是池今叙的弟弟？梁行野只觉荒唐，但事实摆在面前，由不得他不信。

池宁卷着尾巴贴在墙边，眨巴着眼睛看愣神的梁行野，鼓起勇气，磕磕绊绊道：“哥……要哥哥。”

梁行野抽离思绪，温和回应：“他在国外忙工作，你先跟着我。”

“多……多久？”和梁行野待着拘束，池宁巴不得立刻见到他哥。

梁行野：“大概半个月，十五天。”

十五天好久啊，池宁掰着手指数数，不情不愿地点头。

熄了灯，卧室里昏暗不堪，月光洒进来。池宁毫无睡意，他望着窗帘上的光斑，雀跃地想，再过七天就能见到他哥了，幸好一切顺利！

他起身，余光瞥见梁行野的侧脸，深邃硬朗，充满陌生感。池宁浑身不自在，在床上翻来覆去。

梁行野低声道："池宁，睡觉。"

池宁："好。"

半晌，以为梁行野睡熟了，池宁百无聊赖地扯被子玩。

梁行野："池宁。"

池宁不敢再动，老老实实地闭上了眼。

翌日一早，天刚蒙蒙亮，池宁兴奋地睁开眼睛，趴在梁行野枕头边等他醒。

初遇那晚，梁行野的脸上带着伤，眼神凶狠，池宁下意识将他和凶恶的鲨鱼联系起来，没敢多瞄。此时有机会再仔细看他，池宁心想，这个人类真好看，比海里所有雄性美人鱼都好看。

等了许久，池宁耐不住了，偷偷戳梁行野的脸颊，小声说："视频。"

梁行野睡眼惺忪，颇有耐心地摸出手机，给池今叙发视频，池宁雀跃地朝摄像头招手："哥。"

"宁宁，有没有听梁行野的话？"池今叙亲昵地问。

池宁噌地用被子捂住梁行野耳朵，放低声音："有。"

池今叙清润的脸上泛起笑意，嘱咐道："梁行野是好人，你别怕他，也把他当成哥哥，他会照顾好你的。"

池今叙的话像定海神针，驱散了池宁心里的不安，再面对梁行野时，池宁明显坦然自若许多。

台风呼啸，公司放假三天，两人被困在家里，除了睡觉便是大眼瞪小眼。

冰箱被家政阿姨塞满了新鲜的蔬果，梁行野洗了盘小樱桃给池宁，樱桃红若宝石，沾着水珠看上去很诱人。

梁行野："你尝尝，味道不错。"

池宁盘坐在沙发上，看看小樱桃又看看梁行野。联系上他哥后，梁行野一改之前的冷漠，变得很温柔。

“谢谢，”池宁想了想，笑着喊他，“行野哥哥。”

调子拖得有些长，声音清脆明亮，像珍珠落地丁零当啷响。

池宁吃得乐此不疲，唇上染了果汁，脸颊鼓鼓像小动物。梁行野不动声色地观察，觉得这小人鱼倒是挺可爱的。

他已经消化了多年好友是美人鱼的事实，反而更惊讶于池今叙斯文稳重，弟弟竟然如此天真烂漫。

池宁不谙世事，梁行野只好多加看顾，台风天过后，梁行野忙着处理积压的各项工作，干脆把池宁也带去了公司。

办公室在里间，池宁跟着梁行野往前走，经过走廊时，工位上的员工们频频投来目光。

女秘书敬业地隔绝窥探，向梁行野汇报工作：“梁总，景晨集团的经理上午致电秘书部，说想商谈城北的合作项目，问您是否有时间。”

梁行野思索须臾：“约在晚上八点。”

“我这就去安排。”秘书推开门，见他们进去后，转身想离开。

梁行野叫住她：“送点零食过来。”

秘书一愣，眼神落在池宁身上，心里了然：“好的梁总。”

秘书办事效率高，很快便搜罗来了一堆花花绿绿的小零食。池宁坐在办公桌旁，好奇地拆了包奶酪棒。

办公室隔壁有小休息室，梁行野本打算让他在里面玩，但窗户小，门一关更显逼仄，池宁待不住，眼巴巴地看着梁行野，小心问他能不能就在办公室待着。

梁行野自然顺着他，让池宁坐在左手边，打开手机给他放动画片。

池宁一边看着动画片，一边吃着零食，惬意得很。顾及着梁行野还在办公，池宁的声音特意放得很轻，窸窸窣窣，像进食的小仓鼠。

梁行野忙完已经是数小时后，不动声色地扫了眼池宁。

池宁穿着件白 T 恤，胸前绘着亮眼的图案，单手托腮，聚精会神地盯着屏幕。

坐姿像小学生，很乖巧。梁行野家里有亲弟弟，大的那个一副纨绔子弟的模样，小的那对双胞胎又正是活泼好动的年纪，闹腾得要命。梁行野向来唯恐避之不及。

他望着池宁安静的侧脸，心想，池今叙好福气。

近来梁行野工作很是繁忙，接连几天，池宁都只能跟着他去公司，也像上班族似的，七点起床洗漱，到办公室后秘书会送来早餐，中午晚上都在公司食堂吃，最早下班都得十点半。池宁困了就窝在沙发椅上睡觉，等梁行野处理完事务带他回家。

办公室冷气开得足，池宁裹着小羊毛毯子，只露出脸蛋，睡得迷迷糊糊。

临近十一点，梁行野还在办公，键盘声噼里啪啦久久未停，像助眠曲。池宁醒来时，望着白色的天花板，有种不知今夕何夕的迷茫感。

他循声看向梁行野，西装革履，腰背挺直如松，袖口挽得恰到好处，满满的精英范儿。

梁行野察觉到池宁的视线，偏头问："怎么了？"

"没有。"池宁连忙收回目光。

梁行野以为他待着无聊，想想最近公司家里两点一线，确实无趣。既然答应了池今叙照顾池宁，便决定周末便挤出半天时间，带他去玩。

周六中午两人在公司楼下的餐厅吃了顿海鲜餐，吃完梁行野自己开的车，载着池宁先回公寓换衣服。

池宁纳闷，"你今天不用工作吗？"

"带你去个地方。"

"什么地方？"

梁行野脱下西装外套，随意地扯开领带，边往卧室走边说："小朋友玩的地方。"

池宁眼神一亮，十分心动。

梁行野换了身休闲装，T 恤加工装裤，不像生意场上翻云覆雨的总裁，倒像是刚大学毕业的学生。其实按年纪算也差不多，但他平时总板着脸，笑的时候少，就显得格外沉稳。

池宁看到他这副装扮，惊讶了一瞬，而后兴冲冲地跑向他：“我们出发吧！”

周末车流量大，池宁趴在车窗上，全神贯注地打量街边风景，心情愉悦地哼着小调，清亮的嗓音，悦耳动听。

梁行野关了车载音乐，听池宁哼唱，被带得全身心放松。

等红绿灯时，他有一搭没一搭地和池宁聊天：“唱的什么？”

海里族群间的哼唱，没歌名。池宁拨弄安全带，有些不好意思：“我也不知道。”

梁行野也没在意，转开话题，嘱咐他：“待会儿人可能会很多，你跟紧我。”

“是游乐场吗？”池宁在平板上看过游乐场，秋千、摩天轮、旋转木马……应有尽有。上面贴着大大的广告，说那里是假期游玩的不二之选。他不认识字，但能听懂。

梁行野：“差不多。”

上岸到现在，池宁没出过门，因此对游乐园怀着无限憧憬，恨不得立马到达目的地，时不时问梁行野还有多远。

梁行野轻笑了声，腾出手摸他脑袋：“马上就到了。”

话毕车子拐了个弯，池宁抬头就看见一栋硕大的蓝色建筑，和脚下立着的海豚雕塑。

车窗半开，旁边那辆小轿车上的小男孩探出半个脑袋，欢呼雀跃：“海洋馆，海洋馆！我要去看大鲨鱼！”

池宁人傻了。

梁行野解释道：“台风刚走海边不安全，这里的海洋馆可以模拟出深海环境，你要是想家，我们在这儿多待一会儿。”

他的安排很贴心，如果池宁不怕海的话。

池宁望着广场上错落的鱼类雕塑，昂扬的情绪瞬间跌落。他对着梁行野欲言又止，最后什么都没说，剥了颗糖塞嘴里，视死如归似的跟着梁行野进了大门。

周围人群熙熙攘攘，各个年龄段的都有，嘈杂不堪。池宁怕生，在海里的朋友也少，除了他哥，梁行野算得上是他最亲近的人。

池宁寸步不离地跟着梁行野，抓着他的袖口以防走丢。

前厅布置了一些小型鱼类，还有色彩鲜艳的珊瑚丛。往里走是供行人参观的玻璃管道，被海水包裹着，能看到四周游来游去的鲨鱼，体形硕大，牙齿尖利，不时冲撞玻璃，发出沉闷的声响。

这家海洋馆主打的就是沉浸式体验，灯光昏暗如月色，玻璃干净得恍若无物，池宁把眼睛眯成一条缝，确保能正常看路，提心吊胆地前行。

然而在看见鲨鱼朝这边猛冲时，池宁还是受惊了。

噩梦袭来，头变得昏沉，危险情境下，他对梁行野的依赖达到了顶峰，像个人形挂件，扒拉着梁行野的胳膊不放，最后索性闭上眼睛，把脑袋低下。

梁行野很是意外，池宁乖巧听话，但骨子里是怕他的，从未如此亲近过。他停下脚步，拍池宁后背安抚，疑惑地问：“你怎么了？”

池宁被鲨鱼吓得心脏扑通扑通地跳，半晌不说话。

梁行野：“池宁？”

池宁在他怀里闷出了鼻音，“我有点怕海，我们走吧，好吗？”

梁行野惊诧不已，反应过来后说：“好，我们出去。”

下一瞬，梁行野遮住池宁眼睛，另一只手揽他胳膊，抄近路离开管道。

出了海洋馆，天空高远太阳热烈，明媚的阳光扑面而来。池宁双手叉腰吐出口气，满血复活，小声嘟囔：“吓死我了。”

梁行野：“为什么不早告诉我？”

池宁不吭声，踢路边的碎石子。

“没必要这么拘谨，我和你哥认识很多年，关系很好。”梁行野嗓音温和，“你是他弟弟，也就是我弟弟，以后有什么说什么，不必顾虑。”

池宁抬头，观察他脸上的表情，片刻后，指着旁边的甜品站说：“行野哥哥，我想吃冰激凌。”

梁行野：“你昨天辣条吃多了拉肚子，冰激凌伤肠胃，等肚子好了再吃。”

“好吧。”池宁低头继续踢石子，用余光瞄装饰冰淇淋的多彩碎糖。

车停在地下车库，梁行野拍他肩膀，嘱咐道：“你在这等会儿，我开车过来。”

池宁规规矩矩地站在原地等，两分钟后，等到了多彩冰激凌。池宁顿时笑起来：“给我的吗？”

梁行野倚靠车身，看着他灿烂的笑脸，也笑：“只能吃几口。”

他说什么池宁就听什么，吃了三口便止住。梁行野夸池宁：“做得很棒，以后想要什么就直接说。”

附近有卖氢气球的老人，抓着一大把五颜六色的气球吆喝。池宁看了看梁行野：“我还想要恐龙气球，可以吗？”

梁行野给他买了霸王龙和剑龙的气球。

“谢谢行野哥哥！”池宁一手抓一个，兴奋得要命，“我看平板的时候，超级喜欢恐龙！我刚才还以为你要带我去恐龙游乐园……”

想了想时间还早，梁行野带他去了，买的免排队的票。池宁呆呆的，检票时还有些茫然无措，问梁行野：“你今天有很多时间吗？不会耽误你的工作吗？”

“今天放假，去玩吧，我陪着你。”

池宁胆子又小又爱玩。进鬼屋时，整个人缩在梁行野身后，还不停念叨：“看不见我，看不见我，看不见我。”

坐过山车，池宁尖叫得嗓子都快喊哑了。体验水上滑梯，池宁直接砸在池子里“噗噗”吐水。

两人玩遍了游乐场，玩得大汗淋漓。回程路上，池宁对梁行野说：“人类世界好好玩，比大海好玩多了！”

梁行野单手握方向盘，看池宁笑起来活泼灵动的眉眼，也笑着说：“下次有时间，带你去山上露营。”

池宁睁着圆溜溜的眼睛，睫毛扑闪扑闪，像颤动的蝶翼：“露营是什么？”

“露营可以搭帐篷野餐，看日出和日落，还可以放风筝。”

池宁开始期待露营。

回到家精疲力尽，池宁洗完澡倒头就睡了。

凌晨他被饿醒了，发现梁行野不在卧室，摸黑起床，走到客厅，见书房有灯，保温折叠板上热着饭菜，旁边摆着碗。

池宁吃了点，在洗水槽里将碗筷冲干净，随后去书房找梁行野，隔着门问：“你还不睡觉吗？”

“有事？”书房里传出梁行野的声音，过了几秒，门“吱呀”一声开了。

梁行野穿了身剪裁利落的灰色睡衣，手里拿着支笔，低头看池宁：“阿姨做了饭，见你在睡觉就没叫你，饿了的话去吃点。”

“吃完了，”池宁跟梁行野进了书房，“你在干什么？”

梁行野书桌上堆了一沓文件，言简意赅道：“签名。”

池宁睡够了，坐在椅子上晃荡着腿，看梁行野的笔迹，出锋锐利，力透纸背。

“这是你的名字。”池宁说。

梁行野：“嗯。”

“我的名字是怎样的？”

梁行野写了个“池宁”，然后让他握笔，一笔一画地教，直到池宁彻底学会。

晚上入睡前，池宁还在空中写自己的名字，又偏头看着梁行野。

他的同族嘲笑他怕海，是个异类，好友只有阿青。池宁在海里孤独惯了，未承想上岸后会遇到梁行野，还待他这么好。

光影朦胧，梁行野的影子被投射到一旁，像海边坚硬的岩石，沉默，令人安心。

梁行野翻了个身，蹙着眉，调整腿的位置。池宁紧张地问：“你腿疼吗？”

“不疼。”梁行野敷衍道。

池宁咬破手指，放他唇边：“我的血有用的，快吸掉。”

梁行野躲了下，看池宁的眼神充满讶异和不解。

见血液有凝固的趋势，池宁急得直接往他嘴里塞：“快吃掉，别浪费了。”

血珠入口如水般无味，梁行野躲闪不及，囫囵吞了些许，顿时察觉腿上的痛感消失。

池宁向他解释人鱼血液的作用，梁行野仔细问了些问题，让他别再这样做，在外人面前要时刻掩藏身份。

池宁一一答应，结果晚上趁梁行野睡着，池宁放心不下又偷偷喂了几次，估摸着他腿伤痊愈才罢手。

梁行野毫不知情，之后腿伤再没犯过，还以为一次便药到病除，梁行野心下震撼，又和池宁强调了无数遍，让他必须把美人鱼的身份隐藏好。

梁行野训话的时候很严肃，平日对池宁却越来越好，凡事事必躬亲，大到请老师上文化课，小到晚餐吃什么，比对亲弟弟还上心。

池宁的心态也从盼望着他哥回来，变成和梁行野一起生活好像也行，黏梁行野更多了。

池今叙回国那天，池宁在梁行野的办公室玩，隔几分钟就看一眼时间，如坐针毡。梁行野看他心不在焉的样，干脆推了工作，早早出发去接机。

下了雨，池宁想拿伞，梁行野劝道：“我们直接去地下车库，用不上。”

夏季的雨来得快去得也快，到机场已经停了，天空一片被洗净的苍青。池宁兴高采烈地在接机口等，半小时后，在人群中分辨出熟悉的身影，撒腿冲过去。

池今叙把他抱了个满怀，笑着喊：“宁宁。”

“哥，”池宁被久别重逢的喜悦冲红了眼睛，“我太想你了。”

“我也想你。”池今叙在国外出差，公事烦琐，没法在相认初期回来。

但每天都跟池宁视频，盘问过他上岸的前因后果。从最初的提心吊胆，到现在见池宁能顺利控制尾巴，池今叙终于放下心。

池今叙看向梁行野，诚挚地道谢：“行野，这段时间麻烦你了。”

梁行野笑着说：“别那么客气，应该的。”

池今叙的旁边站着个高大英俊的男人，病恹恹的，偶尔咳嗽几声，看上去像个病患。

池今叙瞥他一眼：“段沂，跟梁行野道歉。”

段沂意外地听话，忍着发烧的难受，道歉道：“不好意思啊梁总，上次误会你了，之后补偿你。”

梁行野给足了池今叙面子：“不打不相识，补偿就免了。”

气氛缓和不少，池今叙指着英俊的病患，向池宁介绍：“宁宁，这是我朋友段沂。”

为表亲近，段沂拍了拍他脑袋，朝他笑：“弟弟。”

池宁躲开，凑池今叙耳边小声嘀咕：“哥，他之前想揍梁行野，我不喜欢他。”

当事人梁行野原谅了段沂，但池宁却坚持到底。他心里想什么都表现在脸上，段沂很无奈，只能费尽心思地消除池宁的敌意，经常给他买零食，买精巧的玩具，逮着机会就和池今叙一同带他逛商场。

池宁态度日渐软化，终于见到段沂时，也会像叫池今叙那样，叫他一声哥。

团聚后的日子比以往热闹，四人住在同一栋楼里的同一层，动不动就聚餐。

除池宁外，他们工作都忙，周末难得有空闲，相约去附近的景区露营。

旅游区久负盛名，山势陡峭，苍翠葱茏。鸟雀隐没枝叶间，其声嘈杂。

车子在蜿蜒的山路上前行，速度极慢，池宁摇下车窗，薅了把路边的野草，满手都是植物香气。

他嗅了嗅，笑着说：“香的。”

“别乱摸，可能有虫子。”梁行野拿纸巾给他擦手，“被咬了会过敏。”

“我知道啦。”池宁说。

到了目的地，池宁背着鼓鼓囊囊的包，跳下车，跑去平地上搭帐篷。

奈何心有余而力不足，干啥啥不会，他啃着小饼干，看梁行野他们搭。边吃边递给梁行野：“奶油味的，好吃。”又转去他哥那边，往他手里塞，“哥你也尝尝。”

段沂停下打杆的动作：“我的呢？”

“我吃光啦，你叫我哥给你。”池宁无奈摊手。

梁行野便笑，拍掉他手上的饼干屑：“宁宁，去那边洗个手。”

池宁乖乖去了。

抵达山顶的时间比较晚，搭完帐篷天刚擦黑。夜里温度骤降，几个人挤在帐篷里吃晚饭。

晚饭后又在周围散了会儿步，四人发现有蚊虫，便折返回营地睡觉，等着翌日早起看日出。

池宁撩开帐篷，望见层云翻滚如浪。他被美景晃了眼，坐在草坪上，对梁行野说：“云像海一样，好漂亮。”

段沂逗他玩：“看不出来，小文盲说的话还挺有诗意。”

池宁向池今叙告状：“哥他嘲笑我。”

池今叙便骂罪魁祸首：“有完没完，安分点。”

梁行野一本正经：“段沂你注意下措辞，宁宁不是文盲，该学的都学了。”

段沂投降：“我是文盲行了吧。”

……

众人一句接一句地斗嘴，夹杂着笑声，日光透过云层，伴随着璀璨的朝霞，将他们笼罩在夏日融融的氛围里。

温暖、明亮、热烈滚烫。

【全书完】

图书在版编目（CIP）数据

人鱼引力 / 三月桃胡著. -- 武汉 : 长江出版社,2023.10
ISBN 978-7-5492-9134-2
Ⅰ. ①人… Ⅱ. ①三… Ⅲ. ①长篇小说－中国－当代
Ⅳ. ①I247.5
中国国家版本馆CIP数据核字(2023)第180934号

人鱼引力 / 三月桃胡 著
RENYU YINLI

出　　版　长江出版社
（武汉市解放大道1863号　邮政编码：430010）
选题策划　漫娱图书　马飞
市场发行　长江出版社发行部
网　　址　http://www.cjpress.com.cn
责任编辑　李剑月
特约策划　宋旖旎
总 策 划　两脚猫工作室
装帧设计　邵艺璋
印　　刷　武汉鸿印社科技有限公司
版　　次　2023年10月第1版
印　　次　2023年10月第1次印刷
开本　889mm×1230mm　1/32
印张　9.5
字数　298千字
书号　ISBN 978-7-5492-9134-2
定价　42.00元

电话：027-82926557(总编室)　027-82926806（市场营销部）